新潮文庫

仮想儀礼

上巻

篠田節子著

仮想儀礼

上

1

ふと歩道橋で足を止め、空を見上げる。いくぶん西に傾いた午後の陽が眩《まぶ》しい。

グレーの塔が二本、無数の窓ガラスに初秋の空を映して屹立《きつりつ》している。

俺は、昔、ここに勤めていた。

感慨と呼ぶには薄寒い、悔恨というには生々しすぎる、決着のつかない思いをブルゾンの布地に抱え込むようにして正彦《まさひこ》は、足早に通り過ぎる。

背後で、ぱらぱらと小石が天から落ちてきたような音がした。

振り返る。

何もない。気のせいだった。

東京都庁の第一、第二本庁舎、たった八ヵ月前まで彼が勤めていたビルは、そのままそこにある。

二つの塔が、最上部からゆっくり崩れ落ちていく。まだ建設中の頃から、それを見上げるたびに、漠然とした不安に捕らえられながら思い描いてきた終末の光景だった。

ハルマゲドンなどファンダメンタリストの戯言《たわごと》だ、そうでなけりゃゲームの世界の話だ。それを現実の物と本気で信じているとすれば、俺はそいつの知性を疑うね。

オウムの事件の起きるずっと前から、世界の終末を用意したゲームのシナリオをせっせと書きながら、彼は同僚や部下や妻に、そう言い続けてきた。

しかし今、無意識のうちにそれを期待している。テロでも、戦争でもいい。行き詰まった彼自身の現実を一瞬のうちに打ち砕いてくれるものがあるなら、人生をリセットしてくれるものがあるなら、それが世界の終末でもよかった。

まず、夢が潰《つい》えた。続いて経済的困窮と家庭崩壊という現実が迫ってきた。そのどちらが痛かったのかと問われれば、夢の方だと答えるだろう。そんな自分の思いを知ったら、出ていった妻は怒るだろうか、それとも呆《あき》れ果てたように天を仰ぎ、口元に小さく苦笑を浮かべるだろうか。

ゆっくり新宿中央公園に向かって歩いていく。異臭が漂っている。ホームレスが寝泊りした跡とおぼしき段ボールと汚れた布団《ふとん》が、歩道の端に放置してあるのを横目に見ながら、公園を横切っていく。

と、そのとき目に入ってきた後ろ姿があった。

はっと足を止めた。

首筋にかかる柔らかそうな髪、男の割には撫《な》で肩の、ほっそりした背中。わずかな屈託もなく、初秋の大気の中を真っすぐに進んでいく。ウエスタンブーツが軽やかな音を立てる。

正彦は歩調を速めた。しかし前を行く男のジーンズに包まれた長い足の飛ぶような速さにはかなわない。

小走りになりようやく追いついた。

「矢口《やぐち》さん」

低い声で、呼び掛けた。

相手は気づかない。

「おい、矢口さんよ」

ウエスタンブーツの踵《かかと》がぴたりと止まった。

恐る恐る振り返った顔が強《こわ》ばり、つぎに痛ましいばかりに社交的な笑顔に変わる。

「あ、これは、どうも桐生《きりゅう》さん。すいません、ご無沙汰《ぶさた》してて」

お辞儀を繰り返す矢口に、正彦は息がかかるほど近付く。

「桐生さん？　桐生慧海《えかい》ってのは、いないんだよ。この世に誕生できなかったんだな、水子ってやつか。俺は、鈴木《すずき》正彦だ。元総務部システム管理課長、今は、ただの失業者の鈴木だ。どこにでもいる鈴木。どこにも居場所のない鈴木。どうだ、矢口さん、あんたには俺の背中に張りついてる水子の霊が見えるか？　生まれそこなった桐生慧海って名前の」

「いやぁ。きついなぁ」

矢口誠《まこと》は、細面《ほそおもて》の端正な顔に、困惑したような笑みを浮かべて後ずさったが、すぐに深刻な表情になり、深々と頭を下げた。

「今回のことは、本当に申し訳ない。僕としてはなんとか、払ってくれと掛け合っているんだけど、なかなかこんな状態なんで……。もう少しだけ待ってもらえれば、補償金という形で一部だけでも」

最後まで言わせる前に、正彦は矢口のダンガリーシャツの衿元《えりもと》を摑《つか》んだ。

小麦色に日焼けした顔が恐怖に歪《ゆが》んだ。

「ちょっと寄っていけよ」

ことさら低い声でささやいた。

「すいません、僕、ちょっと……約束が」

「キャンセルしろ」

矢口の腕を摑み、正彦は通りに向かい大股《おおまた》に歩いていく。空《あ》いている方の手を上げ、タクシーを止めた。放りこむように矢口をシートに座らせ、自分も乗り込む。

「近くて悪いんだけど、中野新橋まで行ってください」

平静な口調でドライバーに自分の事務所の所在地を告げた。

曲がりくねった路地を抜け、車は老朽化したマンションの玄関で止まる。

正彦は矢口を引きずり下ろした。

「ま、コーヒーくらい、飲んでいってくださいよ」

凄味《すごみ》をこめた口調で、正彦は矢口の耳元にささやく。

「マンデリンでしたっけ。今、あいにくネスカフェしかないんですが」

酒の飲めない男だった。煙草《たばこ》も吸わない。麻雀《マージャン》はからきしヘタで、賭事《かけごと》一般に興味がない。趣味は女だけだ。

煙草の火を押しつけられて階数ボタンの数字が黒く焼け焦《こ》げたエレベーターに乗りこみ、三階で下りる。

殺風景な１ＤＫだ。

パソコンや周辺機器の置かれた机や台が、一部屋を占領し、ダイニングキッチンにソファとローテーブルが置いてある。しかし、自宅のマンションを追い出された今、ソファは背が倒され、ベッドとして使用されていた。

「それ、何だかわかってますよね、矢口さん」

正彦は、ローテーブルの上に乗っている、高さにして十五センチほどの紙の束を指差した。ここ二ヵ月間、捨てるにはあまりにいとおしく、かといって手を触れようとすれば、苦い思いが込み上げ、ほこりが積もるままに放置してあったものだ。

「ですから、これはご説明した通り……しかし僕がなんとかかけあって」

壁に張りついた矢口の視線は、逃げ道を求めるように、左右に泳いでいる。

「どうやって、かけあうの、矢口さん。言っておくけど、ここから飛び降りると怪我《けが》をしますよ」

薄笑いをうかべて、正彦はにじり寄った。

この男を絞め上げたところで無駄だ、とはわかっていた。

会社を相手に裁判を起こしたところで、勝ち目はない。

自分が軽率なだけだった。十分分別があるはずの三十八歳の男が、管理職試験「A」に受かった優秀な都庁職員が、こんなちんぴらのような男の甘い誘いにあっさりとひっかかった。創作の夢、好きなことを仕事にできる、という媚薬《びやく》のような言葉に、正常な判断力を失った。

「グゲ王国の秘法」と、高さ十五センチの紙の束には、タイトルがふってあった。四百字詰め原稿用紙にして五千枚を越える原稿の、最終ゲラだった。あと一歩で本になって書店に出回るはずのものだった。

西暦二〇九五年、人間の愚かさが地球を壊滅させようとしていた。ハルマゲドンを阻止し、世界を破滅から救うものは、世界を照らす光と悪を滅ぼす力の込められたエメラルドだけだった。それはヒマラヤの最奥《さいおう》に位置するグゲ王国にある謎《なぞ》の巨大仏像の額に埋め込まれている。人類と地球の存亡をかけて、主人公のエメラルドを求めての旅が始まる。

そんな内容だった。剣と魔法のファンタジーの亜流と言えばそれきりだが、それがゲームブックの限界でもある。その限界の中で、精一杯のオリジナリティーと深みを出したつもりだった。

「深み」、矢口の口癖もそれだった。

「ポリゴンの数をどれだけ増やすかとか、所詮《しょせん》、ハードの問題じゃないですか、そんなことで競争した時代は終わったんですよ、鈴木さん。これからのゲームに要求されるものってそんなもんじゃない。リアリティーとか、人間を描けてるかとか、そんな単純なものでもない。『深み』ですよ。『物語の深み』なんです」

そう言って、矢口はこの仕事を持ち込んできたのだった。

学生時代に映画同好会でシナリオを書いていた正彦は、就職後も当時のつてでアニメやゲームのシナリオを頼まれることがあった。とはいえ公務員としての兼業禁止規定を取り沙汰されるほどの話題性などもとよりなく、書いたものも第一稿であり、その後に専門家が仕上げるために、鈴木正彦の名が世に出ることはない。あくまで趣味としてそうした世界に関わりながら、彼は役所でシステム設計の仕事に携わっていたのだった。

転機は、あるゲームメーカーの主催するコンテストに、彼の書いた三国志を下敷にしたファンタジーノベルが入選したときに訪れた。メーカーと契約し、覆面作家としてゲームのノベライズの仕事を受けるようになった。仕事柄、プログラミングの知識もあり、既成の作家たちとは違い、ゲーム制作スタッフとの打ち合せもスムーズに進んだ。

一般の作家の三分の一足らずの印税を受け取りながら、本業の傍らヤングアダルト向けのゲームのノベライズ本を出す。そうした生活に充実感を覚え、それ以上を望まなければ何の問題もなかったのだ、と正彦は今にして思う。

アドベンチャーゲームの絵柄のついた本を見て、妻ははしゃいだ。

「ねえ、私たちに子供がいたら、喜ぶでしょうね」という妻を、「これからでも遅くない」と食卓で抱き締めたのは、たった二年前のことだ。

あの段階では、妻も祝福してくれた。「たかが子供向けのゲーム本です」というこちらの謙遜《けんそん》にもかかわらず、八十間近の親や親類までが、本屋で注文して買ってくれた。

おかしな事態になったのは、ゲーム会社のスタッフの一人、矢口誠が会社を飛び出した頃からだった。

「確かに出版はできても、これって、鈴木さんのオリジナリティーが何もないわけじゃないですか。テーマもストーリーもキャラも、結局ゲームデザイナーとシナリオライターがすべて決めて、彼らの意向に沿って仕事するだけじゃないですか。発売間近なのに、シナリオが仕上がらなくて、ぎりぎりになって出てきたクソみたいなシナリオを見せられて、鈴木さんがまともなストーリーに仕上げて。それでも印税の七割が彼らの懐《ふところ》に入って、鈴木さんには三割しか回ってこないって、なんだかおかしいと思いませんか」

初めて本を出してから一年半が過ぎていた。その間にシリーズで四冊出版していた。自信とともに、不満も膨れ上がってきていたところだった。そこに矢口が火をつけた。

「オリジナル、行きましょう、鈴木さん。ゲームブックですよ。まず鈴木さんのオリジナルのゲームブックを出して、アニメ、ゲーム、ビデオ、とあらゆるメディアで展開するんです。いいですか、その核となるテーマとストーリーは、鈴木さんが作るんです」

ある夜、残業が終わった正彦は、新宿のルノアールに呼び出され、矢口に説得された。

出版社は、ゲームの攻略本やファンタジーノベルでは、マニアの間で知られたところだった。

わずか四日で企画書を書かされ、その二日後にはそれが企画会議を通ったことを知らされた。

出版は六ヵ月後だった。それとゲームソフトの発売がほぼ重なる。続けてアニメビデオの発売日が来る。

海外作品並みの重厚さを、と要求されたメインストーリーは、ゲームブックとしていくつにも枝分かれしていく。その一つ一つの物語を書く。原稿は膨大な量となる。

五千枚に及ぶ原稿をわずか五ヵ月で書けというむちゃくちゃな依頼だった。

しかも正彦には、地方公務員としての正業がある。コンピュータソフト会社の担当との折衝が続く時期は、連日、家に帰るのが十二時過ぎだ。

そうした生活の中で、ノートパソコンを持ち歩き、細切れの時間を利用して書く。子供がおらず、身辺をわずらわされないのだけが救いだった。

そうして一日四十枚のノルマを自分に課して二ヵ月目のことだった。

一本の辞令が出た。

「総務局総務部システム管理課長を命ずる」

三十八歳で、本庁の、しかも総務局の課長。管理職試験「A」に受かった者だけに保証される、国家公務員のキャリア組に匹敵するエリートコースだ。副知事として行政職の頂点に上り詰めることも可能だった。

半年前なら小躍りして喜んだだろう。しかしそのとき正彦の頭も心も、ろくでもない夢に支配されていたのだ。

「鈴木さんのオリジナルですよ。それを元にメディアミックスとして展開するんです」という矢口のささやき。

どんなに出世したところで、組織の中での自分の仕事など、結局は、だれでもこなせることだ。異動辞令が出て引継ぎをすれば、翌日から後任の者がとどこおりなく業務を推進していく。死んだところで、何も残らない。いや、死ぬほどのこともない。退職すれば、自分の存在は消える。定年後にも職場に未練があるのなら、周囲の者に疎《うと》まれながら、嘱託という形で残るしかない。自分の生きた足跡など、どこにも残らない。

何より、一日四十枚のノルマという、このすさまじいまでの作業を、自分は喜びとともに達成している。若い職員たちの出したシステムの構築についてのいくつものアイデアを検討しながら、業者と折衝しながら、これほどの生きがいを感じたことがあるだろうか。一度しかない人生なら、好きなことを生業《なりわい》として、一生を終えたい。たとえ収入が下がろうと、社会的地位や信用とは無縁の生活が待っていようと。それに自分はただの夢見る文学青年とは違う。コンテストを通り、しかるべき会社から依頼を受けて仕事をしているのだから。

オリジナルの依頼が来るなどというチャンスは、この先二度とないかもしれない。この機を逃したら、自分は一生、ゲームデザイナーとシナリオライターの下働きとしてノベライズを出すしか道がなくなる。それにもし矢口の企画で成功を収め、話題になったら、自分の仕事は、上司の知るところとなる。そのときになって職務専念の義務違反を問われ、処分を受けるよりは……。

狂っていたとしか思えない。妻に相談することもなく、上司の慰留の説得にも耳を貸さず、部下の「すごいです、鈴木さん。辞めちゃうのは、残念ですけど、僕たち応援しますよ」という言葉に笑顔で答えながら、正彦は辞表を提出した。

正業をこなし、寝る間もなく五千枚の原稿完成に向けてキーボードを叩《たた》き、書類とともに物語の参考文献を読む生活の中で、疲労は極限に達し、外見上、どれほどとりつくろってはいても、正常な判断力は害《そこ》なわれていたのだ。

そのうえ、できたところまでの原稿を数十枚単位で渡すたびに、矢口の甘い言葉が待っていた。

「いいですよ、まさかここまですごいものを書いてくれるとは思っていませんでした。やっぱり若い書き手と違って、桐生さんは歴史、考古学、宗教、哲学の基礎をきっちりふまえた上で、ファンタジーを書くから、ぜんぜん深みが違いますよ。前代未聞《ぜんだいみもん》の作品です。これ、海外で、十分通用します。海外展開を考えた方がいいかもしれない」

極端な疲労と、繰り返しささやかれるメッセージ。まさに洗脳だった。

ペンネームの桐生慧海は、正彦の出身地、群馬県の桐生と、物語の舞台となるチベットに、日本人として初めて訪れた僧、河口《かわぐち》慧海から取った。そのときすでに、矢口は正彦のことを「桐生さん」とペンネームで呼ぶようになっていた。始めは少し照れていたが、物語が四百枚を越えたあたりから、その呼び名に誇りを感じるようになっていた。

正彦の退職を知った妻は、怒り、泣いた。しかし「妻である私に、なぜそんな重大な事を相談してくれなかったの。私って、あなたの何だったの？」という真摯《しんし》な問いかけは、正彦の心には届かなかった。所詮、妻は、経済的安定と夫の社会的地位だけを望んでいるエゴイスティックで現実的な生きものだという失望感に捕らえられただけだった。

さらに妻に無断で退職金をはたき、実家から借金して中野新橋にある老朽化したマンションの一室を購入し、仕事場にしたことで、夫婦の溝は埋められぬところまで広がった。

離婚届けに判を押した日、正彦はしみじみと矢口に語った。

「所詮、問題は『女』よりカネだってことです。役所じゃ、女に手を出すやつはけっこういたが、なんだかんだモメたところで、女房と別れるまではいかない。しかし勝手に不動産を買っちまった私は、即、離婚だ。どっちが悪いかといえば、矢口さん、女、作る方が悪いに決まってますよね。しかし女房が心底怒るのは、女じゃなくて、カネだ。女房だけじゃない。人間の本質的な欲というのは、そっちなんでしょう。女は嗜好品《しこうひん》の類《たぐい》だが、金は生きるために絶対必要だってことですね」

そのとき矢口は、「いや、やはり僕は金なんかより、女だと思います」と答えたのだが、自分の問題で精一杯だった正彦はその言葉について深く考えもせずに、うけながした。

トラブルを避け、妻の言いなりの条件で離婚した正彦は、数ヵ月後、締切にきっちりと合わせ、五千枚の原稿を仕上げた。書けた分だけ順次、印刷所に回されていた原稿はゲラになり、正彦は、休む間もなく著者校正にかかった。

やがて最終校が送られてきた。しかしそれきり、それまで頻繁に連絡のあった矢口からの音信が途絶えたのだった。

矢口の名刺を取り出し、電話番号を確認してみた。大手のゲーム会社を飛び出し、矢口は独立しソフト制作会社や出版社の請負という形で、編集業務を行なっている。確かそういう話だった。住所と電話番号は矢口の自宅になっている。そちらに電話をかけると、「この電話はお客さまの都合により、かかりません」というメッセージが聞こえてきた。携帯電話は通じない。

正彦のゲームブックが出版される予定になっていたフェニックスランドという出版社に電話をしてみると、そんな企画はまったくないし、矢口誠という男と業務委託契約も結んでいないという返事だ。

驚いた正彦は、最初に自分がゲームのノベライズ本を出したゲームメーカーに電話をした。顔見知りのスタッフが、フェニックスランドと矢口の名前を聞いたとたん、「それはたいへんなことを」と呻《うめ》くように言った。同情の口調の底に、「勝手なことをするから、それ見たことか」というニュアンスがこめられていた。

その日、ゲームメーカーの社員を新宿に呼び出して話を聞いた正彦は、自分が絶望的な状況にあることを初めて知った。

矢口誠は、フェニックスランドの仕事をしていたわけではない。フェニックスランドからゲームと書籍の製作を請け負っている、マップロダクションという会社の編集業務を請け負っていた。つまり孫請けだ。

　そのマップロダクションは、つい一週間前に倒産していた。マップロダクションの存在を知らないままに、フェニックスランドからカードゲームや書籍を出した作家たちは十数名に上り、彼らに印税その他の支払いはなかった。

　倒産したマップロダクションに支払い能力はなく、フェニックスランドの方も、契約の当事者ではないという理由で支払いを拒んでいる。

「うちのコンテストで出た作家もずいぶん被害に遭ってますけど、鈴木さんはまだ出版前だったのだから、実害はないじゃないですか」

「冗談じゃないです」

　正彦は声を荒らげた。

「じゃ、他の会社で私の五千枚のゲームブックを買ってくれる可能性があると言うんですか」

　相手は沈黙した。普通の小説とは違う。ゲーム製作会社側に企画があり、それに基づく注文があり、それに沿ったものを仕上げて初めて商品になる。そうしたゲームブックを他社で売り出すことは不可能だ。

　自分の失った物の大きさを改めて思い知らされ、怒りと絶望感に震えている正彦の耳元に、ゲーム会社の社員は、ささやいた。

「実はね、この業界じゃ知らない者はいないんですが、フェニックスランドって会社、前も同じことやってるのよ。つまり真ん中にトンネル会社作って、そこを計画倒産させて、支払いをロハにするわけ。札付きよ。マップロも、社員はほとんどいなくて、みんな外部委託。中にはフェニックスランドの名刺を持って仕事してるやつもいるらしいですけどね」

彼はさらに、矢口がゲームメーカーの仕事に飽き足らなくて飛び出したなどというのは真っ赤な嘘《うそ》で、実は社内でもっとも力を持っているゲームデザイナーの妻に手を出してクビになったということを暴露した。

憤然として店を出た正彦は、翌日から法律書を片手に、フェニックスランドを訴える準備に入った。役所で行なっている法律相談にも行った。

しかし結局わかったことは裁判で争ったところでまったく勝ち目はない、ということだけだった。正彦の人生がどれほど狂わされようと、彼の書いた原稿はまだ出版されてはいなかったし、その約束さえフェニックスランドとは交わされていない。

そしてマップロの社長の行方も、矢口の行方も知れなかった。

仕事も家庭も自宅も、将来までもを三十八歳で失った男は、妻と分けたわずかな現金で食い繋《つな》ぎながら図書館で時間を潰《つぶ》し、飽きるとヨドバシカメラで商品を眺め、職員に出合わない時間帯を選んでかつて自分の勤めていたビルの回りをうろついて、日々を過ごしていた。

時をかまわぬ浅い眠りから覚めた瞬間、真っ先に自殺を考えるようになってから二週間あまり経《た》ったこの日、正彦は偶然、矢口を捕まえることに成功したのだった。

正彦はおもむろに眼鏡を外し、ハンカチでレンズを拭《ふ》く。裸眼で見た矢口誠の顔がぼやけている。小皺《こじわ》や目の下の隈《くま》などが消え、ほっそりした輪郭とすんなりと通った高い鼻筋や窪《くぼ》んだ眼窩《がんか》だけが、浮き上がる。その目の中にある恐怖の表情は輪郭に滲《にじ》んで見えない。

眼鏡をかけなおし、正彦は矢口をみつめる。

「なんか俺に言うことはないか？」

「すいません」

いきなり矢口はその場に這《は》いつくばった。頭を床にこすりつける。

「申し訳ありません」

「他に？」

「ご迷惑かけました」

「ご迷惑って、程度のことだったのか」

「いえ、そんなことではなく……。僕としても、なんとか」

「おまえの取り分から、出すっていうのか。しかし俺の五千枚は、出版されてなかったんだから、最初から補償の枠外だ。金だけの話ならな」

「いえ、それが」

矢口は口ごもったが、やがて不満たらしく話し始めた。

「僕だって、何も払ってもらってないんですよ。鈴木さんは、まだいいですよ。出版前で、実質的には何も損害をこうむってないんだから」

正彦は無言のまま、机の脇《わき》にあった汚れたコーヒーカップを摑《つか》み、這いつくばった矢口の頭上すれすれに投げつけた。

「ひっ」という悲鳴と同時に、床にぶつかったカップが粉々になり、かけらが飛び散った。

「すみません。出版はされてないけど、仕事はされてたんで、申し訳ありません。でも僕も、半年分の給料というか、報酬を受け取ってません。社員にだって給料が支払われてなくて。それだけじゃないんです。朝、行ってみたらシャッターが下りてて、『許可なくしての立ち入りを一切禁ずる。管財人』って、貼《は》り紙が出ていて。中には僕が預かった作家さんのフロッピーとイラストレーターさんの原画と、私物のコンピュータと寝袋とコーヒーメーカーと、とにかく僕の家財道具一切があるのに、手がつけられないんです。アパート追い出されて、食うものもなくて、実はこの二日、中央公園で寝泊りしてて、それで今日、あそこを歩いてたんです。夜寝てるとさすがに冷えるし、せめてあの寝袋だけでもあれば」

深刻な口調だ。嘘には聞こえなかった。

「しかしなんなんだ、その寝袋ってのは？」

「だから家に戻ってる暇なんかないから、マップロのオフィスに泊り込むために持っていたんです」

「そんな生活してたのか？」

矢口はうつむいたまま、小さくうなずいた。沈黙の時が流れた。

「歌舞伎町《かぶきちょう》にでも行けよ、色男」

ため息とともに、正彦は言葉を吐き出した。

「冗談じゃないですよ」

即座に矢口は言った。

こんな虫けらのような男にも、一人前のプライドなんかあるのか、と正彦は少し驚いた。

「昔ならともかく、最近のホストは客層も変わってきてますからね、四十になっちゃ、とてもじゃないが、だめですよ」

「四十」

驚いて正彦は矢口を見つめる。

「あんた、四十になってたのか」

「若い若い、とは言われますがね」と矢口は、少しすさんだような笑顔を見せた。そんな表情もまたひどくあだっぽい。

「俺より、年上だったのか」

我知らずしみじみとした口調になって尋ねていた。

「矢口さん、いったいこれまでどんな生き方してきたの？」

「どんなって言われても」

矢口は泣き笑いのような表情を浮かべただけで、何も語らなかった。

正彦は、キッチンに置いてある電気ポットの湯で、インスタントコーヒーを入れ、「グゲ王国の秘法」のゲラの脇に置いた。

「飲めよ」

「いえ……」

「俺のコーヒーは、飲めないってか？」

自分のためにはウイスキーの水割りを作り、それを啜《すす》りながら正彦は詰め寄る。

「砒素《ひそ》でも入ってるんじゃないかと、心配か」

「いえ、そんなことないです」

矢口はそれを啜り込んで顔をしかめた。ミルクも砂糖も入っていない。矢口は酒もブラックコーヒーも飲めない男だった。

「本当のことを言います」

矢口はマグカップを手に正座した。

「桐生さん、いや、鈴木さんに捕まって、タクシーでここに来るまでの間、殺されるかもしれないと思いました。その方が楽そうだ、と心のどこかで覚悟を決めてほっとしたというか……。自殺じゃ外聞が悪いし。親もいることだし。前の会社を飛び出してから、何もかもうまくいかなくて」

「飛び出したんじゃないだろ」

この期《ご》に及んでまだ見栄《みえ》を張る気か、と正彦は小さく舌打ちした。

「え……まあ。結果的にたくさんのライターさんやデザイナーさんに、迷惑をかけてしまった。ここで桐生、いや、鈴木さんに刺されてもしかたないという気もします」

「おまえを刺して、俺の人生も終わりか」

正彦は自嘲《じちょう》的に笑った後に、真顔に戻った。

「冗談じゃない。女で人生しくじったやつと心中なんて」

不意に矢口は毅然《きぜん》とした表情で顔を上げた。

「女で人生しくじった、なんて言い方、されたくないですね」

「人妻に手を出して、会社をクビになったやつが何をぬかす」

「事情を知らないあなたに、手を出したなどと言われる筋合いはない。彼女とのことは一生、僕の心の傷として抱えていくつもりです」

「それが人生しくじったって、ことなんだろ」

正彦は怒鳴った。

「他人がどう人生しくじろうが、関係ない。しかし俺の将来はどうしてくれる。何がオリジナルだ、何がメディアミックスだ、トンネル会社の偽装倒産の片棒担《かつ》ぎやがって」

「すいません」

矢口は頭を下げた。顔を上げずそのまま、薄汚れたカーペットの上に這いつくばった。

「すいません、ホンっとすいません。でも僕は片棒は担いでません、これだけはホントです」

泣き出しそうにゆがんだ細面の白い顔を見ているうちに、正彦は我に返った。こんな卑屈なゴミのような男を締め上げ、這いつくばらせたところで何になるというのか。

「あんたが片棒担いだという意識があったかどうかなんぞ、関係はない。あれはあんたが俺にもちかけた話だ。しかしそれに乗ったのは、俺自身だ。俺が愚かだった。責任は俺にある」

矢口は再び、無言のままうつむき、顔をしかめてブラックコーヒーを飲み干した。

許してやるほど寛大にはなれないが、殴ったところで気が晴れるわけでもない。余計に惨《みじ》めになるだけだ。

これ以上口をきく気にもなれないまま、時間が過ぎていった。

外はとうに暗くなり、正彦は乱暴に遮光カーテンを閉めると、テレビをつけた。習慣的に合わせているCNNのニュースチャンネルだ。

「帰れよ」

いつのまにかちゃっかりソファベッドに腰掛け、背中を丸めている矢口に声をかける。

「はい」と答えたきり、矢口は腰を上げなかった。

「どっちにしても、仕事、みつけなきゃなりませんね」

「そんな気力は、残ってない」

「僕もハローワーク、行ってみましたが、とてもじゃないけど」

「それで、公園で寝泊まりするより、ここがいいってか」

正彦は帰る様子もない矢口を見下ろした。

「いえ、そんな」と後ずさりしながら、場違いに前向きな口調で矢口は言った。

「勤め先がなければ、自分で作るしかないですね」

「ほう。事業、起こすってか?」

正彦は鼻先で笑った。

「簡単だ。三百万あれば、だれだって社長になれる。近頃はやりのおねえちゃんドットコムってやつだ。しかし利益を上げられなけりゃ、会社は存続できない」

「できますよ」

矢口は言った。

「二人とも、とりあえずはコンピュータには精通している」

「だったらなぜ職安で、仕事口がない？」

「四十という年齢です」

「で、二人で何をするんだ。ネットオークションで怪しげな薬を売るか、違法ソフトの製作販売でもするか？」

「いいえ、たとえばホームページの製作代行」

「実績もないのに、どうやってやるんだ」

「会社のシステム構築は？　大企業は無理でも、中小のところで会計ソフトを組んだり」

「いいだろう。どれだけの人数で、どれだけの時間がかかると思う。中小企業のオヤジは、金がかからないからコンピュータを導入したい。古参のおばちゃん事務員の給料が浮くと考えてるだけで、電算化のために金をかけたいとは思っていない」

「トラブルシューティングサービス」

「万一、損害を出した場合の補償はどうする？」

「素人《しろうと》相手のインストラクターは？　パソコンスクールに事情があって通えない人たちがいるから、彼らに教えるっていうのは」

「人妻の客は、あんたにまかせる」

矢口は憮然《ぶぜん》とした表情で押し黙った。

「やるならゲームソフト製作の下請け会社でも始めるしかないだろうな。利益は薄いが。挙げ句の果てに不払いに遭う……」

正彦はため息をつき、時計を見た。

十時を回っている。ここで五時間あまりも矢口と顔を突き合わせていたことになる。

外食をする金は惜しい。小型冷蔵庫をかき回すとハムとセロリが入っている。それを切ってつまみにしながら、水割りでも飲もうとすると、横合いから矢口が手を出してきた。

「僕が作りますよ」

「あ、そう」と任せて、椅子《いす》に座り込む。食品ストッカーを勝手にかき回し、矢口はつまみではなく、ラーメンを作ってきた。

しかたなくそれを啜りながら、正彦と矢口は、相変わらず、この先、何をして食っていこうかといった話を、格別の実現可能性もないままに続けていた。

テレビでは、さきほどからノンストップニュースが流れている。

「なんだ、ありゃあ」

不意に、矢口が声を上げた。

正彦は画面に視線を移した。

映画の一場面のようだった。しかし今、このチャンネルは、ニュースのはずだ。

高層ビルの中程から煙が出ている。

「世界貿易センタービルに、飛行機が突っ込んだもようです。テロ事件なのか、事故なのか、調査中です」

同時通訳の、ひっかかりの多い日本語が耳に飛び込んできた。

ラーメンの丼《どんぶり》を手にしたまま、画面に目を凝らす。

と、そのときツインタワーの、もう一つに、大型の飛行機が飛び込んだ。

「おお」

二人同時に、呻《うめ》いていた。

「自爆テロだ」

「桐生さん、原理ですよ、原理」

飛び込んだのは、ハイジャックされた旅客機の可能性……。アナウンスが入る。

「なんという卑劣なやり口だ」

正彦が呻くように言うと、矢口は自分の両腕を抱いて、身震いした。

画面に目を凝らし、正彦は元の職場の同僚で、アメリカに出張していそうな人々の顔をとっさに思い浮かべて安否を気づかっていた。

「恐ろしいものなんだね。宗教的な信念っていうのはここまでやってしまうものなんだ」

矢口が言う。

「いや、こんなのは宗教問題ではない。グローバリズムと第三世界の貧困を背景にした世界秩序の崩壊が始まったということだ」

「違いますよ」

断定的に矢口は言った。

「これは戦争だよ、桐生さん。宗教戦争だ。世界が変わってきてるんだ。僕らを取り巻く国益とか国家とか、そういうものではなくて、宗教が大きな力を持って、アメリカのような大国を脅《おびや》かす時代になってるんだ」

「そうじゃない、これはアラブ世界で権力の座からはじき飛ばされた人間が一部の急進派を動かして、国際社会の秩序に揺さぶりをかけようとしているんだ」

「いや、これまでの物質が世界を動かす時代から、精神の時代に突入したんだ」

「こんなものが、精神の時代なものか。見ろ、これを。これが精神とどういう関係がある」

　正彦は怒鳴って、火を噴くビルの映像を指差した。

「いや、違います。神の概念が、人を支配する。確実な力を持っている。これは象徴的な出来事ですよ。桐生さん、何かが変わってきたんですよ。日本人が気づいてないだけだ。世界は宗教の時代に入った。今までみたいな、社会風俗としての宗教の時代じゃなくて、システムの根底にかかわる宗教がこれからは僕たちを動かしていくんですよ」

「だからだな、宗教としてのイスラムとイスラムテロは別物なんだよ」

　そこまで言って、それよりはニュースの内容を聞くのが先だ、と気づき、正彦は押し黙った。

　情報は錯綜《さくそう》していた。その他の地域でもいくつか事件が起きているのが報道される。前代未聞《ぜんだいみもん》のテロ事件の概要が、憶測を含みながら、少しずつ明らかになっていく。

「桐生さん」

　矢口が言った。

「ちょっと黙っててくれ」

　正彦はアナウンスに耳をすませる。

「桐生さん、宗教の時代です。世界は変わりつつあるんです。我々が実と信じたものが虚構、虚と信じたものが真実に変わるんです。実際には無いもの、人が作り出した神の概念に、人が命を捨てるんです。人間のあらゆる不満が、欲望が、喜びが、希望が、こういう形で力を持つんです」

「おまえの御託《ごたく》より、俺はニュースを聞きたいんだ」

「桐生さん」

かまわず矢口は続けた。

「実業なんて、虚《むな》しいものです。この図は何だと思いますか」

矢口は画面を指差した。

「実業の象徴、ワールドトレードセンターが、虚業の象徴、宗教によって壊されたんです。しかも物理的に」

「そういう考え方、するか?」

「実業の時代は、終わりました。これからは虚業の時代です。僕たちは、実業の方だけ向いていたから、何も思いつかなかった。でも僕らが起こすのは、虚業でいい」

「ゲームだって、小説だって、いや、金融だって、行政だって考えてみれば虚業だ」

「その最たるものが、宗教です。事業として宗教を営むんですよ、僕たちで」

「なんだと」

唖然《あぜん》として正彦は矢口の顔を見た。

「ばかやろう、こんなときに、不謹慎もいい加減にしろ」

ビルが崩れていく映像に視線を釘《くぎ》づけにしたまま、正彦は腹の底から怒りをこめて怒鳴った。

おまえは心《しん》からクズ野郎だ、そう続けようとして、はっとした。

何もワールドトレードセンターを崩壊させ、極東の国にモスクを建てるばかりが、宗教ではない。

信者が三十人いれば、食っていける。五百人いれば、ベンツに乗れる。宗教を興《おこ》すとはそういうことだ。三百万あればだれでも事業を起こせるが、利益はそう簡単には上げられない。しかし宗教は別だ。元手は、教義という知的財産だけで、いくら儲《もう》けたところで、宗教活動によってもたらされた所得に対しては税金がかからない。あらゆる知的産業、サービス業は、換言すれば虚業だ。信仰という商品を売る第四次産業、それが宗教だ。

長引く不況の下で、大人は漠然とした不安と閉塞感《へいそくかん》に捕らえられ、若者は退屈しきっている。宗教ほど時代のニーズに合った事業はない。

矢口の言う通り、この先、時代は宗教的気分に濃厚に彩《いろど》られていくだろう。

確かにゲームも小説も、金融も行政も、虚業だ。そこでもっとも多くの需要を見込めるサービスとは何なのか。客が求める物は何なのか。

あのとき、家庭も仕事も将来もすべてを失ったとき、自分はどんな心境になったのか。

何かが見えてきた。

「やりますか」

居住まいを正すと、正彦は矢口に向き直った。

矢口は、生真面目《きまじめ》な顔で唾《つば》を飲み込んだ。

「ただし、こういうのとは、本質的に違う」と正彦はテレビの画面を指差す。

当然ではある。原理主義はともかくとして、世界宗教に匹敵するものを作ろうなどと考えること自体、不遜《ふそん》なことはなはだしい。

「オウムと間違えられるようなのもまずいですよね」

「そのへんだけは、慎重にやらんとまずいです。あんなのやライフスペースみたいなのと一緒にされたら虚業もなにもない。利益を上げるどころか、公安に目をつけられる」

「聖書の勉強会とか言って女の子を集めて壺《つぼ》でも売りますか?」

「私は、あれほど絶倫じゃない」

「イエスの方舟《はこぶね》みたいな感じで、そこそこやるのが、安全かな」

「あれは財産を食い潰《つぶ》しただけで少しも儲かりはしなかった」

「だけど、女の子に囲まれて、和気あいあいで何かいいな」

正彦は一つ咳《せき》払いした。

「矢口さん、私は、女より金です。精神の安定というサービスを売り、対価を得る。やる以上は、まっとうな商売をしましょう」

力みかえった軍人口調でそう宣言すると、正彦は傍らのパソコンを立ち上げる。

事業としての宗教に必要なものは、教義と礼拝施設だ。しかし施設については、何も建物を作る必要はない。宗教法人としての認証を受けるのでなければ、当面はネット上に仮想の神殿を作れば済む。

問題は教義だ。まずは教えの根本を定めなくてはならない。いったい何の神を設置すべきだろうか。

つい数時間前までの、絶望の淵《ふち》を重い体を引きずって彷徨《さまよ》っているかのような気分は薄れ、活力めいたものがゆっくりと、沸き上がってくる。

妻と分けた財産を食い潰すだけの、夢も将来も失った、孤独な日常。グラスに水を注いで口に運ぶことさえとてつもなく億劫《おっくう》で、浅い眠りから覚めた瞬間に自殺を考えるような日々の中で、不埒《ふらち》にも正彦はワールドトレードセンター崩壊の光景に、ひさびさに生き生きとした感情を取り戻していた。つい先程、テレビ画面で目にした、世界の終末のような光景に、救いめいたものを見いだしていた。

自分の人生だけが行き詰まったのではない。自分を取り巻く世界が丸ごと終わりになる。そんなほっとした気分に正彦は捕らえられていた。

正直なところ、ハルマゲドンを待望するファンダメンタリストの気持ちが少しわかるような気がしていた。

「どこの系列の宗教に属するかがまず問題だ」

正彦は、パソコンを立ち上げインターネットに接続すると新宗教のホームページを検索する。

「系列って」

矢口が尋ねた。

「だから系列です。大きく分けて、神道系《しんとうけい》、仏教系、キリスト教系の三つ。神道系で有名なのは、手かざしの真光《まひかり》、仏教系は真如苑《しんにょえん》、キリスト教系には輸血拒否のものみの塔などがある」

「イスラム系っていうのは」

「矢口さん、一人で勝手に作ってください」

矢口は考え込むように、少し天井のあたりを睨《にら》んでいたが、やがてぽつりと言った。

「今、系列なんかめちゃくちゃじゃないですか」

「言われてみれば、そうかもしれない」

「仏教もキリスト教も神道もなんでもあり、おいしいところだけもらってきたようなのがたくさんあるんだし、あんまり固く考えるよりは、何かこう、キーワードは、現代人の癒《いや》し、というか、ストレスやトラウマとかから解放されて、とにかくここに入れば、みんな心安らかに生きていけるよ、みたいな部分で立ち上げた方がいいと僕は思うな」

正彦は回転椅子《いす》をくるりと回し、矢口の方を向き直った。

「同時に、ここに来れば、人生が切り開けるっていう、自己開発セミナーの要素も必要です」

ふう、とため息をついて、顔を見合わせる。

「ま、そのへんはここで考えてもしかたない。信者の要求にしたがって出来上がるのが神様ってものだ」

ゲームだ、というのは、お互いにわかっていた。夢を追いかけた挙げ句将来を失った三十八歳の元公務員と、女で人生をしくじった四十男が、衝撃的な事件を告げるテレビの前で、交わしているヨタ話に過ぎない。

それがわかっていたから、すこぶる気楽にホームページ作成ツールを起動していた。つい四ヵ月前、幻のゲームブックの宣伝用ホームページを作るために、正彦が新宿のヨドバシカメラで一万円少々で買ったものだった。

「なぜ、私たちは生きづらいと感じるのでしょうか」というキャッチフレーズは、矢口がひねり出した。

「私たちが目にしている現象の裏側に、真理の潮流は流れています。それは常に不変のものなのですが、私たちの曇った目には見えないだけなのです」という文章は、正彦が考えた。

「あなたの深層心理から、今の魂の有り様を分析します」という怪しげなテストを作ったのは矢口だ。もともとゲームを作っていた矢口は、この手の愚にもつかない占いやテストの類《たぐい》を考えだすのはお手のものだ。

「ところで名前、何にします、教団の」

日付が変わり、東の空が白々と明るむまで、文字を打ち込んだり、イラストを貼《は》り付けたりといった作業に熱中していた矢口が、ふと気付いたように尋ねた。

確かに最初に考えねばならないのは、教団の名称だった。

何も考えつかない。

「末法教団真理の鐘」

「怖いですよ、何か。狂信的な坊さんがみんなで団扇太鼓《うちわだいこ》を叩《たた》いて行進しているイメージです。もっとふわっと、たとえば『ガイアの方舟』とか『愛の苑《その》 アガペの会』」

「『愛欲の苑 エロスの会』の方が、似合ってるぞ」

「また、それですか」

うんざりした様子で矢口は肩をすくめる。

真理の泉、大慈悲光臨会、燈掲園《とうけいえん》……。

いくつもの名前を出し合い、それでもぴんとくるものはない。

「タイトル付けるの、苦手ですねえ、お互い」と矢口がため息をついた。

「奇をてらうからいけないんだ。平凡でいい、平凡で」

考え疲れて正彦は、口から出まかせで言った。

「聖泉真法会《せいせんしんぽうかい》ってのは、どうです。せいせんはジハードじゃない。聖なる泉」

「いいんじゃないですか、それで」

同様に考え疲れた矢口が、うなずいた。

聖泉は、正彦が昔つき合っていた女の出身校から取った。真法会というのは、法学部出身の正彦が、学生時代に所属していた司法試験を目指すゼミの名称で、両方合わせてみると、いかにも新興宗教団体風の怪しげな趣がある。

「それで行きましょう」

矢口は大きくうなずくと、トップ画面に「聖泉真法会の教え」と打ち込んだ。

あちらこちらのサイトから見つけてきたものを切り貼りして、新宗教のステレオタイプの、一見ソフトで、どことなく押しつけがましい、善意と根拠無き信念に彩られたホームページを立ち上げる作業は楽しかった。

全体のデザインは、矢口が担当した。トップ画面の神殿の絵は、以前に矢口が手がけたゲームから切り貼りして作った。古いカトリック教会とも、ギリシャ風神殿とも、ロシア正教会ともつかない、とにかくこけおどし的な建物内部の風景だ。

名称とキャッチフレーズ以外、教義も組織も何もなかった。

ほとんど不眠不休で作業にあたり、三日目にプロバイダーに登録し、アップしたとたんに、メールが届いた。

「今、オジサンとつきあっています。どうしてこんなことをしているのか、自分でもわかりません。ネットで知り合って、ホテルに行って五万円もらいました。はっきりいって、オジサンは気持ち悪いし、親が知ったらかわいそうだと思います。カレも怒ると思いますが、今しかできないことです。自分を大切にしろって、大人はいいますが、大切にしてもどうにもならないと思いませんか。卒業して、二十歳《はたち》を過ぎてしまえばただのおばさんになって、だれも大切にしてくれません。最後はだれにも相手にしてもらえない、太ったうちのお母さんみたいになってしまうのはいやです。それなら今を、いちばん楽しく過ごした方がいいと思います。それにだれにも愛されないオジサンの相手をしてあげるんだから、悪いことをしてるわけじゃないと思うんですが」

ゆきうさぎ、とハンドルネームがついている。

「なんだぁ、こりゃ、いきなり」

正彦は、眼鏡を外し、寝不足でしょぼついた目で瞬《まばた》きしながら、画面を指差した。

「宗教ってのは、こういう連中がアクセスしてくるのか」

渋い顔で矢口が腕組みした。

「答えるしかないでしょう」

「くだらん、の一言に尽きる。高校生だかなんだか知らんが、要するに売春婦が高校の制服着てパソコン使って商売しとる、というだけの話じゃないですか。世の中ナメとると、いずれ手錠をかけられて高速道路に捨てられるぞって教えてやりたいが、教えたってわかるような頭じゃないだろう」

「桐生さん」

たしなめるように、矢口が言った。

「くだらんという決め付けが、いけませんよ。自分の身に置き換えてみてくださいよ。ここに書き込んでくるってことは、彼女だって本当はいいことだとは思ってないんですよ。悩んでいるから、アクセスしてきたんですよ。こんな言葉の奥に何を抱えているのか、理解してやらないと」

「女には優しいな」

正彦は、感心と軽蔑《けいべつ》の入り交じった視線を矢口に向ける。

「女とか男の問題じゃありません」

矢口は首を振るとキーボードに向かい、答えを打ち込み始める。

「もし君がここにいたなら、僕は君を力いっぱいだきしめ、そんなことはするな、と言ってあげたい。君がここにアクセスしてきたのも何かの縁だし、そうして縁のできた君が病気になったり、殺されたりしたら、僕は悲しい。君のしていることは売春だ。わかっていると思うけれど、妊娠したり性病にかかったりするかもしれない。体がどうというだけじゃなくて、そんなことをしていたら、君の魂が病気になってしまう。僕はそれがいちばん怖い。君が二十歳を過ぎようと、おばさんになろうと、君がみんなから粗末にされるなんて、だれにも相手にされなくなるなんて、そんなのは絶対に嘘《うそ》だ。心の病んだ大人たちが、そんな風に君にささやいているだけだ。長い人生をみんなに大切にされて生きていけるかどうかは、君自身の生き方にかかっている。それは君が他の人を大切にしてあげられるかどうかにかかっているんだ。つまりそれは、君が君自身を大切にできるかどうかだ。自分の魂に嘘をつかずに、生きていけるかどうかっていうことなんだ。つまり愛だ。だれにも愛されないオジサンに体を売るのは、愛なんかじゃない。間違えてはいけない。愛っていうのは、もっと大きなものだ」

一気に書き終え、矢口は小さく息をついた。

「やりますね、さすが色事師の矢口さん。しょんべんくさい女子高生からマダムまで、しっかり心を摑《つか》む」

この男は、単に調子のいい色男ではないのかもしれない、と正彦は、その文章を読みながら思った。その場にいる相手を、すくなくともその時だけは、心底、本気で好きになり、思いやることができなければ、臆面《おくめん》もなくこんなことを書き連ねたりできないだろう。

「ちょっと悪いが」と前置きして、正彦はその「僕」という一人称を、「私」に変換した。これで少しは宗教団体側からの回答らしくなった。ついでに最後に「そしてすべての愛の中で一番、大きな愛、それは言うまでもなく神様の愛です。この宇宙をあまねく覆《おお》う大きな愛の中で、自分が生かされていることを知らなくてはなりません」と書き加えた。

「なんだかそこまで書くと、説教臭くて真実味ないですよ」と矢口は口を尖《とが》らせる。

「宗教が説教臭くなくてどうするんですか」

矢口は不請不請《ふしょうぶしょう》、それを送信する。

そうこうするうちに、数本のメールが入ってきた。

「ワールドトレードセンタービルに飛行機が飛び込んだ映像を、ニュースで繰り返し見ています。あの九月十一日から、毎日、考えているのです。恐ろしいことです。何よりショックなのは、犯人がやったことはもちろん悪いのですが、とうてい償えないほど、でも、なんというのか、真実を求め、正しく生きようとしていたことについては、あの人たちは私たちよりずっとずっと真剣だったと思うのです。そして炎に巻かれたり瓦礫《がれき》の下に埋もれた人々を助けようとして犠牲になった消防士や、たくさんの人々も人間愛にあふれた人々だったと思うのです。信仰はすばらしいことのはずなのに、なぜ宗教で人は争うのでしょうか。こんなにもひどい殺し合いを、なぜ人々は十字軍の昔からずっと繰り返してきたのでしょうか」

「だからこれは、宗教云々《うんぬん》以前に、根底にはアラブ世界の貧困とアメリカ主導のグローバリズムの対立があってだな、そうした中で確立された国際秩序に対し」

「桐生さん、あなた、人の気持ちがわかってませんよ」

いきなり矢口がさえぎった。

「女の気持ちって言ってくれ」

「彼女が聞きたいのは、そんなことじゃないんですよ。気持ちの整理がつかないんですよ。テレビでショッキングな映像を見せられて。たぶん、もしかするとどこかの信者かもしれない。自分の信仰と世の中で起きていることの間に説明がつかなくなって悩んでるわけでしょう」

「こっちだって、わからんです」と正彦は咳《せき》払いをして続けた。

「女の相手は矢口さんに任せます」

「女かどうか、わからないじゃないですか」と矢口は、「ラクシュミ」というハンドルネームを指差した。

「女です。ヒンドゥーの女神の名前です。もっともネカマかもしれんが」

ふうん、とうなずいた後、矢口ははっとしたように言って身震いした。

「ひょっとして、オウムのホーリーネームですか」
「それはわからん。たかがハンドルネームですから」
「とにかくこれは、ちょっと、桐生さんに任せます」
「逃げるんですか」

そう言ったときには、矢口は百円玉をいくつか持って、玄関を出ていくところだった。

この三日間、矢口は正彦のアパートに居座っていた。金と寝場所を提供してもらい、かわりに、食事作りを引き受けている。

正彦はコンピュータの前に座り直す。屁《へ》理屈だろうが詭《き》弁《べん》だろうが、この際、何か答えを出さなければならない。理想的な教師であるならヒントを与え、生徒に自分で考えさせて答えを出させる。しかし教祖はそれでは商売にならない。こちらがきっちり答えを出し、子羊を導いてやらなければならない。

しかしヨーロッパ列強による植民地支配の歴史や、石油の利権をめぐる話、イスラム急進派を生み出したアラブ社会の現状や第三世界の貧困について説明したとしても、ここに書き込んできた女の頭と知識で、それが理解できるとは思えない。第一、相手はそんな答えは求めていない。何より自分は元都庁職員、鈴木正彦ではなく、今、ここ、ネット上では、宗教団体の教祖なのだ。

正彦は目を閉じ、しばらく考えた後に、文字を打ち込み始める。

「人は、それぞれの信ずるところの神に従い行動した結果、多くの悲劇を生み出してきました。しかし私は、人々が悪い神を信仰しているのだとは考えません。宗教が戦争を起こすのではありません。自分の利益のために宗教を利用する人々が、他人を傷つけ、戦争を起こすのです。そのことを踏まえた上で、聖泉真法会は次のように考えます。キリスト教でも、イスラムでも、あるいはユダヤ教でも、これは唯一《ゆいいつ》絶対な神への帰依《きえ》を求めるもの、これをして宗教なのだとみなし、それ以外は宗教ではないとする偏《かたよ》った考え方が、あなたにもありませんか？　しかし神は一つではないのです。

私たちはたくさんの神様仏様に見守られて生きているのです。目を閉じ、心を大宇宙に開いてごらんなさい。インドのヒンドゥー教の神様がいらっしゃいます。バラモン教の神様がおられます。日本の天照大神《あまてらすおおみかみ》もいらっしゃいます。人々が神様を巡って対立し、ましてや殺し合うことなど、神様は望んではおられません。あらゆる神様がそれぞれの土地で姿を変え、それぞれの御姿《みすがた》を我々の前に現されてまいりました。そしてさまざまな考え方や道徳を人々にお与えになりました。人間とは愚かなもので、一人でそれほどたくさんの智恵《ちえ》を持つことができないからです。そうしたたくさんの智恵の合わさった物が、神様の世界なのです。聖泉真法会には異教徒という概念も、無神論者という言葉もありません。キリスト教を信ずる者も、イスラムを信仰する者も、仏教を信仰する者も、等しく信者なのであり、それは人に限らず、動物、虫の一匹、草木に至るまで、すべての生命を持つもののうちに神が宿り、偉大なる叡知《えいち》の下に共存しうるのが、金剛の大宇宙なのだと考えております」

やれやれと目頭を揉《も》む。これで本当に商売になるとは思えない。

矢口が買物袋を下げて帰ってきた。キッチンで何かを刻む音がする。

八百屋で大根の葉をただでもらってきたので菜飯《なめし》にするのだと言う。

二十分ほどで、昨日炊《た》いた白い飯に大量の大根の葉と胡麻《ごま》を混ぜ込み、上に目玉焼きを乗せた昼食が出てきた。

「何せ、金、ないですから。でも体にはいいですよ」と矢口が弁解するともなく言った。

うなずいて口に運ぶ。高脂血症、高尿酸値、やや肥満、やや高血圧、糖尿病の恐れあり。これが三十八歳の正彦の体だった。多忙なデスクワークによる運動不足と、慢性的な残業、それにともなう一日四食の高カロリー食、ストレス、そうしたものが健康をむしばんでいた。

「なんか本当に修行者になったようだ」と正彦は、歯の間でごりごりする大根の茎を嚙《か》み締める。苦い味が舌に広がった。

皿を手にしたまま、矢口が画面を覗《のぞ》き込む。

「さっきの答えです」

正彦は言った。

「いいじゃないですか」

矢口はうなずき、次の瞬間、「おっ」と声を上げた。

「これって、まんまじゃないですか」と、テーブルの上から片付けられることもなく、これ見よがしに積んであるゲラの束を指差した。

日の目を見ることもなく終わったゲームブック「グゲ王国の秘法」と、今回の答えには、確かに一致する部分が多かった。

ヒンドゥーとバラモンの神を抱え込んだ、チベット密教のパンテオンというその構成といい、世界を破滅から救う多元的価値観に基づく多神教の叡知というコンセプトといい、そっくりだった。当然のことだ。作者が同じなのだから。

五千枚も書くうちに、その内容が自分の頭にすり込まれてしまっていたのかと思うほどに、なんとも情けなく恨めしい気分がよみがえってきた。

「桐生さん、これでコンテンツの部分は、ほぼ決まっちゃったじゃないですか。教義はグゲ王国の秘法ですよ。チベット仏教の金剛の大宇宙ってやつ」

「金剛頂経《こんごうちょうきょう》の教えか……。真言宗の坊主《ぼうず》が聞いたら怒るだろうな」

ファンタジーどころか、ゲームか、と正彦はため息をついた。しかしオウムはマンガで、サイエントロジーはSFときたものだ、何が悪いとつぶやいてみた。所詮《しょせん》、神の起源など、どこかの頭のおかしいやつが、砂漠や密林で目にした幻視だ。同じ物を正常な人間が意図的に作り出してどこが悪い？

系列は、一応密教としよう。それも高野山系ではなく、チベット密教に様々な宗教の要素をブレンドしていく。いずれにしても多神教だ。

バラモン教とヒンドゥー教の神々を包含して発展し、神々のパンテオンを作り上げた密教こそ、文明の衝突を回避する偉大なる智恵だ。多神教の寛容さこそ、一神教の対立を救う。こんな時代には、なかなか可能性を秘めた教えとなるかもしれない。

硬い大根の葉の苦みを嚙み締めながら、正彦はそんなことを考えていた。

不意に矢口が、立ち上がった。

「取り替えましょう、タイトルバックを。グゲ王国の秘法で行くなら、それらしい東洋風なものに」

そう言うと、彼は部屋の二面を占めている背の高い書架にある写真集を数冊引き抜いた。あのいまいましい五千枚の原稿を書くために正彦が使った、チベットやらラダックやらの写真集だった。

それから遠慮がちに、正彦に三万円貸してくれ、と言う。

正彦は財布から金を取り出す。妻と二分した預金から引き出した、さほど多くもない現金だ。

「まさか逃げるんじゃないだろうな」

凄味《すごみ》を込めて尋ねる。

「何言ってるんですか、とんでもない」と憤然として矢口は答え、金を受け取ると出かけていった。一時間もした頃、スキャナーとソフトを抱えて戻ってきた矢口は、作業に取り掛かった。

ほどなく様々な写真やイラストを、正彦の持っていた資料から切り貼《ば》りした著作権無視の画面が出来上がった。

まずタイトルバックに現れるのは、霧に霞《かす》む峨々《がが》とした山とその中程に建つ大伽藍《がらん》だ。青空に金色の屋根をきらめかせて建っている寺は、やがてシルエットになり黒く沈んでいく。

風景は夜に変わっている。天には星がきらめいている。画面は一転して、大宇宙の光景になる。一際《ひときわ》、強い光を放つ星が中央に現われ、次第に近付いてくる。数秒後にはそれがさきほどの山の中腹にあった大伽藍から漏れる明りであることがわかる。

寺院の内部には仏が並んでいる。中央に鎮座しているのは両手を交差させた持金剛。額には、エメラルドがはまっており、その光が宇宙を照らしている。

そこに「すべての生命を尊び、すべての生命を愛する　我《われ》は仏のうちにあり、仏は我のうちにあり」とキャッチフレーズが浮かび上がる。

しかしこれでは聖泉真法会が、仏教系の教団であることを明示することになる。若者の中には、それだけで拒否感を抱く者もいるだろう。何より「愛」という言葉は、仏教では肯定的な意味合いでは使われない。しばらく考えた後、このキャッチフレーズを「仏」から「神」に変えた。密教の尊格には、ヒンドゥーやバラモンの神もいるので、まったく間違いともいえない。

「すべての生命を尊び、すべての生命を愛する　我は神のうちにあり、神は我のうちにあり」

もちろんこれだけでは、もともと信仰心など無縁な、日本のごく普通の人々にはアピールしない。ここにアクセスしてくる人々のごく個人的な悩みに対し、実践的で常識的な回答をしていくことも重要だ。

正彦の想定した宗教ユーザーは二通りだ。現代社会のストレスにさらされ、精神の安定を得るために対価を払ってもいいと考えている大人と、息苦しいほど安定した日常生活に退屈した若者。いずれも支払い能力があるというのが条件だった。貧困や深刻な病苦を抱え、どこかの宗教に本気ですがっているようなヘビーユーザーが宗旨変えしてやって来るのは迷惑だった。

それからわずか四日のうちに、聖泉真法会に届いたメールは五十件を越えた。その一問一答は掲示板上に公開された。

送られてきたメールの中には、「我々は怪しげなカルトを壊滅させる」といった脅しや、寄せられた悩みに対して「バカ女」と中傷する内容の物などが含まれていた。予想していたことでもあり、聖泉真法会のホームページでは、ノーチェックで書込みのできる掲示板は用意しなかった。いったん送られてきたメールのうち、迷惑メールや中傷メールを削除し、また場合によってはそのメールに多少手を加え、問題のない形にして掲示板で流すことにした。そのため低次元の論争がネット上で始まるということは免れている。何しろ、これが布教の第一歩であるから、二人とも真剣だった。

内容的にはテロ関連ニュースをめぐって宗教の在り方を問うもの、また自分の抱えた問題について相談をもちかけるものという二種類に分かれ、矢口と正彦が分担するには都合がいい。

メールが百件を越えた時点で、礼拝の施設と対象を作ろうという話になった。礼拝も説教もお参りもすべてネットでできるサイバー宗教の可能性もないというわけではない。画面の神殿に扉をつけ、信者はそこから中に入り、奥に鎮座している仏を拝む、というネット上でのお参りプログラムなど、矢口なら簡単に作れるだろう。それで拝観料を取り、お守りのたぐいをネット販売する方法もある。

しかしそれに高い金を払う客がいるだろうか？　何よりその遊び感覚が、寄せられるメールの深刻で生真面目《きまじめ》な内容にそぐわない。

やはり事業として成立させるなら、それなりの投資をして信者を集め、献金をさせなければならない。

ただし施設を作るには金がいる。正彦も矢口も失業者だ。矢口に至っては、住まいさえなく、正彦のところに居候《いそうろう》している。土地を買い、建物を建てるどころか、賃貸物件の敷金礼金さえ支払えない。

このところ二人で暇をみつけては、不動産屋を巡っているが、礼拝に使えそうな物件などめったにない。あったところで高い。何より大家は個人には貸すが、団体については警戒する。宗教団体ではなおさらだ。

田舎に引っ込めばどうにかならないことはないが、不便なところでは人が集まらない。大久保あたりのビルの一室が、モスクに変わったりする光景を見せつけられるたびに、正彦は異国から出稼ぎにくる人々の背後にある豊富な資金力に思いをはせ、ため息をつく。

そうこうするうちに、メールの数はますます増えていった。それを整理し、返事を書くことに忙殺されるが、そんなものをいくら書いたところでいっこうに儲《もう》けは出ない。焦《あせ》りがつのった頃、正彦は、ポスティングされている一枚のビラに気づいた。つい一週間ほど前にも入っていたものだが、マンションを買うなどということに考えが及ばず、他のデリヘルやピザ屋のビラとともに捨てていた。

「2800万」という数字だけが最初に目に入ってきた。「グランド・フォート」というのは、今、正彦が住んでいるマンションだ。売りに出されているのは、一階の店舗部分だった。

そのときになって思い出した。このマンションの一階に、「木馬文庫」という怪しげな喫茶店があった。一応、椅子《いす》とテーブルがあり、メニューもある。しかし開店しているのは、週のうち三日か四日。しかも不定期の開店だ。たまたま開け放してあったドアから中をのぞくと、壁の一方が作り付けの本棚になっていた。テーブルは中央に大きな楕円形《だえんけい》のものが一つあるきりだが、一般の客が入っているのを見ることはあまりない。たいていは昼となく夜となく、盛りのとうに過ぎたような飾り気のない女が十人近く集まっていた。

「喫茶店」とはなっているが、大方どこかのNPOの事務所にでもなっているのだろう、と正彦は思っていた。

そこがいつの間にか閉鎖された。開店していることが週に四日から、二、三日になり、二週間に一回になり、ある日「貸し店舗」という貼り紙が扉や電柱に張り出されていた。あのまま借り手が現れなかったのだろう。しかし今回、なぜ、賃貸ではなく、売却になっているのだろうか。

「一階店舗部分って賃貸だよね、普通」

矢口が首を傾《かし》げる。確かにその通りだ。管理組合が持って、家賃収入を管理費に組み入れているケースも多い。

分譲価格の二千八百万円は、八十四平米という広さからして、このあたりでは破格の安さだ。とはいえ正彦たちに支払い能力はない。どこかで金を借りたくても、今の正彦たちに金を貸してくれるところなどどこにもない。

どうしてもということになれば、この三階の家を手放すしかないが、こちらは四十八平米とぐんと狭い。その上、この時期に手放すということになれば、どれだけ叩《たた》かれるかわかったものではない。

躊躇《ちゅうちょ》している正彦に対して、矢口の行動は素早かった。すぐに正彦を促して一階に下り、シャッターの閉まっている物件を確認し、部屋に戻るとビラに書かれた番号に電話した。

先方は不動産屋ではなかった。売り主である女性が直接出た。矢口が中を見たい、と申し出ると、相手は一時間後に、そちらに行く、と答えた。

現れた女の歳《とし》の頃は、七十過ぎだろうか。作務衣《さむえ》のような衣服にパーマ気のない白髪《しらが》頭を結い上げ、紬《つむぎ》風の袋を下げている。

ドアを開け、女の後について内部に足を踏み入れたとたん、異臭が鼻をついた。明かりをつけると、大きなテーブルも本棚も、この老朽化したマンション以上に薄汚れていた。異臭はカウンターの内側から漂ってきている。

「なんだ、こりゃ」と正彦は肩をひそめた。

ステンレスの調理台には干涸《ひから》びた野菜の皮のようなものがこびりつき、真っ黒に汚れたPタイルの床には残飯らしきものが散らばっている。

ビラには八十四平米とあったが、なるほど広い。店舗の奥に六畳くらいの事務所がついていたが、こちらも薄汚れていた。

「庇《ひさし》を貸して母屋《おもや》を取られるってね、こういうことですよ」

老女は、舌打ちした。

彼女は元はこの土地の地主であったという。等価交換方式が普及する以前、今から四十年近くも前のことだったが、呉服屋を営んでいた彼女の夫が、建設会社に土地を売り、分譲マンションが建てられた。その際、住居は少し離れたところに引っ越したが、店についてはマンションの一階部分を譲り受けてそこで営業を続けた。

夫が営んでいた呉服屋は、時代の流れとともに寂れていき、最後の方は和服などまったく売れなくなり、割烹着《かっぽうぎ》や寝間着、足袋型のソックスといった商品しか店頭には置かなくなっていた。それでも不動産が自分のものなので、夫婦二人が食べていくのに困ることはなかったという。

やがて夫が亡《な》くなり呉服屋は廃業した。残された女は店を売って相続税を払おうとしたが、思いとどまった。ちょうどバブルの絶頂期で、一帯は地上げされ、それまであった家々は櫛《くし》の歯が欠けるようになくなり、残っていた住人も自分の土地に建てたマンションの一室に住むようになっていた。近所との交流も希薄になった。そのとき彼女は、それまで呉服屋を営んでいた場所に、喫茶コーナーを設けたイベントスペース「木馬文庫」を作り、近隣の住民のために開放することを思いついたのだった。

縁側代わりだった、と女は言う。あたりはビルばかりになってしまい、ちょっと訪ねていって縁側でお茶を飲むといったこともできない。そこで彼女はそれまで店を構えていたこのマンションの一階に、彼女の縁側を作った。

地上げのために否応《いやおう》なくマンション族にさせられた近所の年寄りや主婦が集まれる喫茶店には、亡き夫の形見の本や骨董《こっとう》を置き、井戸端会議の場所を作った。

ところがそこに集う地元の人々も、引っ越したり他界したりして減ってきた頃、店には特異なカラーの客が集まるようになった。

「最初は、何か立派な活動をしている人たちだと思ったんですよ」と女は言う。

教養のありそうな、元気のいい、中年の女性たちが、頻繁に訪れるようになった。地元の人々ではなく、最近、このあたりのマンションやアパートに引っ越してきた主婦や働く女性たちらしいが、気さくでさっぱりしたいい人たち、という風に、最初は見えた。

しばらくして、女は体を壊して入院した。店にやってくるようになった女性グループに、それでは私たちが店を切り回しておいてあげるから、と言われて、厨房《ちゅうぼう》を任せてしまったのが運の尽きだった。

半年後に退院して戻ってきてみると、署名運動やら集会やらに熱心な子連れの母親や、髭面《ひげづら》、ちょんまげの男、パーマ気のない髪に首回りの伸びたTシャツを身につけた若い女など、彼女にとっては異様な風体をした男女の溜《たま》り場になっていた。喫茶メニューも勝手に変えられ、自然食を中心にして、酒を出す店に変わっていた。

近所の住人は、気味悪がってもはや近付かなくなっている。

悪いことをしているグループではないというのは、わかっていた。環境、障害者、女性差別、様々な問題に意欲的に取り組んでいる人々が、ここに集まり、情報交換をしていた。

しかしその一階にある喫茶店は、女の持ち物であり、彼女がこの地域に親の代から住んでいる人々のために作った、我が家の縁側だった。

大家と居候との対立が始まった。縁側だったら、地域に開かれた有意義なスペースとして活用しなければ、というグループの女性たちに対し、彼女は後から入ってきたあなたたちは、この地域の気風を十分に尊重し、元からいる人々に礼を尽くして付き合う必要があるのだ、と説教したが通じなかった。

細々《ほそぼそ》ながらもあった喫茶店収入も、仲間を相手にしたほとんど儲けのない商売のために、ほとんど無くなり経営は赤字に転落した。

そこに集まる人々を嫌い、出ていってくれるようにと叫ぶたびに、彼女は障害者や外国人に対する差別主義者として非難される。法的には何の権利もない人々だったが、得体のしれない理論武装をした女性グループに老女一人では太刀打ちできなかった。警察を呼んだこともあるが無駄だった。

女は、その店が自分の持ち物であるにもかかわらず、そこに顔を出すこともできなくなった。賃貸契約もなく、もちろん家賃も支払わずに居座ったグループに、彼女は追い出されたのだ。そうこうするうちに、グループの女性たちはその場所を使って、妙な商売を始めた。「身の上相談だった」と老女は言う。

夫婦仲のうまくいかない妻や、家出してきた娘、暴力男から逃れてきた女などが、集まってきては、そこで夜遅くまで、酒を飲んだり食べたりしながら話をしていたと言う。

正彦には、それが単なる身の上相談ではないことがわかる。

どうやらそのグループは、この喫茶店を拠点として、何かのネットワークを作っていたらしい。

それからまもなく、女は夫が以前から何かと世話になっていたやり手の税理士に事情を話した。憤慨した税理士は、彼女のためにすぐに書類を揃《そろ》えてやってきて、そこに集まった人々に対し、不法侵入、不法占拠で訴えるぞと通告し、追い払ってくれたのだった。

とはいえ、また開店すれば同じことが起きる可能性がある。それなら、別の人間が持ってしかるべき商売に役立ててもらう方がいいと思った、と女は言う。

正彦と矢口は顔を見合わせた。

教団を始めるには最適の場所だった。北側の通りに面したドアは客が入りやすい。祭壇を作るスペースも、信者が集うスペースもある。奥にあるオフィスでは、当面、二人が寝泊りすることが可能だ。風呂《ふろ》はついていないが、幸い、この近くには銭湯がまだある。「問題は……」と正彦は切り出した。

「金がないことです」

老女は怪訝《けげん》な顔で正彦を見つめ、次に唇の両端を下げ、目をかっと見開いた。以前にそんな目にあっているのだから当然だ。

「しかし、さしつかえなければ、僕たちが今住んでいる三階と取り替えて欲しいんですよ。ここよりは狭いんですが、きれいに使っています。お一人で住まわれるなら、一戸建よりも楽かもしれません」

正彦と矢口は老女を促すと三階に連れて行き、自分たちの部屋を見せた。

老女は、かなり心を動かされている様子だ。

「で、差額はどのくらい払ってくれるのかしら?」

老女は尋ねた。

「差額？」

「だから一階との差額。ここは四、五十平米くらいね。下は二倍あるんですよ」

「でも、一階っていうのは、普通安いものですよ。それにかなり傷《いた》みが来てましたよね。ここは今年、私が引っ越してきたときに全面リフォームをしましたから」

正彦は説明したが、「だめだめ」と老女は顔の前で、手を振った。

「年寄りだと思って、足元見たって、だめよ。だれがこんな狭いところとただで取り替えられますか」

「それじゃいくらなら」と矢口が尋ねると、

「それは税理士さんと相談してから考えるわ」

そう言い残し、老女は出ていった。

「確かにな。広さが二倍もあって、取り替えろもないか」

矢口と二人でもう一度一階の店の前に戻る。

未練がましくシャッターの前にたたずんでいると、近所に住んでいるとおぼしき中年の女が通りかかった。

「ここ、買うんですか？」

女は声をひそめて尋ねた。

「いや、まだ、ちょっと」と正彦が答えると、女は顔をしかめ、ささやいた。

「た・か・い」

「え……」

「二千八百万じゃ高いですよ。ここ、自殺のあったとこよ」

思わず顔を見合わせ、つばを飲み込んだ。

「女の人がね、包丁で胸を刺したの」

「なんで？」

「さあ、ノイローゼじゃないの。ここ、そういう人たちの溜り場だったから。今年の一月か二月頃だったかしら。朝早く救急車が来たでしょ」

「そうでしたか？」

正彦は首を傾げた。このあたりでは始終、救急車やパトカーが来るので、いちいち覚えてはいない。第一、原稿書きに追われていたあの当時、他人のそんな事情に関心を払っている暇もなかった。

「あたし、ゴミ捨てにきて見ちゃったのよ。もうタンカに乗せられてたけど、毛布から出た手が真っ白。床を見たら、あなた、ダァーって血の海。もう、ヅォーっとして、ガタガタ震えてその場から動けなかったわ。死んだわよ、あの人、絶対。新聞とかには載らなかったけどね。しばらくしてここが売りに出されたの。最初は四千五百万で不動産屋の広告に載ってたって話だけど、だれも買うわけないじゃないね。このマンションじゃみんな知ってるだろうし、近所の人に聞けばすぐにわかることなんだから」

「あのババア」

正彦は思わずつぶやいた。

「きったねえ」と矢口も言った。

しかし、と正彦は気づいた。値引きさせ、三階と交換させる口実がこれでできた。

四十八平米の、リフォームしたての、何の問題もない住居と、八十四平米の汚れ果てた事故住宅。

「気味悪いですよ、でも」

矢口は後ずさった。

「僕、霊感強いから、見ちゃうかもしれない」

「何が、気味悪いですか、私たちが何をしようとしてるのか、矢口さんわかっとるでしょう」

矢口は答えない。

「ちょうどいいです。成仏《じょうぶつ》してもらいましょう」

翌日、老女が税理士と連れ立って正彦の元を訪れた。

今度は六十がらみの税理士が、老女の代わりに話をした。老女の死んだ夫には学生時代から世話になっているということで、残された妻の税金対策以外に、財産や法律の絡《から》む問題については、すべて彼が面倒を見ているということだった。

「あれ、事故住宅だということじゃないですか」

単刀直入に正彦は切り出した。女の顔色が変わる。

「自殺者の出た場所だという話ですよね」

矢口が続ける。

「いや、それは」と税理士は額の汗を拭《ぬぐ》って説明した。

「確かに自殺をはかった方はいましたが、ちゃんと救急車で運ばれまして」

「で、助かったんですか？」

矢口が尋ねる。

「さあ、われわれは、そこまでは」

「ここのマンションの住人や、近所の人たちが見ていたそうですが、どうも救急車で運ばれたときには、すでに息を引き取っていたということですね」と正彦は畳みかける。

「さあ、そのへんは知りませんが、ま、気にする人は気にするでしょうが」と税理士は言葉を濁す。

「そうですよ。そんなの迷信ですからね。幽霊とか、今の世の中、ねえ」と老女は同意を求めるように、税理士を見る。

「しかしなかなか、売りにくいというのは、確かでしょう。しかもひどく汚れているので、リフォームが必要だ。それだけでもたいへんな費用がかかる」

正彦は税理士に向かって言った。

その後、細かな数字のやりとりがあったが、やはり三階の住居と交換したいという正彦の申し出は受け入れられず、交渉はまとまらなかった。

税理士から、正彦の条件で交換したいという電話があったのは、それから約三週間後、十一月の半ばのことだった。

「やったぜ」

電話を受けた矢口が、親指を立てて合図した。

諸々《もろもろ》の手続きは、正彦が元役人ということもあり、意外にスムーズに進んだ。税理士はさっそく契約書作りに取りかかり、正彦が細かな文言について検討する。それを取り交わし所有権移転登記を行えば、晴れて一階は鈴木正彦の物となる。

しかしそうした手続きを終える前に引っ越しは済んでしまった。十二月に入り、年の瀬を控えて、これから寒さが厳しくなるというときだった。一人住まいの老女は、暖かく陽当たりのいい住居で新年を迎えたかったのだろう。ビルの谷間に残された古びた一戸建住宅から、とりあえず身の回りの物だけをまとめていそいそと正彦たちの住んでいた1DKに引っ越してきたのだ。

せっつかれるようにして、二人は一階に下りた。何かとまめな矢口が隅々まで掃除すると、異臭を放って薄汚れていた喫茶店跡は、どうにか人が住める状態になった。奥のオフィスにそれまで使っていた正彦のベッドを入れ、矢口は寝袋を買った。喫茶店の大テーブルと椅子《いす》はそのまま残しておいてくれたので、集団礼拝をしたりするのでなければ、それで十分に間に合う。

問題は本尊をどうするかということと、祭壇《さいだん》をどこに設置するかということだ。内部は東西に長いつくりになっており、店の入り口は北側の道路に面している。西側にカウンターがあり細長いその内側が厨房《ちゅうぼう》となっている。隣のビルと接している南側に窓はなく、洗面所と六畳くらいのオフィスがついている。

ドアの脇《わき》に祭壇というのも、あまりありがたみが感じられない。洗面所脇ではなおさらだ。空いている壁は東しかない。

「西方浄土《さいほう》というわけにはいかないか」と矢口がため息をつく。

「なあに、光は東方からって言いますよ」

正彦は本棚を置いた跡がくっきり残る東側の壁を眺めて言った。

「へえっ」と矢口が意外そうな顔をする。

「ああ、東方正教だとね」

「めちゃくちゃじゃないですか」

矢口は、壁の寸法を計る。布を貼《は》って汚れた壁を隠そうというのだ。

大きな聖画があれば理想的だが、そんなものはどこにでも売っているわけではない。

あったにしても、かなり値が張る。

「複製画、あったじゃないですか」

矢口が言った。思い出した。ゲームブック「グゲ王国の秘法」の資料として、正彦が都心のデパートで行われたチベット展で買ってきたものだ。

正彦は引っ越し荷物の間に丸めておいてあったそれを広げてみる。

「だめだ、これは」

あらためて眺め、首を振った。何本もの手足を複雑な形で絡《から》ませ、妃《きさき》と合体している守護尊の像だ。その意味するところがどれほど深遠であれ、絵柄自体はどう見ても良識ある教団の本部に置けるような代物《しろもの》ではない。元通りに丸めて筒にしまいかけ、正彦はその脇のボール箱に気づいた。仏像だ。同じくチベット展の土産物コーナーで買った展示物のレプリカだ。

宝冠をつけ、手を胸の前で交差させて立つゲルク派の本初仏《ほんじょぶつ》、持金剛《じこんごう》だ。買ったときにはいかにも偽物《にせもの》という感じの金ぴかの仏像だったが、多少時間が経《た》ったせいか、埃《ほこり》がつもったせいか、全体に艶《つや》が落ち着き、やや古色もついてありがたい味が出ている。

「とりあえず、本尊」と正彦は、それを矢口に手渡した。

釈尊が自ら成仏した本来の相で、密教タントラの教えを説く仏ということなので、祭壇の中央に鎮座させるのにふさわしい。

「小さいですよ、いくらなんでも」

矢口がそれを摘《つま》み上げた。確かに高さにして十センチ強しかないから、礼拝対象にはならない。かと言って仏具屋に行って買おうとすれば、一メートル足らずの地蔵一体が三、四十万はする。

「僕、作るよ」

仏をひねり回しながら、矢口が言った。

「矢口さんが作るって、どうやって」

「美大なんです、僕、一応」

矢口はうっすらと笑った。

「専攻はデザインですが、立体もできないことはないんで」

その日のうちに矢口は画材屋とフィギュアショップを回り、粘土や塗料を手にいれてきた。

仏像作りの矢口の手腕は驚くべきものがあった。まず空になったワインのマグナムボトルを用意し、それに石膏粘土《せっこう》を貼りつける。それでレプリカの持金剛像を拡大コピーしていく。

手を交差させた立像なので、全体のフォルムはほぼ円筒となり意外に作りやすいという。

大まかな手の動きだが、フォルムに寸分の狂いもない。見事な手際《てぎわ》だ。

「僕は真似《まね》ることなら一流なんです。創造性はないけど」と矢口は、微笑して額の汗を拭《ぬぐ》う。

「僕、クリエーターとして入社したんですよ、最初は」

「なんでそれが編集やってたの？」

「実際、ラフとか描かせてみると、美大出の僕なんかより、バイトの専門学校生の方が抜群にいいんですよ。アイデアも図柄も。強烈なボディブロー食らった感じ。結局、この世界、才能とセンスなんだ、と思い知らされた。もちろんプロデューサーも一発で見抜いたから、半年後には営業に異動させられて。そこに五年いた後に編集」

竹べらを使いながら矢口は器用に宝冠を細工していく。

「一時、ちょっと絶望的な気分になったんですけどね、世の中には無から有を創《つく》り出せる人がいて、自分はそういう人間をサポートして、クリエイティブな仕事に関われればいいんじゃないか、あるときからそう思い始めましたね。桐生《きりゅう》さんと出会ったときも、そんなことでビンビン来るもん、あって」

「そうか、買いかぶりだったな」

正彦はつぶやく。五千枚の原稿は宙に浮き、立ち上げた教団は、既成宗教のグロテスクなコピーだ。

石膏粘土の乾きは早い。翌日にはその表面に、まず緑の塗料を塗り、さらに紫、白と重ね、最後に金の塗料で仕上げる。いきなり金を塗るより、色に深みが出るのだという。

塗り上がった仏像にさらに目と唇を描いていく。もはや素人《しろうと》が作ったフィギュアには見えず、土産物のレプリカよりも数段ご利益《りやく》がありそうだ。

「どうです、だれが見たってワインの空き瓶と石膏粘土には見えないでしょう」

両手についた塗料をボロきれで拭いながら、矢口は得意げに笑う。

「十分です。信仰の本体は、施設や仏像じゃない」

正彦は答えた。

「肝心なのは、教祖だ。教祖にさえカリスマ性が備わっているなら、オウムのような醜悪極まる張りぼてでさえ、礼拝対象になる」

「そうですか。それならいっそ、イスラムのように何も置くのはやめますか」

矢口が面白くなさそうに口をとがらせ、ようやく正彦は自分の失言に気づく。

「いや、別にそういうつもりではなくて」と言いかけたとき、矢口は、何か思い出したように、像を取り上げ、その眉間《みけん》の白毫《びゃくごう》部分を削り始める。穴の部分に強力接着剤を塗りつけ、袋から緑色のビーズを取り出してはめ込んだ。

「おっ」と正彦は声を上げる。

桐生慧海《えかい》原作「グゲ王国の秘法」に登場する、世界を普《あまね》く照らすエメラルドを額にはめ込んだ仏像だ。

矢口が仏像作りをしているうちに、正彦は室内のリフォームを進めていた。ペンキが剝《は》げ、ところどころグレーのコンクリート地がむき出しになった壁は、クロスを貼り、その上からコンクリート釘《くぎ》を打って布を垂らす。事務所とのしきりのドアもカーテンに変える。布もカーテンも矢口が吉祥寺《きちじょうじ》の大型店で買ってきた化繊の裏生地だが、その安っぽい艶がむしろエキゾチックで神秘的な雰囲気を醸《かも》し出す。北向きの室内の光量は一日中安定しており、天井の蛍光灯の本数を減らしてみると、青白い光に照らされた薄暗い室内はインドネシアあたりの呪術師《じゅじゅつし》の家もかくやと思われるほど怪しげで神秘的だ。

正彦は室内を見回し、いったい椅子を何脚置けるのか、計ってみる。

八十四平米は、住宅としては十分な大きさだ。しかし集会所としては広くない。

事務所とカウンター、トイレなどを除いた部分に椅子を置くとするとそれほど多くは入らない。

また折り畳み椅子は一番安いものでも一脚四千円はする。三十脚で十二万を超える。

部屋は手に入れたが、その他の設備に金がかかる。

そのとき矢口が指を鳴らした。

「必要があれば、椅子とテーブル、とっぱらえるようにしましょう」

床にじかに座らせた方が、将来、信者数が増えたときに対応できる。それに部屋全体をアジア風に仕上げるなら、靴を脱いで座らせた方がいいと主張する。

「しかしこれですよ」と正彦は、爪先《つまさき》でPタイルの床を指した。

「フローリング仕上げならまだしも」

「何か敷けばいいじゃないですか」

「何を敷くんですか？　これ以上、安っぽくしたらだれも来ない。言っておくが、チベット絨毯《じゅうたん》を敷く金はありませんよ」

そこまで言って思い出した。ボーナス時期を控え、家電の買い替えや室内のリフォームに取りかかる人々の多いこの季節は、家庭から出る粗大ゴミも多い。正彦は、地元のリサイクルショップに電話をかけた。福祉ボランティアの組織が経営しているその店は、正彦の元の同僚が立ち上げたものだ。

問い合わせたところ、中古のカーペットなら、いくつかあると言う。さっそく矢口と二人ででかけていって、店でも処分に困っていた古びたカーペットをもらってきた。

汚れている上に、よく見ると毛の間に、白っぽい粉状のものがうごめいている。ダニだ。室内に入れる前にマンションの駐車場に広げ、吹きすさぶ木枯らしの中で、洗剤とたわしを使って丁寧に洗う。

大方の水気の切れたところで、傷だらけのPタイルの上に敷き、入り口には、正彦の本棚を下駄箱《げたばこ》がわりに置く。数百冊あった正彦の本の大半は、古本屋に売った。法律、行政関係の書籍、ゲームブック作成のための資料として使った古典ファンタジーや占い本、宗教書までをも躊躇《ちゅうちょ》することもなく段ボール箱に突っ込み、古本屋に運んで、わずか四千円の金をもらったとき、正彦はこれまでの人生と決別したような気がした。

化粧板に布を被《かぶ》せて作った祭壇には、ワイン瓶で作った仏像とともに矢口が高円寺の怪しげな店でみつけてきた香炉を置いた。布に隠されたラジカセからは、ニューエイジ系のミュージシャンによるシンセサイザーの音楽が流れてくる。「精神の安定と癒《いや》し」は宗教が提供するサービスの大きな柱だ。そのためにこうした小道具は欠かせない。

作業が終わり、ほっと一息ついたとき、矢口が咳《せ》き込み始めた。

「何よ、風邪？」

「いや、喘息《ぜんそく》」

かすれた声で矢口は答え、苦しげに息を吸い込む。

正彦は、慌《あわ》ててドアを開け放ち、換気扇を最強にした。初冬の凍るような風が室内を吹き抜けていく。

大急ぎで掃除と改装をした室内には、洗剤や接着剤、新しい化繊の布から発せられる薬品などの刺激臭が充満している。

幸い矢口の咳《せき》は空気を入れ換えてしばらくすると、落ち着いてきた。

「喘息、あったのか」

「大人になってからは、ほとんど出なかったんだけど」

「疲れがたまってるんじゃないですか」

大したことはない、と言いながら香炉に火を入れようとする矢口を、正彦は慌てて止めた。煙が喉《のど》を刺激してよけいにひどくなる。

「大丈夫」と言いながら、火を起こし、矢口は松ヤニのかけらのようなものを乗せる。

やわやわとした蒸気のような薄い煙が立ち上る。甘く官能的な香りが漂う。

「何、これ?」

正彦は尋ねた。

「さあ、香炉買ったらついてきたんだけど」

香炉を持ち上げて見る。飾り鎖のついた真鍮《しんちゅう》の香炉の真ん中でうっすらと煙を立てている松ヤニのかけらに似た物に見覚えがある。

「何だ、これは」

思わず叫んだ。

「乳香じゃないですか」

東方正教のミサで使う物だ。香炉もそのためのものだった。

「何か違うとか、思わなかったんですか？」

「僕の家、仏壇とかなかったので。でも別に、香りもいいし、違和感ないでしょう。現に今の今まで、桐生さんも気づかなかったことだし」

矢口はけろりとした顔で言う。

「ゲルク派の本初仏と、東方正教の香炉、バリヒンドゥー風インテリアか……」

正彦が、ため息をつく。

「ま、いいじゃないですか。宗教ってのは、魂の問題なんですから」

「で、問題は」と正彦は椅子《いす》を引き寄せ、矢口の正面に座った。

「教祖はだれかということだ」

「桐生さんに決まってるじゃないですか」

最後まで言う前に、矢口が答えた。

「冗談はやめてもらいましょう」

正彦は首を振った。

「私は、これまで十五年間、総務、企画畑を歩いてきた。つまり専門は企画立案、もっといえばプロデュースだ。自分が表に出るわけじゃない。教団の象徴として表に出るのは、矢口さんです。私は教主、すなわちナンバーツーとして組織の運営に携わるのが向いている」

「いや、だめ。僕はただのイベント屋だから」

正彦は垂らした布の奥にあるオフィスを指差した。中にはスチール机が運び込まれ、コンピュータが置いてある。

「ここにくるメールの八割が、矢口さん宛《あ》てです」

正彦と矢口が、一階の喫茶店跡を教団本部に改装すべく作業している間にも、聖泉真《せいせんしん》法会《ぽうかい》のホームページには、毎日三十通を越えるメールが寄せられていた。そのほとんどが、最初に矢口が受けたような若い女性からの、正彦にとっては甘えに他ならない、しかし当人にとっては深刻な悩みの数々だった。どうやら最初の矢口の答えが、若い女性たちの心を捕えたようでもあった。

「桐生さんね」

矢口は生真面目《きまじめ》な顔で、正彦をみつめた。

「教祖に必要なキャラクターは、そんな身の上相談担当者みたいなものとは違いますよ。わかってると思いますが、カリスマ性ですよ」

「元、総務局の役人のどこがカリスマですか」

「あのね、聖泉真法会では、あなたは鈴木正彦さんじゃないわけよ」

矢口の口調が、強硬なものに変わった。

「都庁の鈴木さんは、死んだんですよ。あなたはグゲ王国の秘法を説く、桐生慧海なんです」

都庁の鈴木は死んだ、という言葉に、おまえはもう後戻りできないのだ、と宣告されたような気がした。

「しかし私は麻原《あさはら》じゃない。カリスマを気取ってゲームみたいな教団を作る気はない。オカルトと脅迫はしない。悩みの解決と精神の安定、そうした宗教サービスに対する対価をお布施《ふせ》という形で受け取る。我々は、そういうまっとうな商売を立ち上げたはずだ。そこにふさわしいのはカリスマなんかではなく、有能なカウンセラーだ。資格や知識の問題ではなく、矢口さん、あなたは相談業務が得意だ。相手をリラックスさせ信頼を得るすべを心得ている。権威は必要ない。いい教祖になりますよ」

矢口は首を振った。

「桐生さん、あなたは宗教が何なのか、わかってない。僕よりわかってない。科学的、合理的でないからこそ、人は宗教に引かれるんですよ。教祖に神秘のかけらもないような宗教に、いまどきの若者が来ると思いますか？　残念ながら僕はカルい。ありがたい言葉がしゃべれないいし、オーラがない」

「俺のどこにそんなものがあるんだ」

正彦は立ち上がった。

「あります」

断定的に矢口は言った。

「少なくとも、グゲ王国という自分の世界を作り上げ、五千枚の原稿を書き上げた桐生慧海にはそれがある」

「グゲ王国というのは、別に俺が作ったものじゃない。十世紀に古代チベット王国の末《まつ》裔《えい》が西チベットで興《おこ》した実在の国だ」

そんな反論が無意味だということはわかっていた。矢口はとにかく、この教団の中心に教祖として座ることを恐れている。

明日の見えない現実から逃れるように、ゲーム感覚でネット上に開いた宗教が、今、若者たちの現実的な悩みや迷いにアクセスし、生身の人間を現実の場に取り込む準備をしている。どこへ行くかわからないという怖さを感じるのは正彦も同じだ。

人生はどこまでゲームなのだろう、と正彦は思った。

「教祖は……髭《ひげ》があった方がいいかな」

恐れをふっきるように正彦は、自分の顎《あご》にふれながらつぶやく。

しかたない、と覚悟を決めた。

矢口が微笑して、うなずく。

指先にざらついた感触が伝わってくる。作業に追われて、今朝は髭を剃《そ》らなかった。

正彦は髭が濃い。朝、剃っても夕方になると、頬から顎にかけてうっすらと黒くなっている。都庁時代は、机の引き出しに電気カミソリを入れておいた。

「顎や額もがっしりしているので、きっと似合いますよ」

「そうかな」

少なくとも最近世間を騒がせている妙な新興宗教の教祖たちのように、不潔で怪しげな印象にはならないだろうと思う。実のところ、ヨーロッパの学者がよく生やしているような頬から顎にかけての髭に在職中から憧《あこが》れていた。

次に決めなければならないのは衣装だ。袈裟《けさ》や詰め襟の長衣を身につけるのは気がひける。何よりコスプレのようで気恥ずかしいし、日常の風景の中では道化じみた印象さえ与える。

住宅街を歩いていてもさほど浮くことがなく、かつどことなくありがたい雰囲気を漂わせるような衣装はないものか。

「服、見せて。桐生さん」

矢口が言う。正彦は無言でパソコンデスクの下に置いてある段ボール箱を指差した。中には離婚間際《まぎわ》に、とりあえず家から持ち出した衣服が入っていた。

その後は外に出る暇もなく、一日中、ジャージとTシャツ、トレーナーで過ごしていたので、まだガムテープで封印したままになっている。

矢口は中身を取り出す。教祖にふさわしい衣装などあるわけがない。吊《つる》しのスーツに、レジメンタルタイ、ボタンダウンのシャツ、休日用のコットンパンツとポロシャツ。おしゃれな矢口と違い、正彦の服などたかがしれている。

「おっ」と矢口が声を上げた。

「いいじゃないですか」と取り出したのは、くしゃくしゃになった白いシャツだ。
六、七年前のクアラルンプール出張の際、現地で格式の高い晩餐会《ばんさんかい》に招待された。ドレスコードがわからず迷っている正彦に現地の駐在員が、デパートで選んでくれたものだ。スタンドカラーの長袖《ながそで》で、裾《すそ》はズボンの外に出して着るようになっている。衿《えり》やカフス、前立てには白い糸で唐草模様の刺繍《ししゅう》がほどこされている。日本円にして千円足らずで売っていた。好奇心も手伝って四、五枚買った。しかし日本に持ってきてもサラリーマンが着られるというものでもなく、タンスの肥やしになっていた。
「イスラム教徒の着るものですよ」と正彦は首を振った。

「かまわないじゃないですか」

あっさりと矢口は言う。

「この上にベストを着てターバンでも巻けば別ですが、これだけで着てる限り、イスラム風にはなりませんよ」

果たしてコットンパンツに合わせてみると、確かにイスラム教徒には見えず、かといって普通のサラリーマン風でもなく、あえて言うなら横文字自由業系の人々に見える。

「イケてますね。ぴたりと決まった」

矢口が、満足気にうなずく。正彦も、洗面所の鏡に映った自らの姿から、この聖泉真法会という寄せ集め宗教の具体的イメージを摑《つか》んだ。

小さな陶器の器には、ハードタイプのマーガリンを入れ、真ん中に芯《しん》を立てる。それを祭壇《さいだん》の手前に二十個ほど並べる。バター灯明《とうみょう》のつもりだが、バターではコストがかかりすぎるのでマーガリンだ。

灯明の隣には古びた木箱を置き、中に千円札をこれ見よがしに入れておく。

「聖泉真法会」は、まもなく現実のこの場所に誕生する。

シャッターを開けるのは、午前九時と決めた。近くにあるカトリック教会の開く時間に合わせただけで、さしたる意味はない。

集会所開設については、すでにホームページのトップで報《しら》せてある。とはいえミサや法話の類《たぐい》を行なうわけではない。「座会」という奇妙な単語を正彦は作った。

矢口のアイデアで、何か心にひっかかること、もやもやしていることを話しに来るという会だ。説教はもう古い。安物の菓子とこれまたただ同然の薬草茶でも出して、相手の言うことをしっかり聞いてやれば、たいていの者はリピーターになる。

今の時代、人間は自分の話を聞いてくれる人を痛切に求めているのだ、と矢口は言う。だれもが、自分の事ばかりアピールしたいと思い他人の事情になど関心を持っていない。だから、相手に好きなだけ自分のことを語らせ、ちゃんと話を聞いてやれれば、人は必ず寄ってくる。

2

新宿のデパート前に巨大なクリスマスツリーが飾られ、サザンテラスに出現した光のプロムナードのにぎわいも最高潮に達した十二月下旬に、聖泉真法会集会所は開かれた。

よく晴れた朝だった。シャッターを開けると、冷たい空気とともに清潔な朝の光がなだれ込んでくる。商店街はまだ閉まっているがスーツ姿のサラリーマンやコートの襟を立てた女性たちが、靴音を響かせて通り過ぎていく。ドアのガラス越しに、その風景を眺めながら正彦は不意に自己嫌悪《けんお》に陥った。同時に、サイトにアクセスしてきた若者たちに対しても苛立《いらだ》ちを覚えた。自分は何をしようとしているのだろう、と今更ながら思った。

「私は、自信がないです」

表を眺めている矢口の背中に向かって正彦は言った。

「世の中ナメたバカ女なんか来た日にゃあ、何を甘えたことを言っておるかなどと、一喝してしまうかもしれない」

矢口は振り返り、しばらく無言で正彦を見つめていた。それから断定的に言った。

「髭、剃った方がいいですよ。桐生さん」

「えっ」と頬に手をやってみる。もともといくぶん髪にウェーブのかかっている正彦の髭は伸ばしてみると、きれいに渦巻いた。自分でも悦にいっていたのだ。

「真面目な顔をすると、ものすげえ、悪人面《づら》になります」

「言いがかりつけるのもいい加減にしてください。矢口さんだって、髭の方がいいと言ったじゃないですか」

正彦がテーブルを叩《たた》くと、矢口は「自分で見て来たらどうですか」と洗面所を指差す。

果たして鏡の前に立つと、このところ数日の忙しさで頬がこけ、上下の瞼《まぶた》が隈《くま》でどす黒くなった男が、渦巻く髭を生やし、目を充血させている様は、いささか凄味《すごみ》がありすぎる。空港などうろうろしていたら間違いなく別室に連れていかれそうだ。

未練を残しながら、矢口の指示に従うことにする。シェービングフォームを使って剃り終えると、矢口が頭も丸めた方がいいと言う。髭を全部剃り落とすとそれはそれでカリスマ性がなくなってしまうらしい。

「御免こうむります。ヤクザと間違えられる」

正彦が言うと、矢口は任せておけ、と鋏《はさみ》を持ってきた。有無を言わさず椅子《いす》に座らせると、櫛《くし》を使いながら手際《てぎわ》よく切っていく。髪の束がズボンの膝《ひざ》に落ちる。ものの十分とかからなかった。なんのことはない。手で触れてみれば、高校球児のような丸刈りだ。

矢口は満足げに鏡を指さした。立っていって洗面所の鏡を再び覗《のぞ》き込む。

「おっ」と声を上げた。

眼鏡と坊主頭《ぼうずあたま》とがっしりとした輪郭からくる全体の印象は、チベットの僧侶《そうりょ》に似ていた。

切った髪を掃除機で吸い取っている間に、矢口はドアに「聖泉真法会　どうぞ気軽にお立ち寄りください」というプレートをかけた。

ドアが勢いよく開いたのは、ものの五分と経《た》たないうちだった。あまりの早さとその勢いに驚き、正彦と矢口は顔を見合わせた。近所のだれかがゴミの出し方が悪いと怒鳴り込んできたのではないかと、思った。

若い女だ。毛皮のコートのふわふわとした襟に埋もれた顔は蒼白《そうはく》だ。挨拶《あいさつ》もなく、そこにあった椅子に崩れるように腰掛けた。

「あの、すいません。ここ、靴脱いで……」

遠慮がちに矢口が声を掛けようとしたとたんに、真っ青な顔が歪《ゆが》んだ。両手で頭を抱えいきなり涙をこぼし、次の瞬間、吠《ほ》えるような泣き声とも唸《うな》り声ともつかぬものを上げて身悶《みもだ》えし始めた。

矢口が口をぽっかりと開けたまま、こちらを振り返る。正彦は呆然《ぼうぜん》としてつっ立っていた。体が凍りついたように動かない。どうしたらいいのかわからない。

宗教を興すとは、こういう連中が飛び込んでくる、ということだ……。事の重大さをあらためて思い知らされる。

「どうする……」

助けを求めるように矢口に視点を向ける。

「どうするって、教祖は」

矢口も後ずさりする。

「そんなこと言ったって、女についちゃ矢口さんの方が……」

矢口は憮然《ぶぜん》としたが、すぐに「いいよ、わかったよ」と、おののきながらそっと女に近付く。

「ねえ」

女は肩を震わせて泣いている。次の瞬間、矢口は小さく息を吐き、腹を決めたように、女の背に腕を回した。

「どうしたの？」

肩を抱くようにして、女の座っている足元に屈《かが》みこみ、女を見上げる。見事な色事師ぶりだ。

女は顔を上げ、小さな悲鳴のようなものを上げた。

「だれ？」

「だれって、僕、矢口。矢口誠。聖泉真法会の世話人だよ。君は？」

甘く、穏やかな口調だ。

「何なんですか、それ」

女のくっきりとした二重瞼の目が大きく見開かれた。桜色にルージュの引かれたいくぶん肉感的で、美しく整った唇がぽっかりと開かれた。

「聖泉真法会の座会にきたんだよね。いいんだよ、話して」

「聖泉、って、何ですか。ここは何」

女は呆然とした表情で矢口と正彦の顔を交互に見る。

「河合さんは？ 近藤《こんどう》さんたちは、どこに行ったの？ ここ、つくし会ではなかったんですか」

「つくし会？」

「だから女の人の相談に乗ってくれる……ネットワーク……ここは、木馬文庫ではなくて……」

そう言いながら部屋を振り返り、あらためて様変わりしているのに気づいたらしい。

泣きはらした瞼で何度か瞬《まばた》きする。

「木馬文庫の人なら、三階ですよ。三階の304号室」

矢口が肩をすくめ、マンションの玄関の方を指差し、部屋の番号を言った。

「すいません」

女は気まずそうにうつむくと、逃げるように出ていった。

ドアを閉め、顔を見合わせて、どちらからともなく安堵《あんど》の吐息をつく。

数分後に電話の呼び出し音が鳴った。

正彦が受話器を取る。

「ちょっと、鈴木さんですよね、困りますよ」

三階の老女だ。

「なんで変な人をこっちによこすんですか？」

さきほどの女のことだ。

「でも、木馬文庫のお客さんでしょう」

「知りませんよ。私の店を乗っ取った人たちに用があるだけじゃありませんか」

「しかしここに来られたもので、うちでは何もわからなかったので」

「だからって、こっちに回してよこすことないでしょう」

「申し訳ありません。勝手に部屋教えてしまいまして」

とっさに謝った。

「申し訳ないじゃなくて、この人、連れてってくださいよ。ここで泣きわめいて居座られて、冗談じゃありませんよ……警察呼ぼうかしら」

「わかりました」と答えて受話器を置く。引っ越しは済んだものの、所有権移転登記はまだだ。ここで老女の機嫌を損ね、やはりやめた、などと言われたら取り返しがつかない。

「こっちに言われたってしょうがないし、どうすりゃいいんだよ」

途方に暮れて矢口を手招きし、老女の言葉を伝える。

「僕、行ってきます」と矢口は躊躇《ちゅうちょ》することもなく部屋を出て行った。
二、三分して、女を連れて戻ってきた。鼻をすすり上げている女を矢口はテーブルの前に座らせる。
「あのおばあさんの言ってたグループってさ、民間の女性支援団体らしいよ。いろいろ家庭とか職場とかで悩みを抱えた女性の相談に乗ってやって、ネットワークを作って、みんなで支え合おう、みたいなことしていたらしい」

矢口が小声で説明した。

「すみません、知らなかったんです。ちょっと実家に戻ってる間に、移転していたなんて。近藤さんたち、どこに行ったのか、あのオーナーのおばあさんにいくら聞いても教えてくれなくて。嫌っていたんです、私たちのこと。あのおばあさん、この近くの地主で、思いやりのない人なんです。弱い人とか、困っている人がいても平気なんですよね。それで河合さんや近藤さんたちとずっともめてて」

河合さんや近藤さんというのが、そのつくし会とかいうネットワークのメンバーなのだろう。自分がやっていることは正しいと信じている者ほど、平気で仁義や礼節に欠けた真似《まね》をする。一般の人々との摩擦はそのあたりで起きる。地つきの年寄りの機嫌を決定的に損ねるのもそれだ。総務畑とはいえ、多少は地域行政に関わってきた正彦には、そのあたりの事情が手に取るようにわかる。

矢口が薄いジャスミンティーを入れてきて、薄っぺらなビスケット一枚とともに差し出す。

「で、君はそのグループの人たちに会いたかったんだね」

「ええ、どうしたらいいかわからなくて……私」

女は声をつまらせる。

矢口は無言で隣に座っている。

「申し訳ありません」

女は、頭を下げた。

「お茶、飲んだら」

鼻をすり上げている女に矢口は語りかける。女は躊躇している。

「どうしたんだよ、いったい……。心配しないでいいよ。僕たち、怪しいものじゃない」

「いい匂《にお》い」

女はぽつりと言って、振り返った。乳香の淡い煙と甘い香が、祭壇からゆっくり流れてくる。女はようやく正彦の存在に気づいたように、その顔と服に目を止め、小さく眉《まゆ》をひそめる。

「ここって、何か宗教関係の施設だったんですか？」

「っていうか、癒《いや》し。ヒーリングだよ。まあ、宗教かな」

矢口は口ごもった。

正彦は女に向かい、控えめに微笑して見せた。それからバター灯明に火をつけ、厳《おごそ》かな手つきで祭壇に置く。ひざまずき、矢口の作った石膏《せっこう》粘土の持金剛に向かい、合掌する。

女はゆるゆると立つと、正彦の隣に来た。

「私、信者じゃないんですけど、これ、いいですか」

女はカウンターの上の灯明を指差した。

「どうぞ」と正彦は火のついてない灯明を差し出す。女は箱の中をちらりと覗き込む。中の千円札を眺めた後、手にしていたバーキンを開け、中からごそごそとグッチの財布を取り出す。少し迷った後、千円札を入れる。

「ありがとうございます」という言葉が危うく口をついて出ようとするのを正彦は止めた。

女は緊張した様子で灯明に火をつけると、それを祭壇に置き、神妙な顔で、手を合わせた。

正彦は傍らの棚にあった金属製の水差しを取り上げ、水を数滴、女の手にかける。

はっとしたように、女は合掌したまま、頭を下げた。

「薬草の入った水です。悪霊《あくりょう》を身体《からだ》と心から払ってくれます。右掌《みぎて》を出しなさい。飲めますよ」

女が悲痛な表情で手を差し出したのを正彦は見逃さなかった。

掌《てのひら》にたまった数滴の水を女は口に運ぶ。

水には薬草など入っていない。ターメリックの粉を薄く溶いた水道水だ。鰯《いわし》の頭も信心からとはいえ、かすかに良心が痛んだ。

しかし午前中のこんな時間帯に、いきなり飛び込んできて泣き喚《わめ》く女だ。大方、一晩一緒に過ごした男と喧嘩《けんか》別れでもしてきたところなのだろう。

身につけている物は、カシミアとおぼしきセーターから靴に至るまでブランド物のようだ。手にした毛皮のコートは毛足が短く、ほっそりとしたラインで、それほど大げさな印象を与えるものではない。だからこそおそらくは相当に値の張るものだろうと想像がついた。

ろくな商売をしている女ではない、と正彦は判断した。

化粧や服の趣味、マニキュアの色に至るまで、趣味は悪くない。かなり上品な店にいるのだろう。

矢口が、無言で女の肩を抱き、椅子《いす》に導いていく。また女好きの血が騒ぎ始めたのか、と正彦は咎《とが》めるようにそちらに視線をやった。

「何か」

正彦は言いかけた。何か話したいことがあるなら、話しなさい。心が楽になる。そう言おうとしたのだが、矢口が素早く自分の唇の前に人差し指を当て、その言葉を封じた。

矢口は何も言わず、女のカップにお茶を注いでやる。

女はそれを飲むと「話してもいいですか、私のこと」と、かすれた声で尋ねた。

矢口がうなずく。予想した通りだ。だれもが自分の事を聞いてほしい、関心を持ってほしいと願っている。

「家に帰りたくないんです」

またバカ女か、と正彦は心の内で舌打ちする。

「家族と縁を切りたいんです」

そのとき、ソーサーを持った女の左手首が見えた。傷跡がある。リストカットの癖のある女だ。正彦の頭の中で警報が鳴り響く。あまり深入りされる前にお引き取り願った方がいい。

徳岡雅子《とくおかまさこ》と、女は名乗った。

「父は、名前を申し上げればすぐにわかると思いますが」と前置きして言った。

えっと声を上げそうになったのを、正彦は辛うじて留《とど》め、宗教人らしく平然とした表情を繕う。山口県出身の保守系の大物代議士だ。女に虚言癖や妄想癖がなければの話だが。

徳岡家の子供は、男一人女三人の四人で、雅子は長女だという。母は後援会の取り纏《まと》めや金策で忙しくほとんど家におらず、幼い頃から彼女が母親がわりに兄と妹たちの面倒を見てきた。

「虐待《ぎゃくたい》です……父の」

正彦は、矢口と顔を見合わせた。

「性的な……」

息を飲んで正彦は女の整った顔をみつめた。

「性的虐待って、親父《おやじ》さんの」

信じがたい思いで問い返す。

国会質問に立った徳岡代議士の好戦的で脂《あぶら》ぎった容貌《ようぼう》を思い浮かべる。おぞましさに背中のあたりがざわついた。

小学校六年生の夏から始まった地獄は、雅子が東京にある著名な私立女子高校の寮に入るまで続いた。母は知っていたのかいなかったのかわからない。知っていても何もできなかっただろうと雅子は語る。

しかし東京の大学に進学したとき、母はひどく的外れの心配をした。女の子の東京での一人暮らしは危ない、と言い出したのだ。東京よりも家庭内の方がはるかに危ないことに気づいていなかったのか、それとも家庭外で起きたトラブルでは、家庭内と違い隠《いん》蔽《ぺい》できないと考えたのか、それもわからない。

結局、雅子は二つ年上の兄が借りていたマンションの隣の部屋に住むことになった。東京の大学に進学した兄は、そこから通っていたのだ。

家庭内で起きたのと同じことが、今度は兄との間で起きたのは、それから一ヵ月と経《た》たない内だった。

やがて兄は大学を卒業し、父と同じ政党の大物議員の秘書になった。昨年、結婚し、父の地盤を継いで数年後には、国政に打って出ることが期待されている。

雅子の方は、閨閥《けいばつ》作りに熱心な父の意向に背いて、まもなく二十七になろうという今も独身で、大学に残っている。そうした中で兄との関係は未《いま》だに続いている。

あるときたまたま目にした、フェミニズム関係の機関誌の中で、悩み事を抱えた女性たちが語り合う場があることを知った。

「つくし会」というその団体は役所の救済機関とも、精神科とも、占いとも違う。相互のコミュニケーションを大切にして、共に支え合って生きていくことを目指す、女性によって運営される、女性のためのネットワークだった。

自分のことを話す勇気などないままにやってきてみると、女性たちの相談事の大半が、性的虐待を含めた、家庭内暴力であることを知った。

決して他人には話せぬ、畜生道の世界。そう思い、だれにも明かせなかったことが、現代の日本ではかなりの頻度で起きていて、隠蔽されたまま、悲劇が次世代に受け継がれていくということを彼女は初めて知った。

グループの世話人は、元全共闘の闘士であった五十代の専業主婦や、企業内にパート労働者の組合を作ったOL、障害者施設の職員などで、雅子は生まれて初めて、他人に心を開いて、自分自身の問題に向き合った。

彼らが真っ先に口にしたのは、とにかく家を出ろ、ということだった。たとえ一人住まいのマンションであるにせよ、家族が提供してくれた家に住んでいる限り、家を出たことにはならない。しかし大学院生である彼女には、収入がない。

中心になって相談に乗ってくれた近藤という主婦は、雅子に就職するようにと勧めた。

自分で働き、自分の住まいを確保しろ、すなわち自立することが先決だ、というのが、グループの人々の一致した意見だった。他の相談機関と違うのは、彼らが雅子のために仲間内のネットワークを使い、具体的に動いてくれたことだ。

語学に堪能《たんのう》な雅子の就職口は、すぐに見つかった。埼玉県にある外国人労働者を対象とする相談窓口の通訳の仕事だった。そこから自転車で十分ほどのところに、2Kのアパートを借りることもできた。

彼女は、絶縁状を残して、家族の前から姿をくらました。

ところが自立した生活は長くは続かなかった。わずか三週間で、雅子は自分から元のワンルームマンションに戻ったのだった。

大物代議士の警察権力を背景にした捜索網に引っ掛かったわけではない。年に数回、義務付けられている山口の実家での、苦痛に満ちた一家団欒《だんらん》と、父の粘り着くような視線、家庭がありながらも頻繁にやってくる実兄との悪夢のような時間。

自立した生活というのが、それよりも辛《つら》いということを、雅子は埼玉県の小さなNGOの事務所と木造アパートを往復する生活の中で、知ったのだった。

それなりに癖のある人材の集まったNGOの事務所に、雅子が馴染《なじ》めなかったのは言うまでもない。それ以上に、疲れて帰ってきて身を横たえて見るアパートの安普請《やすぶしん》の天井、筒抜けになる両隣の音、そしてちょっとした買物をしただけで、一ヵ月分の給与が一週間でなくなる暮らしに耐えられなくなったのだ。

再び相談に訪れた雅子に、つくし会の人々は厳しかった。

「自立するってそういうことよ」

「女であることに甘えるのもいい加減にしなさい」

当然のアドヴァイスが、雅子には冷たさに感じられた。

「偏見を無くすことを訴えている近藤さんたちにも、偏見はあるんです。人間であれば
しかたがないことですけれど」

自分は、彼女たちが言うような浪費家でも、ブランドマニアでもないと、雅子は訴える。

衣類も靴もブランドで選んでいるわけではない。いいと思ったから買っただけだ。それにバーキンは母から譲られた品だ。高い買物にもグルメにも興味はない。分不相応の贅沢《ぜいたく》はすべきでないと考えている。しかし一定水準以下の生活というのは、考えられないのだと言う。たとえば風呂《ふろ》のないアパートや、非常識な隣人が深夜に嬌声《きょうせい》を響かせる部屋、そして冷蔵庫の余り物を掻《か》き集めて作る料理。

それが贅沢っていうものなんだよ、という言葉を正彦は呑《の》み込む。

耐えきれずに、東京のマンションに戻ると、すぐに兄がやってきた。

しかしそんな生活が永遠に続くわけではない。いずれ父の意向に従い、しかるべき家

のしかるべき地位の男と結婚し、徳岡家から出て行くことができる。そう時間はかからない。父も母もそれを望んでいる。

ところがそうはいかなかった。妊娠した。実の兄の子供だった。

兄の紹介した産婦人科に行って、昨日堕胎した。体力が落ちていて、一日入院し、病院を出たその足でここにやってきたのだった。

矢口が青ざめたまま、口をつぐんでいる。

正彦も唖然《あぜん》として、目の前の女を見ていた。宗教者としてこんなときにかけてやるべき言葉を探したが、何もみつからない。

自分にしても矢口にしても、こんな商売を思いつくほどにろくでもない人間ではある。片や女で人生をしくじり、片や益体《やくたい》もない夢を見て女房に逃げられた失業者だ。しかし少なくとも鬼畜ではない。

「これ敷いて。身体、冷やすといけない」

矢口は敷物の上にあった座布団《ざぶとん》を素早く女に渡した。

「優しいんですね」

雅子は、矢口を見上げて微笑した。その受け答えいかんによっては、正彦はこの男を軽蔑《けいべつ》しようと思っていたが、矢口の言葉は、この虚業の共同事業者としては完全解答に近いものだった。

「僕が優しいんじゃない。そう見えるのは、僕もここに来た君も、大きな知恵と愛の宇宙の中にいるからなんだ。気づかないだけだ」

「それは、神様ということですか」

雅子の表情に、かすかな不信感のようなものが見えた。

「そうだね、神様って、呼ぶ人もいるだろう。神だと思わずに暮らしている人もいる。それだって悪いわけじゃない」

非力な自分が、女の抱えたあまりに重い問題に徒手空拳《としゅくうけん》で向き合うことを、矢口は神という超克者の概念を持ち出すことによって、巧妙に避けた。

雅子は、勧められるままに、目の前に置かれたビスケットに口をつける。

「おいしい」

「祈りますか」

厳《おごそ》かな口調で、正彦は呼びかけた。

「なんてお祈りするんですか？」

女はゆらりと立ち上がった。

「祈禱文《きとうぶん》を唱える必要などありません」

正彦は答える。本当はそんなものまで、考えついていなかったからだ。

「ここに座り、合掌し、目を閉じ、思い浮かべなさい。仏様の額にぽつりと光が見えます。そこからあなたに向かって、光が射《さ》してきます。満月の光ですよ。宇宙が見えてきます。大きな宇宙の中にあなたがいる。その様を、思い浮かべなさい」

言葉を切って、さらに厳粛な口調で続ける。

「自立しようなどと考える必要はないのです。それは傲慢《ごうまん》な考えです。人間を含め、生きとし生ける物はすべて、自立などしていないではありませんか。互いに支え合い、助け合いながら、金剛《こんごう》の大宇宙の内で、生かされているのですから。いいですか、生きているのではありません。生かされているんですよ。すがりなさい。あなたに差し伸べられた仏様の手の中に、自分を投げ出しなさい」

平然とこんな説教を垂れ、悦に入っている自分をもう一人の自分が冷ややかに見下ろしているのを、正彦は戦慄《せんりつ》とともに意識した。

物や権利を盗むでもなければ、人を傷つけるでもない。むしろ善行と言えなくもない。しかし自分は、決してやってはいけないことをしている。

罪悪感ではない。畏《おそ》れだった。

こんなことをしていると、いつか本物の神様のバチが当たる。

しかし本物の神様など、どこにいるのだろう?

自覚している詐欺師《さぎし》か、無自覚な狂人のいずれかが開き、企画運営能力のある人間が組織化したものが既成の大宗教ではないのか……。

徳岡雅子は合掌を解いた。

「見えたでしょう、輝く満月と大宇宙が」

正彦は尋ねた。

雅子はかぶりを振った。

「でも、自分の心ときちんと向き合って、対話できたような気がします。私、自分の心をごまかして生きてきたんですね」

正彦はあいまいに微笑した。何と対応していいものかわからない。

「またいらっしゃい。私たちはいつでもここにいます」

雅子は丁寧に頭を下げて出ていきかけ、はっとしたように振り返り、ためらいがちに尋ねた。

「すいません、お茶とお菓子のお金は」

矢口が笑いながら首を振った。

「喫茶店ではないから、いいんだよ。気持ちだけというならこっち」と、灯明の隣にある献金箱を指差す。

雅子はそこに千円札を二枚、無造作に入れた。

「迷ったことがあったら、またいつでもいらっしゃい。あなたの行く末に仏様の御加護がありますように」

正彦はそう言って女を送り出した。

ドアが閉まったとたんに、なま温かい汗が、背中一面に噴き出した。

「しょっぱなからいきなりディープでしたね」

矢口がつぶやいた。

「しかもヘビーだ」と正彦はうめいた。

「その上、ダークだ」

まだ午前中だというのに、全身がぐったりと重い。

「献金と灯明代で三千円か」

箱を覗《のぞ》き、思わず首を振る。

信者を三十人集めれば食っていける、五百人集めればベンツに乗れる、などと言ったのはだれだ？　こんなのが三十人も来たらこちらの身が持たない。

「しかし、こんなときこそ、僕らの出番です」

矢口は、カップを片付けながら言った。

「僕らの出番、か」

前向きなのか、それとも人間が軽くできているのか、と正彦は矢口の屈託のない顔を横目で見る。今まで自分が知らないで済ませてきた人生の澱《おり》のようなものが、ずしりと胃の腑《ふ》に溜《た》まってくる。

宗教サービスという商品を扱うことは、ディープでヘビーでダークな問題と対峙《たいじ》することだ。つまり「自立せよ」といった現世的な正論の通用しない、人の心の弱く、矛盾に満ちた、腐敗一歩手前の深淵《しんえん》に踏み込むことでもある。それを思うと下半身から震えが上がってくるのをとめられない。

カップを洗いながら、矢口はハーブティーをいれてポットに詰める。アジアの輸入食材を扱っている店から、大袋で買ってきた安いジャスミンティーや干した菊、麦茶などを適当に混ぜて煮出したものだ。一杯あたりの原価は十円にも満たないだろう。うまくはないが、身体《からだ》に悪いわけでもない。

その日の午後になってから、客はさらに三人来た。まず二時過ぎに現れたのは、グレーの制服の下に白いシャツをだらしなく着た、ごく普通の高校生だった。

「あれ、人、少ないじゃん」

若さにまかせた、傍若無人な甲高《かんだか》い声が、響き渡った。

扉を開けて入ってきたとたん、汗臭さとも違う、若草を踏み躙《にじ》ったような体臭が、風のように室内に吹き込んだ。忙《せわ》しなく動く瞳《ひとみ》に、幼いプライドが滲《にじ》んでいる。

「これって、2ちゃんねるにあった、宗教ですよね」

少年は白い歯を見せた。それなりの育ちの良さを感じさせる完璧《かんぺき》な歯並びが、揶揄《やゆ》するように笑っている。

「2ちゃんねるかどうか知らんが、聖泉真法会《せいせんしんぽうかい》です」

にこりともせずに、正彦は答える。

生意気ざかりの高校生が、ホームページを見てひやかしにやってきただけだ。こんなのを相手にしても商売にならない。

「ここって、行《ぎょう》とか、やってますか」

少年は言った。

「行って、修行ってことかな」

重々しい口調で正彦が尋ねる。

それには答えずに少年は祭壇《さいだん》の前に行くと、座布団を使うこともなく、いきなり蓮華《れんげ》坐《ざ》を組んだ。

「オン・バサラ・アラタンノーオン……」

大声でマントラを唱えながら、両手で何か複雑な形の印《いん》を結ぶ。

超能力ブームに乗って、マントラや瞑想法《めいそうほう》について興味を持ち、雑誌などで仕入れた情報により、形だけ真似《まね》するオカルトマニアが最近多い。

少年は、さまざまな形の印を、忙しなく結んでは解いた。やがてさっと立ち上がり、いくぶん得意気な顔で、こちらにやってくる。

正彦は、カウンターに並んでいる灯明を無言で指差した。

「あ、そうか」と少年はそれを取り上げ、慣れた手つきで火をつけた。もちろん献金箱に金は入れない。

「そちら、教祖ですか」

少年は、正彦を指差し、矢口に尋ねた。

「自分できけよ」

矢口は答える。

「修行されて精神レベルは高まりましたか」

「精神レベルっていうのは、どんなものだ」

腕組みしたまま正彦は問い返す。

「だから精神力と集中力を高めて、一日で金剛頂経を暗記するとか……」

「試験勉強せずに大学に受かるとか、口説きもせずに女をその気にさせるとか、ライバルを呪殺《じゅさつ》するといった法の類《たぐい》か。ここではそういう虫の良いことはやっていない」

「そういえば、マンダラもないし、金剛杵《しょ》とかもないですね」

「信仰は形ではない」

少年は小さく唇を歪《ゆが》めて笑った。

「ま、そこに座れよ」

矢口が椅子《いす》を指差す。お茶とビスケットを出すと、少年は顎《あご》をしゃくるように会釈《えしゃく》して手をつけた。

「まだ試験休みじゃないよな」

この時間に制服姿でやってくるのだから、授業を抜け出したということだろう。

「なんか、ダルいし……」

少年は矢口の視線から逃れるように目を伏せた。

「何年生?」

「一年」と少年は答えた。

「無意味じゃないですか」

いきなり少年は顔を上げ、矢口を正面から見つめた。

「今、自分がやってることって。親とか見てても、結局、この先、あんなもんだって見えちゃってるし。友達とかともそれなり付き合ってはいるけど、なんていうか、よくあんなばかばかしいことして遊んでるなっていうか……」

「君、何、やりたいの?」

「特にないですよ、何、やりたいとかは。ただ何か集中力というか、精神力みたいなものを自分が持ったら、何か見えてくるかもしれないっていうか、ホームページ、見たらそんな感じがしたから、ちょっと寄っただけです。どうせ学校の帰りだし」

ふうっと、わざとらしく息を吐き出し、少年は立ち上がる。

「おい待て」

正彦は凄味《すごみ》をきかせて声をかけた。

「なんか忘れてるだろ」

少年は振り返った。その顔に怯《おび》えのような表情が走り、すぐに冷笑じみた笑いがそれを覆《おお》い隠した。

「金、払えとは言わん。ごちそうさま、くらい言うもんだ」

「すいません」

意外なほど素直に少年は従った。そのときドアが開き、二十歳《はたち》過ぎくらいの女が二人入ってきた。

「あの……ホームページにあった座会って……」

「どうぞ」

正彦は椅子を指した。矢口は少年を呼び止め、一緒に座らせる。

「友達？」

矢口は二人の女に尋ねた。

「いえ、今、そこで会っただけだよね」

女たちは顔を見合わせる。一人は金髪に、鼻ピアスをしている。丈の短いウールのジャケットは薄汚れ、ブーツカットのジーンズの膝《ひざ》のあたりも汚れ、ご丁寧に切り裂いてある。もう一人は、ミニのワンピースに、ピンクのパシュミナストールを肩にかけている。髪だけがいまどきの若者らしからぬ黒のストレートで、しっとりとした艶《つや》を放って腰まで垂れている。

「ホームページ見ました。それでいろいろ話したいこともあって、来ちゃったんです。よろしくお願いします」

金髪が頭を下げた。

「同じくです。よろしくお願いします」

ピンクのパシュミナもお辞儀する。黒髪がさらりと肩にかかった。

若者らしい屈託のない笑顔と、意外なほど礼儀正しい態度に正彦は驚き、好感を持った。年配の人々は、彼らのファッションだけを見て偏見を持つが、話してみれば実は素直な娘たちなのだ、と思う。少なくとも午前中に、相談所と間違えて駆け込んできた徳岡雅子のように問題を抱えた女ではない。

少年同様、退屈しのぎとちょっとした好奇心から、顔を出しただけだろう。矢口のデザインした幻想的な画面は、こういう若者の心を捕えるらしい。

少年は、女たちを見ると、再び椅子に座った。大きなテーブルを女二人と少年が囲む。矢口がハーブティーをいれようとすると、金髪、ピアスの女が立ってきた。ワンピースの女もそれに続いた。

「私たちやります」と自分でカップを運ぶ。

「どこの学校？」

金髪娘が少年に尋ねた。

少年が、郊外にある都立高校の名前を言った。ここからは遠い。少年は授業を抜け出して、ふらりと寄ったわけではなかった。快速電車で四十分以上かけて、ここまでやってきたのだ。

「いじめとか、ある？」

金髪娘が尋ねた。何の脈絡もなく発せられたその質問で、正彦は彼女がここにきた理由を察した。

質問された少年は、「どこにだってありますよ」と冷めた口調で受け流す。

「私、高校、青森」

不意にワンピースの女が問われもしないのに話し出した。

「二ヵ月しか行かなかったんですよ。土曜日に友達と待ち合わせて、一週間に一度だけ電車に乗って青森駅前に行くの。それだけが楽しみだった」

彼女は四年前の、五月末に家出したという。陸上競技大会の直前だった。

「どうして」

深刻な口調で金髪が尋ねる。

「走るの嫌いだったから」と女はうっすらと笑い、肩にかかる髪を払った。奇妙に大人びた仕草だ。

「なんかわかるような気がするけどね」と少年は顔を突き出した。

「東京って、来たかった？」

金髪が尋ねる。黒髪の娘はうなずく。

「どうせあのままいたら、あそこから一生出られないし。私の村、原発があるから、就職先が地元になっちゃう。親は私をミス・コンテストに出して、原発資料館のコンパニオンにするのが夢だったんだ」

確かに、親がそんなことを考えそうなほど、娘はすらりとして均整のとれた身体つきをしていた。

「じゃあ、今、独り暮らし」

金髪が尋ねた。黒髪娘は「まあね」とうなずく。

「家賃とか、高くない？　私、池袋だけど、お風呂《ふろ》ないよ。あなたはどこ？」

「品川」と答えた。それから小さな声で、有名なシティホテルの名を言った。

少年と金髪が同時に黒髪娘の顔をみつめた。

正彦も、娘の顔を凝視した。抜けるように色が白い。鼻筋も唇も、目も、何もかもがほっそりしている。触ると壊れそうなきゃしゃな顔立ちだ。

「モデルしてるとか……」

金髪の女が尋ねた。

「まさか」

「売り」

少年が、娘の鼻のあたりを指差しずばりと言った。

娘はかぶりを振った。

「飼われてるの。ホテルで」

正彦は唾《つば》を飲み込んだ。

「愛人生活?」

金髪が尋ねる。

「売りと変わんないじゃん」

冷めた口調で、少年が言う。

「全然、違う」

格別憤慨した様子もなく、黒髪娘は答える。

矢口は不自然なほど沈黙したまま、ここで出会ったばかりの若者たちの話を聞いている。ひょっとするとすべて作り話かもしれない、という気が正彦はした。

現実の社会で、主役を張れない若者たちが、それぞれ自分を主人公にした物語を紡《つむ》いでいる。そうであってくれ、と願っていた。

「ホテル暮らしって、あなたにとってどんなものなの。家に帰りたいって思わない？」

金髪が尋ねた。娘は無言で首を振った。

「今でも、あの何にもない駅前を思い出して、連れ戻されたらどうしようとか、考えることがあるの。小さな郵便局と汚いスーパーマーケットと洋品屋があって、洋服とか、そこでしか買えないの。それでここにいる自分は自分じゃないって感じがして、家、出たんだけど、今の自分が自分かっていうと、それもわからないし」

そういう問題ではないだろう、と一喝したい。常識人の自分を正彦は必死でなだめ、思慮深く、いくぶん憂鬱《ゆううつ》な宗教者の仮面のまま、どう対処すべきなのかと頭の中を整理する。

「自分が自分でないって、感じなんだ」

矢口が口をはさんだ。

「ずっと、家でも学校でも、なんかみんなうわべだけの付き合いしかしてないみたいな気がした。自分を出さないっていうか、出すのは喧嘩《けんか》するときだけ。お父さんも本家の主人っていう人でそれだけだし、お母さんも本家の嫁っていう人。私も自分とは違う人になって生きてた。今は、お金もらって、自分とは違う人をしているから、かえって楽。言葉遣いとか、彼といるときは、ちゃんと敬語で話せって言われるの。今風のしゃべりすると、怒られる。それから着るものも、彼が来るときはカジュアルな格好はいけないって言われて、いつもワンピース。デニムなんか穿《は》いてごろごろしてたら、追い出すって」

「ヤクザ関係の人ではないよね」

矢口が慎重な口調で尋ねた。こんな商売を始めたばかりで、うっかりヤクザの情婦でも拾ってしまったら一たまりもない。

娘は笑ってかぶりを振った。

「素性は、絶対言えないけど、でもそういう関係の人じゃない」

「不動産屋とか……」

娘は、「いいえ」と短く言った。

「そういう生活、やめたい、とか思わない？」

金髪の女が尋ねた。単刀直入な口調だ。

「別に……。でもつまらないと思うことがある」

「好きな人、いる？」

「特にいない。いたとしても、今の方が幸せだってわかってるから」

「どうして、そんなことわかるんだよ？」と少年が抗議するように尋ねた。

「好きになったって、ずっと大切にしてくれる男の人なんて、いるわけないし」

断定的に娘は言った。

「今のパパは？」

金髪が尋ねた。

「普通の男の人よりは」

娘は言葉を濁した。

正彦は、苦々しい気分で彼らの会話を聞いていた。平和で、不況で、閉塞《へいそく》した日本で、世の中全体がひどく病んでいる。

「でも、このままでいいと思ってはいないんだろう」

矢口が口を挟んだ。さり気ない口調だ。

娘は顔を上げ、矢口をみつめた。

「もしかしてあの掲示板で、答えていた人ですか。あのなぜ売りがいけないのっていう質問に」

「君があのハンドルネーム、ゆきうさぎさんだね」

「いえ」

娘は首を横に振った。

「でも、名前は雪子。彼がつけた名前。本名はサヤカだけど。彼は、そういう芸能人ノリの名前は、品がないから変えるようにって」

「そう」と矢口はうなずく。

どこかの、おそらくは高齢の愛人に名前まで付けられ、囲われている少女。あのとき「なぜ売春がいけないか」と問いかけてきた少女以上に、精神にひずみを感じる。

「それであのとき、私が書いたメールじゃなかったけど、答えを読んで、なんか自分のこと、本気で思ってくれてる人に、初めて出会ったような気がしたんです」

「他人に自分のことを本気で思ってもらいたいって、甘えじゃないの」

少年が遮った。

「やっぱり自分の問題は、自分で解決するしかないと思うよ」

「どうやって」

すかさず金髪が尋ねた。

「たとえば」と少年は、その場で印を結んで見せた。

「こうして、精神を統一して、自分の弱い部分を克服していくんだ。つまり密教では簡単に言うと、仏っていうのは自分と不連続なものじゃなくって、行を実践して自分と仏が一つになれるわけ。そのときに宇宙の知恵に目覚めることができるわけだよ」

「で、どうなるの？　それでみんなを救ったり、世の中で起きている不幸な出来事を解決できたりするの？　君のやってることって、すごく個人的なことじゃない。つまり自分だけ、なんか霊力みたいなものをつけて、偉くなりたいみたいな。受験に勝つとか、営業成績を上げて、リストラをまぬがれるとか、そういうのと同じようなものじゃない」

「そんなつまらない能力じゃない」

相手を見下したように少年は答えた。

「でも、とにかく現実から目を背けて超能力みたいなものに逃げたいとか、思ったりしてない」

金髪は詰め寄る。

少年は、黙りこくった。

はっとして、正彦は金髪娘と少年の顔を交互に見る。ひょっとすると自分が見抜けなかった少年の事情を、この金髪ピアスの娘が、瞬時に察してしまったのかもしれない。

金髪が少年と雪子と名付けられた娘の双方を見て続けた。

「二人とも、悩んでることって、結局、自分のことだけじゃない？　というか、結局、自分の心の中のことだけじゃない？　でも今、こうしている間にだって、現実にたくさんの人が苦しんでるんだよ。アフガニスタンでたくさんの罪もない子供が爆撃されて殺されたり、食物がなくて死んだりしてるときに、そういうことに背を向けて修行しているって、ようするに自分のことしか考えてないってことじゃない？　そういうのってすっごい腹が立つのよ」

「それならアフガニスタンでもアメリカでも行ってくれば」

少年が平坦《へいたん》な口調で言った。

「そこでばかなことはやめろって、ビンラディンにでも、ブッシュにでも言ってくればいいだろ。こんなとこに来て、他人にいちゃもんつけてたってどうなるってもんでもないだろ」

「現実の問題から目を背ける宗教なんて、嘘《うそ》じゃない」

金髪娘は甲高い声で叫び、立ち上がった。

天井の薄暗い蛍光灯に照らされて、吹出物だらけの、粉を吹いたような荒れた肌が際《きわ》だつ。乾いて傷《いた》んだ前髪の間からのぞく目はつり上がり、漆黒の瞳《ひとみ》がここに入ってきたときの快活で礼儀正しい印象から一変して、険しく苛立《いらだ》ったような光を帯び、左右に忙《せわ》しなく動いている。

こいつも壊れている、と正彦は思った。彼女とはどこかで会っている。しかし現実に会っているわけではない。

「あのメールをくれた人だね」

正彦はことさらに穏やかな口調で尋ねた。

女はたちまち先程の礼儀正しい表情に戻った。

「わかったんですか？」

正彦はうなずいた。

　文は人なり、という言葉はあるが、メールを読んでいるとおのずとそれを書いてきた人物の容貌《ようぼう》や雰囲気が浮かび上がる。もちろん実際に会ってみれば、まったくイメージと異なる、ときには年齢や性別まで違うことはよくある。それはそれとして、金髪の女の少年を糾弾する口調や顔つきは、ここに送られてきたいくつかのメールの中に正彦がイメージした人物と重なった。ただしどのメールを送り付けてきた、どんなハンドルネームの主なのかまでは特定できない。にもかかわらず、とっさに「あのメール」と言ったのは、詐欺師《さぎし》的な機転だった。

「9・11でツインタワーが崩れるのをテレビで見てて、すごいショックで、それからいろんなサイトにアクセスしたんですけど、どこも答えなんか出してくれなかったんです。いろいろ教えてくれるけれど、でも、それじゃ私は、どうすればいいのって、何をしたらいいのか、だれも答えてはくれないじゃないですか。でもここは、ちゃんと答えてくれたし、なんかここなら確かな信念みたいなものがあるような気がして。つまり生き方の絶対の基準を教えてくれるような……」

「そんなものあるわけないじゃん。基準は自分で探すものなんだから」

　少年が遮った。

「それって、すごいいい加減で傲慢《ごうまん》だと思わない？」

金髪娘は再び甲高い声で叫び、「雪子」と名付けられた女は醒《さ》めた視線で二人を見ている。
正彦はテーブルに近づき、拳《こぶし》で軽く天板を叩《たた》いた。はっとしたように二人は話すのを
やめた。
「ここは論争の場ではありません。祈りの中で導きを得て、正しい生活を実践していく
所なのですよ」
正彦はカウンターの上の灯明を指差した。
雪子が立ち上がるとそちらに歩いていき、千円札を献金箱に入れ、灯明を手にした。
矢口が火をつけてやる。しかし金髪の方は、正彦を見上げ、少しも視線をそらさずに
尋ねた。
「それって、どういう意味があるんですか。私、形だけの宗教って、嫌なんです。まだ
信者でもない私が、ここで信者の真似《まね》をするのって、すごい失礼だと思うし」
「そんなことはありません」
正彦は答えた。
「この灯明は、この世とあなたの心の中を照らす知恵の光です。祈りは神仏と対話する
ことで、同時に自分と対話することでもあるのです。あなたが考えるような形だけの信
仰など、ここにはありません。ただ手を合わせ、心の平安と世界の平和を祈りなさい」

「でも……なんか、それって、すごい自己満足っていう感じがします」

正彦は荘重な動作で灯明を持ち、金髪娘に渡した。そして微笑を浮かべ、低い声で語りかける。

「世界を平和に導く方法は、生半可な知識を振り回し、抽象的な議論をして、他人を批判することではありません。あなたがしなければならないのは、一つだけです。あなたの回りのいちばん身近なところから、和解を進めていくことですよ。あなたのそばにいる人の話をきちんと聞いて、苦しんでいる人に手を差し伸べてあげることです」

金髪は火のついた灯明をそっと祭壇《さいだん》に置き、手を合わせる。

合掌を解いた二人の手に正彦は、薄くターメリックを溶いた聖水をかける。

雪子は、水滴のついた自分の掌《てのひら》を見ている。金髪の方は、ことさらに厳《おご》そかな所作を繕って水差しを祭壇に戻した正彦の一挙一動を凝視している。

「なんか、自分を見つめ直せたみたいな、すごく自分の心に素直になれたような感じがします」

雪子がつぶやくように言った。金髪の顔からはここに入ってきたときの快活な笑みは消え失《う》せて、反発と失望感の入り交じったような表情が見える。

「これ、飲んで」と矢口が突っ立っている二人を呼んで、ハーブティーを勧めた。そして金髪に向かって、「もしよかったら、持っていってやかんで煮出して飲むといいよ」

とブレンドしたお茶を少量、紙に包んだ。

「体の中の悪い物を出してくれるから」

「私。そういうの、いい」と金髪が押し返した。

「変なものじゃないよ。君を見てて、体のコンディションがあまりよくないのかなって、気になったんだ。疲れとかたまると肌に出るじゃない」

金髪は眉《まゆ》をひそめ、吹き出物の目立つ頰と額に手をやった。

「ずっと治らないんです」

「騙《だま》されたと思って、飲んでみて。代わりにコーヒーとか、お酒とか、もし薬とか飲んでたら、それもやめた方がいい」

はっとしたように、金髪は矢口の顔をみつめてうなずいた。

「これ、お金は？」

矢口は笑ってかぶりを振り、カウンター脇《わき》の献金箱を指した。

「売りものじゃないよ。気持ちだけでもというなら、そこに入れていってくれればいいから」

「あの、私にもください」と雪子の方も、献金箱に千円札を入れた。

矢口がハーブティーのいれ方を説明している間に、正彦は灯明を確認する。燃え始めると中身のマーガリンが液体に変わり、万一ひっくり返ったりするとたちまち燃え広がるから注意は怠れない。

「じゃ、失礼します」と少年が、ひどく忙しない様子で帰っていった。それに続いて女二人も出ていく。

外はもう暗い。見送った正彦たちは、どちらからともなく絨毯《じゅうたん》の上に座り込む。

「超ヘビーなのも疲れるが、退屈した子供たちの相手をするのは精神衛生上悪い」

正彦はぼやく。

「なんかさ、頭でっかちというか、あの金髪の子とか高校生とか、悪い子たちじゃないんだろうけど。それから雪子っていう、あの愛人やってる子は、なんかトラウマかかえてるね。母親との関係とか……」

矢口が言う。

「そう、トラウマだ」

正彦は、うなずいた。

「みんなトラウマが大好きなんだ。アメリカで変な心理学が流行《はや》っちまったおかげで、今の世の中、トラウマがあってこそ、主役が張れる。小さい頃、人の家のガラス割って、おふくろにぶん殴られた、オヤジが競馬に生活費十万円注ぎ込んで、両親が一ヵ月間口きかなかった、夏の合宿でブスな女とまちがってやってカップル扱いされた。どれもこれもみんなトラウマだ。矢口さん、私にだってね、数限りないトラウマがありますよ」

慣れない役割を演じ、心にもない言葉を吐き続けた疲労から、話しているうちに、自分でもわけのわからない興奮状態に陥っていた。

「豊かで、平和な日本で、みんなで生きがい求めてトラウマ探しだ。バスジャックやったって、近所の子供を殺したって、トラウマがあれば心神耗弱《こうじゃく》、無罪放免だ。我ら一億、トラウマ乗りだ。退屈過ぎて、みんなで自分の精神を玩具《おもちゃ》にしたがる。そんなにやることないなら、徴兵制を敷け。十七、八の若者を、男も女も軍隊につっこんで人生がどんなもんなのかわからせてやれ。どうせやつらに就職先なんかない」

「ちょっと、桐生さん」

矢口が低い声でたしなめた。

「何が、本当の自分じゃないだと？　ふざけやがって。アフガニスタンがどうしただと？　少しくらい現代史の勉強してからそういう御託を並べやがれ、口だけ達者なバカ女。昔の宗教は確かに存在理由がありましたよ、矢口さん。病気、貧困、差別、神様にすがる者には、すがる理由があった。神様になるったって資格があった。家は貧乏、嫁ぎ先じゃいびられる、子供は病気で死んじまう、そういう女なんかに、神様が憑《つ》いた。ちゃんと理由があるじゃないですか。しかし今じゃ、退屈した人間が自分の精神を玩具にして、宗教はそのためのワンダーランドだ。笑わせてくれるよ」

「桐生さん」

矢口が、一人でしゃべっている正彦の肩を摑《つか》んでゆすった。

「桐生さん、それどころじゃないですよ、あれ」と、カウンターの上を指差した。

灯明がいくつか並び、献金箱がその隣にある。箱には何も入っていない。

「えっ」

「やられました」

「グルだったのか、あいつら……」

箱に入っていたのは、六千円近くあったが、後の二千五、六百円は、金髪と雪子という二人の女が入れたものだから、取っていったとしてもせいぜい三、四千円。

「つまり遊ばれたのか、俺たち」

正彦はうめいた。

「ええ、いい退屈しのぎですよ」

額に冷たい汗が流れ、一瞬置いて頭にかっと血が上った。物を考える前に部屋を飛び出していた。

外はかなり冷えていた。

連中はまだ遠くには行っていない。集会所の回りには大した商店街もない。そのまままっすぐ駅に向かったはずだ。

ダライ・ラマ気取りの教祖が、血相を変え、化繊のコスチュームを翻《ひるがえ》して走っている姿は見場《みば》がいいわけはないが、年端《としは》もいかない子供達にあっさり騙されたことでとっさに正気を失った。

「落ち着いて、桐生《きりゅう》さん」

慌《あわ》てて矢口も追ってくる。

「あんたは、あっちへ回れ」

道が分かれたところで、正彦は矢口に叫んだ。駅に向かう裏道を正彦は走る。すでに息が上がっていた。少し先にコンビニの看板がある。

隣のコインパーキングに、五、六人の少年たちがたむろしていた。ふとそちらに視線を移して、不穏な空気を感じ取った。

怒鳴り声はない。忍び笑いが漏れる。くぐもった声が聞こえた。笑い声の真ん中で、少年が一人嘔吐《おうと》している。その尻《しり》をもう一人が蹴《け》り付ける。

喧嘩《けんか》か、と思い通り過ぎ、妙な感じを覚えた。足を止め振り返る。

白いシャツの袖口《そでぐち》で口元を拭《ふ》きながら、仲間の蹴りから逃れようと体をひねった少年の蒼白《そうはく》の顔は、さきほどまで正彦のところで生意気な口を叩いていた彼だった。

おっ、と叫び引き返す。

「おまえ。どういうことだ」

「この金は、ここから持っていったものだな」

少年は、不貞腐《ふてくさ》れたように視線を逸《そ》らせてうなずいた。

「俺の顔を見て返事しろ」

正彦は怒鳴った。少年はびくりと身体《からだ》を震わせ、あとずさった。

「あのバカ女二人とは、どういう関係だ？」

少年は無言で首を振った。

「どういう関係だ？」

顔を近づける。

「知りません」

「ふざけんな」とさらに怒鳴ったとたん、矢口が割って入った。

「桐生さん、ほんとに関係ないですよ、あの二人は。僕、さっき彼女たちと会ったから。彼のことは何も知らなかった」

「わかった」とうなずき、尋ねる。

「さっきカツアゲられてたのは、知り合いか？」

竹内由宇太という少年はうつむいたまま答えない。

「カツアゲ？」

矢口が尋ねた。

「同じ学校か？」

少し躊躇した後、「同じクラス」と由宇太は答えた。「ずっとつきまとわれてて……」

「イジメか……」と矢口はうなずいた。

一学期の終わり頃から、クラス内のあるグループに目をつけられ、頻繁に金を要求されるようになったと言う。拒めば暴行される。

この日、竹内由宇太は少年達の暴行を恐れて授業を抜け出したが、校門を出たところで見つかり、家とは反対方向の電車に乗った。しかし彼らはついてきた。車両から車両へと逃げ、途中で下りたが、まくことはできなかった。

あの金髪娘は、少年の話を聞いてすぐに事情を理解したのだ、と正彦は知った。逃げようのない現実的な暴力の前で、少年はオカルトという非現実にすがるようにして、ここにやって来た。

「すいません」

上目使いに正彦を見て、由宇太は尋ねた。

「あの、おたくは本当はヤ関係の人ですか」

「ヤ関係ってのはなんだ、ヤ関係ってのは？」

正彦が尋ねると少年は小さく身を震わせ、後ずさった。

「おまえは子供だから、本当のことを教えておく。麻原ほどの悪党でなくてもな、宗教やってるところのトップなんてのは、一見、穏やかな顔していても、分厚い面《つら》の皮を一枚ひん剝《む》いてみりゃ、ヤクザのようなやつはいくらでもいる。用心しろ」

少年はうなずいた。

「で、現実的な問題だが、これは修行したってどうなるものでもない。まず、親と警察に連絡して、金を強奪されたことと暴行を受けたことを洗いざらい話せ。おまえはいじめられてるんじゃない。恐喝という犯罪の標的にされたんだ」

自分がいじめにあっているとは、幼いながらも男のプライドにかけてどこにも言えない、ということが正彦にはわかっていた。だから犯罪だ、と明言した。

「それをやった上でまだ何かあったら、ここに来い。俺が鍛え直してやる」

俺が守ってやる、というもの言いもまた少年にとっては屈辱であろうと判断した。

緊張した表情で、その日、少年は正彦に送られて駅まで戻っていった。


集会所開設から、翌年の正月明けまで、せいぜい三週間ほどの間に、聖泉真法会《せいせんしんぽうかい》を訪れた人々は延べ七十人を越えた。

忙しい暮れや、家族揃《そろ》って過ごす正月に、こうしたところを訪れる客は、そうはいないだろう、と踏んでいたが、意外なことには学校が冬休みに入った十二月二十五日の午後から、ここにくる人々は増えた。正月中や世間が動き出した四日、五日あたりも客は引きも切らない。

暮れと正月で景気がいいのか悪いのか、収入は十万を少し越えた。ふらりとやってきてお茶を飲んで話をし、祭壇に向かい手を合わせ、当然のように金も払わずに帰っていく若い娘もいれば、矢口相手に家庭内の悩みを四時間も話し、相当の金を置いていく年配者もいる。

実家の正月準備など手伝わない、個人主義に徹した若者にとっては、世間一般の暮れの忙しさなど関係はない。ここにやってきて、食事もせずに深夜まで居座っていたりする。

一方で、家族で過ごすはずの正月は一家の主婦にとっては一年で一番忙しく、かつ不満感を募らせる時期だ。特に嫁という立場にいるものにとっては、呪《のろ》われた季節となる。

また独身者は独身者で、家族や親類からの容赦ない干渉と中傷に晒《さら》され、孤立する。

彼らは矢口や正彦に自分の境遇を訴え、夫や親類縁者を殺してやりたい、と喚《わめ》き、涙をこぼした後にすっきりした顔で帰っていく。そんな姿を見送るたびに、正彦は、深刻な夫婦げんかや家庭内殺人が、めでたいはずの正月に頻発する理由を知らされる。

主婦の一人は、暮れも押し詰まった三十日の早朝にやってきて、矢口相手に昼近くまで話し込み、何を間違えたか祭壇には目もくれず、財布から千円札を三枚取り出し、矢口に押しつけて帰っていった。

彼女はその翌日も来た。元日を除いて毎日のようにやってきては、まだ温まらない室内で足踏みをしながら、矢口相手に機関銃のような調子で不満を訴え続ける。自分はすでにあの家の主婦はやめた、と宣言しながら、十一時になると、昼食の準備のために帰っていく。矢口の手にはむき出しの千円札が残される。

話はいつも同じだ。かわいがって育てた娘は、ろくでもない男と同棲《どうせい》し母親をないがしろにする。若い頃さんざん自分をいびった姑《しゅうとめ》は、手足がきかなくなってからは身辺の世話を自分にさせる。にもかかわらず感謝の言葉など一つもなく嫌味ばかり。自分は若い頃からいつも病気がちだったが、五十を過ぎてからは更年期障害も加わり、よけいに辛《つら》い。その上、夫の親族からは結婚して三十年間、何かというと干渉され、嫌がらせを受けている。

いろいろあるが、そのすべての原因が夫の「人間性」にあるということに最近気づいた、と主婦は言う。

娘が家に居着かなくなり、ろくでもない男にひっかかったのは、「父親の人間性に失望し、どんな男でも父よりましだと感じたから」であり、自分の体調が悪いのは「夫の人間性に感じるストレスと、具合が悪くてもいたわってくれない夫の人間性のせい」であり、姑や親族は「人間性が夫と同じ」ということになる。彼女は自分の名前も住所も告げないので、正彦と矢口は、その主婦のことを「人間性おばさん」と名付けた。

松の内も明け、裏通り沿いの古い商店街もようやく店を開けた一月八日の朝のことだった。

シャッターを叩《たた》く音で正彦は目覚めた。時計を見ると、七時を回ったばかりだ。スウェットスーツ姿のまま寝呆《ねぼ》け眼《まなこ》をこすりながら出ていき、シャッターを開けた。なだれ込んできた朝の光を背に、あの「人間性おばさん」が立っていた。パーマ髪を複雑な形にひねってぴっちりと地肌に止め、左右の手に紙袋と菊の花束を持っている。

「供養《くよう》させてください」

おばさんは、紙袋から化学雑巾《ぞうきん》やハンドクリーナーなどを取り出すと、戸惑っている正彦にかまわず、勝手に掃除を始めた。丁寧に祭壇《さいだん》のほこりを払い、椅子《いす》やテーブルを退《ど》かし、掃除機をかける。窓枠やカウンター内を水拭《みずぶ》きする。

ある程度の後片付けは、ここにたむろする若者が帰るときにしてくれたし、几帳面《きちょうめん》な正彦も頻繁に掃除している。それでも専業主婦として三十年近く生きてきたおばさんの手際にはかなわない。

慌《あわ》てて起きた矢口が事務所内の小さな流しで遠慮がちに歯を磨き、髭《ひげ》をそりながら出てきたときには、あらかた終わっていた。

おばさんはもう一つの紙袋から、花瓶を取り出すと菊を生けて祭壇に置いた。

一息ついて、森英恵《はなえ》ブランドの蝶柄《ちょうがら》のハンカチで汗を拭くと、呆気《あっけ》にとられている正彦と矢口に向かって合掌し、深々と頭を下げた。

それから灯明を上げ、長い間、祭壇中央の持金剛《じこんごう》に向かって手を合わせ、何かぶつぶつと唱えていた。

正彦と矢口は顔を見合わせながら、その様を眺めていた。

やがておばさんは合掌を解き、すがすがしい表情で「ありがとうございました」と二人に頭を下げた。

「どうぞ、まだコーヒーしかないんですが」と矢口は椅子を勧める。

オーブントースターから焼けたパンを取り出し、インスタントコーヒーとともにテーブルに運ぶ。二人の朝食だ。

「よかったら、どうぞ」と矢口が勧めると、おばさんは「いえ、もう済ませました」と答え、自分は毎日四時半に起きて、家族のためにまず食堂の窓枠や棚を軽く掃除して、それから朝食を作るのだ、といつものように問われもしないのに、しゃべり出した。一通り話し終えると、はっと我に返ったように神妙な表情になり、布のバッグからいきなり服紗《ふくさ》を取り出す。中の熨斗《のし》袋をいきなり正彦に差し出した。

「これは……」

狼狽《ろうばい》しながら正彦は尋ねる。

袋には山本広江と書いてある。それが「人間性おばさん」の本名らしかった。

彼女は、四日前、正彦に勧められ、半信半疑の顔で灯明を供え祭壇に手を合わせて、仏様に祈っていったのだが、その日家に戻ると、長年悩まされ続けている頭痛と耳鳴りがすっきり取れていることに気づいたという。翌朝になると皮膚炎、関節痛も治っていた。

朝起きた直後は、硬直したまま痛くて動かせない両手の指の関節が、ストーブにでもかざしたように温かく、曲げ伸ばしが簡単にでき、しかも痛まない。そして昨夜、外泊を繰り返し、暮れから家出していた娘が突然家に帰ってきて、近所のコンビニエンスストアで働くことに決めたと告げた。さらに「人間性に問題のある夫」も、昨日、彼女が自宅のガレージで転んで怪我《けが》をしたときに、人が変わったように思いやりのある言葉をかけて、救急箱から薬を取り出し、包帯まで巻いてくれたという。

「信心ってこういうことなんですね」と山本広江はありがたそうに、もう一度、祭壇に手を合わせる。

「それはあなたの心の有り様《よう》が変わったということですよ」

正彦は微笑を浮かべながら厳《おごそ》かな口調で言った。

「あらゆる問題の根元は、たったひとつなんですよ。自分に愛着してしまうこと。私たちは今まで、苦しいこと、腹立たしいこと、虚《むな》しいことを自分以外の何かのせいにしてきました。みんなそうなのです。遠い昔から。しかしあらゆる悩みや不満は、実は己れの心の中から生まれてくるものなのです。こうして仏様に手を合わせて目を閉じていると、自分の内側にある仏様が語りかけてくるでしょう。私たちの心に幸せをもたらすのは、私たちの回りのすべての衆生《しゅじょう》を大切に思う気持なのです」

さて、こんな説教は、どこで聞いたのだっけ、と正彦は語りながら首を傾《かし》げる。職場旅行で昔行った、京都の寺の住職の言葉だったかもしれない。あるいはゲームブック「グゲ王国の秘法」の参考資料として読んだチベット密教、ゲルク派の教えだったかもしれない。借物の言葉を吐く自分自身を嫌悪《けんお》しながら、やがてこれが商売として軌道に乗ったとき、こうした嫌悪感も違和感も失われてしまうのだろうと思う。

「人間、やめますか」と、心の内で自分に語りかけている。

山本広江が帰った後、熨斗袋を開けて仰天した。真新しい一万円札が十枚入っている。

「おい」

矢口のシャツの裾《すそ》を引っ張った。

「もらいすぎだ」

「大丈夫ですよ」

振り返って矢口が首をすくめた。

「大丈夫じゃない。家庭争議にでもなって、亭主に乗り込んでこられたらどうする気ですか」

矢口は笑って首を振った。

「あのおばちゃんの亭主は、テレビ局の重役ですからね、生活には困っていない。しかも忙しくて一週間に一度しか家に戻ってこないらしいですよ。忙しいせいかどうかは、わからないけど。それでおばちゃん、あっちの方は、二十年間、何もなし。生活費だけはたっぷり渡されているんです。ホントはこんなとこより、新宿のホストクラブに行った方がいいかもしれないですよね」

「矢口さん、なんでそこまで知っとるんですか」

「僕には何でも話してくれるから、あの人」

正彦は、嘆息してうなずく。

「さすがに矢口さん、コギャルからおばちゃんまで幅広く対応可能です。十分、ホストでいけますよ」

誉《ほ》めたつもりだったが、矢口はむっとした表情で正彦を一瞥《いちべつ》した。

山本広江は、その翌日には、同年代の主婦を二人連れてやってきた。それまで正彦は気付かなかったが、矢口に言われてあらためてその服装を見れば、いかにも金がかかっていそうではあった。ごてごてと刺繍《ししゅう》のついたセーターも、中途半端《はんぱ》な丈のズボンも、その上に着たリボン模様を裾や衿《えり》に散らした薄手のコートも、矢口によれば高島屋あたりで扱っているかなり高価なものらしい。そして連れてこられた二人の主婦たちの着ているものも、いかにも高そうだ。

一人は、ニットのスーツに二重、三重にネックレスを垂らした痩《や》せた女だ。一見するとすらりとしているが、痩せているだけに口元や首に皺《しわ》が目立つ。もう一人は広江と同じようなファッションに身を包んだ太り肉《じし》の女だ。

二人とも暮らし向きは良さそうで、上手《うま》くはまれば、ここの上客になる。

広江は、連れてきた主婦二人が高校時代からの仲良しで、半年に一度、一緒に旅行に行ったりしている仲間だと紹介した。女二人は微笑を浮かべ、小さく会釈《えしやく》する。しかしその視線は落ち着かなく動き、ときおり神経質そうに眉《まゆ》をひそめながら、互いに目くばせしている。

仲良しグループの一人が、いきなり変な宗教にはまってしまい、無理やり祈禱所《きとうしょ》に連れて来られて困惑している、といったところだろう。

「こちら、下のお嬢さんが今年中学受験なんですよ。なのにおばあちゃんが倒れて、教室への送り迎えもできなくなって、ご主人は娘の進学教室なんかどうでもいいって言うんですって」と、広江はやせぎすの女を差す。

「それでこちらが」と太り肉の女を続けて紹介しようとしたところに、「ちょっと」とやせぎすの女が、たしなめるように話をさえぎる。家庭の事情を怪しげな教団の見ず知らずの男に暴露されてうれしいはずはない。

広江は二人を祭壇の前に連れていき、灯明を供えさせる。それだけではない。献金箱に千円札を数枚入れさせた。

一応、仏像があるので、二人の主婦は、おざなりに手を合わせた。それからひどく迷惑そうな顔で、正彦たちを一瞥すると、広江をうながし逃げるように出ていった。

その一週間後、広江に付き添われ、太り肉の女がやってきた。入ってきたときには、前回来た主婦とは気づかなかった。それほど表情が変わっていた。親しげな微笑とすがるような視線が、まっすぐに正彦をとらえていた。

前回、広江に強く勧められて祈ったところ、末期癌《がん》のために保《も》って二、三日と医者から言い渡されていた実家の母の容体が持ちなおしたと言う。

「月の光に包まれた仏様が見えたんだそうですよ。そのとたんに、奇蹟《きせき》のように呼吸が楽になったんだそうです。付き添っていた妹が、もうびっくりして、母は気持ちいい、とにこにこしてるし、ご飯は食べられるようになるし。それがちょうど私がお灯明を上げて、母を治してください、とお祈りした時間なんですよ。八十とはいえ、まだまだ長生きしてほしいですから」と女は涙ぐみながら語り、一万円札を献金箱に入れ、熱心に祈る。

単なる偶然とはいえ、正彦は敬虔《けいけん》な気持ちになった。偽物《にせもの》の仏が法力を持つはずはなく、まがい物の宗教にご利益《りやく》など期待はできない。それでも祈りを捧《ささ》げる真剣な思いが、今にも消えかけている生命の火を燃え立たせることがあるのかもしれない。

広江とその女の献金は、それなりの金額だった。しかしここに集まる大半の人々が落としていく金は、五百円から二千円の間だ。

ネット上のバーチャル教団から集会所と礼拝施設を持つ現実の教団として活動を始めたが、まだまだ事業として軌道に乗ったとは言い難い。不動産が自分のものだからいいが、もし賃貸物件であったら赤字は確実だ。そうでなくても固定資産税と不動産取得税、マンションの管理費や修繕積立金が痛い。

広江が帰っていく昼過ぎから、若い主婦たちがぽつりぽつりとやってくる。彼女たちが帰った夕方から夜にかけては、若者が集まってくる。

あの金髪娘やホテルで飼われている雪子と雰囲気の似ている若者たちだった。一見、明るく、礼儀正しく、人当たりがいい。互いにハンドルネームで呼び合いながら、いじめ、リストカット、過食、売春といった体験をごく普通のこととして語り、正彦を唖然《あぜん》とさせる。

もはや若者とは言えない、二十代後半の人妻や三十過ぎのサラリーマンまでいる。

自分が何なのかわからない。これは本当の自分じゃない。家族や友人との付き合いは上《うわ》っ面《つら》だけで、家の中にも外にも居場所がない。

両親が離婚している、幼い頃から虐待《ぎゃくたい》されていた、父の暴力がひどい、と機能不全家庭の有り様が語られることもある。

どうやらネット上に、「生きづらさ」をキーワードとするサイトがあり、どこかのホームページの掲示板で、聖泉真法会が紹介されてしまったらしい。「座会」はそれらのオフ会のようなものと捉《とら》えられたようだ。

しかしここには、矢口と正彦という管理者がいた。「トラウマ乗り」と正彦が呼んだ「生きづらさ」の告白大会が煮詰まり、結局のところは解決もなければ、はなからそんなものも求めてはいない、むしろ心の傷を生の意味に置き換えて生きていくといった若者たちの様子が見えてきた頃、正彦は灯明を供えさせる。

祈るも祈らぬも自由、何を祈るかも本人次第、としたところが、格別の抵抗感も抱かせなかったようだ。若者たちは自然に手を合わせ何かを祈る。

オカルトもご利益も、彼らは期待していない。淡いバター灯明の光と、乳香の甘い香り、祭壇の布に隠したスピーカーから流れるシンセサイザーと篠笛《しのぶえ》の演奏によるヒーリングミュージックに、気分の安定を得る。

あくまで気分の安定であって、心の安定などではない、と正彦は思う。心が安定したら、彼らは二度とこんなところには来ない。気分の一時的な安定にすぎないからこそ、一般社会の「生きづらさ」に再びさらされたとき、ここに戻ってくる。聖泉真法会は、彼らの求めてやまない「居場所」を提供している。

彼らが帰った後には献金箱にお茶代と灯明代が残されている。ときおり意外なくらいに多額の現金が入っているのは、風俗や売春に関わる女性たちが、メンバーに含まれているからだ。

ネット上に聖泉真法会を立ち上げてから半年、集会所を開設して三ヵ月あまりが経《た》ち、帳簿を締めてみると、総収入は八十万と少々あった。もちろん初年度なので、経費を差っ引けば赤字で、ベンツに乗れるにはほど遠い。

それでも格別遊び回らずに自炊していれば、男二人がかつかつ生きていくことは可能なように見える。しかしどうも当初イメージした「虚業としての宗教事業」とは違う。

「別にいいんじゃないの」と矢口が言う。「ここに来てみんな安心するんだし、僕たちもとりあえず食べていけるんだから」

夜の十二時過ぎに客をすべて帰した後は、後片付けをして眠る。風呂《ふろ》がないので交替で銭湯に行くが、そんな暇のない日には、湯沸かし器の湯に浸したタオルで体をふく。奥の事務所に入れたソファベッドで正彦が横になり、矢口が寝袋に潜り込む。

これでいいのか、と自問自答しながら、正彦は眠りに落ちる。

上野の森の桜が満開になっているというニュースが流れ、テレビで酒盛りの様子などが映し出されたその日、若者達を帰し、シャッターを閉めようかというときに、あの金髪の女が入ってきた。

駅から走ってきたらしく、息を弾ませ、挨拶《あいさつ》もそこそこに、この前のお茶を買いたい、と言う。言い訳するように、祈りに来たのではなくお茶を買いに来た、と繰り返す。

「ここで買ったお茶を飲むようになってから、肌のコンディションが良いんです」

笑顔を無理やり封じ込めたような不愛想さで女は言う。確かに吹き出物は、前回、約三ヵ月前にここに来たときよりも少なくなっている。

「コーヒーとか、薬とか、止《や》めた？」

矢口が尋ねる。

「はい」と金髪はうなずく。原因はそちらだろう、と正彦は思った。

「そうしたら髪を染めるのも止めた方がいいよ」

矢口が言う。とたんに金髪は、口元を引き結んで顔を上げた。

「そういう風に外見で判断されるのは、すごく嫌です」

「何を言ってるんだよ」と矢口は笑いながら、女の金髪に触れた。

「僕は、君の金髪がいいとか、悪いとか言ってるんじゃない。そうではなくて、君の皮膚のことだ。いいかい、頭の肌と顔の肌は繋《つな》がってるんだよ。と、いうか一つの物だ。君がどうやって染めてるのか知らないけど、たぶんコンビニで買ってきた化学薬品の塊みたいな毛染めを使ってるんだろう。しかもこのプラチナブロンドは、いったん髪を真っ白になるまで脱色してから、あらためて染め直すんだ。オバハンの白髪染《しらが》とはワケが違う。頭の肌も顔の肌もダメージを受けて当たり前だろ」

女はしばらくぽかんとした表情で矢口をみつめていたが、やがて「そうですね」と意外なくらい素直にうなずいた。そして自分の金髪を指先で撮《つま》み、目の前に持っていってその色に見入る。

「なんとなく自分の殻を破ってみたい？ そんな感じがあったんです。ていうか、これで回りの人の気持ちがわかるみたいな」

「黒に染め直したりするなよ」と矢口はいくぶん厳しい口調で言った。

「これ以上、自分の髪や肌をいじめるのはよくない。それは自分自身をいじめているのと同じだから。これまでさんざんそういうこと、してきたんだろう」

女は悲痛な表情をした。

それから吐き出すように、ある教団の名前を言った。ほんの少し前まで、マスコミ等で騒がれていたキリスト教を標榜《ひょうぼう》する新宗教だ。彼女はそこの信者だった、と言う。

少女時代からクラスメートを初めとした回りの人々が、何か浮わついて見えて、馴染《なじ》めなかった。生きる指針が欲しいと思いながら、大学一年生のとき、あるボランティア団体に入り活動をはじめた。そこで知り合った男性と親しくなり、彼の抱える悩みを知った。男性の幸せとはいえない生い立ちや、自律神経失調症と診断された彼の症状の深

「ここでは、教えを強制することはしない。君が前にいた教団の神様のことがまだ君の心を捕らえているのなら、ここで祈る必要もない。ただ、目をつぶって手を合わせるっていうことは、自分自身と対話するということなんだ。自分の本当の心の声を聞くっていうのかな。実はそれが内側に仏がいるということなんだ」

女は矢口の顔を食い入るようにみつめていたが、やがてゆっくりとうなずいた。献金箱に五百円玉を入れ、灯明を手にする。しかしそれに火を灯《とも》すこともなく、長い間、両手の指を組み合わせ、キリスト教式に祈っていた。

やがて祈りを終えた女の手に、正彦は聖水を振りかける。

「入信するとしたら、どうすればいいんですか」

女は尋ねた。

正彦は戸惑った。しまった、と思った。何も考えていなかった。入信儀礼は、宗教の看板をかかげるかぎり必要なものだというのに、その式次第さえ決めていない。

「信仰は心の問題です」

内面の動揺を隠しながら、正彦は答える。

「祈りを捧《ささ》げ、あなたの内に仏が生まれたとき、すでにあなたは聖泉真法会の信者であるのです。それよりは今後、信者として正しい道を歩き、信仰を実践していく方が大切です」

「道を教えてください」

女は擦《かす》れた声で言った。

「急いではいけない。あなたはずっと急ぎ過ぎてきた。ここに通いなさい。その行為の一つ一つが、信仰に通じるのですから」

納得しかねたような、しかし真剣な眼差《まなざ》しを女は正彦に向けてくる。正彦は恐怖に限りなく近い緊張感に全身を強《こわ》ばらせながら、微笑を浮かべ女の視線を受けとめる。

千円札を二枚ほど献金箱に入れ、女はお茶を持って帰っていった。

それを見送ってシャッターを閉めた矢口が、「こっちも、腰据えて対応しないとまずいね」とつぶやくともなく言う。

「ああ」

眼鏡を外し、額から流れてくる汗を拭《ぬぐ》いながら、正彦はうなずく。

「何しろカルトについちゃ、あっちが玄人《くろうと》だ」

早急に、教義や儀礼についても、決めていかなければならない。これから彼女のようなパターンで人が集まってくるかもしれない。これまでのように身の上相談と礼拝の真似事《まねごと》で済ませていては、ただの仲良しサークルで終わってしまい宗教事業の域にはとても到達しない。

「いくら心の問題とはいっても、信者になる儀式と、信者としての資格を表わすものは必要ですよね」

　矢口が、祭壇《さいだん》を見上げた。

「洗礼として、聖水を振り掛けるだけじゃ足りないってことか……」

「祝詞《のりと》くらいは唱えないと」

「なんて唱えるんだよ」

「そんなものグゲ王国の作者なら、どうとでもなるじゃないですか」

「オン・メニ・ペメ・フン」

「いいじゃないですか」

「オン・バサラ・ラタヤ・ウンナム・アカーシャ……」

　あまりのばかばかしさに我ながら呆《あき》れて正彦は途中でやめた。

「で、信者になったらその証明となるようなものを教祖から渡した方がいいですよね」

「プルシャですか？　言っておくが、私は麻原じゃない」

「プルシャでなくたって、ほら、なんとか玉とかあるじゃないですか」

「それなら、我々で合計四つ……」

「僕より若いのにオヤジですね」

　矢口は冷ややかな一瞥《いちべつ》をくれて、続けた。

「ペンダントとか、小さなバッジを作るんですよ」

失笑していた。一つの宗教団体を作るとは、これほどまでにばかばかしい。矢口がたしなめるように視線を上げた。

「桐生さん、これはごっこ遊びじゃありませんよ。企業だって社員にバッジをつけさせてるでしょう。QCサークルっていうのもあるし」

「カルト資本主義か」

「ま、何でもいいですが」

「で、町工場に頼むとして、バッジ一つ、いくらくらいにつく?」

「二千個発注するとして」と矢口が指で電卓を弾《はじ》く格好をする。

「そんなに信者が集まるものか」と吐き捨てるように言った後に、正彦はふと思いついた。

「ググ王国の秘法」のノリで統一するなら、チベット仏教のカタという布を使う手がある。本来、国王や宗教界の最高指導者に拝謁《はいえつ》するときに献上するもので、仏像などにもかけられている。ロングスカーフのようなもので、材質は絹だ。

以前、青年海外協力隊員としてブータンに行ったことのある同僚に、現地で贈られたというカタを見せてもらった。

「これは私たちの仏教徒としての心そのものであり、私たちの心が清浄であることの証《あかし》です。大切にしてください」という言葉とともに彼が渡されたカタは、淡いクリーム色の繻子《しゅす》のような艶《つや》のある細長い布だった。布の回りは裁ちっぱなしで、生地は絹ではなく化織だった。サイズは長さ九十センチ、幅は二十センチくらいだろうか。

正彦はさっそくその絵をメモ用紙に書きながら、矢口に説明する。

「へんなペンダントよりいいね」と矢口は乗り気になっている。生地は、化織ではなく、絹の方がいいと言う。それではコストがかかるし、本場ブータンで渡されたものさえ化織なのだからかまわないだろう、と正彦が反対したが、矢口はここは日本で、客はやはり宗教としての体裁を気にするだろうから、変なところで出し惜しみしてキッチュなイメージを持たれるのは、得策でない、と主張する。

「一枚あたりの単価にすれば、大した違いはありません。薄い無地なら、タイ製の裏生地を使えば良いので、メーター五百円以下で僕が見つけてきます」と請け合った。

そしてその約束通り、翌日には二十メートルほどの生地を担《かつ》いできた。

ごく薄い粗悪な白絹をその日は深夜までかかって、五メートル分だけ裁断した。これで信者の証明として渡すカタは、二十五人分できた。

その間に、正彦は教義とともに、教祖のライフヒストリーを作ることに専念した。

一から作る必要などなかった。正彦には五千枚を越えるストーリーがある。来《きた》るべき破滅から人類を救うために、ヒマラヤを越えて神々の国に入っていく冒険者たち、彼らを迎える長老と幻のグゲ王国の聖俗双方を統治する活仏のラマ。

「グゲ王国の秘法」では、その冒険者の一人として、「悠理《ゆうり》」という名の日本人青年が登場する。仏教哲学を究め、紀伊半島の寺で山岳修行を行ない、法力を持って悪魔と対《たい》峙《じ》する知的でマッチョなキャラクターだ。世界を破滅から救うラストでは、日本に帰らず、ラマの下で僧になりチベットに残る。その登場人物「悠理」から、正彦は経歴を借りてくることにしたが、あまり嘘《うそ》ばかりでは、素性がバレたときに詐欺師《さぎし》と見做《みな》される。事実と虚構をほどほどに混在させた。

鈴木正彦の教祖としての名は、桐生慧海《えかい》で、これは幻のゲームブック「グゲ王国の秘法」の作者のペンネームをそのまま使った。

桐生慧海は中学校当時から、身近な人々の病や死に出会い、人の世と人として生きることに付随するさまざまな苦しみは、いったい何が原因で、どうすれば救われるのかということを考え続けていた。二十歳《はたち》の夏休みから半年ほどインド、パキスタン、ネパールを放浪し、現地の人々の想像を絶する貧困に衝撃を受け、同時に信仰の有り様に深く心を動かされる。

その折、ネパールで年老いた遊行僧《ゆぎょうそう》と出会い、彼の導きで遠くヒマラヤを越えて旅をし、カイラスの麓《ふもと》で遊行僧を看取《みと》った後、彼から託された持金剛、すなわち釈尊が自ら成仏《じょうぶつ》した相である本初仏《ほんじょぶつ》を携え日本に戻る。

二十二歳の誕生日に、その持金剛とともに高野山《こうやさん》中に穿《うが》たれた滝上の洞窟《どうくつ》に籠《こ》もる。

一年の後に全宇宙の真理に到達するも、未成熟な若者のままでは人を導くことはできないと判断し、それから十六年間、公僕としての仕事を続けながら機が熟すのを待った。しかし二〇〇一年の九月、イスラム過激派のテロリストによって乗っ取られた飛行機が、アメリカの貿易センタービルに飛び込む映像を見たとき、幾千もの嘆きの声が聞こえ、その中に、「おまえは肉親も家族も地位も財産もすべてを捨て、人々を救え」という仏の声があった。

世界中が嘆き悲しみ、続いて超大国アメリカによる報復とも思えるアフガン空爆が始まる。暴力と憎しみの連鎖が世界中で起こり、砂上の楼閣のような繁栄と平和を誇る日本では、人々の心が崩壊の危機に瀕《ひん》している。

桐生慧海は、現世での地位や家族、財産を捨て、仏の化身として衆生《しゅじょう》を救い導くことを決意する。そこで自らが一年間籠もった高野山中の洞窟に戻り、この日までそこに安置してあった持金剛《じこんごう》を携えて東京に戻り、聖泉真法会を開いた。

これが教祖桐生慧海が宗教を興《おこ》すに至るストーリーだ。

実際に正彦は学生時代に、一ヵ月ほどインド、パキスタン、ネパールを旅している。ドミトリーを使ってのバックパッカーとしての旅だ。ネパールの高地で持ち金も尽き、渇きと空腹に耐えかね、ふらつきながら歩いているときに、一人の年老いた行者に出会い、チャイと干飯《ほしいい》を恵んでもらった。行者は元は会計士だったが、カトマンズの会計事務所を退職した後に、故郷と家族を捨て、長年の夢であった遊行の生活に入ったと語っていた。出家したくても、現役中は家族を養わなければならない。社会的な責任もある。一定の年齢になり、現世における義務から解放されることによって、ようやく行者として生きることを許される。こうして家を出て遊行の旅に出る男というのは、少し前まで、ネパールにはかなりいたらしい。彼に同行した正彦は、カイラスの手前で高山病に倒れ、老行者から干飯と、わずかばかりのルピーをもらって、ほうほうの体でカトマンズに逃げ帰ってきた。

高野山に籠もったことも事実だ。司法試験ゼミで、精神修養の一つとして連れていかれ、宿坊に泊まった。しかし合宿三日目の晩、メンバーは酒を飲んで乱痴気騒ぎを起こし、以来そのゼミは出入り禁止となった。

しかしこの程度の脚色は、まだまだ可愛《かわい》いほうだ。これ以上の嘘八百を並べた教祖の経歴が、世の中にはごまんとある。

ストーリーは作ったが、さすがに文書化するのは気がひけ、この内容は、人に問われたときに、口頭で答えることにとどめることにした。

どんより曇った戸外の光が窓から差し込む北向きの部屋は、昼も近い時間帯だというのに、ほの暗い。

淡い闇《やみ》の中で、祭壇に灯《とも》された灯明《とうみょう》が不安定にまたたき、中央の持金剛の顔に表情らしきものを刻みつける。

真新しい白の立衿《たちえり》シャツを身につけた矢口は、銀鎖のついた香炉をかかげ、もう一方の手に持った鈴を振る。

澄んだ金属音が鳴り渡り、鎖に吊《つる》されゆるやかに揺れる香炉からは、甘く濃厚な香りを放つ乳香の白い煙が流れ、霧のように室内を覆《おお》っていく。

明かりを消した室内に、手持ち無沙汰《ぶさた》にたたずんでいる人々の間を通り、鈴を鳴らしながら、矢口は祭壇の前まで進み出る。

「どうぞ、お座りください」

柔らかな口調で呼び掛ける。

二十人を越える人々が、その場に肩を接するように正座した。最前列には「人間性おばさん」の山本広江とその友人で藤田圭子《けいこ》という太り肉《じし》の女が、神妙な顔で座っている。あのカツアゲにあった少年、竹内由宇太《ゆうた》が結跏趺坐《けっかふざ》して、定印《じょういん》を結んでいる隣には、灯明に金髪の頭がきらめいている。

正彦はカーテン代わりの布をゆっくりと片手で押し開け、奥のオフィスから客たちの座っているフロアに出ていく。

白い立衿シャツにゆったりした綿のズボンという出《い》で立《た》ちは、普段とまったく変わらないが、右肩から白絹のカタを袈裟《けさ》がけにして、儀礼用の装束であることを表した。

広江や藤田圭子たちはともかくとして、仲間を求めて座会に集まってきていた若者たちには、戸惑いと警戒の色が見える。照れとも自嘲《じちょう》ともつかない不安定な笑みを口元に浮かべて、正彦を見上げる青年もいる。彼らにはこの儀式のいかがわしさが十分にわかっている。いや、長い歴史を持つ大宗教の行なう儀礼についてさえ、その虚構性を十分すぎるほど認識しているに違いない。

日本人ほど教化しにくい民族はいない、という、あるアメリカ人宣教師の嘆きを正彦は思い出していた。

宗教色をできるかぎり押し隠し、良識的な教義をかかげ「人としての道を学ぶ会」としての座会と身の上相談と個人的な礼拝をセットにした仲良しサークルをやっていくという方法もあった。その方が経営としては、手堅いものだったかもしれない。こうして入信式のような儀式を執行するのは、一つの賭《か》けでもあった。

祭壇の前まで進んだ正彦は、その場に座る。矢口がカウンターから器と米の入った箱を持ってきて、絨毯《じゅうたん》の上に置く。

大きさの異なる三つの器を並べ、大きな器に米を満たし、その上に小さな器を重ね、その上からさらに米を注ぐ。米を満たした器を三段重ねにして、祭壇に置く。

再び元の位置に戻り、膝《ひざ》をつき頭と両手を床につけ祭壇に向かい一礼する。略式の五体投地礼である。

「聖なるラマであり大いなる慈悲を持つお方の御足元に礼拝し、帰依《きえ》いたします。

守護尊と明妃《みょうひ》たちに祈願いたします。

御法尊と守り神たちに祈願いたします。

障害を取りのぞき、思うがままに私たちの修行を成就《じょうじゅ》させてください。

仏法を知らぬ私たちを哀れみ、金剛であり太陽であり、薬樹のようなこの教えを授け、
五つの堕落にあふれたこの世で悟りの道にお導きください」

合掌し、小さな声でそう唱える。

「グゲ王国の秘法」の中で、法力を操るキャラクターが、エメラルドを額にはめ込んだ持金剛に祈るシーンで使った祈禱文《きとうぶん》である。

「オン・メニ・ペメ・フン」でも、「ナウマク・サマンダ・ボダナン・バク」でも、「オーム、スヴァバーヴァ、シュッダ、サルヴァ、ダルマーハ……」でも、何でもよかった。しかし意味も正確な発音もわからぬチベット語やサンスクリット語で、人を惑わすことだけはしたくなかった。わからないからありがたい、という大衆の心につけ込み、ことさら荘重で厳粛な雰囲気を演出して、その気にさせるのでは、催眠商法と変わりない。

そもそも単なる事業として宗教を立ち上げた時点で、正彦は自分には宗教心などはからないことを知っている。しかし人間としての良心は失いたくない。少なくともだれ

もが理解できる日本語の祈りを捧《ささ》げる。そこに真実を見て信仰するのも、ばかばかしいと席を蹴《け》って帰るのも客の自由である。

正彦は立ち上がり、カウンターの前に退く。

矢口が広江のそばに行き、祭壇の中央に導く。広江は灯明を供え、合掌し、何かを口の中でぶつぶつと唱えた。

「ラマと三宝に礼拝いたします。一切の事物は清浄なるゆえ、私の本質もまた清浄です」

これが誓約と信仰告白の言葉であり、呪文《じゅもん》だった。だれでも、一瞬のうちに覚えられる簡単な言葉だった。祈願すること、感謝の思いといったものは、その後に各人がそれぞれの祈りの言葉にして捧げればいいことだった。朗唱するもよし、心の中で唱えるもよし。信仰は心の問題なのだ、というのが、正彦が信者に向かい再三、語ってきたことだった。

合掌を解いた広江の手に正彦は、例によってターメリック入りの水をかける。掌《てのひら》に乗った淡黄色の水滴を広江はすする。

次に正彦は矢口から白絹を受け取り、両手を肩幅ほどに開いて差し出した広江の手にかける。

広江は深々と一礼してその布を押し戴《いただ》く。

実際のところチベット仏教では、カタという布は信者から僧侶《そうりょ》に献上されるのであるから、正彦の行なっていることは反対だが、この場で疑問を抱く者はいない。

とにもかくにも、これで彼女は晴れて桐生慧海《えかい》こと、鈴木正彦を教祖と戴く聖泉真法《せいせんしんぽう》会《かい》の信者となった。

続いて友人の藤田圭子が、同じことをする。さらに金髪娘が続く。彼女はこの直前に初めて伊藤真実《いとうまみ》という自分の名前を明かした。密教マニアの竹内由宇太は、相変わらず奇妙な印を結んだまま、正彦から信者の証《あかし》である白絹を受けた。

結局この日集まったほぼ全員が、この入信儀礼に参加し、信者となった。もちろん脱会については何の制約もないことをあらかじめ告知してある。

その後は格別の祝宴もなく、ハーブティーと小さなクッキーのような菓子が配られて、午後の二時近くに入信式は終わった。しかし信者たちはそのまま集会所に残っている。

正彦は全身に疲れを感じた。穏やかさと厳粛さの微妙なバランスを要求される教祖を演じることと、信者の真摯《しんし》な思いを受けとめることで、神経がすり減っていた。

若者たちの話の輪に加わり、和やかな様子で相づちを打っている矢口をその場に残し、正彦は立衿シャツの上に、上着を羽織って抜け出す。

「どちらへ？」と広江が尋ねた。

正彦は微笑して、「ちょっと行くところがあります」と答え、駅に向かう。

地下鉄に乗り、西新宿で下りた。

そこにある日帰り温泉の、パチンコ屋の景品交換所のようなチケット売場で入浴券を買い、渡されたタオルと浴衣《ゆかた》を持って地下に下りていく。

脱衣所で教祖の衣装を脱いだとたん、ほっとため息がもれた。薄汚れた床を踏みしめて浴場に入り、茶色の湯に身を沈める。

職人風の年配の男と出張中のサラリーマンとおぼしき中年の男が、新宿の町がいかに変わったかなどという話をしている。脳梗塞《こうそく》の後遺症か、片手の不自由な老人が、不明瞭《ふめいりょう》な発音で浪曲のようなものをうなっている。

正彦は目を閉じて、男たちの会話やうなり声を聞きながら、彼らの歩んできた人生を思った。真っ当に働き、真っ当に家庭を持ち、副都心のビルにあるうらぶれた温泉でほっと一息つき、世間話に興じる。都庁を辞める直前、つまらない虫けらのような人生、と思ったものに、敬意に似た感情を抱いた。

この日の自分の言葉と所作をあらためて思い返すと、恥ずかしさに身が縮む。

彼の創作「グゲ王国の秘法」に登場するラマは、八歳で出家する。兄弟の真ん中に生まれた者として、本人の意志に関わりなく寺に入れられる。そこで二十年かかって膨大な経典を暗記し、儀礼の複雑な手続きを覚え、語学や仏教論理学を始めとする学問を修め、ゲシェーの称号を授かる。そこで初めて密教の修行を許される。精神的にも身体的にも苛酷《かこく》な実践修行を終えた後に、驚くべき知恵と法力《ほうりき》を得た。たかがゲームブックではあった。それでも創作者の良心に照らせば、ラマを単なる伝奇的な怪僧にしたくはなかった。

幻のグゲ王国の宮殿の最奥《さいおう》に鎮座するラマは、毎年の大法要の度に長大な経典を暗唱し、四日間に及ぶ長い儀礼を間違いなく遂行する。

それは単なる虚構ではない。チベット仏教の指導的立場にいる人々の現実の姿である。

この日の自分は、彼らの愚劣極まる猿真似《さるまね》だった。ほんの少しでもチベット仏教の知識のある者がやってきたなら、化けの皮はあっという間に剥《は》がされていただろう。

茶色の湯を両手で受けて、顔を洗い、正彦は小さく身震いした。

かまいやしない、と自分に言い聞かせてみる。

聖泉真法会は、チベット仏教教団などではない。そんなものをそのまま現代日本に移植しようとしたところで、現実的な問題で苦しんでいる人々を救えるはずはない。この日本で人々の精神の安定に貢献しようとするなら、既存の幾多の新宗教同様にさまざまな宗教の都合のいい部分を継ぎ合せていくしかない。

風呂《ふろ》から上がった後も、立衿の教祖服を着る気にはなれないまま、入り口でタオルとともに渡された浴衣に袖《そで》を通す。

蛍光灯の薄暗い光に照らされた和室の長テーブルの前に座り込み、久しぶりにビールを飲む。ふと矢口の顔が思い浮かび、「すまん」とつぶやき、同時にもし聖泉真法会の組織が拡大し、教団としての知名度を獲得したら、もう桐生慧海はこんなところで浴衣を着てくつろいでなどいられないだろう、とも思う。

3

入信儀礼を行なったことが、すぐに信者の増加には繋《つな》がらない。それでもお茶代や灯明代、相談料などをひっくるめた献金収入は、少しずつ増えていく。それにともない信者の名簿や、献金の管理など、運営に関わる実務も増え、複雑なものになった。

しかし竹内由宇太と金髪娘の伊藤真実が、ホームページの更新や掲示板の管理などを受け持ってくれるようになり、また山本広江を始めとする女性信者が掃除やお茶出しなどの雑務を引き受けてくれるため、矢口や正彦の仕事はさほど増えてはいない。

家族的な雰囲気は教団の吸引力になる一方、自分たちの生活スペースを兼ねた集会所に、そうした形で他人に出入りされるのは、気詰まりでもある。とくに広江や圭子たち年配の女性信者は、無遠慮にオフィスと寝室を兼ねた奥の部屋に出入りするので、おかしな物を出しっぱなしにしたり、だらしなくしておくわけにはいかず、正彦も矢口も気を使う。

普通のオフィスであるなら、この先はオーナーのプライベートスペースとして、立ち入り禁止にできるのだろうが、ここではそうしたことは言い出しにくい。各人の良識にまかせるしかないが、彼女たちは奉仕のつもりなので、あまり強硬に拒むのもはばかれる。夜の十一時過ぎにシャッターを閉めると、ほっとする毎日だった。

一方で、信者の要望を汲《く》み上げる形で、聖泉真法会は少しずつ宗教団体らしい体裁を整えていった。

教祖の経歴は五月の終わりには成文化され、複雑な教義の代わりに「信者の務め」を決めた。

朝夕二回の礼拝と、仏の教えを常に心に止《とど》め日常生活の中で生かすこと、というたった二つだ。

入信儀礼を行なった日から、聖泉真法会では、人の集まりやすい金曜日の夜と日曜日に集団礼拝を行なうようになった。礼拝の後には、正彦の短い法話があり普段よりもフォーマルな形での座会が開かれる。

こうした定例会は、若者たちを中心としたオフ会のような平日の会とはかなり様相が異なる。客層は年配の女性が中心で、その内容は、家庭や職場の人間関係の悩みや病気などについての相談を受けたり、それぞれの一週間の生活を報告しあい、それを会の教えに照らし合わせ、反省する、といったことだ。

それが終わると簡単な食事を出す。圧力鍋《なべ》で炊《た》いた玄米に野菜料理を添えた一汁一菜は、ニューエイジ系のヒーリング宗教からヒントを得て矢口が考案した。

その「お残菜」という呼び名は、人の食べ残しではなく、神仏にお供えした残りをいただく、という意味を込めてつけた。

食事は、矢口や信者の女性たちが作る。多くの材料を求め、凝った調理法を披露したがる主婦たちを戒め、ことさら質素な献立に整えさせるのが、矢口の役目だ。

値段はとくに定めず、帰り際《ぎわ》に献金として箱に入れてもらう。五百円から二千円くらいまで金額にばらつきはあるが、原価が安いのでそこそこの収入源にはなっている。

食事会も含めると、定例会の献金額は総じて一人頭三千円から五千円ほどにもなる。

さらにそれに灯明代が加わり、客の大半は自宅用にハーブティーを買っていくので、一日の収入は十万円を越える。

こうした会に集まる人々は、古くからある既成大教団の信者とさして変わりはなく、相談内容もその日常生活の報告内容も常識の範囲内だ。正彦にも無理なく対応でき、それなりの額の金を落としていくという点では、理想的な客だ。

彼らのうち数人は山本広江が連れてきた。嫌々ながら連れてこられた広江の友人、圭子も病気の母親の延命がかなったことから、友人知人を勧誘してくる。そのうち祈ることで、何か良いことがあった、という人々が半信半疑ながらも自分からここにやってくるようになった。

一方で、相談ごとに対する、正彦や矢口のアドヴァイスが入信のきっかけになることもある。

ある年配の女性は、庭を潰《つぶ》して駐車場を作ってから、体調が優れず医者に行っても治らないと、相談に来た。霊能者に見てもらうと、借財の怨念《おんねん》がついている、と言われお祓《はら》いの対価として多額のお布施《ふせ》を要求されて支払った。しかしそんなことをしても、体はいっこうに良くならないと訴える。

相談に乗った正彦は、女性の体調について詳しく尋ねた。どこが痛い、苦しいという話を気が済むまで聞いてやった後、循環器系の専門病院に行くように指示し、なるべく毎日、ここに来て礼拝するようにと付け加えた。

またこの近くに住んでいる中年の主婦は、自分は生まれてこの方、ずっと人に騙《だま》され続けている、世の中のすべてが自分を裏切っている、と訴えた。聞けば最近もパートタイマーとして働いていた小さな店で給料の不払いに遭い、高齢の母は病気が治らないのに強制的に退院させられて行き場がない。長兄は金持ちで大きな家に住んでいるのに、妻が恐《こわ》くて母のことは見て見ぬふりをする。

正彦が答えたのは給料請求の具体的な手続きと、母親の介護に関して相談に乗ってくれる自治体の窓口についてだった。そのうえで、要領よく事態を伝えられない女に代わり、電話をかけてやった。

教祖の仕事とはとうてい思えない。しかし普通の家庭生活を送っている多くの女性が、心の問題や神様について云々《うんぬん》する以前に、社会のシステムや制度についての正確な知識を持っておらず、そのために問題が解決できず、相談相手もいない状況に置かれていることに正彦は驚かされていた。いや、その大半が年配の主婦であることからすれば、家には相談相手となるべき夫や子供たちがいるはずだ。しかし論点がはっきりせず、果てのない愚痴としてしか語られることのない彼女たちの悩みに、家族は本気で耳を傾けてくれない。家庭の中心にいて家族の生活を守っているはずの彼女たちが、その家庭内で孤独に陥っている。

彼女たちに「先生」と呼ばれながら、正彦は、自分のアドヴァイスが、弁護士、税理士といった資格を持たない者の相談業務を禁止する法律に触れないようにと、慎重に対処する。

夏の終わり頃、既成の大教団から信者が十数人、聖泉真法会に移ってきた。

きっかけはここに出入りする友人を折伏《しゃくぶく》しようとやってきた一人の女性信者の入信だ。世間話を装《よそお》い、その大教団の教主の偉大さを説く年配の女性信者の話を正彦は、格別の反論もせずに聞き、気が済むまでしゃべらせた。その後に矢口に倣《なら》って、女の体調を気遣う言葉をかけた。

最初に見たときから、島森麻子というその女の青黒くかさついた肌と前屈《まえかが》みの痩《や》せた体、そうした姿と対照的な、ことさらの明るさと親しみをアピールする話し方に、不健康なものを感じ取っていた。

案の定、大教団の教主の徳をたたえ、その教団に所属する自分の幸福を語るポジティブな話を語り尽くした後の女の口から出てきたのは、家庭の悩みと身体《からだ》の不調をかこつ言葉だった。これにもまた格別のコメントをせず、正彦は存分にしゃべらせた。

そして話の終わりに、「あなたの信仰しているのと同じ仏様ですよ」と仏像を示し、合掌させた後に、ハーブティーをふるまって帰してやった。

折伏に失敗したことに気づいたのか、その後も島森麻子は頻繁にやってきた。そしてミイラ取りがミイラになった。

ここの仏様を拝んだところが、病気が軽快し、家族関係が改善したという。

「自らを低いものとみなし、他者を慈《いつく》しみ大切になさい」という、チベット仏教書の受け売りの説教が、彼女の家族関係にどういう形で影響を与えたのか、正彦にはわからない。

それよりは一切の反論はせず、自らが信仰など持っていないから相手の信仰に感情的な反発は抱かず、ただうなずいて話を聞く正彦に対し、女は心に溜《た》まった澱《おり》を吐きだし尽くしたように見えた。漠然とした不満やうらみつらみを押し殺し、ことさら明るく思いやり深く振る舞い、女として妻としての正しいあり方を周囲に示してきた生活が、五十代も半ばに入った女の神経と身体を嘖《さいな》んでいたようだった。

しかし慢性胃炎とストレス性の肝臓障害に加え、不眠に悩む麻子の健康に対しては、その速記者としての稼ぎのほぼすべてを献金として吸い上げてきた大教団が、何一つ貢献しなかったことは間違いない。

都立病院を紹介した上で、この集会所から一キロあまり離れた島森麻子の家から、仕事がないときは、朝夕、必ず歩いてここまで礼拝に来るようにと指導した正彦のアドヴァイスは的を射ていた。単に常識に基づいた生活指導であって、神仏の力によるご利益《りやく》ではない。それでも家事のかたわら、三十年働き詰めに働いた稼ぎの大半を教団に吸い上げられてきた信者にとって、ごく控えめに献金箱を置いただけの聖泉真法会は、これこそ本物の信心の場と映ったらしい。

折しも大教団の地区委員と、麻子が感情的に対立していた。

地域の信者たちにそれなりに影響力を持っていた麻子は、その地区委員に反発している仲間を組織し、こちらに連れてきてしまったのだった。

彼らの入信動機を聞いた正彦は、「それはたまたま堕落した一部の幹部や、教団内の人間関係に問題があるのであって、あなたたちの長年の信仰は決して誤ってはいない。ここでは入信の誓いをすれば、だれでも信者になれるが、それは決してそれまでの信仰を捨てろということではない。聖泉真法会の信者になることと、以前の大教団で日蓮《にちれん》上人《しょうにん》の教えを信仰することとの間には何の矛盾もない。この金剛の大宇宙には、ありとあらゆる仏と神がいて、あなたがたを見守ってくださっているのだから、ここで仏様に手を合わせることは、あなたの以前の信仰を否定することにはならないし、そんなことをしてはいけない」と諭した。

争えば勝ち目のない大教団だった。新規参入の店が老舗《しにせ》のホステスを引き抜いて、客を大量に奪う。自分のしていることはそれと同じだ。表立った争いはなくても、どこでどんな言いがかりをつけられ、嫌がらせを受けるかわかったものではない。

トラブルは回避しなければならない。しかしそのための物言いは、島森麻子にとっても、回りで聞いていた他の信者にとっても、宗教者にふさわしい寛容さと慈悲に満ちたものとして印象づけられたらしい。

一、二ヵ月の間に、信者たちは、つぎつぎにそれまで所属していた教団から脱会し、遠くに住む仲間まで引き連れて、こちらに移ってきた。

季節が晩秋から冬に向かい、冷込みが厳しくなり始めた頃には、順調に献金も集まるようになり、現金の蓄えも百万を超えた。正彦たちは、動作が遅くてほとんど使い物にならないパソコンを新しいものに買い替え、室内の壁に張り巡らせた安っぽい光沢を放つ布も張り替えた。

また、矢口が寝袋で寝ていると知った藤田圭子がソファベッドを寄付してくれたので、矢口も一年数ヵ月ぶりに布団《ふとん》にくるまって寝られるようになった。

二人がこの集会所を出てアパートを借り、人間らしい私生活を送れるようになるまで、あと一歩だった。

それはクリスマスの夜のことだった。

キリスト教団ではないので、聖泉真法会では、当然のことながら格別の行事はなかったが、座会に集まる若者たちにとって、聖泉真法会が仏教系かキリスト教系か、はたまた神道系《しんとうけい》かなどということはどうでもいい。彼らにとってのクリスマスは商業ベースで行なわれる年中行事に過ぎず、贈り物を仲間や矢口に渡し、いつもと違う祝祭的な集まりを楽しんだ。

中でも伊藤真実は、この日は大きなケーキを持って現われ、集まった人々に配った。たまたまそこにいた山本広江が、咎《とが》めるように何か言いかけたのを正彦は即座に止めて、切り分けたケーキの一切れを皿に受けて、祭壇《さいだん》に捧《ささ》げた。さすがの真実本人も目を見張った。

真実が、以前所属していた教団では、キリスト教を標榜《ひょうぼう》しているにもかかわらず、特殊な教義に従っているため、クリスマスを悪魔の儀式と見做《みな》していた。それでここ数年、クリスマスパーティーに出席したことはなかった、と真実は語っていた。

メリー・クリスマスとチョコレートで書かれた直径三十センチを越えるケーキは、罪悪感や孤独、さまざまなこだわりからようやく解放された彼女の晴れやかな心の内を物語っているように見えた。

ささやかな会は、夜の十時にはお開きになり、二人は若者たちを見送り、シャッターを下ろした。

正彦はこの日の収入を確認した後に帳簿につけ、札を手提げ金庫に入れる。矢口は中身の減ったバター灯明の容器にマーガリンを足し、厨房《ちゅうぼう》の水回りを拭《ふ》き上げる。屑籠《くずかご》に入れられたゴミの分別を確認し袋を縛って、明朝、外に出すために出口に持っていったときだ。

シャッターが叩《たた》かれた。

「はい、どちらさま」

矢口が尋ねる。

「サ・ヤ・カ」

女の声だ。

正彦と矢口は顔を見合わせる。

「どうしました?」

「入れてください」

首を傾《かし》げた矢口が、はっとしたようにささやいた。

「例の愛人だ。品川のホテルに飼われている」

昨年の暮れに伊藤真実とやってきて、由宇太を交えて自分の境遇を話していって以来、ここに顔を出してはいなかった。メールも送ってきていない。それがパトロンに付けられた名前「雪子」ではなく、「サヤカ」を名乗って再びやってきた。

矢口が即座にシャッターを上げる。

正彦は無意識に警戒し、後ずさった。

この前会ったときよりも、一回り小さくなったように見えるサヤカが、虚《うつ》ろな目で笑いかけながら立っている。

「メリー・クリスマス」

そう言うと、サヤカは矢口の首に両腕を回して倒れ込んできた。

吐く息さえ凍るほど冷え込んだ深夜、サヤカの身に付けているのは、ノースリーブの黒のミニマムワンピース一枚だけだ。いったいどこからやってきたのかわからない。少なくとも近くまでタクシーできたわけではなさそうだ。蠟《ろう》のように白い腕には一面に鳥肌が立ち、厚いファンデーションを通してさえ、鼻の頭が赤くなっているのが見えた。

「どうしたんだよ、おい」

矢口が支えて椅子《いす》にかけさせる。

飲んでいるのだ、と正彦はとっさに思った。しかし酒臭くはない。

艶《つや》のある薄い生地のミニマムワンピースから出た足にストッキングはない。小さな足の爪先《つまさき》は寒さで真っ赤になっている。

「どうなってるんだ」とつぶやきながら、正彦は石油ストーブを引き寄せ、点火する。もちろんエアコンはあるが、二人だけのときに八十平米の部屋でエアコンをつけては電気代がかかりすぎるために、夜間はストーブを使っていた。

矢口が即座に自分の上着をサヤカに着せかけ、その爪先を両手で包み込む。

「氷みたいになってる」

「平気」とサヤカは、惚《ほう》けたように笑った。

「どうしたんだ、いったい」

正彦はお茶を入れサヤカの前に置く。それから思い出して祭壇にさきほど置いたクリスマスケーキの一切れを下げて、テーブルに出す。

サヤカは子供のように目を輝かせて、ケーキを食べ始めた。がつがつと、およそ若い女とも思えぬ貪欲《どんよく》さで頰張り、ひどくうれしそうに笑いかけるとお茶を一息に飲み干した。

「少し落ち着いたか？」

正彦が尋ねたとたんに、その顔が苦しげに歪《ゆが》んだ。泣き出すものと思って見守っていると、突然口を押さえて立ち上がり、トイレに駆け込んだ。ドアを開けたままの内部から、嘔吐《おうと》の音が聞こえてくる。そちらを振り返り、正彦は目を背けた。体を二つ折りにして、便器に向かって吐いている女の黒いワンピースの裾《すそ》から、尻《しり》が丸見えになっている。ミニマムワンピースの下に、女は下着をつけていなかった。

「薬、やってるのか」

矢口が、青ざめてつぶやいた。そのまま何気なく女が座っていた椅子に手を触れ、小さな声を上げて、手をひっこめた。

慌《あわ》てふためいた様子で、傍らのティッシュを何枚も引き出し、手と椅子を神経質に拭《ぬぐ》う。

「失禁か」

呻《うめ》くように正彦は言った。

矢口が眉間《みけん》に皺《しわ》を刻んで、かぶりを振った。

「そんなもんじゃない。精液」

嘔吐の音と、局部まで丸出しにした尻と、椅子についた精液……。吐き気が込み上げた。

合宿のコンパで間違ってキスしてしまった翌日、「いつも持っていてね」と自分の水着写真を押しつけてきた同じサークルの女子学生、髪を振り乱し唾《つば》を飛ばしながら予算書を叩き、係長時代の自分のちょっとした間違いを打合せ会で徹底糾弾した古参の女子職員、物の道理もわからないままに何かにつけ自分を非難した女房、数限りなく女には失望させられてきた。今更、女になど何の幻想も憧《あこが》れも抱いていないが、それでもその不潔さ、慎みのなさに、身の毛がよだった。

しかしすぐにそれが嫌悪《けんお》すべき事態などではないことに気づいた。

「強姦《ごうかん》だ、矢口さん」

矢口の肩を摑《つか》んで叫んでいた。

「たぶん、薬かなんか飲まされて、やられたんだ。それで助けを求めてきたんだ」

矢口の口が大きく開かれた。

正気を失った態度も嘔吐も、下着もつけず、ストッキングもなく、寒空にワンピース一枚という姿で現われたことは、それで説明がつく。

矢口は弾《はじ》かれたように手洗いの方に行き、「大丈夫かい」と声をかける。そのままサヤカの体を抱きかかえるようにして背中をさすり始めた。

椅子の下には、スパンコールのついた布製のポーチが転がっている。拾い上げ、正彦は中を開けた。

緊急連絡先か何か、身元のわかるものが入っているのではないか、と思ったのだ。

しかし中に入っていたのは、口紅の他には、分厚い封筒だけだった。半信半疑のままその封筒を取り出した。厚さにして二センチくらいある。洗面所の方を窺《うかが》いながら、その中身を見る。

金だった。一万円札だ。厚みからして二百万。

何が起きたのかわからない。しかし見てはならないものを見たという気がした。慌てて封筒に戻し、ポーチに入れる。

話しかけながら、矢口はサヤカを洗面所から連れ出し、タオルで手や顔を拭いてやっている。

カップに白湯《さゆ》を入れて渡し、テーブルのそばに連れてくる。

「ここに置いてください」

突っ立ったまま、挑むような口調で、サヤカは正彦に向かい言った。

唐突な物言いで、正彦には意味がわからない。

「もちろん、ここにいることはかまわない。ただし何があったのか、話してくれ」

正彦はサヤカの両肩に手を置く。

「もちろん辛《つら》いことはわかっている。話したくないことは話さないでいいが……」

矢口が、すでに寝る準備を整えていたソファベッドから毛布や枕《まくら》を取りのけ、背もたれを元に戻し、サヤカをそちらに座らせる。

「ここに置いて」

サヤカは笑いかけてきた。心の底に溜《た》まった泥を、すべて便器の中に吐き出してしまったように、晴れ晴れとした顔をしていた。顔色は透き通るように青白いが、淡い褐色の瞳《ひとみ》が、天井の明かりを映して晴れやかに光っている。

「出家したいんです」

「ちょっと、待って」

正彦はさえぎった。

「ここに出家信者はいない。聖泉真法会は基本的には、在家信者の会で、修道院のような施設はない」

どういう事情にせよ、ここにサヤカを泊めるわけにはいかない。いかがわしい宗教だ、などという評判を立てられてはかなわないし、女性信者が圧倒的に多いということからしても、特定の女がここに寝泊りすることは、好ましからぬ憶測を呼び、根拠のない中傷合戦の火種になる。

サヤカの話を聞いた後は、おそらく警察に通報しなければならないだろう。サヤカがそれを拒んだときには、彼女の親しい女友達や身内の者に連絡を取って迎えにきてもらうしかない。

「ホームページで見たら、出家の儀式をして、みんなここの信者になったって書いてあったのに」

「あれは入信式であって、出家したわけじゃない。第一、出家なんていうのは、そう簡単なものではないんだよ。それより事情を話してくれ、辛いかもしれないけれど。決して他言はしないから」

正彦が言うと、サヤカはポーチを手元に引き寄せ、中からさきほどの分厚い封筒を取り出し、丁寧に一礼して、差し出した。

「お布施《ふせ》です。ここに置いてください」

「だからそういうことではなくて」

慌てて押し戻す様を、矢口が怪訝《けげん》な顔で見ている。

「万札だ」とその耳元に短くささやいた。

矢口は一瞬、その封筒の厚みに目を止め、ぎょっとした表情を見せたが、すぐに正彦とサヤカの間に割って入り、サヤカの肩を叩いた。

「とにかく、話を聞かせてよ。どうしてそんなことを考えたのか。今夜、何があったのか。出家にしても、入信にしても、それからだろ」

「だから、これから話すから、私を追い出さないでください」

絞り出すような声は、悲痛な熱を帯びていた。

「もちろん、ここからはだれも追い出されたりしません」

正彦は静かに言う。

サヤカはうなずいて、封筒に視線を落とした。

「これ、旅費なんです」

「旅費？」

「精神の旅に出るための」

自分探しの旅、というやつか、と正彦は心の内で、つぶやく。

サヤカは正彦から視線を外し、ぽつりと言った。

「昨日、彼が来て、これで終わりにしたいって……」

「彼……」

彼女を「雪子」と名付けて飼っていた男。その男からの手切金ということか。

どうやら強姦されて助けを求めてきたわけではなさそうだ。

サヤカの切れ長の目がうっすら開かれている。涙も表情もない。淡い色の瞳には、何も映っていない。

矢口が無言でその肩に自分のジャケットをかけてやった。

サヤカをホテルで飼っていたのは、正彦が想像したような金も暇も地位もある、高齢の男ではなかった。IT革命の波に乗って業績を伸ばしてきたソフトウェア会社の、まだ三十代の社長だった。

経営状態が悪化した。部屋代は払えず、当然、君の面倒も見られなくなったので、これで終わりにしたい、と彼は言ってきたという。

サヤカが彼に初めて会ったのは、故郷を出てきて二年目のことだった。コンパニオンや商店の広告モデル、キャバクラ嬢といったいくつかの仕事を掛け持ちしながら、都会の光と闇《やみ》の間を漂っていたとき、アルバイト先の友達に誘われた合コンで知り合った。

その日のうちに、彼が借りていたホテルに誘われ、そのまま居着いてしまった。

彼の自宅は逗子《ずし》にあったが、平和島にある会社に通うために、個人オフィスとして部屋を借りていたらしい。

彼女が居着いて一週間足らずで、室内にあった彼の荷物はすべて運び出され、代わりにサヤカの持ち物が、それまで借りていたアパートからそこに移された。とは言え、洋服とアクセサリー以外、家財道具らしきものはほとんどなく、洗濯機や食器といったものも彼に言われるままに捨てた。

男がやってくる火、水、木曜の夜以外は、彼女はきまぐれにアルバイトをしたり、ネイル・アートの学校に通ったり、別の男とデートしたりして過ごしていた。町でスカウトされて、Vシネマに出たこともある。

ヒロインを演じていたのは、聞いたこともない女優で、サヤカはその友達の役だった。違う自分を発見したかった、とサヤカは言う。

シャワーを浴びるシーンがあり、裸になった。出来上がったビデオをもらい部屋で再生しながら、彼と交わった。

結局、三年四ヵ月、サヤカはそのホテルで、衣食住のすべてを彼から提供されて過ごした。

自分が何だかわからないままに東京に出てきて、わからないままに住み着いた。品川のホテルで飼われていた女、ジーンズを穿《は》かず、ベッドの中でさえきちんとした敬語を使うように躾《しつ》けられた「雪子」という女は、今、確実に、彼女自身であった。それが昨日、その部屋からの退去を命じられた瞬間に、雪子はこの世から消えた。消えることを余儀なくされた。

ホテルを出て彼を失えば、自分が空洞になることを一瞬にして悟った。現実の生活への不安は感じなかった。ただ、自分がこの世から無くなるような気がした。

男は、「もうここを借りている金がない」とだけ繰り返した。昨日まで、何不自由ない金を渡して、高級ホテルに自分を置いてくれた男が、急に貧乏になるということ自体が、サヤカには信じられなかった。もしそれが本当だとしても、それなら何もしてくれなくていいから、会うだけでもいい、と言った。

出会いの当初は、金が目的の関係だった。しかし三年四ヵ月が経《た》った今、サヤカの心は男に結びつけられていた。それが愛情と呼ぶべきものなのかどうか、サヤカ自身にもわからない。

しかし男は、「会えるだけでもいい」というサヤカの言葉に、「関係を終了したいと言ったはずだ」といささか事務的な口調で答えた。

自分が何なのかわからない、と迷う自己意識さえ、その瞬間にサヤカの中で砕けた。今まで自分の内にはないと思っていた激しい感情が突如、胸底からわき上がる。

「絶対に別れない。私はずっとここにいる」と男のスーツの衿《えり》を両手で掴んで泣き喚《わめ》いた。「私には行くところがない」と言うサヤカに、男は、初めて彼らが出会った恵比寿《えびす》に戻れ、と言った。

どこか日本から遠く離れたところに行きたい、とサヤカは泣きながら訴えた。一年くらいヨーロッパに行って戻ってこない、と付け加えた。ヨーロッパのどこの国へ、などという具体的な見通しはなかった。ましてや中学生程度の英語さえわからない自分が外国に行けるはずはない。ただ、その場の勢いで、遠いところに行ってしまいたい、という意味で、口にしただけだ。

「わかった」と男は答えていったん帰り、この夜、スーツケース三つを手にして、再び現われた。そしてサヤカに二百万円入りの封筒を無造作に渡し、部屋にあったサヤカの持ち物をスーツケースに放り込み始めた。

茫然《ぼうぜん》と立っているサヤカの前で、電話をかけてベルボーイを呼び、スーツケースをエントランスに運ばせる。

玄関の車寄せに言葉を失ったまま立っていたサヤカに、男は今夜は渡した金で、ビジネスホテルにでも泊まるように、と言った。それに自分は今日まで、十分な対価は払ってきた、と付け加えた。衣食住を保証されたホテル住まいの他に、月々十五万の小遣いをもらっていたが、それがどこに消えたのかサヤカにもわからなかった。手持ちはその二百万円だけだった。

しかし生活の不安など、サヤカの心にはない。自分はいったい彼にとって何だったのかと考えていた。彼は、自分にとっていつの間にか、生活と心の中心にいた。しかしそんな関係は最初から存在しなかったという風情《ふぜい》で彼は去って行こうとしている。そのときになってサヤカは、自分が男の経営しているという会社の正式な名称も、男の自宅の住所も、家族構成も、何も知らなかったことに気付いた。

週に三日やってきて、たいていは泊まることもなく深夜にどこかへ戻っていく男。サヤカはその肉体以外、彼についてはほとんど何も知らなかったのだった。

タクシーのドライバーが、スーツケースをトランクに積み込み始めたとき、サヤカは去りかけた男にしがみつき、このまま一人でタクシーに乗せたら死ぬ、と叫び、泣いた。ホテルのエントランスにいる客や従業員が、ぎょっとした顔で二人を見た。好奇の視線に耐えきれず、男もサヤカと一緒にタクシーに乗り込んだ。

「とりあえず新宿方向」と男はドライバーに指示し、車内でも叱《しか》りつけるような囁《ささや》き声で、自分の前から去るようにと言い続ける。

サヤカの耳には何も入らない。

「いや」という言葉だけ発して、声の限り泣き喚き続けた。

西新宿まで来たとき、「いったい、どの辺りですか」という呆《あき》れたようなドライバーの言葉に促されて、二人は下りた。

近くに、そこそこの値段で泊まれる中級のシティホテルがあって、男は、とにかく今夜はそこに泊まるように、と言って帰ろうとした。

サヤカはなおも男にしがみついた。男の背に回した手のひらに感じられる硬さから、自分たちの関係がすでに終わったことが感じ取れた。にもかかわらず現実に、自分の腕の中で、彼は生々しい存在感を保ったままいる。

「して」とサヤカは言った。「抱いて」ではなく、「して」という直接的な言い方をした。ベッドの中でさえ敬語を使う、異様な男女関係はすでに壊れていた。

「だめだ」と男は帰ろうとする。

「してくれれば、このまま、目の前から立ち去るから」とサヤカは哀願した。

「この場で」とコートを脱ぎ捨てた。

都庁を正面に望み、地下道を跨《また》いだ橋のような二車線道路の歩道だった。街灯の青白い光を通して、葉を落とした街路樹の影がくっきりと路面に伸びて、北風が吹き荒《すさ》んでいた。

春の陽気のように暖房のきいたホテルから出てきたままだったから、カシミアのロングコートの下に着ていたのは、黒のミニマムワンピース一枚だ。

なだめるように男はサヤカを橋上道路の欄干部分に押しつけキスした。ときおり車がまぶしいヘッドライトを浴びせかけていく。クリスマスパーティー帰りらしい若者のグループが脇《わき》を通り過ぎ、残業を終えたとおぼしきサラリーマンが早足で追い越していく。

サヤカはストッキングと下着を膝《ひざ》まで下ろし、渾身《こんしん》の力を込めて男の背を抱き、叫んでいた。今、この場でして、と。そうすれば、立ち去ってあげる。つきまとったり、会社や家を探したりしない、と。

男はすばやくズボンの前を開けた。そしてサヤカの太股《ふともも》を片手で無造作に持ち上げ、苛立《いらだ》たしげに半勃起《はんぼっき》状態のものを入れてきた。近付いてくるヘッドライトや、背後に聞こえる足音から逃れるようにうつむき、遮二無二《しゃにむに》体を前後に動かし射精すると、息を弾ませたままジッパーを引き上げ、一言も発することなく憤然とした表情で去っていった。

それが三年四ヵ月の、飼い、飼われた関係の終焉《しゅうえん》の儀式となった。

その後は覚えていない、とサヤカは言う。ただ、歩いていたら、ここにたどりついた。コートもスーツケースもその場に置いてきてしまったらしい。

「仏様があなたをここに導いたのです。あなたの魂を守るために」

正彦は、厳粛な口調で言い、矢口に、スウェットスーツを貸してやるように、と指示する。矢口はうなずき、自分がパジャマ代わりに着ているそれを持ってきて、サヤカに手渡し、着替えてくるようにと、奥のオフィスを指差した。

サヤカは言われるままに、そちらに入っていく。

「たまらない話だよね」

矢口はガスの火に薬缶《やかん》をかけ、首を振った。

「女房にバレたか、飽きたか知らないが、ある日、いきなり捨てるなんて、男としてどうこうじゃなく、人間として僕は許せない。そりゃ金で囲った女かもしれないけど、三年も付き合ったら、情が移るものじゃないか。ちゃんと理由を話して、納得させるべきだと思う。それを金がないから出ていけといきなり言い出して、嫌だと言われれば、札びらで横面《よこつら》を叩《たた》くようにして追い払うっていうのは、どういう神経なんだろう。そんな汚い金、彼女でなくても、持っていたくはないだろう」

「これが本当の浄財というか、マネー・ロンダリングだ」と正彦は分厚い封筒を無造作に金庫に入れる。金額を確認して、帳簿につけるのは、明日にすることにした。金を数えている場面をサヤカに見られるのは、バツが悪い。

「二百万を払うというのは、たいへんなことだよ」

正彦は傍らの椅子《いす》に腰を下ろし、ため息をつく。

「金がなくて、女を囲っていられなくなった、というのは、たぶん本当だろう」

矢口はガラスのポットにハーブティーを入れながら、怪訝《けげん》な顔で正彦を見た。

「ＩＴ関連のベンチャービジネスの社長だろう、相手の男は。見事にＩＴバブル崩壊の図式だ。ここに来てソフト屋がバタバタ倒産している。倒産までしてなくても、社員を切りまくってる。オフィスと称して女なんか囲ってることがバレたら、たいへんなことになる。もし奥方の親戚《しんせき》関係から融資なんか受けているとすれば家庭内のもめごとじゃすまない。自分の素性をばらさないのも、理由を話さないで女を放り出すのも、社長という立場なら当然のことだ。もし本当に社長なら。そもそもああいう女をホテルで飼ったことからして、男として最大の愚行を犯したわけだが」

矢口が小さく舌打ちして、ティーカップを置く。

「男女関係にしろ、他の人間関係にしろ、人と人との関わりって、そんなもんじゃないんじゃないの？」

「そんなもんじゃないことをせざるをえないのが世の中だ。だから、我々の商売が成立するんだよ」

矢口が何か言いたげに唇を動かした。しかし言葉を発する前に、ブルーグレーのスウェットの上下を着て、袖《そで》と裾《すそ》をまくり上げたサヤカがオフィスから出てきた。

正彦は矢口に目くばせし、短く言った。

「大谷、押さえておいてくれ」

マンションから歩いて二、三分のところにある、大谷ホテルは、ホテルニューオータニとは何の関係もない。駅前旅館大谷屋の女将《おかみ》が亭主亡《な》き後に、ビジネスホテルに改装したところだ。良心的な値段で管理もしっかりしているので、女性の一人客も安心して泊まれると定評がある。

サヤカは少し落ち着いた様子で出てくると、矢口が用意しておいたハーブティーをすすり、カーペットの上の座布団《ざぶとん》に座り込んだ。

正彦は、無言のまま、その手に灯明を手渡す。サヤカは受け取り祭壇《さいだん》に供え、手を合わせた。

「聖なるラマであり大いなる慈悲を持つお方の御足元と三宝に礼拝し、帰依《きえ》いたします」

正彦は供養文《くようぶん》を唱え始める。

一通り終えると、サヤカの手に聖水を振り掛け、白絹を渡す。

混乱と絶望に沈んでいた白い顔が、透明な霧に包まれたように、淡い輝きを帯びた。微笑とも、陶酔ともつかぬ、深い喜びの感情が薄い皮膚を通して揺らぎ立つのが見える。

祝福と後ろめたさの入り交じる混乱の思いを押し隠し、サヤカに向かって厳《おごそ》かな口調で語りかける。

「あらゆる財宝よりも優れた利益《りやく》が、すべての衆生《しゅじょう》によってもたらされるのだと知り、常に衆生を慈《いつく》しみなさい。いつ、どこであれ、心の底から他者を慈しみなさい。世間八法を考えて心悩ますことなく、この世に起きるあらゆる事柄は幻であることを知り、執着を捨て、捕らわれの状態から心を解き放ちなさい」

頭を垂れ、サヤカは長い間、祭壇の前に正座し、何かを祈っていた。

やがて静かな笑顔を浮かべて、立ち上がったとき、正彦は「それでは、もう遅いですから、ホテルに帰りなさい。女性一人でも安全に泊まれるところを用意しました」と声をかけた。

サヤカの表情が不意に強《こわ》ばった。

「あ、僕が送っていく」

慌《あわ》てて矢口が言葉をかける。

「明日の九時には、ここを開けます。今夜は暖かい風呂《ふろ》にでも入って、ゆっくり眠りなさい」

正彦は、サヤカの肩に矢口のウィンドブレーカーをかけ、押し出すようにドアの前に連れていく。

「いや」

サヤカは激しく首を振った。あばらに痛みを感じ、激しい力で突き飛ばされたことを知った。

「置いてくれるって、言ったじゃない」

肩で息をしながら、そう叫んだ顔は、数秒前の仏法に帰依し、静寂な喜びに満たされた風の表情から一変していた。

「だれも置いておかない、なんて言っていません。明日、いらっしゃい。第一ここにはあなたが眠るところもない」

動悸《どうき》を静めながら、正彦はなんとか平静な口調で言う。

「いや、ホテルなんて絶対、いや」

「君が今までいたようなところじゃない。親切な女将さんがいるところだ。今夜、あなたは、初めてそれまでの誤った縁《えにし》から解き放たれ、心を浄《きよ》められたのだから、安心して一人で眠りなさい」

「いや」

青ざめた薄い皮膚を通し、こめかみと首筋に青く血管が浮き上がった。痙攣《けいれん》するかのように頰が震え、目が吊《つ》り上がっている。

サヤカは傍らにいた矢口に摑《つか》みかかった。決して離れまいとするように、矢口の袖を摑み、引き裂かんばかりに揺すった。

正彦は恐怖とも、絶望ともつかない思いで、後ずさる。

偽物《にせもの》のイニシエーションと偽物の神と偽物の教祖。虚業としての宗教によってもたらされた平安と法悦など、やはり偽物だった。衝撃を受け、傷つき、混乱した心を、愚にもつかぬ演出によって揺さぶった結果、酩酊《めいてい》に似た一時の幸福感は与えられた。合法ドラッグと同じだ。しかしドラッグはドラッグだ。傷ついた心を癒《いや》し、問題に立ち向かう力を与えるものではない。

「一人にしたら死ぬ。今夜、ベッドの中で死んでやる」

白目をむいてサヤカは叫ぶ。

「落ち着いて」

砕けそうになる理性をなんとかつなぎ合わせ、正彦は震える声で語りかける。

「私なんか、いない。初めから、本当はどこにもいない。どこにもいないのに、体だけがある。私って、何なの。もう耐えられない」

その喉《のど》から、動物めいた声がほとばしる。

慌てて正彦はシャッターを閉めた。

茫然《ぼうぜん》と立ちすくむ正彦の前で、矢口は無言のまま、暴れるサヤカの小柄な体を抱きすくめた。矢口の腕の中でサヤカの長い髪が揺れ、縺《もつ》れる。

その頬をしっかりと自分の喉元に押しつけ、両足の間にその体を挟み矢口は恋人にするように抱擁していた。

その姿に正彦は危険なものを感じた。矢口の心にあるのが邪心とは思えない。ただ、今の彼には宗教的虚構に対する自覚がない。真実味こそが危険であることを正彦は理解しているが、矢口にはそれがわかっていない。

やがてサヤカの体はぐったりと脱力して、子供のように矢口に抱かれ、ソファの上に下ろされた。

「しょうがないですよ、桐生《きりゆう》さん」

矢口はちらりと正彦を振り返った。そしてさきほど取り除《の》けた毛布を持ってくると、サヤカの体にかける。

「僕、寝袋があるから」

そう言いながらサヤカの頭の下に枕《まくら》を押し込む。

「まあな」と正彦はうなずいて、矢口にささやいた。

「むりやり連れてったところで、客室で手首でも切られたら大谷のばあさんに申し訳がたたない」

正彦は、その場をはなれ、洗面を済ませ奥の部屋に入る。しかしベッドに身を横たえしばらくしても、矢口はやってこない。

舌打ちして、わざと大げさにカーテン代わりの布を払いのけ、集会室に出ていく。

矢口はソファの傍らに膝をついていた。その腕をサヤカはしっかりと握っている。

「矢口さん」

正彦は呼び掛けた。矢口はちらりとこちらを振り返り、うなずいた。しかしそのまま動く気配はない。

「いいかげんにしろ、矢口」

低いが毅然《きぜん》とした口調で、正彦は言った。

しかし矢口は腰を上げない。その耳元に、正彦はささやいた。

「俺たちは爆弾を抱え込んだんだ、今夜」

二百万の札束とともにやってきた女は、芽生えたばかりの教団の信用を失墜させ、ようやく軌道に乗りかけた虚業を一撃のもとに崩壊させる危険性を秘めている。

「聞いているのか、矢口。また女で人生をしくじる気か」

矢口は空いた方の手で、青白いまぶたを硬く閉じたサヤカの髪を撫《な》でながら、低い声で答えた。

「君は、人の気持ちも人生もわかっちゃいない」

一瞬込み上げた怒りを押し殺し、正彦はくるりと体の向きを変え、その場を離れた。

奥の部屋に矢口が入ってきたのは、それから十分ほどしてからのことだ。

正彦のベッドのすぐ脇《わき》に、断熱マットを敷きその上に寝袋を置いて潜り込む。

「もう少し離れろよ」

不機嫌に言った正彦の言葉は、聞こえなかったらしい。さらさらとナイロン生地の擦れ合う音が聞こえ、すぐに静かになった。

静まり返った室内で、モデムの通信状態を示す緑の光がゆらゆらと瞬《またた》いて、あたりをうっすらと照らし出している。

静かだが、寝息は聞こえてこない。緑色の光の瞬きに合わせ、ときおり矢口の小さなため息が闇《やみ》を震わせる。

正彦は寝返りを打つ。身体《からだ》の芯《しん》が痛みを感じるほどに熱い。偽りの嘔吐《おうと》する女の裸の尻《しり》、暗い色の性器、呆《ほう》けたような笑い声、鳥肌の立った肩。法悦から狂暴な怯《おび》えへと一瞬の間に変わった白い顔。何もかもが、醜悪だった。不可思議なことにその醜悪なものに女そのものを感じ、正彦の身体は激しく反応していた。金色の持金剛《じこんごう》の前で、バター灯明の光に照らされながら、考えられる限りのアクロバティックな体位で交わる様を思い浮かべ、正彦は体を丸める。

「桐生さん」

くぐもった声が聞こえた。

矢口が寝返りを打って、話しかけてきた。

「寝つけないですか」

「ええ、この先、まずいことになるんじゃないかと考えると」

あながち嘘《うそ》ではない。

「しかたないですよ。あの子、淋《さび》しくって、辛《つら》くって、とても一人じゃ耐えられないんでしょう。友達もいないようだし」

　ぼそぼそと矢口は語る。

「僕は、確かに人生をしくじった。ただ、女でしくじった、とか言われると、それは少し違う。確かに人妻だったよ。しかもあの伝説のゲームデザイナー、中田光の。しかし才能ある、売れっ子のクリエーターの妻って立場が、幸せとは限らない。僕は打ち合せの席で初めて会ったときに、彼女の目を見て、この人は決して幸せではないと知ったんだ。いろいろ家庭内ではあってさ。彼女八つ年上なんだ、中田光の。だから僕と同年代。一言話せば、気持ちが通じてしまう。彼女の背負った苦しみとか、人には言えない辛い部分とか。僕は若い頃、結婚してすぐに別れて、今は独身だから、ストレートに結婚を考えた。好きだっていう感情と、一緒に人生を歩んで行きたいという気持ちが、彼女に対してはぴったり重なるんだ。毎日、何通ものメールを交換した。最後の方は、もう何も言えなくて、好きだ、好きだって、それだけずっと書き列《つら》ねたりした。会えないとき、ふらっと電車で彼女のマンションの下まで行ったこともある。中田光は、彼女を愛してなんかいなかった。少なくとも大切にしていなかった。すぐにでも放り出しそうに、足《あし》蹴《げ》にしていた。しかし離婚しようとはしなかった。子供がいるっていうのが表向きの理由だったけど」

　矢口の声が大きくなってきて、正彦は「しっ」とサヤカの寝ている方を指差し制した。

「僕も悪かった。中田にきちんと話せばよかった。しかし社員の立場として、大切な売れっ子デザイナーには、何も言えない。ひたすら隠し、シラを切り、中田が当時付き合っていた若い女と再婚して、彼女を放り出す日を、ただ待っていた。でも結局、その前に全部、バレバレ。僕はクビになって、でも、彼女は離婚されずに飼い殺し。そうなっても僕は、彼女を連れて逃げることもしなかった。恐《こわ》かったし自信もなかった。才能ある亭主と比較されるんじゃないか、と不安だったんだ。そうこうするうちに、彼女は病気になって……」

矢口は声を詰まらせた。

「亡《な》くなったのか……」

「いや、膠原病《こうげんびょう》。原因はいろいろあるけど、引き金になったのは、ストレス。身体中の関節が腫《は》れあがって、自律神経も、婦人科も、全部おかしくなった。今は寝たきりらしい。離婚して実家に戻ったけど、どこに入院しているのかは教えてもらえない。本人はだれにも会いたくないって言ってるそうだ。実家宛《あ》てに何通も手紙を書いたけど、返事はこない」

正彦はうめいた。これが矢口のトラウマか、と奇妙に納得した。

「自分が迷って、引いてしまっている間に、相手は壊れていく。手を差しのべれば差しのべられたのに、保身を考えて足踏みしている間に、事態を悪化させてしまう。僕は二度とそんなことをしてはならないと思うんだ」

「確かにな」

納得しながらも、正彦は、こうした悔悛《かいしゅん》の思いから芽生えた矢口の誠実さが、思わぬトラブルを招くのではないか、と危惧《きぐ》していた。

翌朝、鈍い頭痛を抱えながらシャッターを開けた直後に、山本広江が入ってきた。快活な声であいさつしながら、掃除用具を取り出すためにカウンターの方に行きかけたとき、まだソファの脇《わき》にぼんやり立っているサヤカに気づいたようだ。

「あら、おたく……」

とっさに眉《まゆ》をひそめたのが、正彦にはわかった。もつれた長い髪、男物のスウェットの上下、気怠《けだる》げな表情。とりたてて飾るでもなく、媚《こ》びるでもなく、にもかかわらずその全身から発散されている、濃厚な性の匂《にお》い。

広江の視線がソファの上に丸めてある毛布とサヤカの顔を行き来した。

「昨夜、来られたんだけど、行くところがなくて、ここで過ごしてもらったんですよ」

と正彦は説明し、「新しい仲間で、サヤカさん」と紹介した。

「名字は？」

すかさず広江は尋ねた。「サヤカさん」という紹介の仕方が、ホステスかスナックの女の子を連想させたようだ。

「南野《みなみの》サヤカ」

「まあ、芸能人みたい」と広江は、格別お世辞でも皮肉でもない平坦《へいたん》な調子で言った後に尋ねた。

「終電にでも乗り遅れたの？ おうちで心配してない？」

格別、尋問の口調ではないが、鋭い視線がソファの上に投げ掛けられる。

サヤカは黙ってかぶりを振った。

「きのうの晩、彼と別れたんです」

さらりとした口調だった。正彦は矢口と顔を見合わせたが、広江は「あら、まあ」と平然としている。若い娘が失恋して、ここに飛び込んできたと解釈したらしい。確かにそうであることは間違いない。

「三年四ヵ月、ずっとホテルにいたんですよ」

少し尻上がりのイントネーションで、サヤカは説明した。

「あら、そう、ふうん」とうなずきかけ、広江はぎょっとした顔をした。

「高校のときに……」

サヤカは初めてここにやってきたときに話したのと寸分違《たが》わぬ内容の話を広江に向かって語り始めた。故郷の町、自分が何なのかわからない、家族や友達との関わりが表面的なものに思える。

　そして家出先の東京で知り合った「彼」とのホテル暮らし。別れ……。

　広江の相づちは次第に間が開いてきた。その額に癇筋《かんすじ》のようなものが現われ、鼻の穴がひくひくと動き、瞬《まばた》きを繰り返す。

　しかしサヤカは、そんな広江の表情の変化など、まるで目に入らないようにここに至るまでの道程を語り続ける。初対面の人間に、そうした極私的な事柄を話すことにも、それを聞いている相手の反応に対する無関心ぶりにも、正彦は異様な感じを覚えた。彼女にとって、目の前の人間は観客に過ぎないのかもしれない。自分の物語が最大の関心事で、観客がそれをどう受け取り、自分の人格についてどういう判断をくだすかということはどうでもいいらしい。

　誇張もなければ、逡巡《しゅんじゅん》する様子もない。事実を粉飾する気配もなければ、婉曲《えんきょく》な言い回しをするわけでもない。別れ際《ぎわ》の路上の儀式に至るまで、ありのままに少ないボキャブラリーで、サヤカは淡々と語った。

　一方的な語りにだれも口を挟むことができず、サヤカが一部始終を語り終えたときに、その場はどんよりとした沈黙に覆《おお》われた。晴れ晴れとした顔をしているのは、サヤカ一人だった。

「とにかく」と逃れるように広江は化学雑巾《ぞうきん》を手にした。それから当然のようにもう一枚の化学雑巾をサヤカに渡す。

「あ……はい」

サヤカは受け取り、少し迷った後にカウンターを拭《ふ》く。そこに置いてあるものを何一つ退《ど》かさず、開いた空間だけをさらりと撫でる。

振り返った広江が、「退かして、下を拭くのよ」と抑揚のない口調で言った。

こんな娘に掃除ができるとはなから思っていないらしく、そこに非難の調子は含まれていなかった。

掃除機をかけるくらいはできるかと正彦は期待したが、サヤカはそれすらもまともにできない。ホテルに住んでいた三年あまりはともかくとして、その前、高校一年生までいた実家でどんな躾《しつけ》を受け、どんな生活をしていたのだろう。おそらく特殊な家庭ではない。母親が子供たちの生活に目配りし、きちんと手をかけ、衣食住がつつがなく提供される。そんな家だったのだと思う。

生活実感の乏しさと単調な日常の中で、自意識だけが肥大し、感性が過敏になっていったのだろう。

一通り、午前中の掃除が終わった後、広江はサヤカに話しかけた。身体を動かすことで、さきほどの緊張が解《ほぐ》れたように、「あなた、お父さん、お母さんのところに帰った方がいいわよ」と、ごく自然な口調で言った。

サヤカの肩がびくりと震えた。

「心配しているわよ、きっと」

広江は続けた。

「私、出家したんです」

サヤカは吐き出すように叫んだ。

広江は眉をひそめる。

「帰れる状況でないから、ここに飛び込んできたんだよ」

矢口が広江に向かって、たしなめるように言った。

「でも、ここに泊まり込まれたんじゃ……」とソファに目をやる。

「第一、桐生先生や矢口さんだって、迷惑でしょう」

「別に、迷惑ではぜんぜんないんだけど」と矢口が言いかけると、広江は向き直って矢口の顔をみつめた。熱のある子の顔色を覗《のぞ》き込むような視線だ。

「だめですよ」

強硬で、断定的な口調だった。

広江は、桐生を「先生」と呼ぶ。祖師《そし》さまでもなければ、桐生さんでもない。「先生」という呼び方が、彼女の教祖に対する認識をうかがわせた。

指導者ではあるが、人間の男にかわりない。そこには性の誘惑という危機が常につきまとう。性的誘惑は広江にとっては、悪そのものだ。それは宗教的な感情によるものではない。一人の主婦としての広江が、家庭を守るために奮闘する中で、常に身につけていた分別によるものであり、サヤカにはそうした広江のような女の警戒心を無条件にかきたてる匂いがある。

「うちのアパートに来るといいわ」

広江は言った。広江は、この近くに自宅とは別にアパートを四棟ほど持っている。その一部屋に住んでいた家族が、この春から家賃を九ヵ月分滞納したまま、つい一週間前に、夜逃げしてしまったのだと言う。

「第一、ここはお風呂《ふろ》もないし、女の人が寝泊りするのは無理よ」

サヤカは助けを求めるような視線を矢口に送ってきた。

「山本さんのところにお世話になった方がいい」と正彦は、すかさず言った。

面倒なことが起きてからでは遅い。

「そこからここに通えばいいじゃないか」

矢口も同意する。サヤカは無言のまま、その顔を見上げる。

「僕たちはいつだって、ここにいる。来たければここに来ればいいんだよ。昨夜のように、シャッターを叩《たた》いてくれれば、僕たちはいつでも入れてあげるよ。でも君は君自身の生活を始めなければならないんだ。でもけして一人じゃない。君の心には仏様がいるし、僕たちもいる」

サヤカは小さくうなずいた。納得したのかどうかわからない。

「で、家賃は？」

正彦が尋ねると広江はかぶりを振った。

「ここの信者さんをあずかるんだから、そんなことはいいです。聖泉真法会《せいせんしんぽうかい》に使ってもらえるんなら」

サヤカに貸すのではない。教団に貸すのだ、ということを広江は言いたいらしい。事実上の布施《ふせ》だ。

昼前に、サヤカは広江に連れられて出ていった。救いを求めるように振り返ったその様子に危惧を覚えたのか、矢口が一緒についていったが、一時間ほどして軽い足取りで戻ってきた。

サヤカの入ったアパートは、軽量鉄骨の思いのほか新しく清潔なところだと言う。前に五人家族が入っていたとのことで、部屋も広い。その上、家賃を踏み倒して夜逃げしたという事情から、運び切れなかった冷蔵庫や洗濯機といった重量物はそのまま残っているので、生活に不便はないらしい。

「オウムじゃないけど、あれなら出家信者に共同生活をさせて練成道場かなにかにできますよ」と矢口は軽口を叩いた。

「家、土地を全部、寄進させてか？」

正彦と矢口は笑い合った。ほんの冗談のつもりだった。

広江のアパートに入って一人暮らしをし始めてから三日ほどは、早朝から深夜までサヤカは集会所にいた。広江に促されて掃除を手伝い、矢口に言われてお茶の準備をし、頼まれれば買物をし、洗濯物をかかえてコインランドリーに行ったりもするが、命じられなければ何もしない。退屈する気配もなく、髪をいじったり、マニキュアを塗ったりしながら、やってくる「生きづらい系」の若者たちとしゃべって一日を過ごす。

サヤカから寄進された金は二百万円あった。他に金はなさそうなので、矢口がそのうち一枚を返した。

翌日から、サヤカは、午後の四時を過ぎると、どこへともなく出かけるようになった。矢口が尋ねると、友達の紹介でアルバイトを始めた、と言う。

どんな友達で、どんなアルバイトなのか知る由《よし》もない。しかし教団への全面的な依存から少しずつ抜けだし、自分の生活と人間関係を築き直そうとしているのなら、それはそれで喜ばしい。

その年の大晦日《おおみそか》、信者をすべて帰した後、元旦《がんたん》の早朝礼拝までのわずかな休憩時間に、正彦は帳簿を繰りながら教団を立ち上げた昨年九月から約一年三ヵ月の収支を確認した。

マンションの管理費、水道、光熱費、諸雑費等を差し引いた純利益は、サヤカの持ってきた二百万を除いても、二百万を越えていた。入信儀礼を受けた登録信者は八十八名。「末広がりだ」と矢口が、声を上げた。

けっして多くはない。しかしこの先、教団が成長していく可能性は十分にある。ベンツには乗れないが、底無しの大不況下で、商売としてまずまず手堅い成功をおさめたと言える。

正彦は帳簿を閉じると、冷蔵庫から缶ビールを取り出した。酒の飲めない矢口はオレンジジュースで祝杯を上げる。蕎麦《そば》をかっこみ、翌朝五時にはやってくることになっている山本広江たち年配の女性グループを迎えるまで、二人は疲れ果てた身体《からだ》でベッドに倒れ込んだ。

元旦法会《ほうえ》は、七時から始まった。氷点下にまで冷え込んだ空気の中を和服やスーツに身を包んだ信者がつぎつぎにやってきた。早朝ということもあり、集まったのは広江たち年配の女性グループと、大教団から移ってきたメンバーの合わせて三十数名だった。テーブルと椅子《いす》は奥に片付け、全員、カーペットの上に座る。

暮れの大掃除で、隅々まで磨き込まれた室内には、乳香が深々とした甘い香りを漂わせ、魔と煩悩《ぼんのう》を振り払うという東方正教の銀の鈴が、矢口の手の中で澄んだ音を響かせている。

室内灯が消され、祭壇《さいだん》には信者の供えたバター灯明《とうみょう》が揺らめき、あたりをオレンジ色の光に溶かし込んでいた。

正彦は普段と変わらぬ白の立衿《たちえり》シャツにジャケット姿で、祭壇の前で略式五体投地礼を行なう。その後、矢口が恭《うやうや》しく捧《ささ》げ持った容器に五穀を注ぎ、祭壇に供えるというチベット密教風のパフォーマンスを行なった。

それが終わると、正彦は信者の方を振り返り、「グゲ王国の秘法」の中で老ラマによって行なわれた説法を始める。

信者たちは、手を合わせ、「ラマと三宝に礼拝いたします。一切の事物は清浄なるゆえ、私の本質もまた清浄です」と唱え、それぞれ新年に際して、祈願し誓いを立てた。

新年の儀礼は、壮麗に厳粛に進行し、寒さが少し緩み真っ白に曇った窓から水滴が流れ始めた頃、終わった。

小さなグラスでクコ酒が配られた後、昨日のうちに煮ておいた五穀粥《がゆ》がプラスティックの椀《わん》に入れて供される。

矢口も正彦も信者の中に入り、ともに粥をすする。新年の膳《ぜん》としては、五千円ほどの会費で、多少は華やかなものを出そうということも考えた。しかしここには食器もテーブルもない。レンタルと仕出しで賄《まかな》えば利益など出ないことがわかってやめた。

景気が悪いとはいっても、各自の家庭では肉、魚はもとより高級食材があふれている時代だ。しかも暮れから正月にかけては不摂生で、胃腸も疲れている。それならいっそ、思いきって質素に、エコロジカルなメニューを出した方が教団としての特色を生かせる、と矢口が提案したのだった。

それが功を奏したのかどうかはわからないが、粥で身体が暖まった人々は、それぞれ打ち解けた様子で世間話を始めた。

「それにしても、若い人はいないわね」

室内を見回して言ったのは、山本広江だった。刺《とげ》が含まれた言葉だった。

「クリスマスパーティーはやってもね」と大教団から移ってきた島森麻子が声をひそめ、同意した。

「元旦法会なんて、関係ないのよ、今の子は。大掃除だって手伝う気配がなかったし」

暮れの大掃除の日、広江たち年配の女性が、窓ガラスや電灯を拭《ふ》いたり、玄関マットを洗ったりしているそばで、いつもどおりに集まってきた「生きづらい系」の若者たちは平然とおしゃべりに興じていた。彼らにとってはおしゃべりというよりは、自分の日常と心情を報告しあい、それによって自分を見つめなおすと同時に信仰を確認する会ではあるのだが、その言葉遣いや口調からして、年配の女性たちには内省的なものには聞こえないし、もちろん信仰に関連しているとも思えないだろう。

何より話されている内容が、彼女たちの理解を越えている。

「結局、お父さんとお母さんは、私にドッグショーで優勝する犬になって欲しかっただけなのよ。それがわかったとき、私、やっぱり彼らとは何も話したくないと思ったし、私って、なんだったんだろうとか、わからなくなったの」

手厳しい両親への批判を述べていたのは、掲示板に盛んに書込みをしてからここにやってきた、過食症の学生だった。以前いた大教団で、祖先の霊を敬うことと親孝行の大切さをたたき込まれた人々にとっては、可愛《かわい》がられ、人一倍大事に育てられた子供たちのこうした発言には許しがたいものがあっただろう。

また日々の変化のない暮らしの中で、寄る辺《よるべ》なさと不安を感じ、いてもたってもいられなくなって、メールで知り合った男性とつぎつぎに関係を結んでいるという二十代の専業主婦もいた。彼女の告白も、生真面目《きまじめ》に生きてきた年配の主婦にとっては、経済的に恵まれた若い主婦が、退屈しのぎの浮気に理屈をつけて、自慢気に吹聴《ふいちょう》している嘆かわしい光景にしか映らない。

実際に正彦もそう感じている。

ここに癒《いや》しと、生きるための基準を求めてやってくる生きづらい系の若年層の人々と、実人生の苦闘の中で聖泉真法会の教えとご利益《りやく》に手応《てごた》えを感じて集まってきた年配の女性たちとでは、信仰のとらえ方が違う。異なるカラーの二つのグループは、それまではここに集まる時間が異なるために、格別摩擦も起こさなかった。

早朝からやってきて午後の早い時間に解散する年配者と、午後遅くやってきて深夜まで\いる生きづらい系の若者たちの間では、さしたる接点もなかったのだ。

しかし暮れの大掃除のときに、彼らは狭い集会所で顔を合わせることになった。実際のところ出会ったと感じていたのは、年配者だけだったかもしれない。若者たちにとって、自分の回りで掃除機をかけている年配者たちは、掃除機のモーター音も含めて、単なる「環境」に過ぎなかった。

足元を掃除されている間も、足や荷物を動かしただけで知らん顔をしていたし、苛立《いらだ》った広江に「ちょっとワックス掛けしたいんだけど、そこ、どいてくれない」と言われても、その言葉に含まれた、「少しは手伝ったらどうだ」というニュアンスを汲《く》み取ることはできない。およそ悪気のない表情で「あ、すいません」と答え、薄暗くなりかけた戸外に出ていった。その中には、伊藤真実《まみ》や南野サヤカたち女性も含まれていたが、だれ一人手伝う者はいなかった。

それまで眉《まゆ》をひそめるだけで黙っていた年配者の間から、彼らの生活態度に対する非難が、この元旦法会の場で吹き出してきた。いったん、口火を切られると、そのほとんどがささやき声であるにもかかわらず、同性である女たちに対する言葉は激しさを増していった。

「親の顔が見たい」「色情狂」から始まり、元大教団の信者の口からは、「地獄に堕《お》ちる」「前世の因縁」といった言葉も飛び出す。

「うちのアパートに入ってきた子、見てごらんなさい」

広江がいっそう甲高《かんだか》い声で叫んだ。

「道で会っても挨拶《あいさつ》もしないのよ。ここの信者さんで、行くところがないっていうから、入れてあげれば、夜の二時、三時になってドタバタ階段を上がってくるんで、他の家から苦情が入って困っているの」

「親は何してるの？」

「なんか実家は東北の方らしいわ。家出して、十六、七から愛人をやっていたっていうんだから、恐ろしい話よね。パンツの見えそうなスカートはいて、夜になると出ていくのよ。まあ、若いからしょうがないとは思うんだけど。何か言って、逆恨みされて変なことされても困るし」

「山本さん」と正彦は、声をかける。敵意と排除のニュアンスが込められた、いくつものささやきが、一瞬にして途切れた。しかし薄黒く淀《よど》んだ熱気は未《いま》だにそこに残っている。それはすぐに気まずさに変わっていく。

この日、正彦は「自らを劣ったものと見做《みな》し、謙虚な気持ちで他者を慈《いつく》しみ、手を差し伸べなさい」という説法をしたばかりだった。

しかし人の感情が、そんなきれい事で済むわけはない。ここで自分たちと毛色の違うグループの非難を口にしていた人々が、そうした説法で自らの言動に対して罪や羞恥《しゅうち》を感じたとしてもこの場かぎりのことだ。むしろ反発されるだけだろう。

女同士の対立というのは、男にはなかなか理解できない根深さがある。女性が約九割、竹内由宇太《ゆうた》など、生きづらい系の若い男が一割という聖泉真法会のメンバー構成に、正彦は人間関係と組織運営の難しさを感じた。

粥を食べた椀を洗って片付け、年配の女たちが帰り始めた頃、ぽつりぽつりと若者たちがやってきた。

勢いよく開けたドアから冷たい空気が室内に流れ込む。

金髪の根元に数センチ、黒髪の帯を作った真実が、「明けましておめでとうございます」と挨拶する。「おめでとうございます。今年もよろしく」と型通りの挨拶を返す年配の女性たちの態度はよそよそしい。

七時の早朝礼拝に参加せず、元旦から気ままな時間にやってくる彼らへの、言葉にならない非難が、冷ややかな視線となって交わされる。

三々五々やってきた若者たちは、ざわついた室内で、椀を洗ったり、座布団《ざぶとん》を片付けたり、立ち働く年長の人々の存在など、まったく目に入らないかのように灯明を供え、祈りを捧げた後に各自瞑想《めいそう》に入る。

年配者たちは、物言いたげに正彦の顔を見上げ、憮然《ぶぜん》とした表情で帰っていく。

年が変わったということも、元旦法会も若い世代にはさしたる意味はない。彼らにとって元旦は、暮れから正月に続く休みのちょうど中間点に過ぎない。

瞑想を終えて、祭壇の前から離れた真実が、勝手にカウンター内に入り、洗い終えて籠《かご》に伏せてある椀に、粥をすくい仲間に配り始める。

「あのさ」と矢口が彼らの中に入った。

「祈るのは確かに、仏様と対話することだから、各自やればいいんだけど、一応、おばさんたちが掃除とか、片付け物とかしてたら、一緒にやってよ」

決して反発を呼ぶことのない、矢口らしいさり気ない口調だった。

「あ、はい」という若者たちの口調も、そっけないほどに素直だった。

「言ってくれればいいのに」と真実が口を尖《とが》らせた。

「だからさぁ、みんなでやってるのを見たら手を貸そうとか、思うだろう」

彼らは、ぽかんとした顔のまま、うなずいた。

「繊細すぎる感性ゆえ、複雑化した社会では生きていかれない若者たち」などというのは、マスコミの作り出した虚構だ、と正彦は小さく舌打ちした。結局のところ、自分のことに関してだけは、繊細で過敏なのだ。それが精一杯で、他人のことになど関心を払うほどのエネルギーは残されていない。

「瞑想も大切だが、生活の中に仏の教えを生かして実践していかなければ、意味はありません」

正彦はいささか厳しい口調で言った後に咳払《せきばら》いした。

「実践にあたって最初にするのは何だった？」

「礼拝です」

真実が答えた。

「それはどこでする？」

戸惑ったように若者たちは顔を見合わせた。

「ここだ。ここはあなたたちの道場だ。しかし道場というのは、必ずしも聖泉真法会のこの場所を指すだけではなく、あなた方が仏様の教えを実践する日常生活の場所全体を指すのです。そこが汚れていたらどうですか？　修行っていうのは、日常生活の場に聖衆《しょうじゅ》を招き入れることだということを忘れないようにしなさい。客塵煩悩《かくじんぼんのう》という言葉があって、つまり煩悩というのは、人間の心の本質ではなく、長年降り積もった塵《ちり》のようなもの、ということです。心をこめて清掃し、生活の場を清めるということは、塵のごとき煩悩の数々を掃き捨て、そこに仏様を招き入れるということなのです。そこで自分自身が悟りを経て仏になり、一切衆生《しゅじょう》を救うというその準備なのです」

果たしてどの程度理解されたのかわからない。聞いてほしかった若者たちはぽかんとし、まだ残っている年配の女、数人が神妙な顔をして手を合わせている。教えを説くには、相手の知識や教養のレベルに合わせなければならない。正彦はその手応えのなさに失望を覚えた。

真実が粥《かゆ》の入った椀《わん》をテーブルに運ぶ。他の若者はだれも手伝わない。彼らの視線は神にも、教祖にも向かわない。もっぱら仲間うちで話し、ときに盛り上がる。

矢口は十代の若者の間に入り、年長の友人のように接しながら、自己愛着を断つこと、他者とすべての生きものを大切にすること、悩みや不満が自分の内側から発すること、といった教義の部分を嫌味なく、日常的な言葉で説く。正彦にその真似《まね》はできない。

午後も遅くなると、竹内由宇太やサヤカもやってきた。テーブルはにぎわい、献金箱には五百円玉や百円玉が積み上がる。集会所は午前中とはまったく異なる活気を帯びていた。

ドアが開いて、カシミアとおぼしき、艶《つや》のあるベージュのロングコートに身を包んだ女が入ってきたとき、正彦はその顔に見覚えがあるような気がした。しかしいったいそれがだれなのか、思いだせない。この一年の間に、ずいぶんたくさんの人々が、ここを訪れている。記憶の底に埋もれてはいるが、何か強烈な印象のある顔だ。

「あ、久しぶりじゃない」

矢口が柔らかな口調で言葉をかけ、迎える。

「徳岡さんだよね、どうしてたの？　一年も」

徳岡雅子……。微笑してうつむいた顔の、頬のあたりの翳《かげ》りに思い出した。ここを開設した初日に、女性支援組織と間違えて飛び込んできた大物代議士の娘だ。想像を絶する家族問題を抱えてやってきて、あれきりになっていた。一年間、何をしていたのだろうか。前回来たときには肩まで伸ばしていた髪が、耳の下あたりで切りそろえられており、印象が変わっているが、さすがに矢口は一目でわかったらしい。

「どうもその節はご迷惑をおかけしました」

お辞儀をした顔に憔悴《しょうすい》の色が見える。もちろん何の問題もない生活を送っていれば、ここに戻ってくるはずはない。

正彦は雅子を若者たちが談笑している大テーブルから遠ざけるように、祭壇の真正面の座布団に案内した。

「どうされました」

穏やかに尋ねる。

「あれから郷里に帰りまして」

雅子は、言い淀《よど》んだが、まもなくこの一年の経緯を話し始めた。

彼女は郷里で父の決めた相手と昨年四月に見合いし、結納まで済ませた後に、婚約破棄されていた。

式の日が近づくにつれ、兄が頻繁に彼女の元を訪れるようになったという。以前と同じことが、実家の蔵の中や離れで、繰り返されていた。

相手方の家から婚約を解消したい旨《むね》の連絡を受けたのは、披露宴の招待者の席次まで決定した十月のことだった。理由は明かされなかったが、どうやら新婦となるべき女の不行跡の数々を綴《つづ》った匿名《とくめい》の手紙が、不鮮明な写真入りで先方に届いたらしい。

「兄が送ったものだと思います」

うつむいたまま雅子は、小さな声で言った。

「自分のことを暴露したのですか？　兄上はしかるべき立場にある方ですよね」

正彦は驚いて尋ねた。

「いえ、私が不特定多数の男性と関係を持っている、といったことが書かれていて、研究室の仲間や教授と一緒の写真が入っていたようです。学会を終えてホテルから出てきたところや、懇親会のためにレストランに入るところなど……」

「真偽のほどを確かめることもなく、一方的に婚約破棄されたのですか」

正彦は呻《うめ》くように言った後に、徳岡家の長女と縁談を決めた相手方の格からしても、その目的からしても、不審な手紙が届いた時点で、縁談はなかったことにするという判断が下されたのは当然だろうと思った。

「で、あなたは、その結婚をしたかったの？　相手の男性を見て、この人なら一緒になりたい、と思ったの」

矢口が口をはさんだ。

愚かな質問をするな、と正彦はその顔をにらみつける。この女にとっては、畜生道に堕《お》ちた父と兄から逃げる唯一《ゆいいつ》の手段が結婚であり、そのたった一つの退路を彼女はふさがれ、行き場を失ってここにやってきたのだ。だれと結婚したいのしたくないのなどという事は、問題ではない。

雅子はゆっくりと首を横に振った。

「たぶん、私も、結婚がダメになることを望んでいたのかもしれませんね」

なぜだ、と正彦は心のうちで叫んだ。こんな地獄のような境遇にいながら、今更、結婚以外の何に期待をかけているのか。

東京のマンションに戻った彼女の元に、兄は相変わらずやってくるという。逃げても居場所を突き止められるということは、以前の経験からわかっている。つくし会にも、もはや助けを求めることはできない。

正彦は受話器を取った。この際、彼女を救うのは、礼拝と説教ではない。

電話に出た山本広江に、アパートがもう一部屋空いてないかと尋ねる。居場所を突き止められるのは時間の問題かもしれない。しかし何をするにしても、当面の隠れ場所は必要だろう。

「今度はきちんとした女性です。家賃も払えると思うんですが」

さきほどサヤカのことで苦情を聞かされたばかりなので、躊躇《ちゅうちょ》しながら言う。

「それは先生からの頼まれごとなら、なんとかしたいんですが、空き部屋がないんですよ」

本当だろうかと首を傾《かし》げていると、「南野さんと一緒でいいんじゃないかしら」と、広江は無造作な口調でつけ加えた。

正彦はテーブルの方向を振り返る。サヤカはそこにいた。若者たち数人と何かしゃべっている。ここで話しているだけならいざ知らず、雅子のような女が彼女と共同生活を営むことなど考えられない。

「前に子供が三人もいる家族が住んでいたんだから、一人で住むにはもったいないですよ」

畳みかけるように広江が言う。

「とりあえず、本人にきいてみます」と正彦は答え、いったん電話を切る。

広江の言葉を伝えると、雅子は即座に「お願いします」と答えた。

しかし彼女は、自分が同居するのが、少し前まで男にホテルで飼われていた、少し壊れた女だとは知らない。雅子の家庭もかなり異常ではあるが、育ちもライフスタイルも属する社会階層も、彼女たち二人はまったく違う。

「いいんじゃない、若い女性同士だから、すぐに仲良しになるよ」

楽観的な口調で矢口が言い、テーブルにいるサヤカの方に笑いかけた。こんなときの矢口は、ひどく無責任な男に見える。

「あなたは、確か外国語が堪能《たんのう》だったよね」

正彦は雅子に尋ねる。

「いえ、それほどでは」

「英語の他には？」

「フランス語とスペイン語。イタリア語とドイツ語は読むことだけは多少」

「立ち入ったことを聞いて悪いんですが、金に不自由していますか？」

雅子は「いえ」と短く答えた後に、「実家から仕送りがあります」と小さな声で付け加えた。

おそらく半端《はんぱ》な額ではないだろう、と踏んだ。教団として囲い込めばけっこうな収入が見込める。しかし正彦の人間としての良心は、それを拒んだ。

「外国に逃げなさい」

矢口が驚いたように、正彦の顔を見た。

「お兄さんは所帯を持ってるのでしょう。妻子を置いて、あなたを追いかけていくことはできませんよ。留学でも何でもいいじゃないですか。婚約破棄された傷心を癒《いや》すため、とか言えば実家も納得するでしょう」

「そんなことは、とうに考えました」

　正彦が最後まで言い終えぬうちに、雅子は答えた。

「でも、だめなんです」

「なぜ？」

「ささえが必要です。この前、おっしゃいましたよね。自立しようなどと考えなくてい い、と。すがりなさい、仏様の手の中に自分の身を投げ出しなさい、と。それに海外に逃げたところで兄は簡単に居場所をつきとめます。出張や何かにかこつけてやってきます。それで人目がない分だけ……」

　確かにその通りだ。外国というだけで、逃げられると思い込む方がまちがっている。高飛び、などという言葉は、すでに二昔も前のものだ。安い航空運賃とだれでも持っているパスポートで、国境など簡単に越えられる。アジアの安宿に潜伏するなら別だが、そんな暮らしに彼女が耐えられるわけがない。

「しかし以前、あなたは埼玉の方で、一人暮らしをしていましたよね。そこのアパートの貧しいたたずまいにあなたは耐えられないと言っていたけど、今度のところも似たようなものですよ。しかもルームメートがいるのだから、わがままもきかない。プライバシーも限られる。そんな環境に耐えられますか？」

　雅子は硬い表情でうなずいた。

「あのときの私は孤独でした。一人で生きなければという思いに追い詰められて、押しつぶされそうになっていたんです。でも、今の私にはささえがあります。自立なんかしなくていい、神様の中に生かされていると先生から聞かされたときに、自分がしがみついていた価値観をすべて捨てることができたのです」

正彦はことさらな荘重さを装《よそお》い、ゆったりとうなずきながら、半信半疑の思いで雅子の言葉を聞いていた。金色の仏像とバター灯明の光と乳香の香りの前では、だれでも敬《けい》虔《けん》な気持ちになる。雰囲気の問題なのだ。ドアを開け午後の散文的な陽光の下に出たときに、夢から醒《さ》めたように自分の言動の軽率さに気付くに違いない。

躊躇しながら正彦は、サヤカに手招きした。

「ルームメートが、君にできた。ちょっと事情があって、この人もあの部屋に住むことになった」

有無を言わさぬ口調で言う。少し気まずい雰囲気になるかと思ったのは杞憂《きゆう》だった。

「よろしく」と雅子はほれぼれするほど美しく社交的な笑顔を見せた。サヤカの顔に無防備な甘えの表情が浮かぶ。

「どうしてここに来たんですか?」

サヤカはいきなり尋ねた。

「前に、とても辛《つら》いときに来て、助けてもらったの。それで自分をみつめ直したいと思って」

「ふうん」とサヤカは、その抽象的な答えにまったく関心を示した様子はなく、いきなり自分のことを話し出した。広江に対してのものと同じだった。

いったい何人の人間に吐き出せば、気が済むのだろう、と正彦は不思議に思う。

雅子の反応は、広江とはまったく違う。何か、心に響き合うものがあったのだろうか、途中からいきなり、サヤカの体を抱き締め、涙を流した。サヤカは目を閉じ、されるままになっている。その顔に恍惚感《こうこつかん》のようなものが漂っている。

正彦は、薄気味悪さが背筋をはい上がってくるのを感じた。女同士が抱き合う姿だけで、十分に気分が悪い上に、その法悦めいた表情がなおさら異様だ。

矢口を振り返ると、彼は小さく首を振った。

「放っとけばいいんだよ」とささやく。「そういう気分なんだから」

抱き合っていたサヤカと雅子はやがて並んで礼拝を始めた。

その後ろ姿を眺めながら、正彦はまだ薄気味悪さと不安に捕らえられている。

自分たちで作り、立ち上げた宗教だから、その神は自分の手の内にある。しかしそれを信じた人々の感情や行動は、決して自分の手の内にはない。人の心は得体が知れず、制御もできない。

まもなくサヤカは雅子を連れ、若者たちの集まっているテーブルに来た。矢口がメンバーに雅子を紹介する。新しい仲間で、今日からサヤカのルームメートになる人だ、と矢口が与えた情報はそれだけだった。

若者たちはしばらく話していたが、そのうちに竹内由宇太が祭壇《さいだん》の前に行き、蓮華坐《れんげざ》を組み、印を結び瞑想《めいそう》に入る。その姿に触発されたように、数人がそれを真似《まね》た。

正彦はその背後に立った。

心のうちに、満月を描け。その満月に心を集中させ、その満月を次第に大きくしていけ。満月の金色の光が自分を包み、この部屋を包み、一帯を包み、自分が大宇宙に連なっていくことをイメージせよ。

正彦はそう語りかける。

あるものは結跏趺坐《けっかふざ》し、それができない者は片足のみをもう片方の腿《もも》に乗せる。形は問わない、と正彦は言った。

それぞれが目を閉じ、やがてゆっくりした呼吸が聞こえてくる。

静まり返った部屋に、雅子の声が低く聞こえてくる。雅子とサヤカだけが、瞑想に参加せずに、二人でさきほどから何か話をしていた。そして今、話しているのは、雅子一人だ。それは極めて私的な内容だった。彼女の家庭の事情だ。普通の常識があれば、公的施設のしかるべき相談員か、病院のカウンセラーにしか話せないような、おぞましい家族史だ。しかし雅子は初対面のサヤカに、ちょうどサヤカがさきほどありのままに話したように、その事実と心情を少しの躊躇もなく開示していた。

もっとも雅子は、それ以前に、この場所にあったつくし会の女性グループにそうしたことを相談していたから、さほどの抵抗がないのかもしれない。女というものは、本質的におしゃべりなのだろうか、と正彦は首を傾げる。

悪臭ふんぷんたる恥部を心の深部に飲み込み、およそ汚辱には縁のないふりをして、内側から腐り化膿《かのう》していく痛みに耐える男とは、本質的に違う生きものなのだろうか。

「あなたが、お兄さんを好きなんだよね」

不意にサヤカの声が甲高く響いた。振り返ると雅子が、大きく目を見開いて、サヤカをみつめている。

「お兄さんが追い掛けてきて、本当はうれしいんでしょう。お兄さんとのセックス以外、考えられないんでしょう」

正彦の背筋が強《こわ》ばった。世の中には自分の事情については傷つきやすいくせに、人のことについては驚くほど無神経な物言いをする者がいる。いや、今の若者のほとんどがそうだ。

やはりこの二人が同居するなどというのは無理だ、とそのときはっきり思い知らされた。

二人のところに無言で近づいていく。やめさせなければならない。

雅子は無言のまま、指を組み合わせ、目を閉じている。固く閉じた瞼《まぶた》から涙が流れ落ちる。

正彦はとまどい、救いを求めるように矢口に目配せする。どうしたらいいのかわからなかった。自分の手には負えない。

矢口は、うなずいただけだ。何もしない。

「兄だけだったの……」

雅子は絞り出すような声で言った。

「何もかもわかっていて、父からかばってくれたのは、兄だけだった……。私が自分から兄のところに行ったのよ。兄以外に考えられなかったから。他にだれも好きになんかなれない。自分が何をしてるのか、兄も私もわかってた。だから兄は結婚して逃げたけど、でも結局、戻ってくるしかないの。二つの魂も身体《からだ》も結びつけられてしまって、これが宿命かと思ったこともあったけれど、でもここに来れば地獄から魂は抜けられると思う、たぶん。本当は、今でもすぐにでも兄のところに戻りたい。耐えられないくらい」

正彦は混乱した。インテリの上流家庭の暗部。美しい長女に対する父と兄による性的虐待《ぎゃくたい》、無力な母。経済力と家族のしがらみを背景に、身体と精神に加えられる暴力から必死で逃げる被害者としての女。その図式以外の物を正彦は想像することができない。

恐怖と憎しみ、恨みといった感情以外のものが彼女にあったなどということは、信じられない。

矢口は悲痛な顔で、雅子をみつめている。

「どうして悪いの?」

サヤカは不意に尋ねた。

「お兄さんとのセックスがいけないって、だれが決めたの? 関係ないと思うよ。愛していれば関係ないじゃない。お兄さんのことを好きならいいじゃない。まわりの人はいけないって言うかもしれないけれど、神様はいけないって言わないと思う」

雅子はあっけに取られたような顔をした。その表情はゆっくりと崩れ、泣き出しそうな微笑に変わっていく。

「好きでなくなったのにセックスしている恋人同士とか、したくもないのにしている夫婦の方が、ずっとおかしいよ」

ちょっと待て、と正彦は心の内で、声を上げる。

自分は何かを言わなければならない。

そんな畜生みたいな行為を容認できるか、という本音を口にすれば、彼らだけでなく客である信者の信頼を失う。

社会人としての正常な感覚はここでは通用しない。非難し切り捨てることは宗教団体の祖師を標榜《ひょうぼう》する以上は許されず、彼らの話に根気よく耳を傾け、人倫の道を説くのが、正道だ。しかし自分がいくら意味深げな、ありがたい言葉を吐いたところで、それらの借り物の人生哲学など、雅子の現実に背負った家庭的苦悩の、その巨大な暗部にあっけなく吸い込まれて消えていくだけだ。

矢口も言葉を失ったように沈黙している。

「あなたたちもこちらへ」

迷いを振り切り正彦は低い声で二人にささやきかけた。サヤカを祭壇の左側に、そこから離して雅子を右側に座らせる。

「目を閉じて、心の中で、月を描いてください。そう、満月です。そこに心を集めてください。そう次第に大きくしてください。あなたは月の金色の光の中にいます。何もかもが月に飲み込まれていきます。月は大宇宙を飲み込んでいきます。あなたはその月の中にいます。小さな存在です。あなたは仏の中にいるのです……」

正彦は語りかける。嘘《うそ》をつくなら徹底してつきとおすしかない。ここまで重く現実的な他人の苦悩を受けとめる力量など、自分にない。そんなことははなからわかっている。いくら口がうまくても、一介の詐欺師《さぎし》に過ぎない自分の半端《はんぱ》な人生訓や説教など、たちまち底が割れる。

となれば神秘主義に逃げ込むしかなかった。

私たちは神に生かされている、我々の知識など、広大無辺な仏の知恵にくらべたら、大宇宙に浮かぶ塵《ちり》ほどのもの。

なんと便利な考え方だろう。相談されたにしても現実的に対処しきれない部分は、神仏の世界に任せて、神秘的な妄想世界で各自答えを探してもらえばいいということか。

いびきに似た異様な音が聞こえたのはそのときだった。

それは、獣じみたうなり声に変わり、直後にぱたりと止《や》んだ。

竹内由宇太だ。

無言のまま、唇と印を結んだ手を激しく動かしている。

次の瞬間、甲高い声を発しながら、目を見開いた。

淡く血管が浮き出て、ぎらついた目が左右に大きく動いた。

「熱い」

由宇太のとなりにいた若い女が、悲鳴を上げて飛び退《の》いた。

「なんか竹内君の回りの空気がすごく熱い」

数人の若者が手をかざした。

「本当に熱い」

「ストーブみたいだ」

「霊力だ」

口々に騒ぎ出した。

正彦は由宇太に近づく。その頬にかざした掌《てのひら》には、何の温《ぬく》もりも感じられない。

集団ヒステリーだ。何とかしなければと焦《あせ》りを覚えて言葉を探しているとき、ゆらりと温かな空気が、確かに由宇太の身体から立ち上り、頬のあたりを撫《な》でたような気がした。

「すごい。炎が見えたんだ」

興奮した口調で由宇太は話し出した。

「月をイメージするだけじゃなくて、月の中に阿《あ》の字を連想したんだ。それで瞑想していたら、急に阿の字が崩れて不動明王の姿が見えてきて、僕と一体になったんだ」

オカルト本を読みすぎた挙げ句の自己暗示だ。

「驚くことではありません」

平静な声で、正彦は由宇太と騒いでいる若者たちに語りかける。

「瞑想がある段階に達すると、そうした境地に入ることがあります。ただそれは悟りとは少し違う。大切なのは自分の生活の中に、生きとし生けるものすべてを慈《いつく》しみ、自分の心を清らかに保つという仏の教えを実践していくことです」

由宇太は、一瞬不機嫌な表情で正彦を見上げると、足をほどいて立ち上がり、挨拶《あいさつ》をすることもなく去っていった。

翌日、雅子はそれまで住んでいたマンションを引き払い、広江のアパートでサヤカと同居を始めた。広江によれば、敷金礼金はともかくとして、家賃だけは前払いで数ヵ月分を入れたらしい。それが、彼女なりの覚悟のようにも見える。

二人の暮らしぶりがどんなものなのか、正彦は知る由《よし》もないが、格別な対立もなく生活しているようだ。軽量鉄骨の安普請《やすぶしん》のアパートとはいえ、3DKというその広さと、二人の生活時間帯の違いも、他人同士の同居を可能にしているのだろう。

一方由宇太はあの元旦《がんたん》以来、こちらに顔を出していない。

商店街の松飾りも取れた頃、矢口が、彼の消息について知らないか、と若者たちに尋ねた。

山に籠《こも》っているはずだ、と答えたのは、昨年十二月頃から、ここにやってくるようになった青年、中山だった。物理学を専攻する大学院生で、何度かホームページに難解な論争をしかけてきたが、正彦が密教の解説書を読みながら、それに輪をかけて難解で思弁的な一見もっともらしい答えをひねり出して答えていくうちに、ここを訪ねて来るようになり、少し前に入信した。

卒業した大学のレベルからすれば、並はずれた秀才のようだが、物腰と言葉がひどく鋭角的で、竹内由宇太のような子供相手にでも、むきになって議論を吹っかける。論理的な思考力と未熟な人格が同居した感じの青年だった。

「山籠り?」と正彦が尋ねると、中山は青白い額に少し汗を浮かべて答えた。

「京都に、密教の秘儀とか修法《しゅほう》を研究している会があるんです。超能力とかアブダクションとかに興味のある学生が集まってるんですが。そこの寒修行に行ってます」

中山が言うには、その会は教団というよりは一種のオカルトサークルらしい。そこで毎年、厳寒期になると、奈良県郊外にある潰《つぶ》れかけたユースホステルを借り切って、約一週間の修行の会をする。内容は早朝、山道を二時間かけて歩くことから始まり、ヨガや瞑想などらしい。

「学校はどうなってるんだ」

正彦は思わずつぶやき、若者たちの少し驚いたような、失望を含んだ表情に出会い、それが教祖としてふさわしくない発言であったことに気づいた。正彦にとっては重大な問題であるが、ここに集まっている彼らにとっては、どうでもいいことのようだ。

ふと、あのクリスマスパーティーの前後に、由宇太が、ここの空気は弛《ゆる》んでいる、とつぶやいたことを思い出した。不登校の娘が学校に行き始めたと涙を流しながらお布施《ふせ》を差し出した主婦をひややかに眺めながら、由宇太は「親が神仏にすがってご利益《りやく》を期待するっていうのは厚かましい。学校に行けないなんてことは、本人が自分で考えて解決する問題だ」と言った。

そのとき正彦はその言葉が、主婦に聞こえるのではないかということばかりを危惧《きぐ》していたが、今思えば、あのとき学校に行かれなくなった娘に、由宇太は自分を重ね合わせていたのだ。彼自身が、苛酷《かこく》な現実に出口を見出《みいだ》せないまま、法力や霊力という超常現象の世界に、自己変革の可能性をかけていた。その期待に、聖泉真法会は応えることができなかった。

聖泉真法会は由宇太の期待するような怪しげな修行を実践する出家指向の教団ではないし、そうするつもりもない。そうした組織は何かとトラブルに見舞われる可能性が高く、経営リスクが大きいからだ。

「ここに戻ってくるのだろうか」

正彦がそうもらすと、中山は「我々がそれに期待してもしかたないんじゃないですか。彼の判断ですから」と答えた。冷ややかさの奥に、現実や生身の人間に対するおびえが透けて見える。

果たして一月の半ばを過ぎ、気怠《けだる》げな正月の空気も町から一掃され、相変わらずの不景気ながらも町に活気ある日常が戻ってきた頃、由宇太はやってきた。

ドアを開けて入ってきた足取りは、どことなくぎごちなく、奇妙に反り返った不思議な姿勢をしている。口元を引き結んで、視線を一点に据え、合掌して正彦と矢口に一礼した。

オカルトサークルの寒修行がどのようなものだったのか、正彦にはわからない。しかしそこにあるのは、厳しい修行に耐えて自信を得た表情ではない。視線は何かに憑《つ》かれたように宙をさまよい、緊張と自己陶酔の入り交じった落ち着かない態度のまま、他のメンバーには挨拶もなく室内を歩き回る。

たまたまその場にいた真実が、いったい何をしていたのか、と尋ねたが、「修行」と答えただけで、彼らと話をするでもなく出て行ってしまった。

明らかに以前と様子や顔つきが変わっているし、あまり正常な状態には見えなかったが、それでも洗脳された風な、自己完結的な奇妙な穏やかさは感じられない。どのような合宿研修にもつきものの一時的な興奮状態だろう、と正彦は判断し、由宇太がここから離れていくことはあるまいと考えていた。

予想どおり、由宇太は以前同様、集会所に顔を出した。

しかしこの場にいても、もはや仲間と言葉を交わすことはない。睥睨《へいげい》するようにメンバーを見渡した後、瞑想を行ない、献金箱に一銭も入れずに帰っていく。

ありがたくない客ではあるが、まだ年端《としは》もいかない少年だ。正彦は、むしろ彼がここからもはじき出され、現実の社会のどこにも身の置き場がなくなることを恐れていた。

そんなある日、雅子が、サヤカと同居するアパートにもう一人、住まわせたい人がいる、と言ってきた。

以前、雅子が出入りしていた「つくし会」という女性支援組織に相談にきた女だという。

板倉木綿子《ゆうこ》という名の、当時、四十代半ばだったその主婦は、家の中にいると無力感に苛《さいな》まれ、果てしなく落ち込み、何もできない状態になると訴えて、つくし会を訪れた。未来に希望はなく、ほんの少し先の予定を立てることもできない。夫婦仲は外見的には問題ないが、夫との間に深い感情の交流はない。以前は母親の話を聞いてくれた娘は、高校に入ってから、ろくに口もきいてくれない。板倉木綿子は、そんな悩みを抱えていた。

その後、雅子はつくし会を離れてしまったので彼女と会うこともなくなったが、つい最近、町で偶然、出会ったという。

木綿子もまた、あるきっかけでつくし会と縁を切り、その後しばらく抗鬱剤《こううつざい》を飲みながら今まで通りの家庭生活を送っていたが、昨年の春、一人で実家に帰ったということだった。娘はその年の秋、オーストラリアに留学し、夫は別の女と暮らしているが、特に離婚の話は出ていない。

最近実家の両親を相次いで亡《な》くしたという彼女の身の上を案じ、雅子はしばらくの間、自分たちと一緒に住もうともちかけたらしい。

「それは大家である山本さんの許可を得た上で、あなたたちがうまくやっていく自信があるなら、かまいませんが」と正彦は口ごもった。

育ちや家庭環境に問題のある女が、また一人増えての共同生活だ。仲の良い友達同士、気の合う仲間同士でさえ、一緒に住むとなれば、様々な軋轢《あつれき》が生じる。しかも今回の女は、雅子が知りあった数年前に、四十代半ばだった。ということは今は、五十前後のおばさんだ。不満の多い、被害者意識に凝り固まった中年女。職場でも、親戚《しんせき》関係でも、トラブルメーカーとなる典型的なタイプだ。若いサヤカあたりがいびられて、追い出されるおそれがある。

「とにかくその人を一度、ここに連れてきなさい。入信するしないということではなく、事情を聞いてから判断しよう」

正彦は、その直前のいささか無責任な自分の言葉を撤回した。

翌日の昼過ぎ、新宿まで買い物に出た正彦が戻ってみると、祭壇前に見慣れぬ女の後ろ姿があった。

はっとした。心が妖《あや》しくときめいた。長い髪だ。背中まであるだろうか。手に取ればひやりと冷たく、柔らかく掌を滑り落ちていきそうな、黒く艶《つや》やかな髪だった。

近づいていくと、女は静かに振り返った。

ほの白い顔に、アイラインとアイシャドウで入念に化粧の施された目が潤《うるお》いを帯びて光った。鮮やかなピンクに塗られた唇が、物言いたげに動いた。

化粧が濃いというのに、なんとも清楚《せいそ》で優しげな印象があるのは、女の伏し目がちの目と、慎み深い微笑のせいだろうか。毛足の長いラベンダーピンクのカーディガンとオフホワイトのミニスカートがよく似合っている。

「板倉木綿子と申します」

小さな、甘いトーンの声が耳をくすぐった。次の瞬間、えっ、と声を上げていた。

「あなたが……」

失礼ですが、おいくつ、と尋ねたい気持ちを押し殺す。化け物、というのは、失礼千万だし、この女にふさわしくない。年齢不詳という表現も抵抗がある。しいて言えば、いつまでたっても自分が女であることを忘れない、ということだろうか。

美人というよりは、佳人という表現が、慎《つつ》ましやかではかない女の風情《ふぜい》にはぴったりする。こんな女房を捨てて、他の女に走るとはどんな亭主なのか、と不思議な気がした。

雅子が駆け寄ってきた。ここにいたのか、と初めて気づいた。

「昨日、私たち、話し合ったのですが、板倉さんは、入信を希望されています」

本人ではなく、雅子が言った。

「もう、家庭に戻るつもりはないんです」と続け、「そうよね」と板倉木綿子に確認する。

目を伏せたまま、口元に笑みを浮かべ木綿子はうなずく。はらりと黒髪が頬に垂れてくるのを、指先で払う。桜色に塗られた爪《つめ》が灯明に光った。

本人の口から意志を告げる言葉がないことに正彦は違和感を持ったが、そういう女もいる、と思えば、さほど気にはならない。

「それで実家のご両親の残された財産をこちらに寄進して、私たちのところに身を寄せたいということなのですが」

「はぁ」

それは良い心がけだ、ぜひそうしなさい、と言いたいところだが、サヤカの持ってきた手切れ金と違って、親の遺産では話はそう簡単ではない。

自分から申し出ておいて、後で気が変わって詐欺《さぎ》で訴えられたりしたらたまらない。

本人はともかく、家族親族の問題もある。

「急ぐことはありません、よくお考えになってください」

とりあえずそう答えた。視線で矢口を探したがいない。ちょうど用事が入って、正彦と入れ替わりに出ていったあとだった。

「もう、考えたので」

木綿子は口を開いた。

「ですから……」

「もう何も望むものはありません」

「しかし」

言いかけた正彦の言葉が喉《のど》にひっかかったまま、止まった。

「ちょっと、待ちなさい」

桜貝のような爪がカーディガンのボタンを外し始める。中はいきなりランジェリーだ。うつむいたまま女は肩ひもを外す。長い髪が胸元に滝のように落ちて、辛うじて乳首を隠している。

露出狂だ。

「やめなさい」

動悸《どうき》を抑えて正彦は、できるかぎり冷静な声で呼びかける。早く帰ってこい、矢口、とすがる思いで、入り口の方を振り返るが、そんな気配はない。年配の信者が帰った後で、まだ若者達が集まってきておらず、他の信者がいないのが幸いだ。

女は静かに胸元の髪を払う。

真っ先に目に飛び込んできたのは、わずかに下垂してはいるが、白く艶やかな乳房でもなければ、淡く着色した乳首でもない。

傷痕《きずあと》だ。右胸とみぞおちあたりと、二ヵ所に残る三センチほどの、赤みを帯びて光っている痕だった。

「手術ですか」

木綿子は視線を合わせないまま首を振った。口元に相変わらず笑みが浮かんでいる。

この女も壊れているのか、とため息がもれた。

「事故ですか。いいですから、もうボタンをかけなさい」

「ちゃんと見てください」

くぐもった声で女は言った。

「十分見ました。ここは男性信者の方々も来ますから」

「いいんです。どうか見てください。私の苦しみを癒《いや》してください」

気だるそうな一本調子のことばだ。いよいよおかしい。

「ここで、二年前の冬、この部屋で刺したんです」

「は……」

ゆるゆると記憶が結びついてくる。

「女の人がね、包丁で胸を刺したの……もうタンカに乗せられてたけど、毛布から出た手が真っ白。床を見たら、あなた、ダァーって血の海。死んだわよ、あの人、絶対」

ここが事故住宅であったことを教えてくれた近所の主婦はそう言った。しかし女は死んではいなかった。自殺を図った部屋に、舞い戻ってきた。

「自分で、自分の胸を刺したんですか」

「肺が傷ついて、すごく苦しいんです、胸を刺すと。空気がひゅうって漏れて、息ができなくて」

唖然《あぜん》としたまま、正彦は女の傷痕に目を凝らす。凄惨《せいさん》極まる自殺未遂事件のはずが、大時代的で奇妙なエロティシズムを感じて、正彦の胸は妖しく高鳴る。

「いったい何があったんですか」

口の中がからからに乾いてきた。刺し違えではないが、男がらみだ、と本能的に感じた。

女は胸を隠す様子もなく、「いろいろ」と笑った。

「みんなにすごく言われて」

「みんな?」

口元がいつも半分開いて、笑みを浮かべている。怯《おび》えたような微笑だ。視線はこちらに合わせない。いつも自分の手の甲あたりを見ている。

「木綿子さん」と見かねたように、雅子が近寄り、肩ひもを直し、胸を隠してやる。ゆっくりと木綿子はカーディガンのボタンを留める。

「つくし会のメンバーに、いろいろ言われたみたい」と雅子はささやいた。

男がらみではないらしい。が、それがどうやって、自分の胸を自分で刺すという、自殺するにしても、苦痛の大きい、過激な方法に結びついたのか、わからない。想像するのもおぞましい。

「わかりました。顔を上げてください」

正彦は木綿子の正面に正座した。

「私の顔を見てください。あなたの体と心に負った傷の痛みを私の身体《からだ》に引き受けます。一日も早く癒《い》えるように祈りましょう」

木綿子の様子を見る限り、何があったのかということをこの場で話させることが必ずしも得策ではないように思えた。

礼拝し、木綿子は帰っていった。問題をもう一つ抱え込みそうな気はしたが、サヤカと雅子、そして大家の山本広江が納得しているなら、彼女を部屋に入れるなと積極的に反対する理由はない。

一人残った雅子に、正彦は自殺未遂の直接の原因を尋ねた。

「私がいなかったときのことだから、はっきりとはわからないんですが」と雅子は前置きして言った。

「たぶんリンチみたいなことがあったんじゃないかと思います」

「リンチ？」

「言葉の」

「ああ」

「彼女がいろいろ悩んでここに来たとき、確かにみんな一生懸命、彼女と一緒に解決しようとしたんですけど、つくし会の人たちからは、肝心の木綿子さん自身が、全然、解決する気がないみたいに見えたのね」

その頃、相談を受けた支援組織のメンバーは、四十代半ばにして、ロングヘア、ミニスカート、ピンク系の化粧という木綿子の外見から、彼女の抱えた問題について、組織の「教義」に則《のっと》った解釈をしたらしい。

すなわち彼女は、女としての記号に縛られており、年齢がいって外見上の美しさが損なわれつつある今、近い将来、自分の価値がまったくなくなるのではないかという恐怖で身動きがとれなくなっている。女らしさに固執してしまい自分なりのヴィジョンを持てないために、未来に希望を見出《みいだ》せないでいる。幼い頃から女は美しくなくては価値がないと刷り込まれてしまった者の「病理」だ。しかもそれが自我意識に目覚めた娘から距離を置かれる結果になっている。

その考え方が当たっているのかどうか、正彦にはわからない。しかしそうした見解にもとづいてつくし会のメンバーが彼女に約束させたのは、まずはパートタイマーとしてでもいいから、外に出て働くこと、つまり自分の口を自分で養うこと。同時に自分の行動について自分で決断し、夫を含めた家族に自分の意志をきちんと伝えること、という二点だった。

正彦にとっては違和感のある物言いだが、このあたりは女性行政の打ち出すコンセプトでもあり、一般的な考え方と言えるだろう。

問題は木綿子の姿形、一挙一動が、まったく悪気もないままに、そこに集まったメンバーの神経を逆なでし、生理的な反発を抱かせたことだ、と雅子は言う。

世話人の近藤を始めとした女性たちは、彼女の服装や化粧について、「年齢を重ねることを極端に恐れる若造り」として、しなを作るような話し方とともに、それが四十半ばの女にとっていかに不自然で、他人に不快感を与えるかということを説明した。ミニスカートから出た膝頭《ひざがしら》がすでに骨ばり、加齢による醜さをむしろ際立《きわだ》たせていることを繰り返し指摘し、そうした形の不自然な女らしさを見直すように、と説得した。

不思議なことに彼女はいくら言われても、膝丈のスカートをはくことはなかったし、髪を切ったりまとめたりすることもなかった。ましてや長い間に身についた話し方や所作など、そう簡単に変えられるはずもない。

メンバーの対応は次第にアドヴァイスの域を逸脱していき、吊《つる》し上げのようなことが行われ始めた。不思議なのは、それでも木綿子が通ってきていたことだった。

「木綿子さんにとっては、最後の居場所だったのだと思います」

雅子はため息をつき首を振った。

そしてある日、黙って首を垂れていた彼女をテーブルに残し、メンバーがその場を離れた隙に、木綿子はふらふらとカウンター内に入り、流しに放り込まれていたペティナイフを持ち出して、自分の胸をいきなり突いた。幸い異様な気配に気づいたメンバーがすぐに戻ってきて、一一九番通報をしたおかげで、一命を取りとめたのだが。

何度かここを訪れた後、板倉木綿子は入信儀礼を済ませ、両親が残した家屋敷を引き払って、雅子やサヤカと同居した。

雅子やサヤカに言わせると、家事は完璧《かんぺき》にできる人、ということだ。正彦や矢口に対する態度も丁寧で、その後異常な行動はまったくない。

大家の山本広江も、彼女の同居について、「先生がいいとおっしゃれば」と答え、拒否はしなかった。

何よりも、彼女が持ってきた遺産の一部、二百万円の献金は大きかった。一月の収入は、元旦法会《がんたんほうえ》や新年礼拝などに加え、板倉木綿子の献金もあって三百万円を上回った。しかし二月に入ると以前同様のそこそこの水準に落ち着いた。格別儲《もう》かりはしないが献金額は安定しており、生活には困らない。しかし風呂《ふろ》もない男二人の共同生活に、正彦はそろそろ疲れを感じている。できることならこの部屋を出て、自分の住居をどこかに借りたい。

もちろん山本広江に頼めば、持っているアパートの部屋が空き次第、破格の安値で貸してくれるだろう。しかしそうした形で広江の監視下に入るのはごめんだったし、サヤカや雅子たちのいる同じ建物にでも住まわされたら、それはそれでわずらわしい。

その頃3DKの住人は、また一人増えた。やはり雅子の知り合いで、つくし会の自立支援の方針に乗ることのできなかった二十代の離婚女性が加わり、ルームメートは四人になった。

人数は増えたが、彼女たちは相変わらず格別のトラブルもなく共同生活をしている。最後に加わった女、小沢絵里は集会所に顔を出すことも、正彦に紹介されることもなく、気がつくと彼女たちと一緒に住んでいた。

どういうことだ、と正彦が問い質《ただ》すと、雅子は、絵里が何度か自分たちのところにやってきているうちに、一人住まいの寂しさに耐えかねて、居着いてしまったと答えた。

「勝手なことをして申し訳ありません」と雅子に謝られてみれば、彼女たちはきちんと家賃を払っているということもあり、それ以上のことは正彦から言えなかった。


新たなメンバーを加えながら、いつの間にか冬が終わろうとしている。

冷たい早朝の大気に、梅の香が交じるようになった二月半ば、聖泉真法会では、涅槃《ねはん》会《え》を行った。仏陀《ぶつだ》入滅の日に生きとし生けるものすべてが仏の境地に達することを祈願する法会としたが、例によって若者たちの姿は少なく、集まったのはこうした儀礼には必ず顔を出す年配者や、元大教団の信者たちで占められた。もちろん彼らにしても、涅槃会の意味など考えていない。

無病息災、商売繁盛《はんじょう》、自分たちの世俗的な願いを仏様が叶《かな》えてくれる祭りであることが重要なのだが、正彦はそうした傾向を非難するつもりはない。

現世利益《りやく》を期待されるからこそ、法会の際の献金は多額になるのだ。もちろん領収書を要求する者はいないから、この収入に課税されることはない。

一通りの儀式が終了し、床の上に正座した信者達に茶と菓子が配られてしばらくした頃、広江が正彦のところにやってきた。

話がある、と隅の方に連れて行き、声をひそめて話し始めた。

サヤカが聖泉真法会に入信したにもかかわらず、いかがわしい仕事についているのだが、教団としてはどう考えているのか、と尋ねてくる。

それはどこから聞いた話か、単なる憶測や噂《うわさ》ではないのか、と一緒についてきた矢口がまず詰問《きつもん》するような調子で言った。

「本人が吹聴《ふいちょう》してるんだから、確かでしょうよ」

不機嫌な口調で広江は答え、回りにいた年配の女性達も、聞き耳を立ててるようにこちらに視線を送ってくる。

昨年末以来続いている、世代間の反目だ。

正彦は無意識にため息を漏らした。これだから女は嫌だ、と思った。

サヤカの行状については、広江に聞かされるまでもなく、正彦も矢口も知っている。彼女はここにやってきては、つつみ隠さず話すからだ。

昨年末あたりは、彼女はよく繁華街に出かけ、格別目的もなく過ごしていたようだったが、まもなく友達の紹介で、キャバクラ嬢のアルバイトを始めた。

「気持ち悪い男の人は来ないので、楽しい」と語っていた。数日前からは、「ルームメートの小沢絵里を誘い、二人でそこに勤めるようになった。それが本当にキャバクラなのかどうか、正彦には確かめる術《すべ》がない。ひょっとすると、もう少しハードな仕事についているのかもしれない。

しかし正彦にそれを咎《とが》める理由はない。キャバクラに勤める二人は、そこでもらった給料の大半を聖泉真法会に納めているのだから。

サヤカと絵里は、午後になると毎日、集会所に現われた。前日の稼ぎの一万円札数枚を無造作に献金箱に押し込み、ときおり瞑想《めいそう》し、矢口の作った「お残菜」を食べて、そこにいる人々と話し、あたりが薄暗くなる頃、出勤していく。

格別、派手な化粧もしていないし、目立つ服装でもない。そのまま出かけて店のロッカールームでドレスに着替えるのだと言う。

彼女たちの献金額は、掃除や雑務一切を引き受け、一回あたり、一般信者よりもかなり多くの献金をしている山本広江よりさらに大きい。

女性信者が風俗業や水商売についているのは、ちまたの零細宗教団体ではめずらしいことではない。いや、そうした世間的に認知されにくい仕事に従事しているからこそ、精神の安定を売るサービス業としての宗教を必要とする。

職業に貴賤《きせん》無し、というのは建前だが、いかなる手段によって稼ぎ出した金であろうと、提供した宗教サービスへの十分な対価が支払われるのなら、教祖として信者のついている仕事についてあれこれ言う理由はどこにもない。

しかし一般の信者、特に年配の女性信者は、それらを「魂が汚濁にまみれる」として、教祖が厳しく戒めることを期待する。

もし教団が、利益のために女性信者にそうした仕事をさせていると世間からみなされたら、聖泉真法会は、カルトの烙印《らくいん》を押される。まだ十分に成長していないうちに世間の非難を浴びることになれば、信者五百人を獲得してベンツに乗る夢など、一瞬で潰《つい》える。

複雑な事情を抱えた、少し頭の壊れた女性信者たちとともに、世間に背を向けて、薄汚い施設でお祈りと反省会をしながら貧乏臭い教団を運営していく気など、正彦にはさらさらない。目先の利益も大切だが、それが世間の良識と対立することになってはならない。

「腐ったリンゴ、といったら言い過ぎかもしれませんけどね、ああいうことはみんなに伝染するんですよ」

広江は続けた。

「朱に交われば赤くなる、といいますからね。あの部屋で一緒に暮らしている奥さん、いい歳《とし》をして、だらーっと髪を長く伸ばした奥さんがいるでしょう。気持ち悪いったらありゃしない」

板倉木綿子のことだ。

胸の傷をいきなり見せられたことについては驚いたが、普通に会って話している限り、正彦にとっては、少しも違和感のない、しとやかで優しげな人妻だった。その彼女の何が、これほど中年の女たちを苛立《いらだ》たせるのだろうか。フェミニズムを標榜《ひょうぼう》する女たちならいざ知らず、そんなものにはまったく無縁な広江までもが、木綿子に反発を感じていたことに、正彦は女の同性に対する不寛容さを思う。

「この寒いのに、ミニスカートなんかはいて、こっちが部屋を貸しますと言ったときも、『ありがとう』でもなければ、『お世話になります』でもなかったんですよ。しなをつくってニヤーッと笑うの。悪気のない人みたいだけど、何だか嫌だわ。若造りはしててもよく見れば、顎《あご》や首に皺《しわ》が寄ってて、私たちとそう違わない歳なのよ」

正彦は広江をみつめ、傍らの椅子《いす》に座るように促す。それから回りの信者たちを見回し、慎重に切り出した。

「あなたは今日、何ひとつ罪を犯してきませんでしたか？」

広江は怪訝《けげん》な顔をした。しかしその瞬間、数人の女性たちが、小さな声を上げた。

「あなたの言ういかがわしい仕事というのは、何だろう。今日を暮らしていくためにみんな仕事をしている。あなたには家庭があり、他の人たちもそれぞれの仕事についている。世間的に見て立派だとされる仕事があって、そうした仕事をしている人の社会的地位は高い。しかし彼らが罪を犯してないと言えますか？　経営合理化を理由に何百人もの人々の首を切る最高責任者もいれば、大きな工場でミサイルの電子部品を作る仕事に携わる技術者の方々もいる。彼らは罪を犯していませんか？　そうした会社の経営者は罪を犯してないんですか。私たちが生きていること自体が罪なんですよ。罪を犯さずに生きていくことなど不可能なのです。そうした中で、生きるために酒を注ぐことを生業《なりわい》とする女性たちを差別し、排除することが人の道に照らして正しいと思いますか」

うまくまとめられるのか自信がないままに正彦は語り出した。しかし話しているうちに自分の論法と言葉に酔い始めていた。

最後までいい終わらぬ前に、広江はさえぎった。

「酒を注ぐだけなら、私だって、どうこう言いませんよ。まあ、好ましいことではないけど、そうではなくて、放っておいたら、もっといかがわしいことまで始めると思うから申し上げたんじゃありませんか。今だって本当は、いかがわしいことをしてると思いますよ。そうしたら自堕落な生活から、信仰で救われたというのに、元のもくあみじゃないですか」

「彼女は毎日、ここにやってきて、手を合わせ仏様の声を聞きながら、少なくともそういう自分自身と向き合っているんですよ」

「お祈りして反省すれば、何をしてもいいってことなんでしょうか」

いきなり口をはさんできたのは、大教団出身の六十がらみの主婦だった。正彦は言葉に詰まった。それまでは広江とさほど親しくしている様子はなかったが、この一件で急に意気投合したようだ。

するとやはり大教団の元信者、島森麻子が論争に加わってきた。

「あなたね、祖師様がおっしゃったのは、そんな、なんというか表面的なことではないんですよ。私たち一人一人が罪深いことをしているっていう意味なんです。生まれてこのかた一度も悪いことをしてないと言うなら、仏様におすがりする必要などないし、教えなどいらないでしょう。肝心なのは、それを忘れて他の方のことをあげつらい、非難したりしてはいけない、同じ人間として、敬い慈《いつく》しみなさいということなんですよ」

やせた首に青く静脈を浮き立たせ、島森麻子は十も年上の主婦に教え諭すように話し始める。

正彦は身じろぎした。大教団にいた頃の島森の地位がうかがえる。しかしここで島森の言葉を褒めたたえたりしたら、新たな対立を生む。

女は嫌だ、と再び心の内でため息をつき、おもむろに口を開く。

「我々の宇宙の根源に、持金剛がいます。すべての事象はそこから流れ出て、多くの神様と仏様が、その回りを取り巻いていらっしゃる。しかしその神仏がすべて完璧《かんぺき》なわけではない。法を守る神々の中には乱暴者もいる。奔放な女神もいる。過去に罪を犯したものもいる。私たちと同じです。あまりに煩悩《ぼんのう》の強い者がいるかと思えば、誘惑に負けてしまう弱いものもいる。すべてを抱きかかえ、一人も排除せず、差別の根本を絶って、一人の落伍者《らくごしゃ》も出さずに、仏の境地に辿《たど》りつこうとするのが、聖泉真法会の教えです。それぞれが心の内で仏様とつながっていればいいのです。それぞれの生活で仏の教えを生かしていればいい。あなたがたはサヤカの魂が汚《けが》れてしまうことを心配してくれている。自分の娘のことのように、心を痛めてくれている。それはあなたがたが徳を積んだ、ということでもあるのです。ともに祈願しましょう。彼女の魂が常に清浄であることを。彼女の魂が平安であることを」

正彦は主婦たちに背を向け、祭壇に向かい、略式五体投地をする。

「オーム、スヴァバーヴァ、シュッダ、サルヴァ、ダルマーハ……」

最近になって全文暗記した意味もわからない経文を声も高らかに唱える。

信者が集まりやすい雰囲気を作るために、相手の話を聞き、彼らの求めるものを察して与えるというユーザー主導型の宗教、聖泉真法会は、今、現代日本の宗教教団の二つのタイプを同時に持ってしまったことを正彦は知った。

親を大切に夫婦仲良く、祖先を敬い、嘘《うそ》をつかずに真面目《まじめ》に働き、教えにそった正しい生活をすればいい事があります。そんな良識ある教義を正面に打ち出し実践する中に心の支えを提供しようとする道。一般社会の規範に馴染《なじ》めず適応し損なった人々を救い上げ、その中に聖性を見て神の国や悟りの境地へと導いて行こうとする道。

片やその良識ゆえにインパクトにかけ、もう一方は、社会の中の異分子とみなされ、しばしば犯罪集団と同一視される。

確固たる主張を持たずに利益優先で成長してきた、まがい物の宗教の抱えた潜在的な矛盾が、今になって頭をもたげてきている。いつまでもこのままというわけにはいかない。どちらかの路線を選び、どちらかを切らねばならない。

矢口に相談しても無駄だ。彼は、人の気持ちはわかるかもしれないが、決断のできない男だ。正彦の中でも方針は定まらない。

そうした中で、聖泉真法会と距離を置く人々も出てきた。

少し前から雅子は、集会所にほとんど顔を出さなくなった。つてをたどって専門書を取り扱う零細な出版社に就職し、得意の外国語を生かして、翻訳の許諾などに関わる仕事についた。このまま順調に行けば、彼女が以前に関わったフェミニズム団体の期待通り、広江のアパートを出、この教団と縁を切って自立する日も近い。そして彼女なりにおぞましい家族関係や闇《やみ》に塗り潰《つぶ》された過去と決別し、新しい道を歩みだす。そのときこの教団のことも完全に忘れていくことだろう。

ひとりの女を絶望の淵《ふち》から救い、その再生を見届けることができるとすれば、詐欺《さぎ》のような宗教事業も、そう捨てたものではないなどと正彦は思う。

板倉木綿子も、頻繁にはここを訪れなくなった。こちらはもっぱら一人で家事を引き受けており、なかなか忙しいからだ。

女の元へ去った夫、留学という形で独立した娘、かつてあった家庭の姿を彼女が女四人の同居生活に重ねあわせているのかどうか、正彦にはわからない。

三月初めの、深夜の事だった。夕方から降り出した霙《みぞれ》が大粒の雪に変わり、コンクリート張りの一階の部屋は、床から染《し》みいるような寒気が上ってきて、ひどく冷えた。

表からはときおり湿った雪をはね飛ばす車の音が聞こえ、寒さに耐えかねた矢口が、いったん消した石油ストーブに点火しようと起きだしたとき、電話が鳴った。

時計は午前二時を指している。かくべつ胸騒ぎなどないままに、正彦は受話器を取る。何か事情があって切羽詰まった電話をかけてくる者はよくいる。夜中に叩《たた》き起こされていちいち腹を立てていては零細教団の教祖は務まらない。

コードレスホンから聞こえてきたのは雅子の声だった。

ひどく上擦《うわず》った口調で、たった今、渋谷にある救急病院から電話があって、サヤカが怪我《けが》をして運ばれたと告げ、「命には別状ないそうです」と付け加えた。

背後から板倉木綿子とおぼしき女性の泣き声が聞こえてくる。

「怪我ってなんだ？　雪で転んだのか」

正彦は慌《あわ》てて枕元《まくらもと》の眼鏡を探り、かける。

ためらうように一呼吸置いて、雅子は答えた。

「心中なんです。男の人と、ホテルで」

「心中……」

「相手はだれだ」

「わかりません」

数ヵ月前、彼女を捨てたソフト会社の社長のことが思い浮かんだ。

宗教的ムードに浸れば、一時、気分を変えることはできるが、心の深部でうねる感情や執着は、そう簡単には断ち切れない。

町中で偶然に出会って、昔、住んでいたホテルの一室でよりを戻した後、別れ際《ぎわ》に男を刺して自分も……。あるいは女との関係を解消したくらいでは、ＩＴ不況で傾いた会社を建てなおすことはできず、金融機関を駆け回り、運転資金を集めようにも、どこも貸してくれるところはなく、精根尽きた男が、昔飼っていた女を自殺の道連れにしたのか。

要領を得ない雅子に向かい、とにかくすぐに病院に向かうと伝えて受話器を置く。

振り返ると、寝惚《ねぼ》け眼《まなこ》の矢口が立っている。

「心中未遂だ、サヤカが」

短く、事の次第を伝える。

矢口は、口を半開きにしたまま、正彦の顔をみつめた。

「命は大丈夫らしい」と説明しながら、着替える。

久しぶりに普通のシャツにセーターを着た。立衿《たちえり》の教祖服など着て行き、救急病院で不審な人物に間違えられては面倒だ。

「相手は？」

「わからないが、たぶん、あれじゃないか」

正彦は答えた。あれ、で通じた。

矢口は沈鬱《ちんうつ》な表情でうなずく。

「そう簡単に、忘れられるものじゃないよね。苦しんでいただろうに、僕たちは何もわかってやれなかったのか」

すぐにタクシーを呼んだが、雪で車が出払っており、ここに来るまで時間がかかるという。じりじりしながら待ち、矢口とともに車に乗り込んだのは二十分後だった。

雅子に教えられた場所まではさほど時間はかからなかった。雅子は救急病院、と言ったが実際には病院ではなく、夜間救急診療施設だ。診療室で寝かされているものと思い、ドアを開けると、中で薬品類を片付けていた看護婦が「患者さんなら外よ」と、待合室を指差した。

慌てて振り返ると、蛍光灯の青白く灯《とも》った待合室の長椅子《ながいす》に、サヤカはピンクの薄手のバスローブのような物を着て、背中を丸めて座っていた。左手には真っ白な包帯が分厚く巻かれている。

その隣に寄り添っているのは絵里だ。勤め先のキャバクラからの帰りに、雅子から携帯に電話がかかってきて、慌てて来たのだと言う。雅子はまだ着いてない。

「南野さん」と名前を呼ばれた。

受け付け窓口から男性事務員が顔を出し、正彦たちに向かい手招きした。

「南野さん、健康保険証は、ないんですか」と待ちかねたように尋ねる。

「ね、サヤカちゃん、保険証、ない？　国民健康保険だよ、君の場合」

矢口がサヤカの座っている長椅子の前に行き、跪《ひざまず》いて尋ねるが、サヤカは茫然《ぼうぜん》とした表情で何も答えない。

少し前までホテルで飼われていた女だ。そんなものがあるわけはない。

「ありません」と正彦は答え、財布を取り出し、治療費を現金で支払う。

そうこうするうちに雅子がやってきた。

看護師が診療室から顔を出し、「ご家族？」と尋ねる。

「家族は東京にいないので、親類です」と答え、正彦は雅子をうながし中に入る。

看護師は、診療所の当番医がすでに帰ったことを説明した後、サヤカの傷は手首をカミソリで切ったもので、動脈には達しておらず命に別状はないこと、こうしたことが頻繁にあるなら、精神科に相談した方がいいことなどを医師の言葉として伝えた。

サヤカがここに運ばれてきた経緯について尋ねると、看護婦は救急隊員の話として一部始終を説明した。夜間診療の当番医を教えるときとまったく変わらない事務的な口調だ。

サヤカは渋谷区内のラブホテルの浴槽で、男と共に手首を切ったのだった。

幸いさほど時間が経《た》つ前に、発見された。ちょうど金曜日の晩のことで、ロビーでは客が待っており、ホテル側は二時間を過ぎても出ない客に電話をかけて延長の確認を取っていたのだった。

電話に出たサヤカの口調にただならぬものを感じた従業員は、合鍵《あいかぎ》で室内に入り、まずベッドサイドにあるワインの空瓶とグラスを見つけ、次に浴室で淡い鉄さび色に染まった湯につかって抱き合っている二人を発見した。

すぐに救急車が呼ばれたが、酔って意識がはっきりしないものの、二人とも傷の状態は軽く、救急病院に搬送する必要なしと判断した救急隊員は、こちらの外来専門の救急診療所に運び込んだのだった。

「男の方は？」

正彦は尋ねた。

「奥さんとお母さんが来られて、引き取っていきましたよ」

看護師は冷ややかな口調で答えた。

不様な話だ、と舌打ちした後、正彦は妻と母に付き添われて帰っていった男を待ちうけているであろう針のむしろを想像し、身震いした。

待合室にいたサヤカは淡く膜のかかったような目で正彦たちを見上げただけで、一言も発しない。

まもなくタクシーが来て、傍らにいた絵里がその肩を抱くようにして乗せる。

雅子は、正彦たちに向かい「大丈夫、今夜は私たちが連れ帰ります」と言い残し、三人で帰っていった。

それを見届けて、正彦は矢口とタクシーを拾う。

午前三時近いというのに、外では相変わらずネオンが湿った雪を照らして、ぎらぎらと輝いている。

「品川のシティホテルから、渋谷のラブホへ。ＩＴ関連会社社長の転落人生ってやつだ。ベッドサイドにワインの空瓶が転がっていたっていうから、最後のぜいたくでシャトーマルゴーでも飲んだのかな。失楽園も未遂に終われば、後は生き地獄だ。借金取りに、女房の恨み言、母親の愚痴……」

シートに身をもたせかけ、正彦は呻《うめ》く。

「そうかな」

矢口が目をこすりながら答える。

「僕、思うんだけど、ああいう形で長年つき合った女性を切れる男が、偶然再会したからといって、心中なんかするかな。たぶん別の男ですよ」

「まさか」

正彦は目をむいた。

「別れてから二ヵ月ちょいだ。それがまた別の男を作ってホテルまで行って、しかも心中までやらかすなんて、考えられるか？」

「ありうることです」

矢口は、静かに断言した。

翌日は、まぶしいほどの晴天となった。気温は一気に上がり、雪かきの必要もなく積もった雪はあっという間に溶けた。そんな中を、ブーツの足首まで濡《ぬ》らしてサヤカが現れた。

手首には白い包帯が巻かれている。昨日、運び込まれた診療所は応急治療の施設で、患者は翌日、一般の医院に行き治療を受けるようにと指示される。彼女は、近くの外科医院に行った帰りだった。

「すごく高いんですよ」と屈託のない顔で、サヤカは言った。

「そりゃそうだろう。国保、入っておけよ」と正彦は答える。

「それより、傷は痛まない？」

矢口がきくと、サヤカは「心が」と、うっすら笑う。

彼女が自分から話し始めるまでは、根掘り葉掘り尋ねてはならない。

正彦は乳香を薫《た》き、サヤカを祭壇《さいだん》の前に座らせる。鈴を鳴らし聖水を振りかけ、小さな声で唱える。

「聖なるラマであり、大いなる慈悲を持つお方の御足元に礼拝し、帰依《きえ》いたします……」

サヤカは目を閉じ、無言で手を合わせた。

不純な動機で作られた似非《えせ》宗教であれ、ゲームブックの中の神であれ、今、彼女の心を支えるものはこの聖泉真法会の教え以外にない。自ら作った神仏に、正彦はいつになく真剣な思いで祈りを捧《ささ》げた。

どうか、この壊れてしまった娘の心を癒《いや》してやってください。できることなら、並の女の幸せを授けてやってください。

礼拝を終えたサヤカに矢口は食事を出す。まだここにいたい様子だったが、正彦は家で寝ているようにと諭す。傷は浅く、動脈まで達したわけでもないので、出血量はさほどではなかった、と聞いてはいる。しかし顔色は蠟《ろう》のように白い。

出て行きかけたサヤカを正彦は呼び止めた。

「治療費、あるのか？」

「雅子さんたちがくれたので」

稼ぎの大半をここに献金してしまっているので、金はほとんどサヤカの手元にないはずだ。

正彦は手提げ金庫から十万円を取り出して渡した。

遠慮する風もなく、また当然といった様子でもなく、サヤカは素直に受け取った。

そのときドアがいきなり開いた。冷たい風が吹き込み、室内にあったビラの類《たぐい》が数枚、巻き上がる。

年配の女が肩で息をして立っている。島森麻子だ。

厚ぼったい瞼《まぶた》の下で、かっと見開いた目が血走り、ぬめるように光っている。青黒く痩《や》せた顔に、不動明王のような忿怒《ふんぬ》の表情を浮かべている。

正彦はことさら冷静な動作で、無言のまま祭壇の前を指差した。そこに座れという意味だった。

しかし麻子に、動く気配はない。正彦の方を気にかけた様子もない。その視線は、十万円を握り締めてぼんやりと立っているサヤカの顔にぴたりと注がれていた。

「どういうことなんですか？」

震える声で、麻子は言った。

「いったいどういうつもりなの。なぜ、あなたがここにいるの、あなたのような人が」

摑《つか》みかかりそうな勢いで、サヤカに近づいていく。

素早く矢口が二人の間に体を滑り込ませた。

「ちょっと待って、どうしたの？」

「この人……」

麻子はこのときになってようやく、サヤカから視線を外し、正彦を見上げ、次に矢口に視線をやり、さらに少し前にここに来た年配の信者やテーブルに座っている二、三人の若者を眺めまわした。

「息子が殺されかかったのよ。ちゃんとした仕事をしてる、所帯を持ってる息子に近づいて、誘惑して、心中に誘ったのよ」

え、と正彦は、麻子の顔をみつめた。昨夜、診療所まで息子を迎えに来た母親というのは、彼女だったのだろうか。すると彼女の息子とはだれだ。ＩＴ関連企業の社長とは、別人なのか。

「なんであなたが、こんなところに出入りしているの、信者であるはずのあなたが、どうして家庭のある息子に、平和で幸せな生活を送っている息子に近づいて、殺そうとするの」

「あの人、幸せじゃなかったわ」

昂然《こうぜん》とした口調でサヤカは言った。

「とにかく……」

正彦は咳《せき》払いを一つし、サヤカの肩を摑んで、出口に向けた。

「事情は、私もよく聞いてなくてわからないんですが、ご覧の通り彼女は怪我《けが》をしている。話は私が聞きます」

「私は彼女と話をしたいんです」

麻子は叫んだ。

「息子は真面目《まじめ》な教師よ。みんなに慕われて、人望もありました。それがなぜ？　どうしてあなたみたいな人と関わるの？」

教師？　と思わず正彦はつぶやいた。矢口が小さくうなずいた。

三年以上も付き合った男と別れてから、まだ二ヵ月だ。悲嘆のあまり、有り金全部を持ってここにやって来た女が、二ヵ月で、別の男とホテルに入り、心中を企てた。

女はわからない。頭痛がしてきた。

「そういう話は、息子さんとしてください。とにかく今日は彼女は答えられる状態じゃない。あなただってわかるでしょう」

矢口は、背後にいるサヤカをかばうように、麻子の正面に立つ。

「あの人が、お店に来たから」

サヤカは、自分をにらみつけている中年女から視線をそらせることもなく答えた。

「とにかく君は帰って」と正彦が促したが、サヤカはその場に立ったまま、麻子をみつめている。

「息子がそんな店に行くはずないじゃないですか」

麻子は叫ぶ。声が裏返った。

「昨日、初めて来て、他の子をアフターに誘って断られて、悲しそうにしていたから、私が行ってあげようかって言って……渋谷でご飯を食べた後、死にたいって言うから。この人、本気で死にたいんだってわかった。目を見てて」

「ふざけたこと言わないでください」

麻子の青黒い肌が紅潮した。

「そんなはずないじゃないですか。それは生きていれば辛《つら》いことはあるでしょうよ。けれどあの子は有意義な仕事をしていたのよ。教え子たちからも慕われていたわ。妻も可《か》愛《わい》い子供もいるのよ」

麻子の言葉が耳に入らないように、サヤカは続けた。

「ああ、この人もあたしと同じ。かわいそうだから一緒に死んであげてもいいかな、って思った」

「かわいそうですって、なぜうちの息子が、あなたなんかにかわいそうと言われなければならないの」

「やめましょう」

正彦はさえぎった。サヤカに向かって「帰りなさい。そして心のうちで祈りなさい」と命令するように告げた。

それから麻子の方に体を向ける。

「ここが、どういう場所かわかっていますね。人を裁きたいのなら別の場所に行きなさい。ここは共に祈るところです」

「私には、共に祈るはずのこういう場所に、こういう人が出入りしているっていうことが信じられないんです。妻も子もある男を誘惑しろって、そんなばかな教えはないじゃありませんか。私たちは今日一日、間違ったことをしなかったか、仏様の教えを私自身の生活の中に生かしてきたのか、そんな風に心の中でいつも自分に問いかける、そうしてきたんじゃありませんか」

「問いかけて、許しを請《こ》うのです」

祭壇の持金剛を見上げ、厳《おごそ》かな口調で正彦は答えた。

「それなら何をしても、許されるんですか。他人の息子に、夫に、父親にとりついて、誘惑して殺そうとしても、強盗をしても、人を殺しても、何をしても、仏様、ごめんなさいと言えば罪は無くなるのですか」

正彦は言葉に詰まった。

正論だ。

世に流布《るふ》している「正論」を覆《くつがえ》し実相に迫るところに宗教の価値がある。しかし本物の宗教者でない正彦には、どう答えていいかわからない。

「それって、あんたの息子の問題だろ」

後ろのテーブルで一部始終を見守っていた大学院生の中山が会話に割って入った。

部外者のおまえは黙っててくれ。これ以上、ことを面倒にしないでくれ、と正彦は懇願するような思いで、中山の方をにらみつける。

「だから来てるんじゃありませんか、親なら黙っていられるわけがないでしょう」

裏返ったままの声で、麻子が叫ぶ。

「結婚した息子が何をしようと、あんたに関係ないだろ。鬱陶《うっとう》しいんだよ。死にたくなるとしたら、あんたのせいだ。どこまで逃げてもおふくろが絡《から》み付いてきて、窒息しそうになる。そんな息子の気持ち、わかんないだろ。おふくろを殺したくないなら、自分の首に刃物を当ててるしかない、そんな追い詰められた気持ちは、あんたにはわからないだろう」

テーブルの上で中山の拳《こぶし》が震えている。

麻子は後ずさった。

「中山さん、ちょっと、言い過ぎ」

いつの間に入ってきたのか、真実がいた。

「でも息子さん、やっぱり島森さんのそういうことか、息苦しくて、この世から逃げたかったのかもしれないよ。親がしっかりレールを敷いて、いくつになってもそこしか走ることができない、みたいな。親を恨むっていうか、自分に絶望しちゃうじゃない。サヤカにしても、それがわかって、なんとかしてあげたいって思ったのかもしれない、優しいから。でも何もできない。そんなとき、やっぱり一緒に死んであげるしかないかなって、思ったりすることあるもの」

麻子の額に汗が一筋したたった。

「あなたたちは、揃《そろ》いも揃って、理屈だけ一人前で。どこかで聞いたようなことを言っているけど、あなたたちのやっていることは何？ 今日一日、何をしているの。いったいだれの役に立っているの。ここに来て、一日しゃべってて、お祈りの真似事《まねごと》をして、時間を潰《つぶ》していても、物だけは食べているでしょう。そのためにだれが犠牲になっているか、考えたことがある？ たくさんの人が働いて、あなたたちの命を養っているのよ。

そういうあなたたちは、親への尊敬もなければ、働く意欲もない。自分を養ってくれた命への感謝もない。恥を知りなさい。それのどこが信仰なの」

「あなたのしていることこそ、自分たちの商売繁盛《はんじょう》、無病息災を願ってるだけ。本当に苦しんでいる人への思いやりなんて、何もないじゃない。信心すればいい目を見られるなんていうのは信仰でも何でもないわ」

収拾がつかない。ただ彼らのやりとりが、聖泉真法会だけでなく宗教そのものの在り方についての議論であるような気もする。この連中の方が、プロだ、と正彦は、腰から下の力が抜けていくのを感じる。

動揺する内心を隠しながら、ことさらゆったりした足取りで祭壇の前に行く。

「あのね」

矢口が四人の間に割って入った。

「島森さんも、中山君も、真実も、ここは言い争いをする場所じゃないんだよ。とにかくサヤカは、まだ体調が回復していない」

矢口が制しているが、麻子も若者たちも、一歩も引かない。若い女の声を黄色い声、と表現することがある。しかし今、真実やサヤカなど若者の声が異常なほど低く、黄色い声は中年の麻子が発している。

正彦はなすすべもなく、祭壇の仏を見上げる。教祖の自分には何もできない。サヤカはトラブルメーカーどころか、爆弾だった。なぜこんな娘を抱え込んだのか、と後悔した。持ってきた二百万に目がくらんだわけではない。もらってしまった弱みだ。わずかな賄賂《わいろ》で深みにはまっていく役人の気持ちがよくわかる。

何とかしてくれ、と持金剛に向かい両手を合わせる。

仏は沈黙している。

何もしてくれるはずはない。イスラム教徒でなくても、こんなものを拝む無意味さは知っている。しかも矢口が作った張りぼてなのだ。

ふと益体《やくたい》もないアイデアが湧《わ》いた。

所詮《しょせん》、張りぼてだ。それをどう使おうが、こちらの勝手だ。罰当たりも何もない。

ちらりと麻子たちの方を見た。四人が四人とも、血相を変えてのしり合っている。

今だ、と聖水の盆に手を浸した。

「何を争っている。恥を知りなさい」

彼らのテーブルに近づいていった正彦は、腹から声を出して一喝した。

さすがの麻子も黙った。すかさずその腕を無言で摑み、祭壇の前に引っ張ってくる。

最初に、サヤカが悲鳴のような声を発した。次に麻子が崩れるように座り込み、硬く目を閉じた。中山たちが茫然《ぼうぜん》とした顔をして立ちすくんだが、すぐに祭壇に駆け寄り、跪《ひざまず》く。

彼らの背後で矢口が、小さく肩をすくめ、ため息とともに首を振った。

持金剛の頰には、点々と水滴が散り、揺らめくバター灯明に光っていた。目を凝らせば祭壇の布にも水の染《し》みが見えるのだから、冷静になれば何が行なわれたかは一目瞭然《いちもくりょうぜん》だ。しかし人の注意はこんなときには周囲の物に向かない。

奇跡は常にこうして作られる。

「地上のあらゆる命を大切にしなさい。あなたの愛する者の命も、他者の命も」

正彦は静かな口調で、サヤカにささやいた。次に麻子と若者たちに向かい、語りかける。

「どこであれ、誰と出会おうとも、自らを劣った者と知りなさい。心の底から他者を慈《いつく》しみ、勝利を他者に捧《ささ》げることができますように」

それから口調を変えて、「この場にいる者は、全員、帰り、それぞれ一人になって心の内の仏と対話しなさい」と続けた。

信者を追い出すと、正彦の全身から、なまあたたかい汗が噴き出した。

「やっちゃ、いらんねぇ」とつぶやいたまま、カーペットの上に崩れるように座り込んだ。

矢口が、「これ、染みになるんだよね」と言いながら、仏像の頰の水滴をハンカチで拭《ふ》く。

「心中やらかした相手が、ここに出入りしているオバハンの息子かよ」と正彦がぼやくと、矢口が「世の中、狭いもんです」と続けた。

「恐ろしい偶然だ」

正彦はかぶりを振る。神様なんか作るから罰が当たったのかもしれない。

「あ」

ちいさな声を上げて、矢口が正彦を振り返る。

「どうします、サヤカの心中相手がここに来ちゃったら」

とっさに意味がわからなかった。

「可能性、ありますよ。所帯持ちの教員で、壊れてる男なんですから」

我知らずため息が漏れる。

「いい歳《とし》こいて、女房、子供がいて、生きづらい系かよ」

鈍い頭痛は、こめかみを締め上げられるような疼痛《とうつう》に変わった。

矢口の危惧《きぐ》に反して、麻子の息子が来ることはなかった。

しかし二日後、島森麻子は、彼女とともにここに移ってきた大教団の元信者を始めとする、三十八名の連名の抗議状を携えてやってきた。

サヤカを始めとした若者たちの行動について、教団として放置しているように見える。彼らの行動は深い堕落の谷に向かって、無自覚なままに進んでいるのと同じであり、祖師を始めとした信者はそれを止め、正しい道へと導くのが、他者に対する本当の慈しみの心ではないか。そんな内容だった。そしてそれがどうしても通じない相手であるなら、この聖泉真法会の教えを拒否する者なのであるから、除名にすべきだ、と最後に付け加えてあった。

持金剛の涙に感銘を受けて、その場はおとなしく引き下がった麻子だが、やはり冷静になってみると、どこかおかしいと気づいたのかも知れない。

正彦は、「確かに、拝読しました」と答え、和紙にしたためられた抗議状を丁寧に折り畳み、祭壇《さいだん》の下部に置いた。

麻子は、いくぶん気まずそうな顔で、正彦を見上げる。一人で面と向かって、教祖の見解を質《ただ》す勇気はさすがにないらしい。

「それで息子さんは、いかがですか。立ち直られたでしょうか」

正彦は尋ねた。虚をつかれたように、麻子は一瞬、言葉に詰まった。それから吐き捨てるように答えた。

「あの娘の顔も見たくない、って言ってますよ。だいたい会ったのも、あのときが初めてだし、なぜあんなばかなことをしたのかわからないって。魔が差したというか、自分の精神状態がおかしくなっていたに違いないと言ってます。嫁と私に、一時とはいえ、人間として許されないことをしたと謝っていました」

「あ、そう……まあ、立ち直ってくれて何よりですが」

それではサヤカの立場はどうなる、と多少、憤慨しながらも、ひょっとするとサヤカの方にも、人を死という究極のマイナス思考に導く力があるのではないか、という気がした。小さく咳《せき》払いすると、正彦は麻子に向かって言った。

「私は、千尋の谷に向かって無自覚に歩いていく若者を放置するつもりはありません。ただ彼らを救い、導く方法は、仏の教えの中にしかなく、人の浅薄極まる知恵の中にはないということを自覚しています。仏との対話の中で人の道は自《おの》ずと示されてくるでしょう。サヤカの一件も、あのとき彼女の命はなぜ尽きなかったのか、息子さんの命はなぜ助かったのか、それを考えてください。御仏《みほとけ》の大きな世界の中で、生かされたのですよ。彼らがそこで何を見たのか、私にはわかりません。人の生死というのは私たちの思慮の外にあります」

祭壇から、抗議状を取り麻子に渡す。

「これはお返しします。お仲間のところに持ち帰りなさい」

麻子は、一瞬、物言いたげに正彦をみつめた。それから小さく眉根《まゆね》に皺《しわ》を寄せてうつむいた。なんでこんな男に自分はだまされたのか、そんな失望の表情が見てとれた。

大教団から移ってきた信者や中年の女性信者が揃ってやってきて、正彦と矢口に向かい、脱会の宣言をしたのは、翌週の日曜日のことだった。

仏様が涙を流し、一部信者と教団の堕落を嘆いたにもかかわらず、祖師様も教主の矢口様もまったく聞く耳を持たなかった、と彼らは、正彦たちに他の信者の前で詰め寄った。

「仏が涙を流したのは、この場であなたたちが争い事をするからです」と正彦は抗弁したが、いったん覚めてしまった相手は、不信心者の教祖の実のない言葉など聞く耳を持たない。この後、元の教団に戻るのか、それとも他の神様を探すのかわからないが、自分を騙《だま》していた教祖と、騙された自分自身への怒りと、糾弾している自分の方こそひょっとすると誤っているのかもしれない、という疑惑がないまぜになった、なんとも悲壮な表情が島森麻子の目の中に見て取れる。

その場にいた他の信者が事情もわからないまま、呆然《ぼうぜん》と見守る中で、彼らは白絹を正彦たちに次々に返した。

汚れたシーツを抱えたホテルの客室係よろしく、両腕に四十枚近い白絹をかけられた正彦は、不様さに消え入りたい気分で祭壇に向かって歩いていく。

白絹を祭壇に置くと、精一杯、取り繕って祈り始める。

「主客を越えた知恵をお示しくださるラマと三宝に礼拝いたします。今日、旅立つ者たちにどうか御加持をお授けください。長い旅路をどうかお守りください」

三十八名は去っていった。たかが三十八名だった。しかし思えば彼らは、気まぐれにやってきて、テーブルを囲んでしゃべり散らして帰っていく客ではなかった。島森麻子以下、三日にあげず通い、熱心に活動していた年配の女たちがほとんどだった。掃除や儀礼の準備といった雑用を積極的に引き受け、コンスタントな献金をしてくれたメンバーでもあった。大教団に所属していた頃に奉仕の経験があり、骨身を惜しまず働く彼女たちがいたからこそ、教団の日常業務も儀礼も、滞りなく進めることができた。

献金も、一人一回当たりにすれば少ないが、常連の彼らが落としていく金はトータルすれば意外に大きな額だった。聖泉真法会には、他の教団のような合理的で効率的な集金・収奪システムはまだない。信者がこの場に来て献金しない限り、金は入ってこない。

気まぐれな若い女性客や味にこだわる食通を意識して、内装とメニュー構成、店員までも一新した挙げ句、常連客にそっぽを向かれて潰《つぶ》れた居酒屋のことを、正彦は思い出した。

なぜもう少し、彼らを大事に扱ってこなかったのか、という後悔の念がこみ上げる。

それだけではない。彼らの奉仕にも、信仰心にも、自分と矢口は十分に応《こた》えてこなかった。普通の男の、おばさん集団に対する冷ややかな視線と同様のものを常に持ち続けてきた。麻子たちはそれとなく感じ取っていたのだろう。教祖の冷淡で無関心な姿勢が、今回の騒ぎで露呈した。片思いに似た信仰心と信頼を裏切られた後に、女たちがどういう行動に出るかは、矢口でなくても想像はつく。

自分の内の葛藤《かっとう》に決着をつけるために、あるいは単なる怒りのために、彼らはこの教団について、教祖について、いかに不道徳で、いい加減で、自分たちが騙されひどい目にあわされたか、ということを周囲の者たちに吹聴《ふいちょう》して回るだろう。

尾鰭《おひれ》がついて噂《うわさ》が飛びかい、脱会宣言などないままに、足が遠退《とおの》く信者が続出する。いや聖泉真法会の名前も知らない一般の人々の間で、ここが、性的に放埒《ほうらつ》な若い女性や学校にも行かず仕事にもつかない若者を集め、不道徳な教えを説く反社会的な組織として認知されるかもしれない。

祭壇に戻した白絹の山を眺めながら、正彦は小さくため息をつく。矢口がそれを手早く畳んで片付けた。

「どうするの、それ？」と尋ねると、「使い回すに決まってるでしょう。原価、いくらだと思ってるの」と矢口は声をひそめた。

4

足が遠退いた信者はいた。予想以上の数だった。山本広江もその一人だ。いずれサヤカたちにアパートから出てくれと言ってくるかもしれない。

若者たちは相変わらずやってくる。さほど金を落とすこともないまま、ここを辛《つら》い世間のシェルターとして利用している。収益は半分以下に落ちた。しかも掃除や食事の支度、買物などを手伝ってくれる者がいないから、矢口と正彦は、再びそうした雑用に忙殺されるようになった。仏生会《ぶっしょうえ》、曼陀羅供養法会《まんだらくようほうえ》など執り行うにも、信頼して任せられる実働部隊がいない。

サヤカや雅子たち、山本広江のアパートに居候《いそうろう》している女性たちに頼んでみようか、と矢口は持ちかけてきた。しかし正彦は、身震いして拒否した。

この上、トラブルを起こされたらかなわない。彼女たちには気の向いたときここに来てもらって、おしゃべりと礼拝だけして、戻ってもらう方が安全だ。サヤカは、別の店に移り、包帯を巻いたまま仕事をしている。相変わらず、その収入の大半を寄進し、ルームメートの小沢絵里や雅子も給料のほとんどをここに運ぶ。上客であることは間違いない。

聖泉真法会の仕事は彼女たちを、肉親やろくでもない男から守りながら、その精神の安定を図ってやることだ。とはいえ、正彦は、収支内訳を見るにつけ、自分が彼女たちのヒモに成り下がったような、何とも情けない気分になる。ベンツに乗る夢は、一層、遠退いた。

とはいえ、島森麻子の言うなりになっていたらサヤカや小沢絵里を手放すだけでは済まなかっただろう。近い将来、うまく教団が成長したら、その時点で、麻子たちに乗っ取られていたかもしれない、と正彦は思う。

春の彼岸を迎えた夕暮時のことだった。足元のおぼつかない老女が、老人用カートを押しながら気後れしたように入ってきた。蝸牛《かたつむり》のように曲がった背と、頭を支えかねて胸まで垂れた顎《あご》、白濁した黒目。リウマチで曲がったままの指には、紐《ひも》附きのシルバーパスが握られていた。

「涙を流しなさった観音様っていうのは、こちらにあるのかね」

老女は尋ねた。

観音ではなく、これは持金剛といい、釈尊が自ら成仏《じょうぶつ》した本来の相であり、密教タントラの教えを説くものだ、などと訂正する気にもなれず、そんな必要もなかった。

「どうぞ」

正彦は祭壇の前に女を招く。

老女は数珠《じゅず》を手にして座ると、地肌が透けるほどに薄くなった白髪頭を垂れ、丸まった細い背中をさらに丸めて一心に観音経を唱え始めた。

涙を流した仏様は、麻子には効かなかったが、新しい客がどこからか漏れ伝わった噂を聞きつけて、やってきた。一心に経を唱えるその後ろ姿には、心を打たれるものがあった。

そのとき、不意に正彦の頭にひらめいたことがあった。

チベット仏教では、ターラ菩薩《ぼさつ》という仏がいる。大慈悲を根本に無限の利他行《りたぎょう》を実践するという大菩薩女で、あまりに救いがたい衆生《しゅじょう》の様子に観自在菩薩が流した涙から生まれたと言われる。秋の満月を百ほど集めたほどに美しく、衆生の救済をすみやかに成就《じょうじゅ》すると言われる女の姿をした仏は、聖泉真法会が礼拝対象として据えるにはうってつけだ。

観自在菩薩の涙だろうが、持金剛の涙だろうが、仏が流した涙から生まれたことに変わりはない。個人主義もグローバリズムも、単なる表層で、戦後六十年にして、未《いま》だに甘えの構造に下半身をどっぷりと浸らせた日本人にとって、ターラ菩薩ほど心地よい神仏はいないはずだ。しかも別名、救度仏母《くどぶつも》とある通り、イメージは「母」だ。これまた永遠のマザコンである日本人には受ける。

これしかない、と正彦は心の内で手を打った。

奥の事務所に入り、「グゲ王国の秘法」の原稿用紙五千枚分のゲラを探すと、果たしてターラ礼賛経《らいさんきょう》は、その本文から容易に見つけ出すことができた。また本棚の参考書をひもとくと蓮《はす》の花に囲まれ、半跏趺坐《はんかふざ》の形をとった、いささか艶《つや》っぽく、優美極まるターラ菩薩の線描画がみつかった。

夜もふけてから、正彦は自分のアイデアに満足しながら、近所のコンビニエンスストアに行き、その絵を拡大コピーしてきた。矢口がその上に和紙を乗せて金のポスターカラーでなぞり、有り難くも美麗なターラ菩薩像を描き上げる。

矢口が作業をしている間、正彦は「補陀落《ふだらく》浄土から現われし、緑のターム字より生まれ給《たま》い」から始まるターラ礼賛経をぶつぶつと口の中で唱えながら暗記していた。涙を流した観音様の評判は、口コミで広まっていたようだ。ご利益《りやく》を求め、体調がすぐれないという年配者や、長患《ながわずら》いの年寄り、切迫した家庭事情を抱える主婦などが、それから二、三日のうちにやってくるようになった。しかしどうみても生老病死の四苦の他に貧困まで抱えた主婦や老人たちで、収益はいっこうに上がらない。奉仕活動も期待できない。邪魔だから来ないでくれと言うわけにもいかない。

宗教を興《おこ》してベンツに乗るなど、そう簡単なことではなかったのだ、と正彦はあらためて思い知らされる。

翌週、ほぼ二週間ぶりに山本広江がやってきた。白髪頭の額のはげ上がった小柄な男が一緒だ。

仕立てのいいスーツを身につけた姿は、どうみても隠居や年金生活者ではない。

正彦の頭の中で警報が鳴り響いた。

麻子たち、三十八人が脱会する中で沈黙を守っていた広江が、スーツ姿の男を連れてやってきたということは、それまで自分が寄進した金や、サヤカたちに相場より安く貸していた部屋の賃料について、何か行動を起こすためではないか。単に返還を求めるだけならいいが、ありもしない損害をでっちあげられ、賠償請求されるという可能性もある。

矢口の方を見ると、彼も同じ事を考えていたのだろう。口元を引き結び、いつになく深刻な表情で正彦に目くばせした。

「どうもご無沙汰《ぶさた》しておりました」

意外に穏やかな口調で、広江は挨拶《あいさつ》した。

「お元気でしたか」

警戒したまま、正彦も穏やかに尋ねる。

「ええ、こちらもいろいろあったそうですね」

広江は、室内を見回した。

「さざなみが立ちました」

正彦は微笑した。

広江はそれ以上は何も尋ねない。カウンターにあるバター灯明を二つ手に取り、一つをスーツ姿の男に手渡す。矢口がそれに火を付けてやる。

灯明を供えると、広江は男を促して祭壇前に座り、手を合わせる。

目を閉じた男の眉間《みけん》に深く影が刻まれている。

正彦は自分が思い違いをしていたことに気付いた。傍らの聖水を男の手にかける。香炉の銀の鎖を手にして、乳香の白い煙を男の頭の辺りに漂わせる。悪気と魔を祓《はら》う鈴を鳴らす。

やがて男は目を開き、擦《かす》れた声で尋ねた。

「涙を流した観音様というのは、あちらですか？」

「観音菩薩ではないのですが、持金剛といって、宇宙の根源に位置する仏様です。私たちの目にしている現象と本質のすべてが、あの仏様から流れ出ているのです」

「はあ」と男はうなずいた。

「私と主人が若い頃、お世話になった方の息子さんなんです」と広江が、あらためて男を紹介した。

「森田さんといって、惣菜屋《そうざいや》をされているんですが、このところ体の具合が悪くて医者に行っても原因がわからないということで。それによくない事が続いているんですよ。ご長男がお家《うち》を飛び出してしまったり、奥さんがご病気になったり。この間も商工会議所の集まりの帰りに事故を起こしてしまって」

広江は、男に言葉を挟む余地を与えない。

「幸い、物損事故で済んだのですけどね。そしたら全然寝られないそうで。うちに来られたときも、しょっちゅう、居眠りばかりなさっていて」

「お惣菜屋さんでは、配達なんかで車を運転する機会は多いでしょう、危ないですね」

矢口が言う。

「そうした仕事はしてないんですがね」

男は答えた。

「社長なの、モリミツの」と広江が耳打ちした。

ただの惣菜屋の親父《おやじ》がスーツを着て、商工会議所に出入りするわけないだろう、と正彦は矢口の非常識ぶりに舌打ちする。モリミツは首都圏では多少、名前の通った食品加工会社だ。規模はそう大きくないが、高級スーパーマーケットに惣菜を卸している。

申し遅れてすみません、と男は名刺を取り出し、正彦と矢口に手渡した。

「株式会社　モリミツ　代表取締役　森田源一郎」とある。

これまでにない客層だ。小規模だが儲《もう》かっているニューエイジ系の教団は、たいてい経営者や売れっ子アーティストといった高額所得者層を抱え込んでいる。金も名声もあるが、常に緊張を強いられ孤独になりがちな彼らが求めるものは癒《いや》しだ。この階層の客を取り込めれば、広告塔にもなる。ベンツは夢ではない。

社長がやってきた。そこそこ名の通った食品加工会社の社長が、世間的には何の信用もない、零細な教団に。

小躍りする気持ちが、ふと、あることに思い当たって冷えた。

社長という肩書きに一瞬、目がくらんだが、喜んでばかりはいられない。彼の体調の悪さが、経営不振からくる心労と鬱《うつ》状態という可能性は大いにある。

金のない生きづらい系の若者の他に、つぶれかけた会社の経営者まで抱え込んだら、教団の経営は立ちゆかない。

「この歳《とし》になると、さまざま考えることもありましてね。今まで神仏にすがろうなどと思ったこともなかったのですが」

森田社長は、ぼそりと言った。

矢口が素早く座布団《ざぶとん》を出して、森田の前に置く。正彦は祭壇《さいだん》の前で客と対座する形になった。信者の家庭や体調の悩みを聞くときの位置だ。

「あの事故の後、山本さんから、ここの仏様が末法の世に生きる私たちのために涙を流したとうかがいまして、参ったのです」

今度は末法の世か、と正彦は、思わずため息を漏らした。指先につけた水を弾《はじ》き飛ばしただけだというのに、人間というのは、なんと様々な空想をふくらませるものなのだろうか。

「居眠り運転でした、今思えば。しかしあのときは眠っているとは思わなかった。霧が出てきたんですよ、いきなり。夜でした。良く晴れていたのに真っ白な霧につつまれて、ヘッドライトをつけたって、何も見えない。そうしたらフロントガラスの向こうに、いきなり知り合いの顔が見えたんです。慌《あわ》ててブレーキを踏んだが遅かった。ボンネットにぶつかって顔がこっちを向いていた。気がついたら道端の自販機にぶつかっていました。幸い怪我《けが》はなかったんですが」

「怪我がなかったというのは、幸運でした。そのお知り合いの方がブレーキを踏ませ、守ってくださったのかもしれません」

森田は首を振る。

「いや、守ってくれるはずがない。次には無事では済まさんぞ、という脅しに見えた」

その知り合いの男は、近ごろ、森田の夢に頻繁に現われるのだと言う。運転中に目前に出てきて、森田は彼を撥《は》ねる。そこで目覚める。

「さしつかえなければ、どんなご関係の方か、教えてください」

「部下です。以前、勤めていたところの」

少しためらい、「事故で亡《な》くなりました」と森田は続けた。

「その現場に、あなたがいたのですね」

森田はかぶりを振っただけで、それきり口を閉ざした。話したくないのか、辛《つら》くて話せないのかわからない。

「どうぞ」と正彦は、森田を祭壇の正面に座らせる。

「心の内で、仏様とお話しなさってください」

一礼した森田は、目を閉じ、祭壇の前で手を合わせた。

「山本さん、戻ってきてくれて、うれしいよ。信じていたけど、本当によかった」

背後から矢口の甘い囁《ささや》き声が聞こえてきた。

「戻ってきてって、何が？」

広江がすっとんきょうな声を上げた。

「だから島森さんたち、みんなやめていったから」

短い沈黙があったのち、広江は吐き捨てるように言った。

「あたし、あの人、いやだから」

呆気《あっけ》にとられ、思わず正彦は振り返る。

「後から入ってきて、好きなように仕切ってたでしょ。私たちに相談もなく、いろいろ決めるし。何か言ってやりたかったけれど多勢に無勢でしょ。立派なこと言ってたって、ああいう人、いざとなると、冷たいわよ。身内より主義主張を大事にするようなところがあるからね」

言われてみれば、そんなところがあったかもしれない。少なくとも広江の方が、自分や矢口より人を見る目はある。とりあえず広江が残ってくれたことに感謝した。

森田は合掌を解くと、正彦の方に向き直り、深々と頭を下げた。

「おかげさまで少し気持ちが落ち着きました」と礼を述べ、出口に向かう。正彦はその背後に立つと、さり気ない調子で「ここは十一時に閉めますので、その後は私と矢口しかおりません」と言った。だれにも聞かれたくない話はそのときに、という意味だ。

「ここがご自宅になっているのですか」

少し驚いたように森田が尋ねる。

「生きていくのに、大仰な物は必要ありません」

正彦は微笑した。

「銭湯も近所にありますし、寒さをしのぐ衣類少々と布団があれば、私たちには十分です」

森田は、敬意のこもった眼差《まなざ》しで正彦をみつめ、うなずいた。

そのときドアが勢いよく開けられた。

「ちょっと、すいません」

近所のクリーニング屋の店主だ。

「うちの前のベンツだけど、ここに来ている人のじゃないですか。車が入れないんだけど」

森田と広江は、挨拶もそこそこに、慌てふためいた様子で出て行く。

まもなく独特の重い排気音が聞こえ、車が遠ざかっていくのがわかった。

ベンツに乗った客は来ても、自分たちがベンツに乗れるのは、いつになるかわからない。

翌日、午後十一時きっかりに、森田が電話をかけてきた。これからそちらに行っていいか、と尋ねる。ちょうど入り口のシャッターを下ろしているところだった。室内に信者は一人もいない。矢口も銭湯に行った後だ。

「どうぞ」と答えると、森田は数分後にタクシーでやってきた。近所から携帯で電話をしてきたらしい。少しばかり酒臭い。

椅子《いす》を勧め、あらかじめポットに詰めてあったハーブティーをカップに注ぎ、差し出す。

「恐縮です」と一礼して、森田はぽつりぽつりと話し始めた。

原因不明の体調不良に見舞われ、身辺でも良くないことが立て続けに起きるようになったのは、ちょうど二ヵ月くらい前からだという。

知人に話すと、何かよくないものがついているのかもしれないから、と熊谷に住んでいる霊能者の女性を紹介された。

彼を霊視した霊能者は、五十過ぎくらいのジャンパーを着た半白髪の男が見えると言う。

そのとき森田の頭に、死んだ部下の姿が浮かんだ。

霊能者は、今、立て続けに起きているよくないことは、彼の怨念《おんねん》によるもので、このままだと、様々な霊障が起き、いずれ健康や財産、最後は命まで失うと言う。恐《こわ》くなった森田は言われるままに、お祓《はら》いを受け、供養《くよう》をした。

「金をかなり請求されたんじゃないですか？」

正彦は尋ねた。森田は具体的な金額は言わなかったが大きくうなずいた。

水子と先祖供養、超常現象と脅し。宗教をやるなら、これらを組み合わせるのが一番儲かる。聖泉真法会も、おかしな見栄《みえ》を張ったり、妙な良心に縛られたりせず、なりふりかまわずそれで行くべきだったか、という思いが、ふと頭の片隅をよぎった。

「それからですよ、彼が夢に現われるようになったのは」

「供養したんですよね」

森田はうなずいた。もう一度、霊能者のところに行くと、それはまだ供養が足りないのだと言う。そして彼女の主宰する教団に入るように勧められた。多額の布施《ふせ》をし、霊能者の言葉におびえきった妻と共に入信し、さらに金を払って大がかりな供養をした。

しかし事態は悪くなる一方で、それを訴えれば、信心と供養が足りない、とさらに金を要求される。

ちょうどそんなときに、以前、父が面倒を見て、兄妹《きょうだい》同然につき合ってきた山本広江がやってきた。彼女は、そうした霊能者や教団は偽物《にせもの》だ、と言明し、すぐにここに来るようにと勧めた。

教祖は清貧な人物で、つい最近、仏が涙を流すという奇跡も起きた、という話を聞いたとき、あの熊谷の霊能者の一件以来、宗教に不信感を抱くようになっていたというのに、不思議と感動したのだという。

「会社の社長さんというのは、なまじっかなことでは務まりませんでしょうね」

正彦は真摯《しんし》な口調で語りかける。

「サラリーマンなら、家族の心配だけすれば済むが、社長は従業員とその家族の生活の心配までしなければならない。我々には想像もつかないほどの重責でしょう」

「まったくその通りで……」と森田はうなずいた。

「経営についても、人事についても、人に言えない悩みを抱えておられるのではありませんか」

さり気なく相手の懐《ふところ》具合を探る。清貧な教祖と聞いて、布施を節約するために、こちらに宗旨変えされたのではたまらない。

「幸い、商売だけは、このご時勢になんとか続けられておりますが」

わずかな沈黙の後に森田は、再び口を開いた。

「モリミツは、最初は家内と妹と、ほんの身内だけで始めた、惣菜屋《そうざいや》だったんですよ。それまで勤めていた役所を四十五で辞めて、その退職金と……」

何か言いかけ、口籠《くちご》もった後に言葉を飲み込んだ。

「妻が株をやっておりまして、商売を始めるに当たっての自己資金もありました。工場を作ってパートのおばさんにも恵まれまして、順調に伸びてきたんですが」

「今では、ちょっとしたブランドですね」

「おかげさまで」

不意に、森田は話題を変えた。自分はある自治体で建設部長をしていた、と言う。元は同業だ。同じ穴のムジナか、と正彦は自嘲《じちょう》的な笑いが浮かびそうになるのを止める。

「三十二で課長、四十一で部長。役所では異例の出世でした」

「わかります。それを退職して事業を起こすとは、なかなか勇気がいることですね」

「扇ケ岡保健医療センターの汚職事件を覚えておられますか？」

「ええ」

一時、新聞の紙面を賑《にぎ》わした病院用地の造成と本体工事双方にからむ大規模な不正入札事件だ。確か、現場に長くいた土木係長が収賄《しゅうわい》の疑いで取り調べを受けた後に自殺している。

ようやく気づいた。

「つまり夢に出てくる部下というのは、あの亡くなった方のことですか」

森田はうなずいた。事情は飲み込めた。エリートコースを歩んでいた若い部長も、上司として事件の責任を取らされたのだろう。懲戒免職までは行かなくても、降格や減給はある。地方であれば職場や近所の目もあり、とてもそのまま勤めてなどいられない。

不運だった。ただしその不運を事業の成功によって跳ね返すだけの実力が森田にはあったらしい。

「出世が早い、というのは、役所では生活に困窮するってことなんです。給料はもちろん管理職手当も安く、残業手当はつかず、冠婚葬祭を含めて交際費やら何やら出費だけが膨らむ。借家住まいで妻は給食センターのパートに出て、かつかつで食っていました。業者はね、そのあたりの事情をわかっていて誘いをかけてくるんです。ゴルフと食事と、次は実弾ですよ」

正彦は小さくうめいた。収賄ほど割にあわない犯罪はない。わかっていても手を染める者がいる。金銭的な苦しさとプライドと、個々の家庭の事情、すべてを知り尽くした上で、相手は巧みに近づいてくるからだ。

「そちらの会社の株がまもなく公開されることを教えてもらい、妻に買わせた。お陰で並み以上の資産はできましたが、私は借家を出なかったし、妻もパートを辞めなかった。贈収賄が発覚するのは、九十パーセントはタレ込みです。タレ込ませるのは何かと言えば、嫉《ねた》みです。だからひたすら地味な生活に耐えた。息子たちも公立の学校に通わせた。八年ほどそんなことを続けた後に、発覚したんです。まず、おこぼれ程度の金をもらっていた係長が、警察に任意同行された。といっても私より十も年上でしたが。しかしその翌日、彼が死んだことで、事件はそれ以上解明されませんでした。責任を取るという名目で私は退職しました。懲戒ではないから、退職金ももらって」

「職場を辞めたものの、自殺した彼に対して、良心の呵責《かしゃく》がずっとあったということですね」

「いえ」と森田はかぶりを振った。

「そんなものはありませんでした。それに死ぬにしても、遺書もなく職場の屋上から飛び降りますか。しかも高卒で現場叩《たた》き上げの係長が、ですよ。彼には命に代えて守るほどの地位も名誉もない」

森田はぴたりと視線を合わせてきた。皺《しわ》深い瞼《まぶた》の奥で、瞳《ひとみ》が暗い光を放っている。

正彦は唾《つば》を飲み込んだ。

胴震えがした。

「まさか……あなたが」

「とんでもない」

即座に森田は答えた。

「素人《しろうと》には、できませんよ、そんなこと。やったにしても必ず足がつく」

数秒の沈黙の後に言葉を継いだ。

「上司と相談した上で電話をかけました、私が。先生……つまり代議士に。暴対法などできても、結局のところ、トップが裏の世界とは縁が切れないというのは、つまりそういうことです。しかし私の立場としては、守らなければならなかった。自分自身はもちろん、すべて明るみに出れば、連座させられる直属の部下や上司、あの工事に携わった、何十もの地元の下請け業者を。いや、知事や県政を巻き込んだ大スキャンダルに発展するのを阻止しなければならなかった。あの日、高架工事のための地元説明会から戻ってきたとき、まだ残業をしている部署がいくつかあって、庁舎に明かりがついていました。それで公用車でゆっくりと車寄せに回ってくると、いきなり大きな物がフロントガラスの前に落ちてきたんです。ボンネットに当たって、すごい音がしました。車が揺れ、運転手が叫び声を上げました。ああ、投げ落とされたのか、とそのとき知りました。別のところに落ちてくれればよかったものを、何も私の鼻先に落ちてくることはないだろう、と私は、落ちてきた彼を恨みました。勝手なことです。不正を働いた自分自身にでもなく、彼を担《かつ》いで投げ落とした裏稼業《うらかぎょう》の者たちにでもなく、落ちてきた自分の部下に憎しみを覚えました。そのショックでしばらくハンドルを握れなくなった運転手に同情したというのに、彼には同情できなかった。およそ仕事への熱意もなく、惰性で役所に通ってきて、細かな金額を業者にたかるような職員は、死んで当然だと、議員の先生に電話をしたとき、すでに自分に言い聞かせていたのかもしれません。上司の慰留を断って役所を辞めました。別に罪の意識があったからじゃなかった。退職金と投資して増やした金で事業を始めるためです。この先、役所にとどまったところで、自分の人生などたかがしれていると思いましたし、何より建設畑の仕事に嫌気がさしていました。だから妻が関わっていた食品加工の事業を始めた。それにしても今頃になって、こんなことにな

ると は思ってもいませんでした」

森田は頭を抱えた。

「事件があってから、何年ですか」

正彦は尋ねた。

十六年、と森田は答えた。

「今頃、あなたの夢に出てくる、というのはおかしいじゃないですか？」

仕事や家庭の負担が大きくなり、体に衰えが見えてくる六十という年齢からして、正彦は、森田を見舞った災いはそうした心身の不調によるものだ、と判断した。裏切られたにせよ、ヤクザにビルから投げ落とされたにせよ、死んだ人間が恨みをはらしに、この世に出てこられるわけがない。

「霊能者が言うには、今まで、彼はずっと私のそばにいて、恨み、呪《のろ》い続けていたそうです。それに私が気づかなかっただけで。今回、気づいたから、かえってよかった。気づかなければ私だけではない、末代まで祟《たた》っただろうと、言われました。夢の中に出てきたのだから、供養し、信心すれば、去ってもらえると言っていました」

「あなたはその女性の言葉を信じているんですか」

鋭い調子で、正彦は遮った。

「その女性は、あなたに何をしてくれましたか？　顔を見るたびに、何より先に金を請求したんじゃありませんか？　そして何一つ、助けにはならなかったのではありませんか」

「ええ……まあ」

「まだ、気がつきませんか？　恐喝ですよ、それのどこが信仰ですか？」

たたみかけるように続けると、森田は躊躇《ちゅうちょ》しながらうなずいた。

「死者には呪いも、恨みもありません」

静かに、しかし断定的に正彦は言った。詐欺《さぎ》どころか、人の罪悪感や弱みにつけ込み、強請《ゆす》る「霊能者」と自称する女の卑劣さに、怒りを覚えた。

「バターの中に入り込んだ髪が容易に引き抜けるように、死によって魂は肉体からすこぶる自然に抜けていきます。古い衣服を脱ぎ捨てるように、身体《からだ》から抜けた魂は完全な静けさのうちにいます。確かにあなたとドライバーが見たのはその方の非業《ひごう》の死でしょう。しかしすでにその方の魂は、風となって旅立ってしまった後なのです。あなたが今、そうした幻覚を見た、あるいは悪夢に嘖《さいな》まれるというのは、純粋に今のあなた自身の生き方の問題なのですよ。あなたが罪を犯したことは間違いない。しかし間違えてはいけない。この世に生きている者は、だれもが罪を犯しているのです。罪無くして生きるということは、ありえない。わかりますね。重要なのは自らの犯した罪を振り返り、直視することです。そして祈り、許しを請《こ》うことです。そうすれば罪は消える」

そんなことがあってたまるか、と思う。人殺しを重ねた強盗が五体投地しながらカイラスを巡り、テロリストがメッカ巡礼をする。それですべて浄化されるなどと胸を張るやつがいたら許せない。そんな自分の思いと正反対の言葉を吐いていることに嫌悪《けんお》を感じながら正彦は付け加えた。

「生きている以上は、罪を犯すのはやむをえない。一週間に一度、ここに来て祈り、許しを請い、供養《くよう》なさい。それと同時に世の中の役に立つことをなさることです。慈善事業やボランティアのことを言っているのではありません。社長であるあなたなら、事業を通じてそれができるはずです」

カルト資本主義か、と心の内で吐き捨てる。と同時に、どうしたらこいつを抱え込めるのか、と思案してもいた。

「こちらへ」と正彦は、祭壇の前に森田を導く。もうすっかり慣れた入信儀礼の祈りを捧《ささ》げる。もう一度聖水を振り掛け、信者の証《あかし》としての白絹を与える。先日、麻子たちが脱会宣言とともに突っ返してよこした内の一枚だ。

森田は深く頭を下げると、懐から封筒を取り出し正彦に手渡した。その厚みを掌《てのひら》で計りながら、正彦はタクシーに乗り込む男を見送る。

テールランプが角を曲がって消えた後に、中身を確認すると五万円入っていた。

ベンツに乗ってやってきたモリミツの社長が、あれほど重大な秘密を打ち明けて、たったこれだけか、とその札の薄さに拍子抜けした。

罪の告白と入信によって、森田が悪夢から逃れられたのかどうかわからない。しかし週一回、ここに来て祈り、供養しろと言っておいたにもかかわらず、森田はまったく姿を見せなかった。

広江が来たのでそれとなく尋ねてみると、森田とはそう頻繁に行き来があるわけでもなく、どうしているのかわからない、と言う。

麻子たち大教団から来た信者が抜け、年配客のめっきり減った聖泉真法会は、今や、若者たちに占領され、収入は激減していた。その上、施設を汚すだけで、彼らは早朝に来て掃除をしたり、食事の仕込みをしたりといったこともしない。長時間居ても追い出されない溜《たま》り場と心得ているようだ。

サヤカや絵里のように、風俗で稼いだ金を日々、寄進する者もいるが、何しろ二人だけでは、さしたる収入にもならない。

「これで不動産が自分の物でなかったら、とうに倒産だな」

帳簿を眺めながら、矢口に向かいぼやいているところに、森田から電話がかかってきた。年度替わりの四月初めのことだった。

時間が取れずになかなか出掛けられないので、自宅で祈りを捧げていたが、壁に向かって祈るのも心許《こころもと》ない。そこで小さいながらも祭壇を作り、仏像も置いたのでお経を上げに来てほしいと言う。

経を上げろと言われても俺は坊主《ぼうず》じゃない、という言葉を正彦は呑《の》み込んだ。住職のように呼ばれていくというビジネスは考えたこともなかった。この安普請《やすぶしん》の集会所では、やはり事業拡大に限界があるとそのとき気づいた。

「わかりました」とゆったりした口調で答え、正彦は「それでは来週八日の仏生会《ぶっしょうえ》のときが、ようございましょう」とその日時と時間帯を伝えた。

経は上げられないが、なんとかごまかせないこともない。

当日の午前中、迎えのベンツが、例によって近所のクリーニング屋の前に止まった。矢口を留守番に残し、正彦はそれに乗り込む。

無愛想な三十過ぎの男がハンドルを握っている。顔立ちは森田に似ていないから息子ではない。ワイシャツ、ネクタイの上に、スーツではなく、淡いベージュ色の作業着を着ているところからすると、モリミツの従業員だろう。

お世話になります、でもなければ、自分が何者なのか名乗ることもしない。社長に言われるままに胡散《うさん》臭い新興宗教の教祖を社長宅に送ることについて、かなり抵抗を感じている様子だ。従業員としては当然だろう。

青梅《おうめ》街道から山手通りに出たベンツは、混み合う道を北上し、首都高に乗る。ものの十分ほどで荒川を越えて埼玉県に入った。

戸田南インターで降りた車は、工場とマンションと倉庫のつづく一帯を走り、まもなく白っぽい二階建ての建物の並ぶ工場の敷地内に入っていった。

「モリミツ」と看板が出ている。

自宅ではなく会社だ。

手前に倉庫があり、その前に大型の冷蔵車が四台止まっているのが見える。

工場を回り込んだところに小さな二階建てのオフィスとおぼしき建物があった。

その前で車を下りた正彦は、彼を乗せてきた男に連れられ中に入る。小さなカウンターの向こうで、若い女性数人が事務を取っている。男は二言、三言、彼女等と言葉を交わし、正彦に二階に上がるように促す。立衿《たちえり》の教祖服の上に、サマーウールのジャケットを着てきたお陰で、女子事務員たちからは、格別、不審な視線を投げかけられずに済んだ。

男は二階のつきあたりの部屋のドアを軽くノックし、返事を待つ間もなく勝手に開けた。

いきなり目に飛び込んできたのは、幅一間ほどの須弥壇《しゅみだん》だった。中央に置いてあるのは、大日如来《だいにちにょらい》とおぼしき金色の仏像だ。その手前には、高さ四十センチほどの密壇があって、その上に蓮《はす》の花の造花と飯を盛った器がある。

聖泉真法会の集会所よりは、遥《はる》かに立派な仏殿だった。

祭壇脇《わき》には、幅の広い机があり、背後にファイルや帳簿のたぐいが置いてある。森田は、社長室に仏殿を作ってしまったのだ。

やくざの事務所に限らず、中小企業の社長室ではときおり神棚を見かけることはあるし、本棚に新宗教の教祖の本やら、怪しげな右翼系人物の著書やらが並んでいることもある。しかしこれだけ派手なものを社内に作ってしまった森田の行動には、驚きとともにこのオーナー社長の孤独感のようなものを感じた。

「わざわざお運びいただきまして」

森田は丁寧に挨拶《あいさつ》し、正彦をここまで連れてきた男に向かい、「それじゃ、幸夫《ゆきお》君、ありがとう。また、後で。今日は一日こっちだろう」と声をかける。

「はっ」

幸夫、と呼ばれた男は、居住まいを正し、一礼して出ていく。

「娘婿《むすめむこ》です」と森田は、その後ろ姿を見送り説明した。「損保会社を辞めて、うちに入ってもらいました」

「お嬢さんが跡を継がれているのですか」と尋ねると、「いえ」と森田は、表情を曇らせる。

「そういうわけではないんですが、長男がサラリーマンになってしまいましてね」

しまった、と心の中で舌打ちした。初めて集会所に来たとき、広江が父子の不和について話していたことを失念していた。教祖にせよ、霊能者にせよ、クライアントの身辺の細かな事情はきちんと記憶しておくものだ。重要な場面ではあらかじめ記憶しておいた情報に基づいてアドヴァイスし、あたかも自分の神秘的な能力によって、相手の心の内や霊や前世が見えるように装《よそお》うことが、こうした仕事の基本だからだ。

「工場を継いでくれないのはしかたありません。しかしその上、海外に転勤して戻ってこないんですよ。色の黒い向こうの娘さんと仲良くなってしまいましてね、あっちで勝手に所帯を持ってしまって。幸い、長女が真面目《まじめ》な男と一緒になってくれましたので」

鷹揚《おうよう》さを装った笑顔の底で、無念の思いをかみ殺すように、頬のあたりに微妙な影が差す。

創業十五年で、小さな惣菜屋《そうざいや》から、それなりに地域では名の通った食品会社に育てたオーナー社長だが、息子が跡を継ぐ可能性はない。しばらく実権を手放すことはないだろう、と正彦は踏んだ。息子の転勤先は、と尋ねるとインドネシアだという。

父が怪しげな新興宗教に関わったということで、慌《あわ》てて乗り込んでくるということもなさそうだ。

「作法というのが、どうもわかりませんが、お祈りするのは心だと思いましたので」

正彦が祭壇の方をちらりと見ると、森田はいくぶん恐縮したように言った。

「まったくその通りです。形など、本来どうでもいいことなのですよ。ただ心の拠《よ》り所として、何か目に見える形を整えるというのが、祭壇なのですから」

正彦は、灯明《とうみょう》で線香に火を付け、絨毯《じゅうたん》の上で略式の五体投地をする。それから「オーム、スヴァバーヴァ、シュッダ、サルヴァ、ダルマーハ」と唱えた。

一通り終わると、白い作業着を着た中年の女が、お茶をいれてきた。

「家内です」と森田は紹介する。

森田の妻は丁寧に礼を述べた。娘婿の顔にあったような不審の表情はなく、正彦は胸をなで下ろす。

「お陰さまで、主人も見違えるように元気になりましたし、私の方も体の調子が良くて。末の娘の家庭もなんとか収まりまして」

末娘の家庭の話は聞いていない。

「嫁ぎ先でいろいろあって戻ってきておりましたんですが、婿が急に東京に転勤してくることに決まりまして、それならこの近くに住めということで、丸く収まったんですよ」

「本当に、毎朝、毎夕、拝ませてもらうようになってから、何から何までうまくいくようになりまして」

何度も頭を下げる妻に向かい、正彦は穏やかな口調で諭す。

「それはご夫婦の心の持ち方が、一つ、仏様の教えに近づいたということですよ。こちらの心がけが変われば、ご家族、ご親戚《しんせき》、従業員の心にも響くものがあります」

妻が出ていくと、森田は再び、礼の言葉を述べた。

あれ以来、彼の部下だった男が夢枕《ゆめまくら》に立つことは、ぴたりとなくなった。夜もよく眠れ、仕事への意欲が戻ってきたと言う。

「祖師《そし》様のおっしゃる通り、毎日、手を合わせ、私と従業員が一丸となって働き、世の中に貢献していくことが大切なのだ、小さいながらも会社を経営している者の務めは、そういうことなのだ、と本当にわかりました」

わずかばかりですが、と森田は白い包みに入ったものを帰りがけに手渡した。格別、確かめることもなく受け取り、事務所の前から再びベンツに乗せられる。

運転をしている幸夫という娘婿は、社長の前とはがらりと態度を変えて、素っ気ない。必要なこと以外は、しゃべらず、正彦が話しかけても、短く相づちを打つだけだ。社長はおかしなものにはまっているが自分は正気だ、自分がいるかぎり、勝手な真似《まね》はさせない、と牽制《けんせい》しているように見える。

昼間ということもあり、帰り道はものの四十分とかからなかった。

集会所に戻ると、まっすぐにカーテンで仕切られた奥の部屋に入り、社長に渡された包みを広げた。中には三十万円ほど入っていた。

ゴールデンウィーク明けだというのに、その日、午前も遅い時刻の工場に人気《ひとけ》はなかった。

前夜から当日の未明にかけて稼働《かどう》し、デパートやスーパーの開店に合わせて納品するモリミツの工場はひっそりと静まり返り、白い長靴がいくつかコンクリートの床の上に並んでいるばかりだ。

少し緊張して、正彦は事務所の階段を上がる。

五月二十日がモリミツの創立記念日で、今年は創業十五周年にあたるので、記念行事に出席してほしい、という電話を森田から受けたのは二、三日前だ。

実際のところ昨年が、創業十五年目だったが、取引先のスーパーマーケットが大手に売却されたり、役員の一人であった叔父が倒れたりということもあって、社としての記念行事は十六年目に入る今年に持ち越されたという。

正彦には、記念行事でパートの従業員や社員に話をした後、これまでの感謝と今後の発展を祈願する儀式を執り行ってほしいと言う。

正彦は躊躇《ちゅうちょ》した。森田はオーナー社長ではあるが、モリミツはすでに創業当時の家族経営の惣菜屋ではない。埼玉県内に二つの工場を持ち、そのほとんどがパートタイマーではあるが、三百人の従業員を雇用する中堅企業だ。社長の趣味で従業員に宗教を押しつけたときに、森田がどんな立場に立たされるのか不安だった。社内での森田の立場がどうなっても正彦に関係はないが、社の内紛に巻き込まれておかしな評判を立てられるのはわずらわしい。

役員の同意を得ているのか、と尋ねると、森田はモリミツではそうしたことは心配ない、と答える。なおも慎重な言葉を重ねていると、森田は、それなら一度、役員と幹部社員を集めての研修会に来て、そちらで話をしてもらえないかと言う。

それが聖泉真法会にとって大きな発展のチャンスとなるのか、怪しげな新興宗教として世間の嘲笑《ちょうしょう》にさらされるのか、先がまったく見えないまま、この日、例によって幸夫の運転するベンツに乗った。

社長室に通されたとき、まだ森田はそこにおらず、正彦は以前に訪れたときよりも、祭具や仏画の増えた祭壇に向かい軽く一礼した。

女性社員がお茶を運んで来る前に会議室の扉が開く音がして、足音が入り乱れて近付いてきた。

「先生、これはどうもお待たせして申し訳ありません」

入ってきた森田が丁寧に腰を折ってお辞儀をした。

役員と管理職とおぼしき数人が、無言で頭を下げる。森田の妻と、森田と同年代の男が三人、それに娘婿の幸夫と四十代後半くらいの男が二人だ。それぞれが神妙な顔で挨拶したが、心の内では社長の行動についてどのような思いを抱いているのか、大方の想像はつく。

正彦は携えてきた箱から、バター灯明を取り出した。今朝ほど矢口が用意したもので、二十個ほど入っていた。その一個に火を付け、須弥壇に置く。

奇異な感じを抱かれるのを警戒し、五体投地は行なわず普通の坊主《ぼうず》のように、ややもったいをつけて用意された椅子《いす》に座る。

「オーム、スヴァバーヴァ、シュッダ、サルヴァ、ダルマーハ……」

鉦《かね》を鳴らしながら、真言を唱える。

それから森田に向かい、バター灯明を差し出した。それを供え、森田は以前に行った略式五体投地を行い、「ラマと三法に礼拝いたします。一切の事物は清浄なるゆえ、私の本質もまた清浄です」と唱える。

森田は次に隣にいた年配の男にバター灯明を手渡し、その背を押した。その男は困惑したように上目遣いで、正彦を見た。

正彦はバター灯明に火を移してやりながら、荘重な口調で言った。

「そのままでどうぞ。お家《うち》の仏壇に手を合わせるのとまったく同じでいいのです。信仰は形式ではなく、心ですから」

娘婿の幸夫を含めて六名は、焼香のときと同じような神妙な顔で手を合わせた。年配の男の一人と四十代の男二人が、社長同様に「ラマと三宝に礼拝いたします」と唱えた。

言い慣れた風だった。普段から森田は彼らに礼拝を勧めているのだろう。彼らなりの、社と社長への忠誠心の示し方なのかもしれない。

一通り終わったところで、正彦は穏やかだが厳《おごそ》かな口調で、ラマとは仏の道に導いてくれる師であること、三宝とは、仏、法、僧の三つを指すこと、そして仏の教えを日常生活に実践することが大切だといったことを話し、日常生活とは、会社の仕事も入る、と付け加えた。

一同が再び会議室に戻ると、机の上に料理が用意してあった。朱塗の重箱に入れられた弁当はここで作られたもので、外見は料亭の仕出し弁当とほとんど変わらない。

森田があらためて役員たちに正彦と聖泉真法会を紹介し、自分は、正彦と出会うことで初めて人生の師と呼べる人物をみつけることができた。心の豊かさを知り、一私企業であるモリミツの長期展望が開けた、というような話をした。

正彦は穏やかに一礼しただけだった。昼食会は、比較的和やかに始まり、役員たちは弁当の味付けや素材などについて、ちょっとした感想や意見を述べる。

「もしや精進でないと失礼ではないかと思ったのですが、お坊さまではないとうかがっておりましたので」

隣に座った年配の男が尋ねた。

「そうしたことは、どうかお気になさらず」

正彦は答えた。

「食べ物については感謝していただきます。肉にしても野菜にしても、生きているものの生命をいただいていることに変わりはありません。生臭《なまぐさ》はいけない、牛がいけない、豚がいけないなどと言っていられるのは、食べ物が豊富にある土地に生まれた恵まれた人たちだからなのですよ。北方に行けば、野菜など夏場しかない贅沢品《ぜいたくひん》ですし、チベットの奥地では麦さえ貴重です。僧侶《そうりょ》といえども厳しい気候に耐えるヤクを殺して食べるしかない地域もありましてね。食物に限らず、どんな宗教でも戒律があるのはしかたありませんが、杓子《しゃくし》定規に解釈して本質を忘れるのはいけません。肝心なのは、感謝の心です。私どものために命を提供してくれたものに感謝し、必要以上の殺生《せっしょう》はしないことが大切なのではないでしょうか。必要以上に食べたり、残りものを出して捨てるということを謹むことの方が、やれ牛を食べるのはいけない、豚がいけない、生臭物はいけない、などというより、よほど大切なことですよ」

正彦は胸の前で手を合わせた。

「まったくその通りで」と年配の男とその回りの役員たちがうなずいた。

「それにしても、この狂牛病騒ぎというのは、嘆かわしいばかりで」と別の役員が言った。

正彦は、松風《まつかぜ》にささみの焼き物、といった具合に、この弁当に鳥肉が多く使われていることに気付き、これは狂牛病の影響なのか、と尋ねた。

隣にいた年配の男が、モリミツはもともと県内の養鶏場と提携しており、和食の高級食材として、平飼いの地鶏《ぢどり》を扱ってきた、と説明した。

それを引継ぎ、森田が、今、都内の地鶏料理のチェーン店に、料理を卸す計画がある、と語った。焼肉屋が次々廃業している今、健康志向も手伝い、そうした店がさらに増える可能性があると言う。

役員や社員たちの慇懃《いんぎん》な態度の背後にはっきり見えた不信感は、昼食を食べながらの懇談の間に、次第に薄れていくように見えた。

やがて弁当が下げられ、お茶が出されると、森田が尋ねるともなく正彦に言った。

「それにしても、あの同時多発テロ以来、相変わらず物騒ですね。おかげですっかり景気が冷え込んだままでして。なんであんな風に、イスラムとキリスト教というのは、なんだ対立するんだか、私どもにはわかりませんね。砂漠の民の一神教っていうのは、なんだか偏狭《へんきょう》なところがあるような気がしてしかたありません。平和な世界を実現するに当たって、多元的に命の価値を認め合えるような考え方が広まる必要を感じますよ」

役員たちにそれとなく布教させようとしている森田の意図は理解できる。しかしこの場でそんな抽象論を持ち出して、自分のところの宗教を宣伝したりすれば、食事の間にせっかく緩んだ彼らの警戒心を再び喚起することになる。

「イスラムっていうのは、本来、砂漠の民の宗教ではないんです。アラビア商人が広めた、当時としては合理的でなかなか近代的な教えだったのですよ。だからこそあちらこちらに広まったわけで。何やら偏狭で野蛮な印象を与えるのは、解釈し信仰する人間の側の問題でしてね」

物静かに正彦が言うと、役員たちは「ほう」と感心したようにうなずいた。

正彦は彼らの顔を見回して続ける。

「どの宗教がまちがっているとか、一神教がいいとか悪いとか言ってもしかたがないことです。世界の平和を観念的に語っても、あまり意味はありません。平和な世界を作ることも、生きとし生けるものを慈《いつく》しむということも、特別なことではないのです。私たちのいちばん身近なところから、和解し、関係を大切に育てていくことが大本《おおもと》なのではないでしょうか。親、兄弟、息子、娘、嫁、姑《しゅうとめ》、親類、それからお隣りさん、従業員さん、お客様。いちばん身近な人々を粗末にしては、平和も憐《あわ》れみもありません。親兄弟や妻子を捨てて出家しろ、などというのは、とんでもない間違いでしてね。そんな無責任なことを言い出すのは、邪教です。私が修行したチベット仏教の寺でも、必ず家族の許しを得て寺に入るというのが原則になっておりました」

私が修行したチベット仏教の寺、というのは、まったくの嘘《うそ》だったが、一同は大きくうなずいた。特に森田は目を閉じ、じっと聞き入っていた。

昼食が終わると、正彦は再び森田から封筒を渡された。

中野新橋の集会所に戻ってから、渡された封筒を開いてみると、二十万円入っていた。

「けっこう、いい商売だね」と、覗《のぞ》き込んだ矢口がうなずいた。

格別の反対が出た様子もないまま、モリミツは創立記念日を迎え、正彦は集会所の留守番を広江に頼み、矢口と二人で出かけた。

式典の会場は、商工会議所の大ホールだ。晴れの場でもあり、衣装に迷ったが、教団の儀礼でもないので、あまり宗教色の濃いものは避け、いつもの白い立衿《たちえり》シャツに薄手のウールのズボンにした。スーツ姿の社員の間では、これでも十分に目立つ。

矢口の方も立衿シャツにゆったりしたズボンだが、こちらは正彦の着ているもののように衿や前立てに刺繍《ししゅう》はない。二人揃《そろ》って、ネクタイを締めない文化人系の服装だった。

午前十時に会場に入ると、パートタイマーを含めた従業員とその家族とおぼしき人々が、四百人以上集められている。

会場正面の金屏風《びょうぶ》の前では、胸に菊の造花をつけた社員六人が、役員とともに、やや緊張した顔で座っていた。

まずは役員や社長の挨拶《あいさつ》があり、従業員の表彰が続く。正彦の説法は、式典の終わり近くに行うことになっていた。見渡したところ、社内の人間だけではない。取引先企業や金融機関などからの来賓もいる。

部外者のいる場に、自分が信奉する宗教団体の教祖を出すことについて、森田は躊躇しなかったのだろうか、役員や家族は止めなかったのだろうか、と思うほどに身の縮む思いがする。

パイプ椅子《いす》に座った従業員や来賓たちの前に出た正彦は、儀礼的な挨拶を述べた後、その場の人々に少しの間、目を閉じるようにと言う。

静まり返った会場に、矢口が用意した短い音楽が流れる。ニューエイジ系の作曲家によるシンセサイザーの曲で、神秘的な音色で奏《かな》でられるメロディラインは美しく、それなりに心地よい。

二分ほど音楽を流した後、「どうぞ目をお開けください」と正彦は呼び掛け、説法を始める。

「私ども聖泉真法会《せいせんしんぽうかい》では、命、とは何だろうか、ということから考えます」と前置きをした。そして食物を作るというのは、すなわち命から命へという生命の大循環にかかわるもっとも意義ある仕事なのだ、と続ける。

その先は生命への感謝の気持ちと、身近な人から始まり、同僚や客など、回りの人々、そして生きとし生ける物へと通じる慈しみの心が人間には何よりも大切だ、といった話に繋《つな》げる。さらに食べ物を作るというモリミツの仕事に従事することが、いかに意義あることかといったことを話し、十五年の節目を迎え、それぞれにすがすがしい気持ちで仕事に励んで欲しい、としめくくる。

当たり障《さわ》りのない、常識的な話で無難にまとめた。それでも四百人を越える人々から立ち上ってくるのは、不信感に満ちた空気だった。

おかしな宗教に凝り、外部の胡散《うさん》臭い男をこんな場に連れてきて話をさせる社長に対する言葉には出せない非難が、従業員の間にうずまいている。そして来賓たちの目元に浮かぶ冷笑。

あらかじめ信仰を持つ者の異教徒に対する反発よりも、遥《はる》かにうそざむい反応だった。

やがて式典は終わり記念パーティーが始まった。社長の挨拶の後に乾杯となり、正彦たちは逃げるように会場を出る。しかしまだ恥ずかしい仕事は終わらない。

玄関の車寄せに停まっていた車で会社に戻る。応接室で昼食をふるまわれた後、一時間ほどして社長が戻ってきた。

その後ろに役員とさきほど表彰された社員たちが、一見殊勝げではありながら、明らかに迷惑そうな表情で立っている。

希望した社員に対して入信式を行うという話だったが、そこに居並ぶ人々の眉《まゆ》を寄せた冷ややかな表情は、どう見ても入信を希望しているようには見えない。

あらかじめ打ち合せした通り、矢口が彼らの手に聖水を振りかける。

正彦は真言を唱え、つぎに「ラマと三宝に礼拝いたします。一切の事物は清浄なるゆえ、私の本質もまた清浄です」と続ける。

「どうぞ、皆様、ご唱和ください」という矢口の指示に従い、従業員が同じ言葉を、一区切りずつ唱える。

それが終わると矢口は従業員の一人の名前を呼び、須弥壇《しゅみだん》の正面に立たせる。正彦が白絹を授ける。従業員と役員、合わせて十四名が、ここで否応《いやおう》なく白絹を与えられ、入信させられてしまった。とはいえ従業員は、こんなものは社長の趣味とばかりに半ば諦《あきら》め、半ば割り切っているようでもある。渡された白絹を無造作に畳み、会葬御礼のハンカチのように紙袋に突っ込む。

その後、正彦は森田からの会食の誘いを固辞し、矢口と中野新橋に戻った。

夕刻間近の集会所には、真実《まみ》やサヤカたちがいて、正彦と矢口の顔を見ると、「お帰りなさい」と挨拶する。

「やあ」と矢口は彼らに快活に手を振りながら、逃げるように奥の事務所に入った。タオルと桶《おけ》を手にすると、正彦に向かいささやいた。

「僕、ちょっと、風呂《ふろ》、行ってくるわ」

「なんでこんな早く?」と尋ねると、矢口は哀《かな》しげな微笑を浮かべた。

「疲れちゃって。だれとも話したくないんだ」

正彦は無言でうなずいた。

不慣れな企業の式典で緊張したわけではない。いよいよ金儲《かねもう》けに繋がりそうな話が転がり込んできたが、一般人の不信感に満ちた視線にさらされながら、嘘にまみれた本来の虚業に本格的に着手する覚悟が、矢口の中ではまだできていない。

「なんなら温泉でも行って一晩、のんびりしてくるか？　その間くらい、俺一人でなんとかするから」

ねぎらうように、そっと声をかける。矢口は肩をすくめた。

「気持ちだけ、受け取っておきますよ」と答えて出ていく。

雨が一週間近く降り続いた後、ようやく関東地方の梅雨入り宣言がなされた。森田から弾んだ声で電話がかかってきたのは、その朝のことだ。

「先生、テレビ、ご覧になりましたか？」

開口一番に尋ねてきた。

「いえ」と答えると、森田は早口で言った。

「金久《かねく》が、食中毒、出しましたよ。サルモネラです」

金久というのは、首都圏一帯のデパートや料理屋に惣菜《そうざい》を卸している中堅メーカーで、埼玉県内にも数ヵ所の工場がある。

「松風《まつかぜ》がクロでした」

この前の会食にも出された和風ミートローフのような惣菜のことだ。

「全国放送でニュースが流れてましたし、営業停止処分は確実です。朝一番で京料理の『錦《にしき》』の仕入れ担当が打診してきました。これというのも、信心のおかげです」

「はあ……」

驚くほどいいタイミングで、中毒事故が起きてくれたものだ。しかし森田と一緒になって他人の不幸を喜んでいては、宗教者らしい威厳がそこなわれる。

「こんな気候ですし、どこの工場で食中毒が発生しても不思議はない。おそらくモリミツさんでは従業員が、皆、誠実な態度で仕事にのぞんでいるので、仏様も守ってくださるのでしょう。しかし今、病院のベッドでは中毒した患者さんが、たいへん苦しんでおられるということを忘れてはいけない。そうした人々の快復をお祈りするのが第一です。それから金久さんは確かに中毒を出してしまった。不注意だったかもしれない。しかし経営者の方はそのことで苦境に立たされているでしょう。従業員も、世間に向けて肩身の狭い思いをしておられるでしょう。同業者として、金久さんの再起を祈り、手を差し伸べてさしあげることです」

正彦はそう答えて、受話器を置いた。

「どうしたの？」

矢口が尋ねた。

正彦は、森田から聞いたことを手短に話した。

「それは呪殺《じゅさつ》の法ですね」

近くにいた竹内由宇太《ゆうた》が得意気に口を挟んだ。

「なんだそれ？」と矢口が尋ねると、由宇太は「オン・ソンバ・ニソンバ……」と真言を唱え始めた。

「ライバルを倒す秘法です。だれかが祈禱《きとう》したんですよ。法力《ほうりき》のある人がいますよ。その会社」

「そんなことは考えたこともないな。聖泉真法会では、オカルトはやっていない」

正彦が毅然《きぜん》とした口調で答えると、由宇太は険しい視線を投げ掛けてきて押し黙った。

それから二時間後に、森田から再び電話がかかってきた。

朝、打診のあった京料理チェーン「錦」から発注があったという。都内と埼玉、神奈川にある十二店舗分の料理の一部だという。

コース料理で一人前、最低でも六、七千円も取る「錦」が、一部であれそうした惣菜屋の製品を使っていたということに、正彦は少し驚きながら「よかったですね」と答える。

翌日、入院していた患者の一人が死んだ。それから数日のうちに、金久のずさんな衛生管理体制が次々にマスコミで暴露され始めた。テレビでは、連日、サルモネラ菌で汚染された鶏肉《とりにく》惣菜を製造した工場の工場長が、被害者やマスコミ関係者に向かい頭を下げる姿が映し出される。

それに続きいくつものメーカーが、許可されていない食品添加物を使っていた、保存状態に問題があり食品中の成分が変化していた、といった事実が判明し新聞、雑誌、テレビで叩《たた》かれ始めた。大企業まで含めて業界全体が信用を失いつつある中で、モリミツは無事だった。保健所の抜き打ち検査にも、消費者団体のテストにも引っかからず、内部告発者も出していない。

良心的な食品加工メーカーの一つとして、ある雑誌にリストアップされたのをきっかけに、株式会社モリミツの知名度は急上昇していく。

感謝の祈りを捧《ささ》げたいので、恐縮だがお越しいただけないかと森田から連絡があったのは、金久の中毒事件から三週間が経《た》とうとしている頃だった。

その日は、幸夫《ゆきお》の運転するベンツが使えないとのことで、タクシーで来て欲しいというのを正彦は断り、埼京線《さいきょうせん》で出かけた。

たまたま乗り継ぎがうまくいったために、約束の時間よりも早く着き、社長室のソファで待っていると、森田が駆け込んできた。満面に笑みをたたえて「このところ工場はフル操業です。不況で自宅待機してもらっていたおばさんたちにも、出てきてもらっています」と息を弾ませた。

「今、従業員を集めて、仏様の与えてくださった最良の機会に、心をこめた惣菜を作って、モリミツの名を高めてほしいと話したところです」

森田に続いて、スーツ姿の社員が四人ほど入ってきて、神妙な顔で並んだ。

モリミツの営業担当者だという。彼らの手に用意した聖水を振りかけ、正彦はいつもながらの入信儀礼を、普段よりも短い時間で執り行った後に、須弥壇に向かい、株式会社モリミツの発展を願う祈りを捧げた。

金久の取引先であった高級和食レストランチェーンは、料理の仕入れ先をすでにモリミツに移している。金久にブランド地鶏《ぢどり》を卸していた業者も取引先をモリミツに替えた。金久がほぼ独占していた東京、埼玉の市場のかなりの部分が、モリミツに移ってきた。

生産ラインに従事する人々の几帳面《きちょうめん》で誠実な仕事ぶりと、品質管理担当者による入念なチェックが信用を築き上げ、チャンスを得て、小さな会社を飛躍させたのだが、社の内外の人間にとっては、このことは何か奇跡じみたものに映ったようでもあった。

そして少し前から、社に新興宗教の教祖が訪れるようになり、役員を始め、社員の多くが入信するのを目《ま》の当たりにしていた者は、半信半疑ながら、そうした幸運を「御利《ごり》益《やく》」と捉《とら》え始めた。

まもなくして、不祥事の報道の間、責任はすべて現場の工場長にあるとして、それまで一切、表に出てこなかった金久の社長が初めてテレビカメラの前に現れた。

廃業宣言だった。

不機嫌な表情で社長が事の次第を告げる。次にカメラは突然の廃業によって解雇され、途方にくれる従業員の姿を映し出した。

「廃業なんて、社長は、自分が一番楽な方法を取ったんですよ。それじゃこの会社を信じて二十年も働いてきた我々はどうなるんですか」と中年の社員が怒りをぶつける。

「突然、こんなことになって、日数が二日足りなくて、失業保険も下りないし」とパートタイマーの女性が途方にくれる。

翌日も、正彦は森田に呼ばれた。社長室に通され、森田からモリミツが埼玉県内にある金久の工場の一つを設備ごとすでに買収していることを知らされた。

金久が最初の不渡りを出し、再建が危ぶまれ始めたときに、森田は素早く動き、決断したのだった。

現在、施設の点検作業を急ピッチで進めており、まもなく本格操業を始めるという。

「結局、金久さんは廃業という結果になりましたけどね」と森田は前置きして続けた。

「先生に金久で中毒を出した、と電話をしたとき、私は確かに喜んでいた。そのときには、私は自分の会社のことしか考えていなかった。患者さんは病院で苦しんでおられる。そして向こうの経営者は苦境に立たされ、従業員も肩身の狭い思いをしている、先生にそう言われてつくづく恥ずかしくなりました。同業者としてあちらの再起を祈り、手を差し伸べてあげるように、という先生の言葉をしっかりと受け止めました。そしてそれならうちで何ができるだろうか、と考えたら、それはもう一つしかない。あちらの社長さんや従業員の方々を少しでも助けたいという気持ちでいっぱいでした」

買収した工場の場所はモリミツ本社工場からそう離れてはいない。しかも高速のインターに近い。土地だけでも三百坪近いうえに、建物や設備も比較的新しいという。

「どのくらいで買収されたのですか」

声をひそめ尋ねた後に、教祖にふさわしくない質問だったと後悔した。

社長は指を一本立てた。それから掌《てのひら》を広げてみせる。

「一億五千五百万」

息を呑《の》んだ。

規模や設備からして、二束三文ともいえる価格だ。

手を差し伸べるどころではない。相手の苦境につけ込み徹底して買いたたいたとしか思えない。週刊誌で読んだところによれば、神奈川や千葉などにある金久の別の工場は、廃業後、金融機関が仲介して売却が進められることになっているらしいが、それの方がまだ高い価格が提示されたはずだ。

七月半ばに入ると、モリミツには出荷が間に合わないほどの注文が殺到した。

汚染されていたのが、鶏肉そのものではなく、「松風」という製品であったことは、モリミツも含めて鶏肉加工食品業界や養鶏業者にとっては幸運だった。「松風」という鶏肉加工食品と金久というブランドは、決定的なダメージを被《こうむ》ったが、それが鶏肉全体に波及し、売り上げを落とすことはなかった。

モリミツの業績が伸びるのと連動するように、聖泉真法会に落ちる金も増えた。社長の個人財産による浄財はもちろん、機会があるたびにたくさんのバター灯明が灯《とも》され、社員の入信者も増えていく。

「御利益」の噂《うわさ》を聞きつけ、いったん去っていった年配の女性信者たちも戻ってきた。一方、六月半ばに、モリミツの工場がフル稼働《かどう》し始めた頃から、板倉木綿子や真実を始めとした、これといって働き口のなかった女たちが、交代でそちらの工場で働くようになっていた。それにならうように、学校からも企業からも閉め出されて行き場を失っていた若者たちも、モリミツに通い始めた。

賃金は夜の十時から朝の六時までの深夜時間帯でさえ、時給八百円、と決して高くはない。急に人手が必要になったものの、パートタイマーが思うように集まらなかったというモリミツ側の事情もある。しかし自分の手で金を稼ぐことで、彼らも何か現実世界に関わる手がかりを得て、心なしか生き生きとしているように見える。

広江はサヤカや絵里たちも風俗から足を洗わせ、そちらの工場に行かせたらどうかと進言してきたが、それは正彦がはねつけた。

職業に貴賤《きせん》なし、という正論を説いたが本音ではない。人にはそれぞれの器があり、それぞれの生きる場所がある。広江が口を極めてののしる風俗の仕事に、真実や木綿子がついたところで勤まらないだろう。彼女たちだけではなく、ほとんどの女は脱落していく。実績を上げられるのは、ごく一部のエリートだけであり、そうした意味でサヤカも絵里も、その世界のエリートだ。

傲慢《ごうまん》で一人よがりな倫理観から、サヤカたちを工場に連れていき、白い長靴を履かせて惣菜を作らせたところで、そうした仕事に彼女たちが耐えられるはずはない。それどころか、たちまちのうちに、トラブルを起こし、聖泉真法会の信者全体の信用を失墜させるに違いない。

荒れ地に根を張り、過酷な陽射《ひざ》しの下で鮮やかな花を咲かせる植物を、花壇に移して毎日、水と肥料をやっても腐らせてしまう。正彦はそんなたとえ話をした。

午後になると集会所にやってきて、深夜まで無為な時を過ごしていた若者たちが、多少なりとも働く場を得て工場に足を運び始めると、正彦たちも中野新橋と戸田を行き来する機会が増えてきた。

地下鉄と電車を乗り継ぐのも面倒であるし、物を運ぶときには不便なので、車を買った。ただしベンツではない。五十万足らずの中古の軽自動車だ。

それと同時に、正彦と矢口もようやく生活の場を確保した。

正彦は、集会所に程近いマンションの一室を駐車場付きで借り、矢口はそれまで社宅として使われていた小ぎれいなアパートの一室に入った。

宗教を立ち上げてから一年と十一ヵ月が経ち、ようやく正彦たちは男二人の同棲《どうせい》生活を解消し、風呂《ふろ》とトイレが付き、家財道具の揃《そろ》った人並みの生活を手に入れた。

竹内由宇太が、深夜や早朝に、集会所の鍵《かぎ》を借りるために正彦の家を頻繁に訪れるようになったのは、その直後からだ。

だれもいない集会所で、一人、祭壇前に座り、何かを祈り瞑想《めいそう》する。

初めて聖泉真法会を訪れた冬に一年生だった由宇太もすでに三年生になっている。

その日、深夜の十一時過ぎにやってきた由宇太に向かい、正彦は尋ねた。

「卒業後はどうするんだ」

教祖が口にするにふさわしくない言葉ではある。

「出席日数は足りているのか？」

由宇太は固く唇を引き結んだ。

「高校くらい最低、卒業しておけ。とにかく登校だけはしろ」

「それに何の意味があるんですか」

視線をそらせたまま、由宇太はぼそりと言った。蔑《さげす》みとも失望とも受け取れる、平坦《へいたん》な口調だ。

それに何の意味がある、という言葉は、そのまま、今、正彦がしようとしていることに向けられている。自分の興《おこ》した教団に熱心に通ってくる少年に向かい、「こんなところに来ないで、学校に行け、少しは勉強しろ」と説教する教祖がどこにいるだろう。しかし正彦の良心は、由宇太の将来を奪うことを恐れている。

正彦は両手で由宇太の肩を摑《つか》むと、自分の正面に向けた。

「いいか、他の者には言わないことを俺はおまえには言ってきた。口当たりのいい戯言《たわごと》を言う大人はいくらでもいる。抽象論でごまかす奴《やつ》もいる。はっきり言おう。俺には人生の真実などわからないが、社会の現実はわかっている。地道な努力をしないで神頼み、ましてやオカルトに逃げればろくなことにはならない。今からでも遅くない。あと半年、死んだ気になって受験勉強しろ。無責任な大人は学歴社会を否定するが、未《いま》だに日本は厳然とした学歴社会だ。少なくとも普通の人間にとっては。世の中には、中学校もまともに出ないで何億も稼ぐガキがいる。不登校の挙げ句に小説を書いて有名になる奴もいる。嫌なことは何もしないで、嫌いな奴とはつき合わずに、クリエイティブな職業について、マスコミにチヤホヤされてる連中がいることは確かだ。しかし特殊な例だ。はっきり言って、いいうちの坊ちゃん、嬢ちゃんだよ。親に、金があるか教育があるか人脈があるか、そのどれかだ。たいていは全部ある。つまり学校にいく以上の教育環境が家庭で整ってるってことなんだ。普通の家の息子がそいつらの真似《まね》をしてみろ、フリーターになれればまだいい。ただの穀潰《ごくつぶ》しだ。ニートじゃない。由緒《ゆいしょ》正しい日本語では、穀潰しと言う。そのまま三十、四十になってみろ。いい歳《とし》をした男が仕事も金もない。その惨《みじ》めさは、味わった者でなければわからない。俺も……」

正彦はそこまで言って胸が詰まった。目覚めと同時に自殺を考えた日々を思い出した。振り返って眺めた都庁のツインタワー、それがゆっくり崩れ落ちる幻を見た。世界の崩壊に思いをはせたときだけ、不思議に安らいだ気持ちになった……。

「とにかくあと半年だ。それで卒業だ。それでおまえを取り巻く環境は変わる。しかるべき大学に入って、しかるべき職業につけ。この先、日本の階層化は確実に進む。それがいいの悪いの、言っている場合じゃない。ここで道を踏み外せば、一生、浮き上がれない。敗者復活を許さない時代が来ているんだ。こんなところでオカルトに逃げて、ぶらぶらしていれば、卒業したところでろくでもない奴らとろくでもないつきあいが一生続く。たった半年だ。踏ん張れ。一人前の男になれ。瞑想はそのためのものだ」

由宇太は無言のまま、正彦をみつめている。蔑みと失望の表情は消え、ぽかんと口を開け、放心したように突っ立っている。

その手に正彦は、鍵を渡した。

「終わったら、ちゃんと返しに来いよ」

そう言って送り出す。後ろ姿を見届けてから矢口に電話して、様子を見に行ってくれるように頼んだ。一時間ほどした頃、矢口は、電話をかけてきた。

由宇太は祭壇《さいだん》の前で、結跏趺坐《けっかふざ》し、何か熱心に経を唱えていたという。その様は若い修行僧そのもので、似非《えせ》宗教を興《おこ》して金儲《かねもう》けを企《たくら》んでいる自分が恥ずかしくなった、と言う。

「彼はひょっとすると本物かもしれません」

そう遠慮がちに付け加えた。何の本物だ、と突っ込みたいのをこらえ、正彦は「まあな」とあいまいに答えた。正彦の説教が効いたのかどうか知らないが、その日は、鍵を矢口に返して二、三十分で帰っていったらしい。

数日後、今度は正彦自身が早朝に、集会所に行ってみた。

午前五時を回ったばかりだったが、空はすでに明るい。

灯明を灯した室内で、由宇太は空中に文字を書くように片手を振り回し、熱心に真言を唱えている。発声は僧侶《そうりょ》のそれではない。ぶつぶつとつぶやくような声だ。真言の後に、何か経を唱え始める。何の経なのか、正彦にはわからない。意味もわからぬ経文を丸暗記できてしまうその若い頭脳が羨《うらや》ましい。おそらくちまたに出回っているビデオのたぐいで、習い覚えたのだろう。

いっそ真言宗にでも入れば良さそうなものだが、大組織を構成する信徒の素朴な信心と彼のめざすところとは正反対のベクトルを指しているのだろう。「自己を越えたい」という、オカルト少年の願望を掬《すく》い上げていく魅力は、おそらく既成の仏教にはない。

由宇太の声色が甲高くなった。はっとして正彦はその後ろ姿を凝視する。背筋が痙攣《けいれん》しているように見えた。腰の辺りの背景が不鮮明になって揺れた。空気の粒子が揺らいでいる。水蒸気のようなものが立ち上っていく。

その瞬間、祭壇のバター灯明の火が、風に煽《あお》られたかのように一斉に倒れた。

何か実体のないものが、正彦の顔に向かってじわりと押し寄せてきた。濡《ぬ》れたような熱気が肌に貼《は》りついてくる。

ばかなとつぶやき、無意識に顔を拭《ぬぐ》った。

由宇太の体から熱が放出されている。

いつの間にか法力を身につけてしまったのか。

そんなはずはない。これは似非宗教であり、似非神仏だ。奇跡など起こるはずはない。鎮座してる仏は、詐欺《さぎ》の片棒を担《かつ》いだ男が作ったはりぼてであり、仏の涙は、似非教祖が弾《はじ》き飛ばした薄汚れた水だ。

正彦は膝《ひざ》をついたまま由宇太ににじり寄り、床に触れる。熱い。確かに床はストーブであぶられたように熱くなっている。

修行によって本当に法力は得られるものなのか。

板のように伸ばされた由宇太の背を正彦は呆然《ぼうぜん》として眺める。

違う、とつぶやいた。これは法力などではない。奇跡も超能力も、そして信仰さえ、実のところ、神仏の存在などとは何の関係もない。神仏があるという設定のもとに思考し行動する人間の精神の有り様が、見せる幻に過ぎない。

そのとき勢い良くドアが開いた。晩夏の太陽に温められた早朝の外気が吹き込んできて、由宇太の体の回りから立ち上った熱気を払う。

「おはようございます」というのんきな声が、室内の人工的な闇《やみ》と灯明の明るみの醸《かも》し出す、妖《あや》しげな空気をどこかに追いやった。

「あらまあ、早いわね」

すばやくサンダルを脱いだ山本広江が、無遠慮に由宇太の隣に座って手を合わせる。

由宇太は弾かれたように立ち上がり、広江を一瞥《いちべつ》すると小さく口を尖《とが》らせ、無言のまま傍らのカバンを手にして靴をはく。

広江は隅に置いてある掃除機を取り上げながら、その後ろ姿に声をかける。

「一日の始まりは、まず挨拶《あいさつ》からよ。拝んでいれば、いい信徒になれるってことではないのよ」

由宇太は無視して出ていく。

広江は、閉まった扉から、正彦に視線を移した。

「何のためにここに来ているのかわからない子が多いわね」

正彦はそれには答えず、床を指差した。

「そこの辺り、熱くなっていませんか」

広江は肩をすくめた。

「なっているけど、床を暖めることなら、ホットカーペットだってできますよ」

返す言葉はない。つまり奇跡か法力か超能力かわからないが、せいぜいそんな程度のものなのだ。

その夜、矢口を先に帰した正彦が鍵をかけて集会所を出ようとしたとき、由宇太から電話がかかってきた。

これからそちらに行きたい。十分ほどで着くので鍵を開けたままにしておいてほしいと言う。

不用心だからマンションまで取りに来い、と正彦が言うと、すぐに行くから大丈夫だと答える。それなら待っていると言えば、もしかすると遅れるかもしれない、と前言を翻《ひるがえ》す。

顔を合わせたくないらしい。

「それじゃ帰るが、鍵はカウンターの中に入れておく。帰るときは施錠《せじょう》して、鍵を私の住まいに届けるように」と正彦は言い渡した。

その場で由宇太を待った。電話での切羽詰まったかたくなな口調に、不安を覚えたのだ。

二十分後にドアが開いた。由宇太は正彦の顔を見て、小さく声を上げた。

正彦の方も息を呑《の》んだ。

「何したんだ、おまえ……」

唇がさけ、血がしたたっている。シャツはスニーカーの足跡とおぼしき泥やバイクの油のようなもので汚れている。二の腕や手の甲には、痣《あざ》や火傷《やけど》の痕《あと》が無数にある。

「喧嘩《けんか》……のわけはないな」

うめくように、正彦は言った。

由宇太は、睨《にら》みつけるように正彦を見上げると、無言で祭壇の前で蓮華坐《れんげざ》を組む。奇声を発し、右手で空間に文字を書く。悲鳴を溶かし込んだような甲高く尖った怒りの声で真言を唱える。

「由宇太」

正彦は呼び掛けた。聞こえないように少年は怒気を帯びた声で、真言を唱え続ける。

「やられたのか、由宇太。同級生か」

痩《や》せた背が、強《こわ》ばった。

広江の言うとおり、由宇太の法力はたかだかホットカーペット程度だ。そんなものは集団による物理的な暴力の前では、何の効力も持たない。

「ナウマク・サマンダ・バザラダン」

由宇太は声を張り上げる。

「血花に咲かすぞ、みじんとやぶれや、そわか、もえ行け、たえ行け、枯れ行け……」

呪詛《じゅそ》の言葉だ。

「由宇太」

正彦は叫んだ。

「由宇太、よせ」

その肩を摑んだ。由宇太は悲鳴を上げた。汚れたシャツの下から大きく内出血の広がった皮膚が見えた。

「オカルトに逃げてる場合じゃない、由宇太。対策を考えよう」

「真血を吐け、血を吐け、地獄へ落ちろ、あびらうんけん……」

呪詛の言葉を吐き終えると、由宇太は放心したようにがくりと肩を落とした。

「気が済んだか、由宇太。とにかく事情を話せ。現実的な手段を取るんだ。ただのいじめじゃない。このままじゃ殺されるぞ」

由宇太は青ざめた顔で石のように黙りこくった。正彦と視線を合わせない。そのままふらりと立ち上がり、背を向ける。

「わかった」

低い声で正彦は言った。

「今日はとにかく帰れ。それで明日、必ず、ここに寄るんだ」

無視するようにドアを開いた由宇太は、ふと振り返って祭壇の方を見た。不満げに口を尖らせ、眉《まゆ》をひそめた。その視線の先を追って、正彦は納得した。

蓮華の造花や香炉、さらには金剛界曼陀羅《まんだら》。このところモリミツから奉納された仏具、法具の類《たぐい》が、ここの祭壇をいかにも仏殿にふさわしい様相に変えつつあるが、由宇太はそこに本能的に何か堕落の匂《にお》いを嗅《か》ぎ取ったようだ。

街灯に照らされて遠ざかっていく背は強ばったまま不自然に揺れている。強ばった後ろ姿は、どんな導きの言葉もはねつけるような孤立感を漂わせていた。

正彦は大人としての良心が届かぬもどかしさを感じながら無言で見送った。ひょっとすると彼は二度とやってこないかもしれない、という気がした。

翌朝、布団《ふとん》の中でまどろんでいるとチャイムの音に起こされた。寝惚《ねぼ》け眼をこすりながら出て行くと、由宇太がいる。

「来たのか」と驚きとも安心ともつかない思いで鍵《かぎ》を渡しながら、「俺もすぐに行く」と寝室に戻る。身仕度を整え、洗面を済ませて外に出たときには、もう彼の姿はなかった。

時計を見ると八時を回っている。エレベーターから降りたとたん、早朝だというのに消防車のサイレンの音が聞こえてきた。朝火事かと思っていると、その音は急に大きくなり、不意に止《や》んだ。

近い。外に出て通りを見る。しかし近くに消防車は見当たらない。煙も炎も、焦《こ》げ臭い匂いもない。

胸騒ぎがした。慌《あわ》てて走り出て角を曲がる。赤い車体があった。その回りに人垣ができている。

聖泉真法会の前だ。

消防署員に向かい、広江と矢口が平身低頭して、何か大声で謝っている。

「ちょっと、どうしたんだ?」

正彦は人垣を掻《か》き分け、矢口に近付く。

「あぶなく火事を出すところだったんですよ」

広江が甲高い声を出した。

「消し止めました。大丈夫です」

矢口が振り返り、何か言いかけた広江の言葉をさえぎり、再び消防署員に謝り始める。

ドアを開け、中に入る。焦げ臭いにおいが充満している。

祭壇や回りに垂らした幕が焼け、消火器の白い泡が一面に飛び散っている。

その白い泡の中央で、由宇太が蒼白《そうはく》の顔で立っていた。半袖《はんそで》Tシャツからのぞく痣は、一晩経《た》って、いっそう濃い紫色に変わっている。

正彦の顔を見ても、由宇太の表情は変わらない。半眼にしたまま、驚きも戸惑いも何もない、平静そのものといっていい顔つきだ。ただ顔色だけは、異常に白かった。

「おまえ……ついにやったのか」

正彦は胸苦しさが襲ってくるのを感じた。この歳《とし》になるまで信じたこともない、子供の戯言《ざれごと》だと思っていた超能力、くだらないオカルト小説の題材に過ぎないとみなしていたファイアスターターは、実在する。いじめられ少年は、修行することによって床暖房どころか火災を起こすほどの法力を身につけてしまった。

神仏は関係ない。本尊の持金剛などどうせ自分が作り出した偽物《にせもの》だ。しかし人間の方が、何かを信じたときに、理屈では説明できない力を発揮してしまう。

消防車が去っていく。人垣もなくなった。

ひどく昂奮《こうふん》した様子で広江が入ってくる。

「自分で何をしたのか、桐生先生にちゃんと話したの？」

由宇太に向かい広江は、叱責《しっせき》する調子で尋ねた。

長い間、無言のまま正彦と向かい合っていた由宇太の表情が初めて動く。

「別に。霊力で消せるものを余計なことを」

口を尖らせ、由宇太はぼそりとつぶやいた。

「余計ですって」

広江は殴りかからんばかりに叫んだ。

「もう一度、言ってごらんなさい。あんた、危うく火事を出すところだったんだよ。ここが燃えたら、どうなるの？　マンションなんだからね、ここ一軒じゃすまないのよ」

矢口が広江を制しながら、由宇太に厳しい顔を向けた。

「過《あやま》ちはだれでも犯す。それについて君を責める気はないけど、自分の過ちを認めずに、消防署に電話して火事になるのを止めてくれた山本さんに、その言い方はないだろう」

由宇太は敵意に目をぎらつかせて、矢口を見上げる。

「待て」

正彦は慌てて、割って入る。由宇太を本気で怒らせると、たいへんなことになるかもしれない。

足元の床が爆発するように火を噴き、矢口の痩軀《そうく》が瞬時に炎に包まれる。そんな光景を正彦は想像した。

「とにかく……ちょっと待ってくれ。由宇太、落ち着け。だれもおまえを責めちゃいない。たぶん、わざとやったことじゃないだろうから。自然発火なんだな」

「自然発火ですって？」

広江が金切り声を上げた。

「そこの香炉で、紙なんか焼いたのよ。掃除してて焦げ臭いと思って振り返ったときは、もう幕が焼けちゃって。もう部屋一面、炎みたいに見えて、消防署に電話してる間に、矢口さんが消火器で消してくれて……」

「紙を焼いた？　意志の力で火を出したんじゃないのか……」

「何、わけのわからないことを言ってるんですか」

矢口があきれたように言う。

どうやら思い違いをしていたらしい。

「しかし香炉で紙を焼いたとは、何やったんだおまえ」

少し前の自分の怖気《おじけ》づきように自分で腹を立てながら、正彦は由宇太の顔を正面から見た。由宇太は黙っている。

「言えよ。何をやった？」

森田が寄付して寄こした大きめの香炉は、布が焼失してデコラ張りの面を露出させた焼け焦げたテーブルの上に、白く消火器の泡を浴びて乗っている。祭壇《さいだん》の中央に、台に乗せられて飾られていた持金剛は、表面の塗料が焦げ、水ぶくれのような無残な姿になっている。石膏《せっこう》部分が割れて、中のワイン瓶が露出しなかったことに、正彦は胸をなで下ろした。

そのとき香炉の向こうに転がっている物が目に入ってきた。黒く焼けた箒《ほうき》の先のようなものだ。目を凝らしぎょっとした。人形《ひとがた》だ。

「なんだ、これは？ おまえ、何やった」

芯《しん》の部分だけが残ったそれを由宇太の鼻面《はなづら》につきつける。

「人形《ひとがた》。呪殺術に使った……」

ぼそりと由宇太は言う。

「護摩《ごま》を焚《た》いて、燃やした」

呆《あき》れ果てて正彦は、由宇太に向かい、「そこに座れ」と命じた。泡だらけの床に、由宇太は腰を下ろした。

「護摩っていうのはな、呪《のろ》いの藁《わら》人形を焼くためのものじゃない。燃やすのは自分の煩《ぼん》悩《のう》だ。知恵の火で煩悩を焼くのが護摩だ」

「知ってます、そのくらい」

小さな声で由宇太は答える。

「知ってて火事を出すな」

由宇太がファイアスターターだというのは、正彦の突飛な想像だった。しかし由宇太が神秘的な力の存在を信じ、自分がそうした力を付けてきたと感じていることは確かだ。

「由宇太よ」

正彦は、呼び掛けた。

「おまえが、ここや別の場所で、どんな修行をしたかわからないし、だれにどれほどの恨みを抱いているのかもわからない。ただ、未熟な者ほど、修行の途中で何か神秘的な気分に捉《とら》えられることがあるということを覚えておいてほしい。オウムの連中の空中浮揚も、光を見たとかいう神秘体験も同じものだ。超能力が身についたと感じることもあるだろうが、それと、我が身の内に仏をみつけるということとは、何も関係がないんだ。本当の意味で習熟してない者は、ともすればそれで高いステージに上ったと勘違いする。聖泉真法会が目指しているのは、そんなものではないんだ。修行も瞑想《めいそう》もいい。ただ、その目的は、自分の中の仏をみつけること、つまり他者への慈《いつく》しみの心に目覚めるということなんだ」

教祖としての演技を正彦は忘れていた。ただ四十歳の大人の男として、未熟でひ弱な若者に対し、真摯《しんし》な思いで呼び掛けていた。

広江を始めとした年配の信者たちが、次々とこの場にやってくる。正彦たちの背後では、彼女たちが泡だらけの室内を驚いたように眺め、広江が声をひそめて一部始終を説明している。

立ち去りかけた由宇太を呼び止め、正彦は、過ちはだれにでもあること、今後も、ここに来て、自分の生活を顧みながら、真摯な気持ちで祈るように、と語りかける。由宇太は無表情のまま、黙りこくっている。

「おい、聞いてるのか?」

「聞いてます」

ぼそりと答えた。

「約束してくれ。何かあったら俺のところに逃げてこい。オカルトに逃げるな」

由宇太はうなずき、帰っていく。

「恐ろしいわね、今の子は」

泡を拭《ふ》き取りながら、年配の女の一人が言った。

「ここで人を呪い殺そうとしたんですって」

「呪いの藁人形みたいな」

そんなやりとりが聞こえる。

「そういうのに、凝っちゃうんですよ、あのくらいの年頃は。僕にも覚えがある」と矢口が床を拭きながら答える。「呪い殺すなんて実際にできるわけはないんだよ。でもいたずらも度が過ぎた。今回で懲《こ》りただろうね」

そのとき躊躇《ちゅうちょ》するようにドアが開き、ひどく怯《おび》えた皺《しわ》だらけの顔が覗《のぞ》いた。

「ちょっと、いいですかな」

白髪頭の老人と、中年の男が二人入ってきた。老人はここのマンションの管理組合の理事長だった。正彦は、三階の部屋に越してきた当時、一度だけ出席した集会で会ったことがある。

「信教の自由は、憲法で保障された権利だし、私たちは差別しようとは思っていない。それに見たところ、おたくたちは危険な集団とは思えない。だから我々、マンションの管理組合としては、ここから立退《たちの》いてもらいたいという要望を突き付ける気はなかった」

老人は、そこまで言って、小さく咳《せき》払いした。老人を守るように左右についた男が、無言で正彦を睨《にら》みつけている。

「しかしこのような事が起きると、我々としても考え直さなければならない」

「は……」

掌《てのひら》がぬるぬると汗ばんで来た。

考えてみれば、早朝から深夜まで得体の知れない人々がたむろし、祭壇を設けた施設が、住民達に危険視されない方がおかしい。何とか合法的に出て行ってもらう機会を、彼らは狙《ねら》っていたのだろう。

しかしここを追い出されたら……。

「申し訳ございません」

即座に頭を下げた。

「私の監督不行き届きで」

老人とその左右についた男が、びくりとした様子で後ずさった。

「いや、その、お宅もここをしかるべき金額を払って手に入れたことと思いますから、ここから出て行ってくれという権利は我々にはないんで……。わかってもらいたいのは、ここは集合住宅だということなんです。火災を起こしたら、お宅だけではない。ここの住民が巻き込まれる。特に、上層階の家は、恐《こわ》くて夜もおちおち眠れない。原則としてここは石油ストーブの使用は禁止だということは知っているでしょう。まあ、それでも使っている家はあるにはあるんですが。しかし灯明は、いくらなんでも危険ですよ。転がって油がこぼれれば、たちまち今日みたいなことになる。運よく消し止めたからいいようなものの、少し遅れたら大惨事だった」

「これは……」

バター灯明が出火原因ではない、などという言い訳は通用しない。それよりもっと悪い。狂信的な信者が、香炉で人形を燃やして、祭壇に火が燃え移った。そんなことが知れたら、理事長からの抗議ではすまない。すぐに立退き要求をかかげた住民運動に発展するだろう。

「まことに、申し訳ございません」

正彦は、腹から声を出し、いきなり土下座した。

くぐもった声を上げ、サラリーマンとおぼしき男の一人がとびすさった。

老人の足は、とっさの逃げ道を探すようにじりじりと後ろに下がる。

マンションの住民にせっつかれて、ここにやってきたのはいいが、得体の知れない教団本部に足を踏み入れるだけでも、相当に勇気のいることだっただろうに、教祖の土下座だ。対応次第で相手がどう豹変《ひょうへん》するのか、想像して震え上がっていることは間違いない。

「二度とこのような不祥事を起こさぬように、信者には重々言い聞かせます」

「あの」

老人の隣にいる男が、口ごもる。

「灯明に火を使わないでいただくということは」と、焦《こ》げた祭壇を指さした。「蠟燭《ろうそく》の形の電球もあることなので」

「はい。申し訳ありません」

矢口が一緒になって、頭を下げる。

老人と男二人の顔に安堵《あんど》の表情が浮かんだ。

結局、今後の注意を促す、という以外に何もせず、老人と男二人は出て行った。

ドアが閉まるのを見届けるように広江たち、年配の女性が正彦と矢口を取り囲んだ。

由宇太の姿はすでにない。

「どうしてあの子のことで、祖師様が、頭を下げなければいけないんです」

女の一人が涙声で訴えた。

「あなただって、自分の子供が余所《よそ》さまに迷惑をかけたときには、謝りに行くでしょう」

「祖師様の気持ちは、痛いほどわかります」

意外なほど冷静な口調で広江が言う。

「ただこの前の心中事件といい、今度のことといい、目に余りますよ。祖師様はともかく、私たちが甘やかし過ぎたのかもしれないわ」

「焦《あせ》りは禁物ですよ」と矢口が言った。

「山本さんや僕たちの育った時代と彼らが育った時代は違うんだよ。甘やかしだと言われるかもしれないけれど、思いの外生きづらい時代に彼らは敏感すぎる感性で苦しんでいるんだと思う。由宇太も学校や世間で、十分に傷ついてここに逃げてきているんだし」

「だからしっかりと導いて、ここの信者にふさわしい青年に育てていかなくちゃならないのよ。それができなくて他の人にまでよくない影響を与えるようなら、考えなくちゃいけないわ」

正彦はほっとため息をついた。

「金剛《こんごう》の宇宙は、釈尊の報身《ほうじん》であるところの持金剛《じこんごう》を中心に、たくさんの如来《にょらい》、菩薩《ぼさつ》、明王《みょうおう》や天部《てんぶ》といった神仏によって構成されています。中には手のつけられない乱暴者もいる。人の血肉を食う恐ろしい女神もいる。しかしどの神も排除はされない。長所もあれば短所もある、様々な仏が集まっているのが曼陀羅《まんだら》です。この社会だってそうです。乱暴者もいれば、あまりに煩悩の強すぎる者もいる。意志が弱く自分自身に負ける者もいる。聖泉真法会の教えは、唯一《ゆいいつ》の完璧《かんぺき》な者を残して、是か非かで人を選別するような偏狭《へんきょう》なものではありません。欠点のある者がそれぞれ仏と内面でつながっていればいいのです。それぞれの生活で仏の教えを生かしていけばいい。放り出すのでなく、受け入れていくのが肝心ですよ。我々は一つの大きな船に乗っているのですから」

正直なところ、自分がなぜ由宇太などかばっているのか、正彦にはわからない。サヤカのように教団にとって不名誉な部分がある代わりに、教団に収入をもたらすわけではないし、広江のように掃除や食事の準備といった教団の裏方を快く引き受けてくれるわけでもない。ただ、彼と関わり合っていることが、人の心をもてあそぶことで一儲《ひともう》けをたくらむ自分に、人間としての良心を忘れずにいさせてくれるような気がする。

その日のうちに正彦は矢口と相談し、五階建て四十戸のマンションの各世帯に詫《わ》びて回った。平身低頭する正彦たちに対し、攻撃的な物言いをする者はいなかった。

マンションの住人にとって、新興宗教団体などというものは、競売妨害で入居してくるヤクザ同様に恐ろしい存在だろう。

急いでモリミツから取り寄せた、真空パックの地鶏水炊《ちどりみずだ》きセットを携えて一軒一軒回ったのも、功を奏したのかもしれない。

その翌日、森田が、火事見舞いに訪れた。

部屋に一歩、足を踏み入れたとたん、「ひどいものだな」とつぶやき、絶句した。

小火《ぼや》とはいえ、祭壇は焼け焦げ、本尊も法具も、表面の塗料は黒く溶けている。その日のうちに布を買ってきて、かぶせてしまおうと思っていたのだが、消防署に説明に行ったり、掃除したりといった雑用もあり、そこまで手が回らなかった。

「ノイローゼの少年信者が火を付けたそうですね」

森田が尋ねるともなく言う。広江あたりから聞いたのだろう。

「ええ、まあ」と正彦は、あいまいに返事をして首を振る。

「粗忽者《そこつもの》がおりましてね、場所柄も考えずに、護摩《ごま》の火を焚《た》いてくれまして」

「はぁ」と森田は驚いたように目をしばたたかせた。

それから納得したようにうなずく。

「確かに、護摩壇がありませんね」

ゲーム「グゲ王国の秘法」を元にした聖泉真法会の宗教は、チベット仏教を模倣したものだが、チベット仏教自体が、一般の日本人にとって馴染《なじ》みはなく、受け取る側は真言密教のイメージを重ね合わせる。また、そうでなくても、ご利益《りやく》あってこその神様、仏様というのは、普通の人間にとっては当たり前の話であって、ご利益といえば、護摩の火なくしては語れない。森田は真っ先にそれを思い浮かべたのだろう。

「集合住宅ですから、火の気は禁物です。バター灯明も考え直さなければ」

焼け焦げた祭壇《さいだん》を凝視していた森田は、不意に視線を正彦に移した。

「何とかしましょう、先生」

そう言うと森田は、スーツのポケットから封筒を取り出して正彦に渡し、慌《あわ》ただしく帰っていった。

「お見舞い」と書かれた封筒には、十万円入っていた。

思ったより少ない。おそらく森田は一週間以内に、焼け焦げた法具の代わりに新しいものを届けさせる気なのだろう。そこまで考えてはっとした。

法具ならいいが、護摩壇など持ち込まれたら大変だ。マンションで火は焚けない、と言ったはずだが、焦げた祭壇に気を取られた森田はそんな言葉を聞いてはいなかったようだ。

漆塗り三尺四方の護摩壇は、付属品をつけて一基、三百五十万くらいだ。持ち込むのは勝手だ。しかし派手に煙など立てた日には、今度こそ住民に通報される。消防ではなく、警察の方に。また森田にそんなことでご利益を求められたところで、儀礼の作法を正彦は知らない。

慌てて追い掛けようとしたときには、森田を乗せたベンツは走り去った後だった。

森田は、護摩壇はもちろん法具さえ、寄付してはこなかった。しかし四週間後、別の物を提供したいという電話があった。

深夜、ホテルのレストランの個室で、正彦と矢口は、森田と相対して座っていた。工場の一つを閉鎖することになったので、そこに礼拝堂を兼ねた建物を作りたい。

小さく身じろぎすると、森田はそう切り出した。

聖泉真法会の本部は、このマンションの喫茶店跡の一階から、そちらに移したらどうか。本来なら寄進したいところだが、そんなことをすれば莫大《ばくだい》な贈与税がかかってしまう。そのうえ教団が払わねばならない不動産取得税、固定資産税もかなりの額に上る。だから土地建物はモリミツの物にしておくが、実際には、聖泉真法会の物と考えて自由に使ってほしい。森田はそう申し出た。

正彦は呆気《あっけ》にとられた。矢口が口をぱくぱくと動かし、何か言おうとして迷い、正彦の方を窺《うかが》い見る。

今ある工場を閉鎖するとはどういうことなのか、少し気になる。しかし迷う理由はない。

それによって信仰の内容がどう変わろうと関係はない。聖泉真法会の仕事は、宗教サービスの提供であり、教団設立の目的は利益を上げることだ。森田はそれに投資してくれる。事業拡大のチャンスが転がり込んできた。

警戒しなければならないことはただ一つ、それによって森田が社長の地位から引きずり下ろされ、経営権を奪われることだ。

土地建物を寄進したりすれば、間違いなくそうなるだろう。それどころか親族に詐欺《さぎ》罪《ざい》で訴えられる可能性もある。しかし無償貸与ということなら、そう問題はない。

「お申し出、ありがたくお受けします」

息が弾みそうになるのを押し殺して、正彦は厳粛な口調で答えた。

礼拝堂を兼ねた建物という言葉に、実家の近所にあったプロテスタント教会が思い浮かんだ。牧師とその家族が派遣されて住んでいた、モルタル造りの狭く、貧しいたたずまいのところだった。そんなものでも一般住宅を建てるようなわけにはいかない。礼拝堂がついて五千万か、一億か。

信じられないという思いと同時に、いささかの恐ろしさを感じめまいがした。

モリミツの年商を工場の規模や従業員数から割り出すと二十五から三十億くらいだろうか、と正彦は頭の中で計算機を叩《たた》く。原価率七割として、広告宣伝費、一般管理費、税金といった諸経費を差し引けば、利益はせいぜい一、二割……。

矢口はときおり瞬《まばた》きするくらいで、一言も発しない。彼の場合、こんなときに不用意な言葉を吐けば、たちまち化けの皮が剝《は》がれる。

これが社長の単なる気まぐれで、明日の朝一番で電話がかかってきて、いきなり「昨日、私が、お約束いたしましたことですが、やむにやまれぬ事情があり、どうか無かったことに」などと言われるのではないか。いや、それどころか、これが元で社長は解任され、聖泉真法会には、一通のあいさつ状が届いて終わりとなるのではないか？

そんな不安を抱きながら、複雑な思いで白身魚の刺身を口に運ぶ。味がしなかった。

「先生、生臭物《なまぐさもの》はだめでしたか」と森田が心配気に顔を覗《のぞ》き込むのを、正彦はそんなことはない、と否定した。

「じつは」と森田は、居住まいを正した。

「インドネシア進出を決断しました」

「インドネシアって」

意味がわからないまま正彦は社長に問い返す。

「工場、じゃないですよね」

「いえ、工場です」

森田は微笑した。

モリミツの主力製品は鶏肉加工食品だが、これまでのように高級食材の半加工品をレストランチェーンやデパートに流すだけでは限りがある。市場を拡大しようにも、平飼いの地鶏はもともと単価が高い上に、ニューカッスル病の大流行で、ますます値段が上がってしまった。しかし取引先は、地鶏を売り物にしているレストランや料理屋なので、ブロイラーに切り替えるわけにもいかない。

「それでインドネシアですか」

森田はうなずいた。原料の鶏肉、人件費、設備費、すべてが安いという。

「たとえば従業員一人あたりの一ヵ月の給与ですが、ジャカルタでも八千円ですよ。こっちで雇っているパートのおばさんの十分の一です。うちで進出を計画している中部ジャワなら、六千円です。確かに中国の田舎に行けばもっと安い。三千円くらいで済む。しかし商契約の概念自体、あって無きに等しい地域ですからね、うちみたいな中小企業では恐《こわ》くてとてもそんなところに工場を作るわけにはいかない。それに内陸部なので輸送コストがかかる。その点、インドネシアは、いい。特にうちで進出を計画しているのは積出港のすぐそばですし、人件費もジャカルタの三分の二です。それに」と森田は、目を細め、ささやくように付け加えた。

「鶏肉だけじゃないんですよ。そのほかの物も、向こうで調達できる。たとえば京料理『錦』で出している揚げ茄子《なす》ですが、ああいったものも」

「野菜を持ってくるんですか」

いや、と森田は首を振った。現地で収穫した茄子を揚げ、冷凍して運ぶという。

「京料理なんてものは、手間がかかる。セントラルキッチンで大量に作れるものではありません。手がかかるものだから、人件費の安い向こうで作るメリットがあるわけですよ」

矢口が複雑な表情で、目の前の鉢に盛りつけられた炊き合わせに見入っている。

海外進出については、以前にも、役員から提案されたことがあるが、契約方法や信用度などに問題があり実現しなかった。しかし今回は事情が違う。ある程度のブランド力があるとはいえ、この先厳しい価格競争に晒《さら》されることを考えれば、コストの削減が急務になるだろう、と森田は言う。

「しかし何もインドネシアでなくたって」

独立運動が盛んでテロも頻発している。バリ島観光でさえ危険視されている今、なぜインドネシアなのか、正彦には理解できない。

「長男がいますから」

森田は穏やかな顔になった。

「あっちで独立しましてね。コーディネーターといいますか、こちらの企業と向こうの政府や会社との橋渡しをする仕事をしています。政情不安定と言いますけどね、ジャカルタ郊外の工業団地には、日本企業がたくさん入ってますよ。ましてやうちが工場を出す中部ジャワは安全です」

不和だ、と語った長男が協力してくれるのだろうか。

「すべては祖師様のおかげです」と森田は深々と頭を下げた。

つい最近、まったく絶縁状態だった長男と和解したのだ、と森田はいう。

もともとそりの合わなかった息子との間にできた溝は、彼がインドネシア人の妻を娶《めと》ったことで修復できないほど深いものになった。

七年前、生後八ヵ月の我が子と妻を連れて帰国し、実家を訪れた息子は、「黒い顔をした孫など見たくもない」という父の言葉に怒り、日本語がわからないまま戸惑う妻の腕を摑《つか》むと、その場で席を立ってジャカルタに帰ってしまった。

「私に息子はいない」と、身辺の人々に語り、長女に向かい「おまえが男であったなら」と嘆き続ける森田を、妻や親類は諫《いさ》めたが、彼の中では大事に育てた長男に裏切られたという思いが、消えなかった。

「私の心を変えたのは祖師様のお言葉でした」

森田は言う。

世界の平和を願うことも生きとし生けるものを慈《いつく》しむということも、特別なことではない。それは自分のいちばん身近なところから和解し、関係を大切に育てていくことだ。

親、兄弟、息子、娘、嫁、姑《しゅうとめ》、親類。身近な人々を粗末にしては、平和も憐《あわ》れみの心もない。その教祖の言葉に目覚めさせられた。

モリミツの役員たちとの昼食会で、たしかにそんなことを正彦は口にした。

自分の頑《かたく》なさが、血を分けた息子との不和の原因だった。そのことを悟った森田は、あの夜、ジャカルタ郊外にある息子の自宅に電話をかけた。

七年ぶりに息子と言葉を交わした。

息子に謝り、深夜なのでもう寝てしまったという息子の妻を無理やり起こさせて、「本当に、あんたにはすまない事を言ってしまった、許してくれ」と涙を流して謝罪した。日本語のわからない息子の妻は「こんにちは、ありがと」とだけ、優しい口調で言い、その後、孫の声を聞かせてくれたと言う。

「本当に、先生のおっしゃる通りでした」

森田はたるみの目立つまなじりに涙を滲《にじ》ませた。

つい二週間前、森田はモリミツの社員とともにジャカルタを訪れたと言う。インドネシアの商慣行に精通している息子が、現地を案内してくれて、工場の借り上げや、養鶏農家との交渉といった仕事を引き受けてくれた。

「息子の家にも行きました。いい家を建ててましてね。日本じゃ、あんな広い家、とても買えません。嫁さんも向こうでは立派な家の娘さんでしてね。気立てはいいし、優しい人だ。てっきり酒場か何かで知りあった女性かと思っていたんですが、息子の秘書をやっていた人でした。日本語が話せないだけで、ちゃんと教育も受けている。今時の日本の、頭、茶色く染めた、はすっぱな娘より、よほどいい。あんないい嫁さんをもらった息子にいろいろ文句を言った私は、つくづく愚かだった。あんたは嫁じゃない、娘なんだ、これからは娘だと思って、大切にすると言ったら、言葉はわからないんだが、黙って私の手を握りしめてくれました。本当にすまないことをしました。嫁さんにも、あちらのお国にも」

森田は、言葉に詰まりうつむいて涙を拭《ぬぐ》った。

「それは良かった」

いささか胸が熱くなって、正彦も大きくうなずいた。それからふと思い出した。

「工場を一つ閉鎖するというのは、もしかするとその関係ですか？」

「いえ」と森田は首を振る。十五年前に、家族だけで始めた最初の工場は、その後何度も増築を繰り返してきたが、今では設備も機械も老朽化し、消防署からチェックが入っている。建て直そうにも敷地が狭い。それならそちらの機能をインドネシアに移してしまおう、と考えた。

「それでは従業員の方は、元の金久さんの工場に移られるんですか。なかなかたいへんですね」

正彦が言うと社長は気まずそうな顔をした。

「あちらはあちらで、パートさんがいますから。しかし閉鎖しても、こちらの工場もほとんどパートさんですから、問題はありません。確かに長い間、働いてくれたパートさんたちに、もう来ないでいい、というのは、かわいそうなんだけれど、彼女たちには仕事を辞めてもご主人やその両親、子供たちの世話という立派な仕事がある。そのあたり、情に溺《おぼ》れた経営をすると、会社をつぶすことになります。しかし祖師様、私はちゃんと救うべき人は、救い上げているんですよ」

金久の工場長であった男を雇った、と森田は胸を張った。

正彦は矢口と顔を見合わせる。何度もテレビカメラの前に顔をさらした男だ。

作業着の下にネクタイを締め、不精髭《ひげ》の目立つ実直そうな顔で、ひたすら頭を下げる姿が、テレビに映し出されたのは、あの食中毒事件のあった直後のことだった。マスコミ関係者からの攻撃的な質問に、一つ一つ真摯《しんし》な態度で答えていた。それに引きかえ、社長の方は憮然《ぶぜん》とした表情で「こちらは現場のことなどわからない。すべては工場長の責任だ」と言い放ち、途中退席したことで、世間の非難を浴びた。

中毒の原因が工場のずさんな衛生管理体制にあったことは間違いない。一日に数時間、機械を止めて洗浄をしなければならないところを、金久では実際はアルバイトの三交代制によって、二十四時間、稼働《かどう》させていた。

その間、工場長は経営幹部に対して、ラインを止めて機械を点検、洗浄する必要性を何度となく訴えたが、「それは工場長の判断であるので、必要があればそうするように。しかし、それによって納品が遅れる結果になったときには、それなりの覚悟をするように」という脅しのような言葉が戻ってきただけだった。そんな記事が、元従業員の言葉として週刊誌に載っていた。もちろん機械を止めれば、納品に間に合うわけはなかった。

にもかかわらず、書類送検された金久の社長以下経営幹部と工場の責任者六人のうち、検察は工場長と製造課長の二人だけを、業務上過失致死罪で起訴した。

「祖師様は、うちは従業員が、皆、正しい心で仕事にのぞんでいるので、仏様も守ってくださるとおっしゃった。そして商売敵の不祥事に小躍りしている私に、金久さんの再起を祈り、手を差し伸べてあげなさいとおっしゃった。それで商売の本当の心を教えられたのです。金久の再建はならなかったのですが、私は金久が廃業した翌日、工場長さんに会った。責任感は強いし、立派な人物だということは、その態度でわかった。それで彼を呼び出して、うちに来ないか、という話をした。彼は自分の決断の遅さが、たくさんの中毒患者を出し、金久を潰《つぶ》した、と気に病んでいたが、私は、あれは現場の事は何も知らないで、数字だけ眺めて無理難題を押しつけてくる経営者が悪かったのだ、と言いました。そして祖師様の話をした。金久の再起はできなかったけれど社員の一人だけでも救いたい、と。しかしうちの元からいる社員にしてみれば、ああいう形で中毒を出した工場の責任者が入ってきて、しかもしかるべき立場についたら、これはおもしろくない。世間も認めない。ところがよくしたもので、彼は金久の工場では、日系ブラジル人とフィリピン人を使っていたんです。外国人の扱いは慣れているし、片言の英語もできる。そこでインドネシアに行ってもらうことにしました」

「はあ……」

実際のところは、インドネシア工場を任せられる人物を探していて、たまたま金久の元工場長の経歴に目をつけたのかもしれないが、起訴された人物を雇うというのは、大英断だ。

「しかし、在宅起訴とはいえ、その方は裁判中なわけでしょう」

「執行猶予《ゆうよ》はつきますよ。何としてもそうなるように手をつくしてやるつもりです」

森田は、力を込めて言った。そこまで具体的な話が進んでいたとは思ってもみなかった。

法も、教典も、受け取る側、解釈する人間次第なのだ、と正彦は思い知らされた。自分の言葉にどれほどの真実がこもっていたのかは疑わしい。しかしそれが親子の不和を解決し、潰れた会社の社員の一人と、買収した工場に勤めていたパートタイマーの何割かを救ったことは確かだった。

「よかった、いやぁ、本当にうれしい話を聞かせてもらいました……」

矢口は感極まったように、そう繰り返した。ハイヤーに乗せられ、それぞれの家に向かい走り出した瞬間、正彦と矢口はどちらからともなく手を出し、しっかりと握手した。

「やりましたね。金儲《かねもう》けとかだけじゃなくて、こんな形で僕たちは役に立てたんだ」

矢口が言う。

「ああ」

正彦は目を閉じた。矢口と再会したあの日、振り返り見上げた都庁の、暗雲垂れ籠《こ》めるような不安に満ちた風景が、瞼《まぶた》によみがえってきた。

「これで終わりじゃない。肝心なのはこれからだ」

湧《わ》き上がった不安の発作を静めようとするように、正彦は慎重な口調で言った。

設計図ができあがってくると、施設は、正彦が想像した以上の規模だということがわかった。

戸田の競艇場近くの土地には、百五十人収容の礼拝堂、さらに百人が泊まれる宿坊が建てられることになっている。総工費は二億三千万だ。

社長室で図面を眺めながら、正彦はマンションの一階の、すべて手作りで始めた施設と無意識のうちに引き比べている。胴震いがした。

礼拝堂と宿坊は、建前上はモリミツの社員研修所と福利厚生施設であり、聖泉真法会は、空いているときに無償で使用できるだけだ。

礼拝堂の名目は研修所ということになっており、宿坊についても集会室と社員の宿泊施設ということになっていた。会社の資産として減価償却の対象にするためだ。

一方、中野新橋の集会所の小火《ぼや》で焼けこげた仏像は、矢口がとりあえず修理し塗料を塗り直した。火が燃え移って焼けた布は、広江たちが寄付してくれた繻子《しゅす》の絹布《けんぷ》に取り替えられた。しかし法具や香炉は黒く焼け焦《こ》げたままだ。

いずれは本拠地をモリミツの工場跡に移すのだ、と思うと、正彦は小火の後始末を熱心にする気にはなれない。

気がつけば、中野新橋の集会所は矢口に任せ、戸田にあるモリミツの工場に行くことが多くなっている。

森田から相談を受けたり、幹部社員との懇親会などに出るためだ。

相談事については、正彦は格別慎重に対応した。組織のトップが、外部の怪しげな経営コンサルタントや占い師などに経営や人事に関する相談を持ちかけ、その託宣に従って奇妙な行動を取るようになり、クーデターを起こされた例をいくつか知っているからだ。幸い、森田はそうしたことで、正彦を頼ってくることはなかった。

正彦が初めて社員研修の講師として本社に呼ばれたのは、十一月も半ばに入ってからのことだ。

創立記念日の式典で社員の前に姿を現してから半年が経《た》っていた。

短い法話の後、管理職以上の社員に対し、瞑想《めいそう》の指導をしてほしい、というのが森田の希望だった。

もちろん本格的な修行をしたこともない正彦に、瞑想指導などできるはずはない。

内心の戸惑いを隠し、中野新橋の集会所で、主婦や若者たちに対して行っているのと同様のことをした。

禅坊主《ぜんぼうず》の真似事《まねごと》だ。聖水を振りかける、バター灯明を捧《ささ》げる、といった儀礼の要素はあえて、はぶいた。

常識論の域を出ない法話の後に、会議室の床に敷いたマットの上に小さな座布《ざふ》を置き、座禅を組ませる。

意味のわからないチベット語の祈りや真言の類《たぐい》は口にせず、蓮華坐《れんげざ》を組める者には、組んでもらい、できない者には、半跏趺坐《はんかふざ》の形で座ってもらう。

「心のうちに満月を思い浮かべてください」

静かに語りかけながら、十人ほどの幹部社員の間を歩き、背筋の伸びていない者、姿勢の崩れている者の腰や背に掌《てのひら》を当て、直してやる。

一時間少々で、研修会は終わり、隣の部屋での会食となる。極力宗教色を押さえ、精神修養の会に近づけたおかげで、参加した社員たちから、格別の不信感や違和感を抱かれた様子はない。

食事は和やかな雰囲気で始まった。

そのときテーブルの向かい側の席から、「既成の仏教に、我々が期待できることはありません」という声が聞こえてきた。

歳《とし》の頃は三十五、六のクルーカットの男が、抑揚のない口調で、日本の葬式仏教の拝金主義やご利益《りやく》信仰を批判している。モリミツでは、普段は役員でもワイシャツの上に作業服を着ているのだが、彼はネイビーブルーのスーツ姿だ。

濃い色のウール生地に、青白くなめらかな肌が際《きわ》だつ、細身の男だ。にもかかわらずひ弱な印象はない。怜悧《れいり》で硬質な雰囲気は、切れ長の目に宿る独特の光のせいだろう。視線が合ったとたん正彦は、ナイフをぴたりと脇腹《わきばら》に突きつけられたような気がした。

「彼は？」

隣にいる森田に小声で尋ねると、森田はあらためて男を正彦に紹介した。

「総務課長の増谷《ますたに》です」

男は、ぴたりと型にはまった所作で挨拶《あいさつ》した。

「彼はね、寺の息子で高野山《こうやさん》大学を卒業してるんですよ」

正彦は息を飲んだ。自分と違い、仏教を本格的に勉強した人間だ。しかも密教だ。

不用意なことを口にし、問答になど持ち込まれたら、聖泉真法会の似非《えせ》チベット仏教の化けの皮はたちまち剝《は》がれる。いや、研修と称したこの日の法話と瞑想指導で、とうにボロを出しているはずだ。それでも神妙に座禅を組んでいたというわけか、と正彦は増谷という男の青白く広い額を、恐怖を抱きながら見つめる。

オーナー社長の元で出世したいと考えれば、せいぜい社長が心酔している教祖を持ち上げるしかなく、ありがたげな言葉を吐く似非宗教家を内心冷笑しながら、拝むほかない。

しかし最初の出会いにおいて、こちらが怖気《おじけ》づいたら最後、この先もモリミツの内部に踏み込み、教団の利益を上げていくことはかなわない。なんとか主導権を握らなければならない。

「それでは寺は継がずに、こちらの会社に？」

正彦は当たりさわりのないことを尋ねて、男の心中を探る。声がうわずりそうになった。

「小さい寺ですからね。とても食べてはいけません。うちくらいの規模の寺の住職は、たいてい公務員や教員など、他に仕事をもっています。割り切ってしまえば、墓地の造成や寺の買収などで、事業拡大は可能かもしれません。しかし私はそうしたことに疑問を感じるのです。日本仏教自体が、すでに宗教ではなくなっています。救済の要素など何一つないですからね、既成仏教には。どこの宗派も同じです」

彼は自分が修行した大寺院で繰り広げられていた僧侶《そうりょ》たちの派閥抗争について話し始めた。住職となっても経営が立ち行かない寺の息子たちは、大寺院でしかるべき地位につくためになりふり構わぬ出世競争をする。それは高度成長期のサラリーマンたちの姿とまったく変わらないと言う。また増谷は、婉曲《えんきょく》な言い回しで、高僧達の女性関係などについても実名を上げて暴露し、役員たちは苦笑しながら、その話を聞いている。

堕落した仏教を批判する彼の言葉は次第に熱を帯び、日本の既成の大仏教教団、それも自分の出身である真言密教に向けられ始めた。

うなずきながら聞いていた正彦は、適当なところで増谷の言葉を止めた。この男に対する警戒信号は薄らいでいた。高野山大学で何を学び、どんな修行をしたのかわからないが、彼もまた自分の置かれた現状に不満を持ち、青臭い理想論をぶつ若者と変わりはない。

――他者を批判するな、そういうあなたは罪を犯したことはないのか――

正彦は尋ねた。以前、山本広江たちに言ったのと、同じ論法、同じ例を引いて、正彦はこの男を諭す。

森田社長を始め、他の社員の目を意識した演技だった。

穏やかだが厳粛な口調の裏で、自分の無知と浅薄さを増谷に見抜かれているのではないかと怯《おび》えていた。

役員たちの視線がこちらに集まるのを確認し、正彦は「聖泉真法会は決して他の宗教の信者であることを理由に入信を拒むことはありません」と言葉を継いでいく。

日本の既成仏教も、聖泉真法会の教えも、真正な仏の教えであることに変わりはないのだから、その優劣を論じたり、批判したりしてはいけない。一方を信仰するために一方を捨てる必要などまったくない。肝心なのは、一切衆生《しゅじょう》を救うために、あなた自身が仏の境地を得ることだけなのだから、と続けた。

増谷は、はっとしたような顔をし、手を胸の前で合わせ、正彦の顔を拝んだ。その場にいた人々も、心底からの敬意をこめた視線を送ってきた。

ほっとすると同時に、正彦の背中一面に生温かい汗が噴き出し、シャツを濡《ぬ》らした。

研修会は成功のうちに終わり、その後、正彦は一般社員の研修指導も受け持つようになった。

「誠実に仕事し社会人としての義務と責任を果たせ。夫婦仲良く親を大切に」の類の説教と大差ない、常識論の枠を出ない法話と、日本人にとっては、宗教行為ではなく精神修養と受け取られている座禅によって、正彦はさほどの抵抗もなく、自分が社員たちに受け入れられていくのを感じていた。

彼らの視線は確実に変化していた。それは正彦のバランス感覚と詐欺《さぎ》的な弁舌能力の勝利であると同時に、森田の経営者としての手腕がそれなりの水準に達しているということの証明でもあった。社のトップの的確な判断の下に経営が軌道に乗っている限り、多少の神懸かり状態は、むしろ権威として一目置かれる。

モリミツの本社での用事が増えてくるに従い、正彦の足は中野新橋の集会所からは遠のいていった。地図上の距離は近いのだが、地下鉄と電車を乗り継いでいくのはなかなか面倒で、車を使おうとすると必ずといっていいほど渋滞に巻き込まれる。高速道路に乗るにはインターまで距離があるし、やはり渋滞がひどい。

矢口に任せっぱなしというわけにも行かずに、ときおり集会所に顔を出してみると、そこに集う人々の内向した気分と、マイナー指向、そして安普請《やすぶしん》の内装に、なんとも惨《みじ》めな気分になった。

いつ来ても由宇太がいない、と気づいたのは、その頃のことだ。

あの小火を出した日、今回のことで決して排除したりしないから、遠慮しないで来るようにと言っておいたにもかかわらず、一度も姿を見せていない。

矢口や他のメンバーに尋ねても、消息はわからない。

「彼は何を考えているのか、わからなかった」と大学院生の中山は言う。彼より若い、由宇太と同年代の若者たちもうなずく。

聖泉真法会の信者は、正彦から見ると、日常生活で悩みを抱えてご利益を求めてやってくる年配の人々と、普通の世間を生きづらいと感じる神経過敏な若者たちという二つのタイプに別れている。しかしその生きづらい系の若者の中でも由宇太は浮いていた。

表立っての対立も、仲間外れもなかったが、彼らにとっての由宇太は、人と交わろうとしない、ときに高慢で偏屈な、異分子だった。

戸田公園駅にほど近い工場跡地で、礼拝施設の基礎工事が始まると、正彦の中で中野新橋の集会所が、ますますとるに足りないものに変わっていった。

一日の報告をする矢口の言葉にも、さほど熱心に耳を傾ける気になれない。

十一月も下旬に入った日の早朝、正彦は、久しぶりに集会所に顔を出した。

中に入ろうとすると、ドアの前に四十代半ばくらいの女がしゃがみこんでいる。

正彦の顔をみると、はっとしたように立ち上がり、鋭い口調で尋ねてきた。

「ここの信者さんですか」

顔色は蒼白《そうはく》だ。大きく見開いた目に赤く血管が浮き出ている。その目に見覚えがあった。どこで会ったのだっけ、と記憶をたどりながら、正彦は「私は、聖泉真法会の代表です」と答えた。とっさに教祖という言葉を避けた。

女はさらに大きく目を開けた。唇が震える。

「竹内です。竹内由宇太の母です」

「それはそれは、どうも」

穏やかな口調で応対しながら、鍵《かぎ》を開ける。

「どうぞ」と言う前に、由宇太の母親は中に入った。

いったいどうなさいました、由宇太君は元気ですか、と正彦は尋ねようとしたが、その間もなく、母親は摑《つか》みかかるような勢いで叫んだ。

「息子を返してください」

正彦は、すぐに返答の言葉がみつからないままに、目の前の中年女の顔をみつめる。

「お願いですから、息子を返してください」

「ちょっと、待って。ここでは息子さんを預かってはいませんが」

「わかってます。息子が自分の意志で来たって、言いたいんでしょう。でも、まだ高校生なんですよ。いくらだって洗脳できるでしょう。でも、私たちにとってはかけがえのない息子なんです。帰してやってください。息子に会わせてください」

「落ち着いてください、お母さん」

そう言うと、母親は、顔を上げて甲高い声で怒鳴った。

「お母さんなんて、呼ぶのはやめて。あなたにお母さんなんて、呼ばれたくないわ」

「わかりました、とにかく、本当に息子さんはここには来てないんですよ。少なくとも今年の八月末から」

「嘘《うそ》つくのは、やめてよ」

母親の顔が歪《ゆが》み、号泣した。

ドアが開いた。掃除にやってきた広江が立ちすくんでいる。その背後から矢口が入ってくる。

「どうしたの？」

矢口が小声で尋ねた。

「竹内由宇太のお母さん。どうも家出したらしい。それで、ここでかくまってると思ってるらしい」

正彦がささやくと、矢口は「返してよ、息子を」と叫びながら泣いている母親に躊躇《ちゅうちょ》もなく近付いていった。そしてその背に腕を回す。

「どうされたんですか？　とにかく、話、聞かせてくださいよ。僕たちも力になれると思うから」

母親は顔を上げて矢口をみつめ、かぶりを振った。

「ね、泣いてちゃわからない。話してください」

優しく、親身な仕草で矢口は母親の両肩に手を置き、その瞳《ひとみ》を正面からみつめた。

このジゴロ野郎、と正彦は小さくののしった。

「おたくは、ここの信者なの？」

「というか、雑用係です。でも竹内君のことならよく知ってる。いったい、どうしたんですか。僕も心配なんですよ」

「うちの子、本当にここにいないの？」

その声は、すでに力を失っている。

「八月末から来てないんですよ。その前は学校の行き帰りに、よく寄っていたんですが。それにうちは、夜の十一時から朝の九時までは閉めていて、ここに泊まり込むことはできないんです」

矢口は説明した。

「それじゃ、夏休み明けからぜんぜん姿を見てないって、こと？」

母親は矢口の顔をすがるような表情で見上げる。

「ええ」

「本当に？」

「本当よ」

背後から広江が答えた。

「竹内由宇太君でしょ、高校生の」

母親は振り返り、広江を見上げた。

「うちの教団をオウムか何かと間違えたらしくて、一人で変な修行を始めてしまってね。それで桐生先生も私たちも手を焼いていたんだけど、八月末に、ここに火をつけて小火《ぼや》を出してしまったの。消防車まで呼ぶ騒ぎになって。それっきり来なくなってしまったんですよ」

「火を付けたですって」

母親は甲高い声を発した。

「いえね、わざとやったわけでもなんでもなくて、護摩《ごま》を焚《た》く真似事《まねごと》をしたんです。それで祭壇の幕に燃え移ったもので、すぐに消し止めました。我々としても、必要以上に咎《とが》めたりはしなかったし、また来るようにと言ったんですが、それ以来、顔を見ないんで、実のところ、私も心配していたんですよ」と正彦は言う。

「大騒ぎになって、合わせる顔がないのね」と広江は首を振った。

「それじゃ本当に、ここにはいないし、ここ何ヵ月も来てないんですか」

母親は念を押す。

「ええ」

「夏休みの修行合宿にも出席はしなかったんですか」

「修行合宿？」

正彦は問い返した。

「ええ。八月に、南アルプスの山の中で籠《こ》もってやる一週間の……」

「やっていませんよ、そんなことはうちでは。第一、そんな施設もない」

母親は、ぽっかりと口を開いて、正彦と矢口と広江の顔に次々と視線を移していく。

「夏休みに家出したんですか?」

矢口が尋ねた。

「家出ではなく、だから修行合宿で……」

「あれ以来、ここには一度も来てないのか」と正彦は矢口に確認する。

「ええ。一度も」

「で、今回はいつからいないんですか」

母親に尋ねると、もう、二週間になると言う。

「手紙も電話もない?」

母親はうなずいた。

「置き手紙はあったんです。修行に行きます。もう親子として会うことはありません、さようならって」

「なんだそれは?」

「もしやうちの教団に来ているとみせかけて、何か別のことをしようというんじゃ……」

矢口が口をはさむ。

「いや、違う」

正彦は、小火を出した日の由宇太の様子を思い出した。全身から血の気が引いていくような気がした。

「お母さん、すぐ、警察に連絡してください。大変なことになっているかもしれない。子供でも男は男です。みっともなくて親に言えないから修行なんて言ってるだけです。いじめグループに呼び出されて、連れ回されているのかもしれない。金や預金通帳は確認しましたか？」

母親は不思議そうな表情でかぶりを振った。

「息子さん、いじめに遭っているのは、知ってますよね」

母親は「いえ」と半信半疑の表情で答え、それからはっとしたような表情になった。

「怪我《けが》をして帰ったり、金を欲しがったり、学校に行かずにバイトしてたりしてませんか？」

「確かにその通りです」

重い口調でつぶやくともなく答えた。

「失礼ですが、お父さんは」

「公認会計士としてニューヨークに」

「単身赴任中ですか」

「いえ。次男が昨年から行っております。本当なら私たちもついていくはずだったのですが、由宇太の方は受験を控えていましたから残りました。年子なんで、下の子も再来年は受験なんですけど、本人がどうしても行きたいというので。由宇太と違って、どこの国へ行ってもすぐにお友達ができるし、だれとでもやっていける子だし、夫もかわいがっていましたので」

しかし長男はアメリカどころか日本でさえ、人とうまくやっていけない要領の悪い息子で、日本の高校でいじめに遭っていても、新天地を求めて海外に脱出する気力も英語力もない。父親ともおそらくうまくいってない。代わりにこうした場所で、まがい物の仏を拝んでオカルトに逃げるしかない。

そんな子供のために自分は何をしてやるべきだったのか？

答えは出ない。

正彦は由宇太が初めてここに来た日、帰り道にあるコインパーキングでカツアゲに遭っていたこと、小火を出す前に仲間に暴行されたらしく怪我をしてここを訪れたことなどを話した。

母親の顔色が青ざめた。

「一刻も早く警察に行った方がいい」

「もう行きました」

捜索願いを出したが、家出人として処理されたという。

もう一度行き、事情を話して探してもらうつもりだと言い残し、母親は帰っていった。

その夜の九時過ぎに、母親から電話があった。通帳を調べても現金が引き出された記録はなかったと言う。警察では、身代金《みのしろきん》の要求もなければ、本人からの金を送れといった連絡もなく、拉致《らち》や誘拐の線での捜査はできないと言われたと言う。

もしや本当に山に籠もったのか、と正彦と矢口は首を傾《かし》げた。

由宇太の件は、その後一週間ほどは矢口や他の信者の間でも話題に上ったが、教団施設の建設に関わる雑事に紛れるうちに、正彦の心からは消えていった。

中野新橋の方は何も変わらない。サヤカは事件を起こす前と同様の生活をしている。手首の傷はとうにふさがり、今では目を凝らしてもほとんど跡はわからない。風俗での稼ぎは以前よりも増え、月に五十万からの金を献金する月もある。広江のアパートに入っている女性たちは相変わらず、サヤカも含め一緒に暮らしている。摩擦を起こす様子もない。雅子にしてもサヤカにしても、そこそこの稼ぎがあるのだから、出て行って一人暮らしをした方が楽そうなものだが、なぜかだれ一人独立しようとはしない。

ただ一人、サヤカと一緒にキャバクラに勤めていた絵里だけが客の一人と恋仲になり、他のメンバーに祝福されるような形でアパートを出て行った。集会所に来るのも間が空くようになり、特に脱会の手続きもなく、別れの言葉もないままに、微塵《みじん》の気まずさも残さず、立ち去っていった。そして正彦の方は、彼女の姿を見ないことすら、矢口に言われるまで気づかなかった。

5

「真法会館《しんぽう》」と名付けられた施設の建築が進むにつれ、教団と森田との関係はますます密になっていった。

頻繁にモリミツのオフィスに呼ばれるだけではない。地区の青年会議所や商工会の会合にさえ、正彦は顔を出すようになった。

紛争の続く中央アジアの難民に毛布や衣服を送る青年会議所の催しでは、平和と慈《いつく》しみの心について説法をし、地区の経営者を集めた研修会では、心身のための健康法として瞑想《めいそう》指導をする。仏教ということから多少は馴染《なじ》みがあり、新興宗教の臭みも、ニューエイジ系の怪しさも薄い教祖は、地区の中小零細企業の経営者たちにさしたる抵抗感もなく受け入れられ、確実に彼らの心を捕らえていった。

ときには経営者や開業医などで構成されている慈善事業団体の会合に呼ばれ、瞑想の会を行なう。

説法、瞑想、食事会を組み合わせ、参加費一人二万円は決して安くはないが、結果は参加したほとんどの人々が満足して帰っていくものだった。

参加者の一人である地区の医師会長に呼び止められたのは、「健康と希望の会」と称するそうした慈善団体の催しを終了し、懇親会場に向かうために正彦が車に乗り込もうとしていたときだった。

彼は東京の世田谷に病院を開業して以来、「健全な精神は健全な肉体に宿る」をモットーに、自宅の敷地に古武道場を作り、地域の住民や子供たちに開放し、行政機関の委員なども数多く務めてきた地元の名士でもある。瞑想の会から「精神と身体《からだ》は不可分のものである」という自分の主張にそったメッセージを受け取って自分なりに再編成し、聖泉真法会の教えと正彦の言葉にいたく共鳴した様子だった。

医師会長は名刺を押しつけると、彼の自宅の古武道場を使って、患者や地域の人々を対象に、禅や瞑想の指導をしてくれないか、ともちかけてきた。

「精神を鍛えることによって強健な体が作られ、生活を正しくすることによって身体の健康が保たれ、高い精神力が養われる。そんな当たり前のことが、戦後の日本では忘れ去られた。息子は心療内科などという看板を掲げているが、人の体と精神はあんなことで健全に保たれるものではない」

熱弁を振るい、ときに政治的発言にふれる医師会長の言葉にうなずきながら、正彦は彼の申し出を受け入れた。

名刺に印刷された医師の自宅の住所を見ると、直線距離にして中野新橋の集会所まで

五、六キロというところだ。医師に聖泉真法会の場所を聞かれ、正式に挨拶《あいさつ》に行きたい、と言われたのを正彦は慌《あわ》てて断る。まもなく戸田の方に移転するために、設備の一部を移しているので半ば閉鎖している、と答えた。

集会所やそこに集まる若者達の姿は、「瞑想の会」に参加する経営者や自営業者、企業の管理職、地域の有力者たちに、決して見られてはならないものだった。

豪壮な作りの家々の立ち並ぶ住宅地の一角にあるその古武道場で、わずか二週間後に開催した瞑想会には、著名な政治家やプロゴルファーもやってきて、正彦を驚かせた。

その年の暮れには、森田から教団に車を寄進したい、という申し出があった。正彦だけでなく矢口や広江なども、雑用のために頻繁に戸田と中野新橋を行き来しており、以前に買った中古の軽自動車を使うことが多かった。

正彦が戸田までその車を運転していったとき、本社前で、車から降りた教祖をたまたま目にした森田が、階段を駆け下りてきて、迎えの車を出さなかったことを詫《わ》びた。

正彦の方は、いちいち来てもらうまでもない、と答えたが、それではその軽自動車だけは止《や》めていただきたい、と言う。

正彦は、モリミツ本社のある戸田ならいざ知らず、中野新橋近辺は細い路地が入り組み、しかも路上駐車も多いので車幅が狭い方が便利であると説明したが、森田は納得しない。

軽自動車では事故が起きればひとたまりもないし、何より教祖が乗る車ではないと強硬に主張し、それではこちらで車を寄進したい、という話になった。

確かに軽自動車に乗った教祖では、原付バイクにまたがって法事にやってくる住職同様、威厳とありがたみに欠ける。社員や地区の商工会のメンバーに見られては具合が悪いと森田が考えたとすれば当然のことでもある。

四日後の深夜、正彦は麻布《あざぶ》にあるレストランの個室で、矢口と向かい合って車のカタログを広げていた。

「しかし気前がいいよね、あの社長」と矢口は感心したように言う。

「いや。どうせこちらの名義にはしないで、社用車ということで経費で落とすんだ」

都心の隠れ家を売り物にしているレストランの、分厚いドアで仕切られた個室は密談するには打ってつけだった。

ここに来る前カタログを手渡すに当たって森田は、「私が乗っているのは、ベンツとはいっても南アフリカ製の安物なので、先生にはもう少し上のクラスのを」と言った。

聖泉真法会の信者はまだ五百人には達していない。しかし今、正彦たちは当初の念願通り、晴れてベンツに乗ることが可能になったのだった。

アミューズの小さなパイを口に入れながら、下戸《げこ》の矢口は甘口のシャンパンをすする。

窓の外には植え込みを透かして、オレンジ色にライトアップされた巨大な東京タワーが目の前にそびえている。

「なんか、夢のような二年間でしたね」

矢口はカタログをめくりながら、ぽつりと言った。ネット上に教団を立ち上げた日から、二年三ヵ月あまり、マンションの一階に集会所を開設してから、この日で丸二年が経《た》っていた。

「ああ、大根葉で飯を食べていた頃が、嘘《うそ》のようだ」

「大根葉を食べていた頃は、デザイナーさんや作家さんの接待で、エノテカだ、キハチだ、と食べ歩いていた頃が、嘘のようだ、と思いましたよ」と矢口は笑う。

「そうか、エノテカで接待された作家がいたのか。たしか俺は、新宿ルノアールの、煮詰まったようなコーヒーで、五千枚の書き下ろしの約束をさせられたんだったよな」

正彦が言うと、矢口は気まずそうな顔をして、車のカタログをこちらに向けた。

「で、どうしますか？」

さすがにベンツのSクラスを選ぶ度胸はない。何より正彦が一般信者や企業人の前に作り上げた教祖としてのイメージは、禅坊主《ぜんぼうず》を気取った、いささか禁欲的なものだ。ヤクザと社長のイメージの強いベンツは、やはり似合わない。高級セダンとはいっても、もう少し地味な方がいい。

「これなんかどうかな」

正彦が指差したのは、セルシオだった。

「なんだか、オレンジ色の衣に金ぴかの袈裟《けさ》をかけた天台坊主のイメージですよ」

矢口が言った。

「セドリックは？」

「浄土真宗の坊主が葬式にかけつける雰囲気ですね」

「マーチ」

「あんまり今ある軽と変わりないんじゃないですか」

「じゃあ、何がいいんだ？」と言いかけ、正彦は矢口がさきほどからため息をつきながら、見入っている写真に気づいた。

フィアットのオープンカーだ。

「何、考えてるんだ」

呆《あき》れながら、その手元を見る。

「昔、乗り回していたんですよ。ゲームメーカーにいた時代に」

「湾岸道路、突っ走ってたわけか。三十半ばを過ぎた男が、コレ、乗せて」と正彦は小指を立てた。

矢口は小さく首を振った。

「目立ちますよね、やっぱり。フリーの女ならともかく、夫のいる人を乗せたのはまずかった」

「それで亭主にバレて、クビになったわけか」

「まあね、彼女と真っ赤なバルケッタで、一泊二日で軽井沢に行ったら、浅間山の周遊道路で、知り合いにしっかり見られてたってわけですよ。言っておきますが、彼女との旅行は後にも先にも、それ一回きりです」

「それでホテルに泊まって手も握らなかったってか？」

「そこまで言いませんがね」

軽薄極まる話と裏腹に、矢口の表情は沈鬱《ちんうつ》だ。

「で、思い出のコンバーチブルを買うか？　ベンツより安いぞ」

「かんべんしてください」

にこりともせずに矢口は言った。

カタログを見ているうちに、3ナンバーの車のどれも戸田周辺ならともかく、集会所と自宅の周りを乗り回すには向いていないことを思い出した。かといってコンパクトカーを買ったのでは、今ある軽自動車とそう変わらない。第一森田が納得しない。長距離の移動で、車を使うということはあまりない。二人ともドライブを楽しむ時間的余裕は今のところないし、正彦が戸田まで行くときは、たいていモリミツのベンツかハイヤーが迎えに来る。

「早い話が、森田社長さえ納得させられれば、俺たちの車じゃなくて、教団の車を買った方が使い道があるってことだな」

「営業車なら、営業車らしくいきますか」

矢口がカタログのワゴン車のページを開いた。

「一台が軽だから、もう一台は、人数が乗れて、荷物を運べるやつの方がいいですね」

補助シートまで入れれば、十人まで乗れるワゴン車の写真を指差す。

「これに寝泊りさせて、珍味や多宝塔を売り歩かせるか？」

「そういう冗談はやめましょう」

矢口が真顔で首を振った。

いずれにしても、この先も研修の指導などのために出張する機会が増えるとすれば、座禅に使う丸い座布団《ざぶとん》や、香炉、梵字《ぼんじ》を書いた紙といった道具を乗せて、スタッフとともに出かけることが多くなる。そのことを考えると、やはりセダンを持つよりは、ワゴン車の方が使い勝手が良さそうだ。金額的にも、三百七、八十万円で、最初に考えたセダンより安い。

「決めますか」

正彦が言うと、矢口がうなずいた。

食事を終え領収書をモリミツの名でもらう。一人で飲んだヴォーヌロマネで酔いが回ると、地下鉄で帰るのが億劫《おっくう》になり、矢口を誘ってタクシーに乗った。

リアシートに身をもたせかけると、暗い車内のフロントガラス上部に小さな電光掲示板のようなものがあり、文字が流れていく。文字ニュースだ。

——新井衆議院議員買収で逮捕——

——ローン破産、この十年で最多——

「相変わらず景気が悪いな」

正彦は舌打ちした。

「あるところにはあるんでしょうけどね」

ゆったりとシートに身をもたせかけ、矢口が言う。

——京都市内の宗教施設で、信者暴行され死ぬ——

闇《やみ》の中をゆっくりと流れる文字に、正彦はびくりとした。自分がこんなことを始めてから、こうしたニュースに敏感になった。京都市内にある「真言崇密教《すうみつきょう》」という名の新興宗教教団で、修行中の信者が、複数の信者に暴行されて死んだ。直接暴行に加わった信者四人と教祖が逮捕されたが、少年一人を含む信者四人が逃走中だという。

真言崇密教は、教祖、晴山聖宝《はるやませいほう》率いる修験道《しゅげんどう》の流れを汲《く》む教団だ。金と信者の洗脳という点で話題になることでは他の新宗教とさほど変わらないが、必ずしも悪い評判だけではなく、最近、信者の一人が千日回峰行《かいほうぎょう》を成し遂げたということで話題になった。

「リンチ殺人か」

　正彦がうめいた。

「オウムで派手にやったけど、まだ野放しなんだな」と矢口がため息をつく。

「オウム以前からあるよ。小さな教団で、憑物《つきもの》落としと称して教祖以下、信者が総出で殴ったり蹴《け》ったりして殺しちまったなんていうのは、昔からいくらでもあった」

「今朝、どっかの新興宗教で、信者が殺された事件のこと？」

不意にドライバーが口を挟んだ。

「ああ、真言崇密教の事件」

「ひどいもんだね、狭い道場で護摩《ごま》を焚《た》いて煙でいぶしたんだと。それで咳《せ》き込んで真言が言えなくなったんで、みんなでかかって何時間も殴って、とうとう殺しちまったって」

「おっそろしい」

矢口が小さく身震いした。

「修行中に女に会いにいったか、金をくすねたかして、それでやられちまったんだとさ。なんというか、きちがいの集団だね、ああいう連中ってのは」

「俗物でいいんだよ」

正彦は、呻《うめ》くようにつぶやいた。

「生温《なまぬる》いと言われようが堕落しているとそしられようが、常識的な線で経営してこそ教団が存続する。欲望否定は一見、偉そうに見えるが、人間は所詮《しょせん》弱いものだ。締め付けた挙げ句、行きつくのはこういう集団ヒステリーやオカルト殺人だ」

矢口はうなずき、手にした車のカタログを無言で握りしめた。

暮れから正月にかけても、正彦はほとんど中野新橋の集会所にはいなかった。

元日さえ午前中しか顔を出さず、新春法要を行った後には、集会所を矢口に任せ、モリミツから差し向けられたハイヤーで、戸田へ向かう。

本社の社長室に作られた密壇《みつだん》の前には、森田とその妻、娘夫婦や叔父などが顔を揃《そろ》えている。

モリミツの社員のうち、家族と親類だけが集められたようだが、その中に一人だけ親族以外の男が交じっていた。

小柄な年配の男だ。引き結んだ口元と眉間《みけん》や頬の辺りに刻まれた縦皺《たてじわ》が、気むずかしさよりも、むしろ生真面目《きまじめ》な印象を与える。見覚えのある顔だった。

金久の元工場長だ。

「斉藤さん、どうぞ」

森田に名前を呼ばれた男は、ひどく緊張した様子で、正彦の前に立ち、丁寧に一礼した。

「彼は晴れて、今日から、うちの正社員になりました。よろしくお願いします」

森田はそう言って頭を下げ、昨年の十二月に行われた裁判で刑が確定し、執行猶予《ゆうよ》がついたことを報告した。

森田は一旦《いったん》言葉を切った後に、「これは斉藤自身の希望でございますので、ぜひこの場で入信式をお願いしたいと思います」と重々しい口調で付け加えた。

本人の希望であるわけはない。そんなことはわかっていながら、正彦は微笑を浮かべ、うなずく。

本人に対して、入信の希望をもう一度確認したうえで、脱会については何の制約もないし、以前に信仰していた教えがあっても、それを捨てる必要が無いことを説明する。

おずおずと祭壇正面に進み出た斉藤の手に聖水を振りかけ、正彦は「ラマと三宝に礼拝いたします。一切の事物は清浄なるゆえ、私の本質もまた清浄です」と唱え、唱和させる。直立不動の姿勢で立っている男の顔は、赤黒く日焼けしている。ダークスーツにネクタイを締めた姿がひどく窮屈そうだ。事務方ではなく、現場の人間だというのが、そのスーツ姿からもうかがえる。

入信式と、新春修正会《しゅうしょうえ》の後は、隣の会議室でいつも通りの会食が始まる。

「実は、斉藤さんには、さっそく向こうに出張してもらいましてね」

森田が言う。

「それはごくろうさまでした」と正彦はうなずいた。赤黒い顔は、インドネシア出張で日焼けしたものらしい。

「二月からは、工場長として正式にあちらで働かせていただくことになります」

控えめな口調で斉藤は言う。

「工場進出の実質的な責任者ですか。なかなかたいへんなものなのでしょうね」

正彦が尋ねると斉藤は、「いいえ」と謙遜《けんそん》するように首を振り、「責任は感じておりますが」と付け加えた。

「やはり現地はインドネシア語ですか？」

「はあ。勉強はしておりますが、なかなか、この歳《とし》になりますと」

「現地に行ってしまえばそれほどでもないのかもしれませんが、日本にいてニュースなんか聞いていると、イスラムテロはあるし分離独立運動はやっているし。文化や宗教が日本とまったく違う社会に飛び込むというのも、勇気のいることでしょうね」

「あまりそのあたりは考えないことにしておりますので」と斉藤は、遠慮がちに答えた。

「やはり人間同士、心が通じるというのが一番ですから。たとえ日本語しかできなくても、一緒の食堂で飯を食うとか、相談事に乗ってやるとか、家に招いてやるとか、そうしたことが肝心なのではないか、と今回、向こうに行ってみて感じました。言葉ができても、向こうの風俗習慣に詳しくても、ヨーロッパ人や日本のエリートの中には、現地の人間と一線を引く者もおりまして。それでは、いくら言葉が通じても、心が通じ合うことはないので。やはり先生のおっしゃる、慈《いつく》しみの心、何物も差別しない心、いちばん近くにいる人々から、和解を進めて、生きとし生けるものを慈しむという心が大切なのではないかと思いました」

格別、媚《こ》びた様子はない。木訥《ぼくとつ》な口調で、そうした言葉を聞かされることに、正彦はこそばゆいような感じを覚え、「海外赴任は、以前にも？」と話題を変える。

斉藤は首を振った。

「金久では海外出張もありませんでした。しかし工場の方には、ブラジルやフィリピンから大勢来ていました。人の情というものは日本人と何も変わりません。私が外国に行くのは今度が初めてでしたが、いい経験をさせていただきました。社長に拾ってもらえなければ、今頃、老親も含めて一家七人、どうなっておりましたか」

森田が隣で微笑している。

「それを聞いていたから呼んだのですよ。こんないい男が、ね、先生、不祥事起こした社長の代わりにテレビカメラの前に曝《さら》されて、頭を下げていた。挙げ句に路頭に迷うなどということがあっていいはずがないでしょう。そう思ったら、いてもたってもいられなかった」

斉藤は涙ぐんで頭を下げる。

「社長のご恩には必ず報いるつもりです。家のことは幸い、女房がしっかりやっててくれますから、私はインドネシア工場を軌道に乗せるために精一杯がんばります」

元日のめでたい席で、一人の男の再出発の決意と感謝の言葉を聞かされ、その背後では、森田とその親類が、半ば社交的なものであれ、微笑してその様を見守っている。

この場の祝祭的な空気とは裏腹に、正彦は居心地の悪さを覚え身じろぎする。


年明け早々、森田は戸田工場の敷地内に仏塔を建てた。塔とはいえ、さほどの高さもない、六角形のほこらのようなものだ。三方に扉がついていて、中が見え、中央には釈《しゃ》迦如来《かにょらい》立像が安置してある。

モリミツではその塔の前に、パート従業員を集め礼拝させるようになっていた。長い間仕事をしていると慢心が生じる。単調な作業に飽きて、食物を衆生《しゅじょう》に提供する仕事に携わっているという意義を忘れ、おざなりに目の前の事を片付けるというようになりがちだ。そこで毎夕、仕事が終わった後に礼拝をさせることにした、と森田は当然のように語る。塔の隣には線香とバター灯明が置いてあり、社員はそこで祈りを捧《ささ》げる。大量に消費されるようになった灯明は、中野新橋の集会所で信者の手によって作られる。一斗《いっと》缶で買いつける業務用ハードマーガリンが、安物の器に盛られて一個三百円のバター灯明に化ける。それほどの儲《もう》けは出ないが、こちらの労働力はただで、集会所に集まる若者達は、修行と見なし、矢口の指導の下に嬉々《きき》としてこの簡単な作業に携わる。

正社員への研修会も定期的に行なわれるようになり、正彦には助手として増谷がつき、雑用を引き受けてくれる。

研修はともかく礼拝は、原則として自由参加としているが、塔の周りは社長室から丸見えで、非参加者はそれとなくチェックされる。実質的には、森田は社員たちに対し、特定の神仏への礼拝を強要していることになる。

万一、労働争議から裁判にまで発展したら面倒なことになる。正彦の方が危惧《きぐ》し、躊躇《ちゅうちょ》しながら森田に忠告した。しかし森田は、これは生産性向上運動の一環として行なっているのであって、宗教行為ではない。礼拝についてはあくまで社員が自発的に行なっていることだ、と強弁する。

事態が思わぬ方向に進んでいくのを正彦は不安を覚えながら見守るしかない。

一方、モリミツのインドネシア進出は急ピッチで進められていた。

そこに絶妙のタイミングで、韓国、中国、ベトナムに続いて、日本で鳥インフルエンザが発生した。

国内での大量発生が伝えられた二月の終わりに、モリミツのインドネシア工場から冷凍鶏《どり》の水炊《みずだ》きセットの第一便が、都内の和食レストランに届けられた。インドネシアでも鳥インフルエンザの発生はあったが、モリミツが契約していた養鶏場は感染を免れていた。すでに柔らかく調理され白濁した濃縮スープまで添えられた鶏肉は、「汚染のおそれのない平飼い軍鶏《しゃも》」として、紹介された。

昨年まで鶏肉を大量に買い付けていたブランド鶏の養鶏場から、鳥インフルエンザ発生というニュースが飛び込んできたのはその直前のことで、そうした事態を見越していた森田社長は、まだ本格稼働《かどう》していなかったジャカルタ工場から、製品をコスト度外視で空輸させた。「モリミツの軍鶏」は、業界専門紙にさっそく取り上げられ、安全性に加えて、食味という点で高い評価を得た。

森田社長の経営者としての先見の明は認めるとして、やはり今回も偶然がモリミツに味方した。幸運な偶然が、森田社長の信仰に重ね合わせて語られたのは、当然のことでもある。

もともと社員もパートタイマーも、不況時ということもあり、社長の顔色をうかがい、研修や礼拝強制に対して、これといった反発の声を上げなかった。しかししだいに何かご利益《りやく》があると信じて、積極的に礼拝する人々が増えてきた。

新春修正会、節分祈禱会《きとうえ》といった行事の他に、森田はこの塔の前で、パート従業員や近所の人々に袋入りの菓子やモリミツで新たに売り出す予定のモニター商品などを配り、いつの間にか、周辺のアパートやマンションに住む人々や、取引先の社員までもが、お参りに訪れるようになった。

一般の人々にとっては、それが聖泉真法会という新宗教の物であれ、既成仏教の物であれ、仏塔と仏像があってご利益があるとなれば、拝むのに、さほどの抵抗はない。

インドネシアから第一便の鶏肉が届いてからほどなく、森田が、正彦と矢口に現地工場を見てもらいたいと言ってきた。

工場立ち上げに関わった長男が、あとを斉藤に引き継がせ、四月以降、一旦、別の会社のプロジェクトに関わるために、工場のあるジャワ島を離れることになった。そこで長男がいるうちに現地を案内したい、と言う。

「長期間、こちらを空けることはできませんが」ともったいをつけて、正彦は承諾した。

社長は六十を過ぎている。実権を後継者に譲り渡すのは、そう遠い将来ではない。そのとき娘婿《むすめむこ》よりは、一時不仲になったことはあっても、やはり血の繋《つな》がった長男を日本に呼び戻し、跡を継がせる可能性が高い。

社長と和解したことによって、今後、発言力も影響力も増すであろう長男に会い、信用を得ておくことは重要だった。

「僕、あまり海外は……」と渋る矢口を、正彦は「顔つなぎしておかないでどうするんだ。あっちにとっちゃ、俺たちは親父《おやじ》をたぶらかしてる危ないやつらかもしれないんだぞ。少なくとも俺たちがモリミツを食い物にする詐欺師《さぎし》ではないということを示しておかないとまずい」と説得し、連れていくことにした。

三月の中旬、集会所の鍵《かぎ》を山本広江に託し、雅子や中山たちに笑顔で送り出されて、正彦と矢口は、約一週間の旅に出た。

成田空港近くのホテルで盛大な壮行会が行なわれた翌朝、森田とともにジャカルタ行きの日航機に乗り込んだ。

ジャカルタから国内線に乗り換え、その日の夜にジョクジャカルタに到着した一行を迎えたのは、しかし森田社長の長男ではなく、斉藤だった。

長男はジャカルタで国の役人との会合が入ってしまい、案内できなくなったという。

その夜はジョクジャカルタのハイアットリージェンシーに泊まり、翌朝、スマランという国際貿易港近郊に建つ工場に向かった。

ペンキのはげたコンクリートの低層建築が立ち並び、車とバイクから吐き出される排気ガスの充満したほこりっぽい町並みは、四十分も走ると、緑濃い田園風景に変わる。

雨季ではあったが、一日中、雨が降るということはない。バナナや椰子《やし》、スネークフルーツなどの木々に囲まれた水田に、夜明けのスコールが上がった後のまぶしい朝日が差し込みきらめいている。中央の山地を越え、二時間ほど行ったところで斉藤は車を止めさせた。

鶏肉を供給している契約農家がそこにあった。

昔ながらの平飼いの鶏舎は、広大だが清潔で、迎えてくれた農家の主人も実直そうだ。

「こっちの人間は真面目《まじめ》ですよ。嘘《うそ》もつかないし、酒も過ごさないでよく働く」

斉藤は日焼けした顔をほころばせた。

「なるべく彼らとは頻繁に行き来して、一緒に飯を食ったり、相談に乗ってやったりしてるんですよ」

大きなバルコニーのついた鉄筋コンクリート建ての堂々としたたたずまいの農家の、タイル張りの居間で、正彦たちは真っ白な頭巾《ずきん》で髪を覆《おお》った若妻のいれてくれたお茶を飲んだ。

「あの頭巾、この国の民族衣装なんですけど、暑くないんでしょうかね」と、斉藤が台所に引っ込んだ若妻の後ろ姿を指さし、首を傾《かし》げる。

長袖《ながそで》の丈の長い上着にロングスカート、額から顎《あご》の下まですっぽり覆って肩まで垂れた頭巾といったイスラム復興運動の産物を、斉藤はインドネシアという国の民族衣装だと素朴に信じ込んでいる。

この男で大丈夫なのか、と正彦はふと、不安にかられる。

一休みした後は、工場に向かう。

椰子林やタバコ畑の中に、車やコンピュータ部品、食品などの工場が点々と建っている。

その一つの広い敷地に車は滑り込んでいった。

進出を決定してからわずか半年だというのに、すでに操業は軌道に乗っている、と斉藤は満足気に説明した。

政情不安による治安の悪化を恐れて撤退した日本の食品加工メーカーの工場を、森田の長男がみつけ、買い取り交渉をしてくれたという。先ほど寄った契約農家も、そこから引き継いだものだった。

「ご長男のおかげで、何もかも順調です。それにお嫁さんの実家というのが、スルタンの遠縁で国の有力者ですから、どこに出ても通りがいい」と斉藤は顔をほころばす。

スレート葺《ぶ》き平屋建ての工場の入り口で、正彦たちは手を洗い、履物を白いサンダルに履き替える。

蛍光灯に照らされ、冷房の効いた室内は、思いの他清潔で無機質な感じがする。

白い帽子で頭髪をきっちりと覆い、薄いゴム手袋をつけた若い女性たちがペティナイフのようなもので、黙々と肉を切り分け、余分な脂《あぶら》と皮をとり除き、形を整えてベルトコンベアに乗せる。

加熱調理された鶏肉はパックされて積出港に運ばれ、日本に送られる。

屋内の作業場では、やはり若い女性たちが野菜を選別している。形と大きさの揃《そろ》った野菜は、同じ敷地内の加工場に運ばれ、それぞれ加工される。

以前、森田の話に出てきた揚げ茄子《なす》だけでなく、様々な料理が作られパックされていた。おろし生姜《しょうが》までがこちらで作られ、業務用パック詰めにされているのを見て、矢口は感嘆の声を上げた。

「まずは、何より清潔です。そのあたりの教育は、徹底しています」

金久の苦い教訓があるから、というわけではないのだろうが、斉藤は胸を張った。

「毎朝、朝礼で標語を言わせて、気分を新たにして工場に入るといったことをしているのです。日本でも同じなんですが、同じことを続けていると気の緩みというのが、どうしても出てきますからね」

斉藤は、いくぶん厳しい口調になったが、すぐに皺《しわ》深い目元に笑みを浮かべた。

「とはいえ、こちらの女性たちは、正直だし何より従順です。なんというのか道徳的には日本の若い女より遥《はる》かに上ですよ」

矢口は感心したようにうなずいた。

正彦の方は、現地の娘たちに対する、斉藤の素朴な信頼感に疑問を抱く。

工場の敷地内に戸田工場にあったのと同じ形の仏塔があった。

線香の煙で茶色くすすけた内部には、金色の仏像が安置され、マリーゴールドの花とともに色鮮やかな菓子が供えられている。

「花と供物《くもつ》は、毎朝、女工さんたちが交替で供えることになっています」と斉藤が説明する。

朝礼はこの塔の前で行なわれるという。

簡単な体操の後に、感謝の気持ちと標語を言わせる、というのは日本のスーパーマーケットや一部の工場などでも見られる光景で、それをそのままこちらに持ち込んだらしい。

斉藤はすたすたと塔に近付くと、灯明を供え何か熱心な仕草で拝み始める。

塔の脇《わき》には広さにして八畳ほどの、涼み台のようなものがある。草で日除《ひよ》けの屋根が葺いてあり、なかなか快適そうだ。

「瞑想台《めいそうだい》です。地べたというのは、やはり抵抗がありまして」と斉藤が言った。

「異国の工場などというのは、いろいろ問題が起きますから、私自身が心を鎮《しず》めて物事に間違いなく対処するためにここで瞑想することもありますし、女の子たちにやってもらうこともあります」

「女の子たち？」

正彦は問い返した。斉藤はうなずいた。

「真面目とはいっても、遊びたいさかりの女の子や若妻たちですからね。ついつい心が浮わついて、仕事に身が入らないってことも起こるし、人間であれば失敗もする。それで頭ごなしに説教してもだめなわけで、ここで自分と仏様に向き合ってもらうわけです。そうして心を落ち着けて、また明日からすがすがしい気持ちで工場に来てもらう、ということで」

森田は、腕組みをして大きくうなずく。

斉藤が日本の工場でどんな人事管理をしていたのかわからない。しかし現地の事情を無視して日本的経営を持ち込むことに、正彦は不安を感じる。

「どうぞ」と斉藤が、塔の正面扉を開けた。そこで正彦に坊主《ぼうず》のように経を上げろという意味らしい。一応、教祖であれば素通りはできない。とりあえず簡単に居住まいを正すと、正面に立ち略式五体投地をする。三回ほど続けて真言を唱える。

一通り終わった後、振り返ると若い女性たちがいる。頭上をあぶるような日差しの下、白い頭巾で頭を巻いた女たちが、きちんと整列して立ち、森田の方を見ると慣れない仕草で胸の前で手を合わせた。てのひらをぴったりとは合わせず、何かを押し包むように膨らませる、聖泉真法会の合掌だ。

上目づかいに自分をみつめている、深い二重の刻まれた目に、正彦ははっきりとした不信感を見た。

工場の視察は午後の早い時間に終わってしまい、一行はジョクジャカルタのホテルに戻った。現地の料理は口に合わないという森田とともに、近くの日本料理店で天ぷらを食べ、斉藤に案内されてホステスのいる店に行き、水割りを少しばかり飲んだ。斉藤はその夜、ジョクジャカルタには泊まらずに、工場のあるスマラン近郊の家に戻っていった。

翌朝、八時過ぎに朝食会場のレストランに下りてみると、半袖シャツにネクタイを締めた大柄な男が近づいてきた。背筋を伸ばして大股《おおまた》に歩いてくる様と、陽に焼けた顔からして、ちょうどホテルのコンベンションセンターで行なわれている技術セミナーに参加している中国系のビジネスマンのように見えた。

「失礼ですが、桐生さんでいらっしゃいますか」

男は日本語で言った。

「あ、どうもどうも、このたびはお世話になります」と矢口が慌《あわ》てたように、愛想笑いを浮かべて、頭を下げる。

それで正彦も気づいた。森田の息子だ。全体の印象は全く違うが、窪《くぼ》んだ目元や高い頬骨《ほおぼね》が森田に似ている。

挨拶《あいさつ》をしながら森田の息子は名刺を取り出す。「あいにく日本語の名刺を切らしてしまいまして」と渡されたものは、表が英語、裏がインドネシア語になっている。

健太郎というのが、長男の名前だ。

「どうも父が大変お世話になっておりまして」

頭を下げるその様子からは、目の前の教祖に対する不信感を見て取ることはできない。洗練されたビジネスマナーに、個人的な感情がきれいに覆い隠されている。

「七時半に、父と待ち合わせしているんですが」

腕時計に視線を落とし、健太郎は小さく舌打ちした。

「お疲れになったんじゃないですか、お歳《とし》がお歳ですから」と矢口が答える。

朝食を摂《と》りながら、正彦たちは健太郎と世間話をした。

相手は教団のことについては何も尋ねてこなかった。初対面なのであえてそうした話題を避けているようでもあり、この男の慎重さがうかがえる。

「こちらはもう何年くらいになりますか」

正彦は尋ねた。

「住んで九年目ですが、学生時代から行き来してましたので、関わりは十五、六年になりますかね。ずいぶん変わりましたよ、ジャカルタあたりは」

父との確執、結婚といった話は初対面の男たちに対しては、もちろんしない。

「物騒なニュースが多いので心配していたのですが、実際来てみると、のんびりしたいいところですね」と正彦も当たり障《さわ》りのない感想を述べる。

健太郎は微笑《ほほえ》んでうなずいた。

「ここはインドネシアでも有数の学園都市ですし、日本で言えば京都のようなものです。

国の威信をかけた観光都市ですよ。ジャカルタなんかでは、観光客がぶらぶら歩くなんて危険でできませんが、ここならまず大丈夫です。非常識な振る舞いをすれば別ですが、バリ島より安全だと思いますね」

「イスラムテロなどの危険性はないということですか」

「みなさんそれを心配されるんですよね」と健太郎はいくぶん憤慨する口調になった。

「インドネシアのイスラムが過激化している、と日本のマスコミは書きたてているらしいんですが、イスラム自体は過激になどなってはいません。アチェやアンボンなど、もともとの地域紛争や反政府運動がイスラムの衣を被《かぶ》って顕在化しただけの話です。ここではバリ島のように外国人観光客を狙《ねら》ったテロもないですし」

「それではここは安全だ、と」

「安全だ、などと断言はできませんよ」

健太郎は苦笑した。

「以前はこのジョクジャカルタを拠点にしていた武装組織がありました。ラスカル・ジハードといって、アラブ系のインドネシア人が作ったものですが」

「アラブ系?」

正彦は矢口と顔を見合わせた。

「安心してください。バリ事件の後に、解散させられました。しかし日本企業などは、インドネシアが危ないと言われると、この東西四千数百キロの国土のすべてが危ないと思い込んで逃げていく。逃げて済む企業はいいんですが、そのために設備投資させられ生産体制を整えた地元の養鶏畜産農家や業者はどうなるんですか。日本企業というのは、本当に自分のことしか考えませんからね。さんざん踏み荒らすような真似《まね》をして、危ないという風評が立っただけで、撤退するというやり方は、僕は許せませんね」

厳しい口調に少し驚きながら、「まったくおっしゃるとおりです」と正彦は同意する。

「この国の国情や風俗習慣を知った上で、人的な絆《きずな》を地道に作っていけば、危険なことは何もありません。父にもそのことは理解しておいてもらいたいと思っています」

「はい、確かに」

この国に根を下ろし、仕事してきた男の見識と熱意を目の当《ま》たりにして、正彦は居住まいを正す。

そうこうするうちに森田が下りてきた。

「どうしたんですか、一時間遅れですよ」

叱責《しっせき》するように健太郎が言う。

「時差もあるし、七時半なんて無理だろう」と森田は頭をかく。

「それよりスランと孫たちは？」

スランというのは、健太郎の妻の名前のようだ。

「来られませんよ、ここまでは。帰りに寄ってください」

ここから健太郎たちの家のあるジャカルタ郊外までは、飛行機とタクシーを乗り継いで二時間半ほどかかるが、この国の普通の人間は、飛行機になど乗らないので、バスで十四時間かけて行き来するという。

食欲がないという父に、健太郎は手早くビュッフェの白粥《しらがゆ》を持ってきて食べさせ、一行は三十分後にはホテルを出た。

現地の旅行会社で手配したワゴン車に乗って、四人はインドネシアが世界に誇る仏教遺跡、ボロブドゥールに向かう。

昨日同様、町を抜けると車窓にはたちまち豊かな田園風景が広がる。明け方、スコールがあって、バナナやジャックフルーツなど熱帯性の植物の生い茂る藪《やぶ》には、濃密な緑の蒸気が立ちこめている。

やがて正面に豊かな裾《すそ》野を広げた緑の山が見えてきた。ムラピ山だ。ボロブドゥールはその麓《ふもと》にある。

土産物屋とおぼしき掘っ立て小屋の並ぶ一帯を通り抜け、車は芝生と木々の生い茂る公園の手前で止まった。

巨大な石の建造物が木々を透かして見える。

ボロブドゥールだ。健太郎が、この遺跡は、八世紀から九世紀にかけて作られたもので長く土に埋もれていた後に、十九世紀の初めにイギリスの植民地行政官であったラッフルズによって発掘、調査されたものだと説明した。

車から出たとたんに、「暑い」と森田が顔をしかめ、矢口はレイバンのサングラスをVネックのシャツの胸元から外してかける。

物売りがばらばらと駆け寄ってきて、ミネラルウォーターや絵はがき、玩具《おもちゃ》などを押しつけてくるのを振り切り、健太郎は焼けつく陽射《ひざ》しの中を、飛ぶように歩いていく。

「いい公園ですね」

汗を拭《ふ》きながら健太郎の後を追い、正彦は話しかける。

一九六八年からユネスコの協力によって、遺跡の大規模な修復工事とともに、この公園整備事業も行われたのだ、と健太郎は話を続ける。

「日本もかなり金を出しましたが、それより人を出しました。優秀な日本人技術者が入って、中には十年近くこの地に留《とど》まって仕事をした建築家の方もいます」

森田と矢口は、健太郎の説明を聞く余裕もない様子で、忙《せわ》しなく汗を拭き、「暑い、暑い」とペットボトルの水を飲んでいる。

「だからハイアットリージェンシーではなく、このそばのホテルを手配したのに」と健太郎は父の方を一瞥《いちべつ》する。

遺跡の近所にスルタンの経営するホテルがあり、健太郎は父たち一行にそちらに泊まってもらい、早朝のうちに見学を済ませようとしたのだが、森田が断ったのだと言う。

「日本語は通じないし、嫁さんの遠縁で王族のホテルなんて、挨拶やら何やら肩が凝ってかなわないじゃないですか」

森田は正彦に同意を求める。

それならと、早朝にジョクジャカルタを出るつもりだったのに父が遅れてきて、と健太郎はなおも非難がましく続ける。

参道に立ち、正面にそびえ立つ遺跡を目にしたとき、森田は足を止めて、大きく息を吐いた。

「生きているうちに、一度、お参りしておきたかったのですよ、先生。今では面影もありませんが、昔はここの国に仏教王国が築かれていたんですよ」

参道の階段を上り、肩で息をしながら森田は建物を見上げる。

基壇を上り、仏陀の生涯がレリーフされた第一回廊を眺め、第二回廊、第三回廊へと上っていく。やがて小さな仏塔がいくつも立つ円形の壇に辿《たど》り着くと不意に眺望が開け、あたりの緑したたる山々の頂が目に飛び込んでくる。

編み目のようにたくさんの小さな窓がつけられた仏塔の一つ一つに石仏が鎮座しており、森田は丁寧に手を合わせていく。

円壇をさらに上り詰めると、中央部の釣り鐘状メインストゥーパに行き着く。

「私が申し上げることではないかもしれませんが」と健太郎は、初めてそこにいる「教祖」を意識したように、正彦を見て言った。

「このストゥーパの回りを時計回りに三回お参りして拝むのが作法らしいですね」

「その通りです」と正彦はうなずく。チベットやブータンなどにあるチョルテンと同様だ。

森田は仏塔の正面に向かい一礼すると、正彦に先に行ってくれるようにと左手を差し出した。

しかし時計回りの歩みはしばしば妨げられた。

ガイドに基壇のレリーフの解説をしてもらいながらここに辿りついた白人グループが、歓声を上げながら記念撮影をしている。女性達の短パンから出た真っ白な太股《ふともも》やタンクトップからこぼれそうな胸元がまぶしい。

黒のつば無し帽を被った男たちが、仏塔の北側の日陰に腰を下ろしレリーフに寄りかかって、丁子《ちょうじ》の匂《にお》いのきついインドネシアタバコをくゆらせている。レースのついた頭《ず》巾《きん》で髪を覆《おお》い、バジュ・クロンという長い上着と長いスカートのイスラム風の服装をした女性たちが仏塔の根本に腰掛け、談笑しながらみかんを食べている。子供たちが駆け回り、仏塔によじ登っては飛び降りてくる。

「なんという……」

背後から森田のつぶやきが聞こえてきた。

周辺国を始め、アメリカ、ヨーロッパからやって来る人々の大半にとって、ここは参拝や巡礼の場などではない。もちろんここを修復整備したインドネシア政府にとっても、ボロブドゥールは、宗教施設ではない。貴重な世界遺産であり、観光立国の柱になるべき資源なのだ。

それよりは世界最大のイスラム国家の中にあって、こうした仏教の大聖堂が破壊されることもなく、むしろ保護され、国内外から多くの人々を受け入れていることに、正彦はこの国の寛容さと、人々の懐《ふところ》の深さを思う。

車に戻り、近くにあるレストランで昼食を摂った後、正彦たちはボロブドゥールから車で三十分ほど走り、別の仏教寺院跡に行く。

しかしそこに建築物はない。伽藍《がらん》や仏塔を構成していたとおぼしき無数の石が、瓦礫《がれき》のように山を成している。

「これはイスラム教徒の仕業ですね」

森田が正彦に尋ねたのを、健太郎が「地震ですよ」と苦虫をかみつぶしたような表情で答えた。

「ジャワ島は火山の島ですからね、噴火と地震は頻繁にあるんです。ボロブドゥールみたいに土に埋もれていなかったのが災いしましたね」

「修復の計画はないんですか？」

正彦が尋ねる。

「金がないですからね。いくつもこういうのがあるので、なかなか手が回らないんですよ。オランダ統治時代は、この石が道路工事の基礎に使われましたし、その前は近所の住民が家の土台にするのに持っていったりしてたらしいんですが、さすがに今は政府が管理しているんで、持ち出されることはありません。いずれはこちらも修復するつもりでしょうね」

脇《わき》に洞窟《どうくつ》がある。健太郎によれば、十世紀頃の仏教の修行場、ということだ。少し前までは近くの住民のゴミ捨て場になっていたが、数年前に中が掃除されて、見学できるようになった。

森田がため息とともに首を振った。

「三蔵法師が仏典を求め、言語に絶する苦労をしてインドに行く。しかしお釈迦《しゃか》さまが悟りを開いたブッダガヤに辿り着くと、すでにそこは荒れ果て、仏塔は倒れ、菩提樹《ぼだいじゅ》は切られ、仏の教えなど跡形もなくなっていた。まさにその無念の思いです」

「はあ……」

流れ落ちる汗を拭きながら、正彦は無慈悲に照りつける太陽を仰ぐ。

「先生、私は、いつかこの地に、仏教を復興させたいのですよ。だって、そうでしょう。

これだけすばらしい寺院があった。すばらしい信仰の心があった。しかし今はこんな状態になってしまった。お参りに来る者などだれもいない。ボロブドゥールはただの観光地になってしまった。私は、いずれこうして打ち捨てられた施設の修復のために役に立ちたい。先生の力を借りながら、石の寺院だけでなく、人々の心も修復して、ぜひとも仏教を、もう一度、この地に根付かせたいと思いますよ」

健太郎は、困惑したような表情を浮かべ、父親を、次に正彦を見た。

正彦は、森田にも、その息子にも、答えるべき適切な言葉が見つからないまま、身じろぎした。

森田にはこの国の歴史も事情もわかっていない。そもそも聖泉真法会が本当に仏教教団と言えるのかどうかさえ怪しい。つけ焼刃のチベット仏教の経文はともかく、法華経《ほけきょう》や般若心経《はんにゃしんぎょう》さえルビがなくては読めない自分が、仏教系教団の教祖を標榜《ひょうぼう》し、他国に仏教を復興させたいという森田の夢想をかきたてている。

「行きませんか、暑くって。どこかに入ってビンタンビールでも飲みましょう」

アルコールは飲めないはずの矢口が、救いの手を差し伸べるようにうながした。

森田はかなり本気であったらしい。帰りの車中で、こうした遺跡の修復にかかる費用はどのくらいなのか、どういった団体がそうした事業を行なっているのかといったことを息子に熱心に尋ねた。

健太郎は、それよりも今は、せっかく作った工場の運営を軌道に乗せる方が先決だ、と諫《いさ》める。

正彦もそれに同意した。

「やがて時がくれば、この国の人々が自らの手で崩れた石を一つ一つ積み上げ始めるでしょう。百年か、二百年か、あるいは千年かかるかもしれません。それを待ちましょう。森田さんの使命は、経営者として、ここの土地で人々に仕事を与え、経済的にも文化的にも、この地域の人々の生活レベルを向上させていくことではありませんか」

ジョクジャカルタの市街地に入ったときには、すでに陽は落ち、暑さはだいぶ和らいでいた。

バイク屋や建材屋、レストランなどが軒を連ねる繁華街で、正彦たちは車を降りる。

こちらの料理は口に合わない、と昨日から訴え続けている森田のために、健太郎が中華料理屋を見つけてくれたのだった。

テラス状になった店の外階段を上っていると、どこからともなくラウドスピーカーを通して男の歌声のようなものが聞こえてきた。

夕べの祈りを促すアザーンだ。

以前にクアラルンプール出張で聞いたことがあるが、マレーシアとはやや調子が違う。

「インドネシア民謡かな、何ともいえない味わいがあるね。馬子唄《まごうた》と似てて心に染《し》みる。

やはりアジア人同士、心が通じるものがあるんだな」

森田が感慨をこめたように息子に言う。

違いますよ、と健太郎がアザーンについて説明する。

「それじゃこれがコーランか」

「そうではなくて、コーランを唱えろとみんなに呼びかける放送なんですよ」

森田は、よく意味がわからないようだ。それがアジアの同胞を結びつける民謡ではなかったことに、いくぶん失望したような表情を見せただけだった。

翌朝、ジャカルタの息子の家に行くという森田と別れ、正彦たちはバリに飛んだ。せっかく来たのだから、治安の良くないジャカルタよりはそちらで少しのんびりしてから日本に戻るように、と健太郎がすすめてくれたのだ。

地元の物売りなどを締め出したヌサドゥア地区に建つ最高級ホテルは、健太郎が手配してくれた。昼過ぎにチェックインして、その日はデッキチェアに横になり、飽きるまでリーフに砕ける白波と女性達のビキニ姿をながめて過ごした。

陽が暮れてからは、タクシーでデンパサールの町に繰り出した。

デパートや映画館の集まる中心部は、まぶしいばかりにネオンが輝き、深夜に入っても生温い風の吹く町には、テロや政情不安を感じさせる物は何もない。この島に降り立ったときから感じられた祝祭的な空気が、いっそう気分を浮き立たせた。

何よりもここでは、正彦も矢口も、教祖や教主ではなかった。人の目と口を怖《おそ》れて、ことさら謹厳な行動を取る必要はまったくない。その上、財布の中には使いきれないほどのルピアがあった。ネオンの町を歩いていると、森田社長の息子は、何もかもを見通した上で、自分たちに思わぬ休暇をプレゼントしてくれたように思えてくる。

まる二日、海辺のホテルと町を楽しんだ後、すっかり日焼けした正彦たちは、ジャカルタ経由成田行きの日航機に乗り込んだ。

ビジネスクラスの広々とした座席に腰掛けると、アテンダントがウェルカムシャンパンとともに雑誌や新聞を運んでくる。

よく冷えたシャンパンを飲みながら、正彦は日本の新聞と週刊誌を手にする。久々に目にする日本語だ。矢口は座席の液晶テレビを調節し始める。

丸一週間、日本を離れていたが、その間、ろくにテレビのニュースも見ていなかった。正彦は新聞にざっと目を通した後、背もたれを倒して、週刊誌をめくった。

そのとき大きな見出しが目に入ってきた。

「高野山山中で凍死——真言崇密教《すうみつきょう》リンチ殺人事件容疑者——少年信者の軌跡」

凍死、真言崇密、少年信者、という活字が一度に意識に食い込んできて、鮮やかなイメージを結んだ。

まさか、と首を振った。

そんなわけないよな、とつぶやきながら、一週間前に霙《みぞれ》の降った高野山中、楊柳《ようりゅう》山の登山道で、少年の死体が見つかったという記事を読み始める。

山頂付近で急な雪に遭い、普段は使われていない直登ルートを使って引き返してきたハイカーが、雪に半ば埋もれて倒れている少年の遺体を発見し、警察に通報した。

少年は下山途中に寒さと疲れで動けなくなって、そのまま眠り込んだらしい。典型的な疲労凍死で、死後二ヵ月以上が経《た》っていた。

異様だったのは、少年がひどく痩《や》せ、栄養不良の様相を呈していたことと、彼が遭難したとおぼしき一月上旬の高野山は、普通ならセーターの上に厚手のジャケットを着込まねばならない季節なのに、薄手の作務衣《さむえ》姿だったということだ。

頭が坊主《ぼうず》刈りだったということから、当初は、近くの高野山高校の生徒ではないかと思われたが、そちらの高校では、失踪《しっそう》した者はいない。

少年は身分を特定できるようなものを不自然なくらいに、何も持っていなかったが、意外なことにその身元は、すぐに割れた。

リンチ殺人で指名手配中の修験《しゅげんどう》道系の新興宗教団体の信者だったのだ。

厳しい修行で知られるそこの道場で、金と女への煩悩《ぼんのう》が捨て切れない信者を、護摩《ごま》を焚《た》いた部屋に押し込めていぶし、呼吸困難になって、真言を唱えられなくなったところを、九人で警策のようなものを使い数時間に渡って殴り、殺した、という凄惨《せいさん》な事件だった。矢口と一緒に、車を選んだ帰り、タクシーの液晶パネルで見たニュースだ。あのとき逃走した犯人の一人が、その凍死した少年だった。加害少年であるという理由から写真もなく、名前も記されていない少年の正体に思い当たり、正彦は激しい胸騒ぎを感じた。

少年は東京都出身。夏休みが終わった頃、家出をした。どうやら学校で執拗《しつよう》な苛《いじ》めにあっていたらしく、新興宗教への傾倒は、その状況から逃れようとしたものらしい。

正彦は震える手でページをめくり、記事の先を追う。

「お食事は和食と洋食とどちらがよろしいですか」

アテンダントが尋ねる。

「どっちでもいいです」

苛立《いらだ》って答えた直後に、決定的な記述をみつけた。

彼はその真言崇密教という修験道系教団に入る前に、別の仏教系新興教団に入っていたが、そちらでも他の信者とのトラブルが絶えず、そのうちに布教所で火事を出したために、破門された。記事にはそうあった。微妙に事実と食い違うが、このリンチ殺人を犯した挙げ句に、高野山山中で凍死した少年は、あの竹内由宇太《ゆうた》に間違いなかった。

なぜ、出ていった、と正彦はつぶやいた。週刊誌を握りしめたまま、じっと前の座席の背をみつめている正彦のところに、アテンダントがやってきて、「失礼します」と無造作にテーブルを引き出す。クロスを敷き、手際《てぎわ》良く陶器の器を並べていく。

「お飲み物は？」

「なんでもいいです」

正彦は答えた。

気がついたとき、目の前のテーブルには、グラスに入った清酒と、魚介の小鉢、海老《えび》しんじょ、青菜の白あえ、甘鯛《あまだい》の焼き物といった、機内食なりに贅《ぜい》をつくした料理が並んでいた。一週間の滞在でひどく恋しくなっただしの香りが立ち上った。そのとたん、吐き気がこみあげてきた。正彦は立ち上がり、料理を片付ける間もなく、肘掛《ひじかけ》を跨《また》いで洗面所に駆け込んだ。

便器に顔をつっこむように嘔吐《おうと》した。

由宇太は小火《ぼや》を出した後、二度と戻ってはこなかった。彼は何度も助けを求めた。確かに聖泉真法会に、正彦自身が作った偽《にせ》の仏の偽の教えにすがりついてきたが、利益のために設立された生温《なまぬる》く常識的な似非《えせ》宗教には、由宇太の腕をしっかりと捕まえて引き上げてやる力はなかった。

うがいをして洗面所の鏡に向き合い、ずりおちた眼鏡をかけ直す。目の下に隈《くま》を作り、日焼けした男の顔があった。インドネシア滞在中に少し太ったようでもある。尊大で、威厳らしきものを身に帯びていながら、視線に力のない、どんよりと濁った表情をした男。小金と小集団での権威を手に入れた後の教祖に、典型的な顔があった。少年信者を説得して留めることができなかった教祖の顔、危険で過激な教団への接近、殺人、逃亡、疲労凍死という形で少年が垂直の崖《がけ》から転落していくのを阻止できなかった男の顔だ。

洗面所から出ると、おしぼりを手にしたアテンダントが待っていた。

「大丈夫ですか、ご気分が悪いのですか？」

心配そうに顔を覗《のぞ》き込む。旅行先からして、感染症を疑われているのかもしれない。

「大丈夫です。二日酔いです」と答えて、手をつけないままに食事を下げてもらう。

「どうしたの？」と尋ねた矢口に、無言で週刊誌を手渡した。

問題の記事に目を落とした矢口の顔色が変わる。記事の上に涙がぽたぽたと落ちて大きな染《し》みをつくる。

矢口は頭を抱えて長い息を吐き出した。

「なぜだよ、どうしてなんだよ。僕たち、何をしていたんだよ」

そう言いながら、目の前のグラスのワインを飲み干した。和食の器はすでに空になっている。

「泣いてられるやつは、いいよ」

正彦はそうつぶやいて、窓の外の青空に目をやった。

荷物の整理もそこそこに中野新橋の集会所に駆けつけたとき、午後の十時を少し回っていたが、若者達はまだ残っていた。正彦と矢口が戸口に現れると、真実《まみ》とサヤカが弾《はじ》かれたように立ち上がった。

山本広江の姿もある。正彦たちにねぎらいの言葉をかけ、お茶をいれながら、広江は小声でささやいた。

「いえね、帰りたいんだけど、あの子たちがまだ残っているし、あんなことが起きてしまった後だったから、追い出して鍵《かぎ》、締めるわけにもいかなくて」

「ここにさえ来ていれば、あんなことにならなかったんだよね」

真実が矢口に訴えた。

「自分ではそうは思ってなかったけど、心のどこかであの子のこと、自分と違う世界にいるんだから、知らない、みたいに感じてた? そんなのあるかもしれない」

サヤカがつぶやくともなく言う。

「あたしたち年かさの者がさ、もう少し面倒見て、きちんと悩みを聞いてやればよかったのよね。考えてみれば先生もあっちの方で忙しかったし、矢口さんも一人でこっちを切り盛りしてて手が回らなかったんだから」

広江の言葉に、正彦は胸の痛みを覚えた。確かに「あっちの方」で忙しかった。ビジネスとして立ち上げた以上、「あっちの方」が大切なのは当然のことでもあった。

「教祖は、詐欺師《さぎし》じゃん」

若者の甲高い声が聞こえてきて、正彦はぎくりとした。

「晴山聖宝《はるやませいほう》っていったっけ」と別の若者が言う。由宇太が飛び込んでいった真言崇密教の話だった。他の宗教の教祖の正体は見抜けるが、自分が信仰している教祖の正体は、見抜けない。

若者達の間で、中山だけが蒼白《そうはく》の顔で沈黙している。

「ちょっと、あの子、これやっちゃって」と広江が声を潜め、両手の人差し指を交差させる仕草をした。

いつも広江と行動をともにして、集会所の掃除や炊事などを手伝ってくれる年配の主婦がいる。彼女は聖泉真法会に入信する以前から、神仏への信心をしており、由宇太のことで彼女なりに心を痛めたようだった。しかしその口から、「前世の因縁」、「業《ごう》」という以前所属していた教団で使われていた言葉が出たときに、中山がいきなり立ち上がり女の襟首を摑《つか》んで、その無自覚な言葉をなじりながら、壁に押しつけたという。

「私が飛びついて止めたわよ。悪い子じゃないんだけど、かっとするところがあるから」と中山の方を一瞥《いちべつ》する。

頭の芯《しん》が痛み始めた。正彦はカウンターの中に入り、冷たい水で手と顔を洗う。タオルで顔を拭《ぬぐ》いながら事務室に入ると、スチール机の上に雑誌がかさねられているのが目に入ってきた。

竹内由宇太の事件を扱った記事が掲載されているものだ。だれかが持ってきて置いていったものを、広江が片づけたらしい。ページをめくると機内で読んだものよりも詳しく、すでに逮捕されている他の信者の供述から竹内由宇太の逃走の経緯が事細かに書かれている。

リンチ殺人に関わった信者四人は、人目の多い京都市内を避け、真言密教の聖地、高野山をめざした。逃げながらも彼らには、自分たちが罪を犯したという意識はなかったらしい。

一行は大阪まで出て、そこから南海高野線で高野山に向かった。場所が場所だけに、坊主頭にトレーニングウェア姿の若い男、四人組はそれほど目立たなかったらしい。

彼らはとりあえず、奥の院の裏手にある公営住宅の空家に隠れ、どこかの宿坊の下働きでもしながら、潜伏しようと話し合った。

由宇太が彼らと離れたのは、翌日だった。聖地の観光地風のたたずまい、土産物屋が軒を列《つら》ね、どこの寺も商売に精を出している様子を見た彼は、この町や寺院、そして大師教会について大声で批判し始めたのだ。

未熟な少年の事でもあり、その言葉の内容にもさしたる意味はなかったが、逃走中の彼らは目立ってはならなかった。高野山という土地に潜伏しようとしたのも、自分たちの坊主頭や修行で鍛えた独特の声や姿勢が、ここでは高野山高校や、大学の学生たちに埋もれてさほど目立たないと考えたからだった。仲間から叱責《しっせき》された由宇太は、見張りの一人がうとうとした隙《すき》に、空家から逃げだした。

その後、由宇太は教団で着ていた作務衣に着替え、雪に埋もれた山に向かって一人、歩き出したらしい。

真言崇密で「歩く禅」と呼ばれている、山岳修行を行なおうとしたらしい。しかし彼の目指した高野三山のうちの一つ、楊柳山は、このあたりの最高峰で、冬場は本格的な足回りを必要とする山だった。彼が憧《あこが》れた千日回峰行で回る比叡山ルートよりもこの季節は厳しく、巡礼の姿はない。ハイカーも冬場はめったに訪れないところだった。

修行の志があっても、登山者としての心得がなければ、事故は起きる。

それまでの栄養不良に加え、ここ数日の疲労と睡眠不足、不安定な精神状態のもたらす恍惚感《こうこつかん》、そして非常識な装備……。たとえ南国紀伊のわずか千メートルあまりの山であっても、起こるべくして起きた遭難だった。凍えた手は智拳《ちけん》の印を結んでいた、と記事は伝えている。

その口は最後まで、真言を唱えていたのだろうか、と正彦は思った。確か教祖、晴山聖宝は、自らを太元帥明王《だいげんすい》の化身《けしん》だと標榜《ひょうぼう》していた。

彼はあの教祖の教えを真正直に信じたのだろうか。教祖なんてものは、どれもやくざと同じだ、とあのとき忠告したじゃないか、と正彦は拳《こぶし》を握りしめた。

雑誌を戻し、事務室から出た正彦は、救いを求めるように祭壇《さいだん》を眺めやる。矢口が修理した持金剛《じこんごう》の脇《わき》にある、線描画のターラ菩薩《ぼさつ》の優しげな姿が目に入ってきた。

悲嘆のあまり流した観自在菩薩の涙から生まれたという母尊、一切衆生《しゅじょう》が救われるその日まで、自らは涅槃《ねはん》に赴かず苦しむ人々を救い続けるというその仏に、正彦は手を合わせると、若者達の方に向き直り、低い声で呼びかけた。

「こちらへ」

若者達と広江がカーペットの上に座る。

正彦は簡略化された五体投地を三回繰り返した後、由宇太のために祈りを捧《ささ》げる。

——一切衆生に楽があり、楽の因もあれよかし

衆生らの苦が除かれて、苦の因もまた除かれよ

衆生らと苦の無き楽が、日々ともにあり離れざれ

衆生らが差別を捨てて、執着、怒りも離れたる平等心に安んぜよ——

この一月、厳寒の高野山で命を落とした由宇太の魂はとうにその骸《むくろ》から抜け出て、風となって飛び去ったことだろう。できることなら再び人間として生まれ変わり、今度こそはまっとうに生き、働き、好きな女と結婚し、子供を作って、人並みに幸せな人生を

送ってほしい。そんなことを願いながら、正彦は自らが作り出した仏に、これまでになく真摯《しんし》な祈りを捧げていた。

マンションのエントランスの自動ドアが開くと、朝日が瞼《まぶた》を射た。秋も深まり陽がだいぶ低くなっている。正彦は無意識に片手を額の前に翳《かざ》す。迎えの車はすでに来ており、ドライバーが慌《あわ》てて降りてくると、ドアを開けた。

戸田公園に礼拝堂と宿坊を合わせた「真法会館」が完成したのはつい一週間前のことだ。社員のための研修、福利厚生施設をうたっているためだろう、落成式には正彦たち聖泉真法会の関係者は呼ばれなかった。そしてこの日、森田から正式な招待を受けた。矢口も呼ばれていたのだが、彼は人が集まる日曜日に中野新橋の集会所を空にするわけにはいかない、と言って、断った。本当のところ少しばかり気後れと戸惑いを感じているのだろう。若者や女性の心をたちまちにして摑み、普通の会社員に対してもそれなりにそつのない対応のできる矢口だが、森田の回りにいるJCやライオンズクラブのメンバーたち、それぞれが一国一城の主《あるじ》である中小零細企業の社長たちだけは、苦手のようだった。

競艇場近くの緑の水辺を眺めながら、マンションと小規模な工場が軒を連ねる一角を通り過ぎると、今も取り壊されずに残っている「株式会社モリミツ」と書かれたコンクリートの門柱が見えてくる。

敷地の奥まったところに建てられた礼拝堂は、平屋建てで窓が少なく、一見したところ、小規模なコンサートホールか、貸しスタジオのようだ。渡り廊下で繋《つな》がれたその脇に軽量鉄骨造りの宿泊棟がある。

前回来たときには、外装工事は完了していたが、内部はコンクリートの床がむき出しになっていた。

車が礼拝堂に横付けされると、森田が駆け寄ってきてドアを開けた。

「業者と役所以外で、外部の方に中をお見せするのは先生が初めてです」

森田は息を弾ませた。

「私は外部の者ですか？」

軽い調子でまぜっかえすと、森田は「いえ、めっそうもない」と慌てて否定した。

正彦は、頭《ず》が低くなりすぎないように注意しながら、礼を述べた。

エントランスに踏み入れた足が、無意識に止まった。長身で坊主頭《ぼうずあたま》の男が、深々と頭を下げている。黒いスーツと短く刈り込んだ髪がやくざのように見えたのだ。あの高山大学出身の増谷だった。

「彼には、施設の管理と社内の月例行事を担当してもらうことにしました。先生、雑用があったらいつでも彼に申し付けてやってくださいよ」

増谷は正面を正面から見詰め、「よろしくお願いします」と神妙な口調で言った。

「それはいいけど、総務の仕事はだれがやるの？」

「は？　自分です」

整った眉《まゆ》を小さく寄せ、増谷は答えた。

「会社では普通に働いてもらってますよ」と森田は鷹揚《おうよう》に笑った。

正彦はうなずき、「ここでは、自分を差して『自分』とは言わない方がいいよ、『私』と言いなさい」と注意した。

「はっ」と増谷は小さく頭を下げる。

玄関は靴を脱いで上がるようになっている。正面のロビーはカーペット敷きで、脇が事務所だった。

増谷の用意した革のスリッパを履くと、「一般の信者や社員は裸足《はだし》で上がってもらうことにしています」と森田が説明した。

増谷は二人を奥の礼拝所に案内する。分厚い扉を開け、彼は壁際《かべぎわ》に並んだいくつもの照明のスイッチに掌《てのひら》を押し当てるようにして無造作にオンにする。

窓一つない内部が光に溢《あふ》れた。正彦は眩《まぶ》しさに顔をしかめる。照明の明るさではない。金の須弥壇《しゅみだん》、金の仏、金糸を織り込んだ布、金の灯籠《とうろう》、金の法具、金の蓮《はす》の造花、ありとあらゆるものが、赤みを帯びた金色に輝いていた。

無意識に後ずさっていた。仏像一体でも、三百万円は下らないだろう。小さな金剛杵《しょ》一つでも、二、三十万を越える。飾りも含めた総額は……。恐ろしくなってきた。

「いかがでしょう」

森田は微笑《ほほえ》んで尋ねた。

落ち着けと、正彦は自分に言い聞かせる。

「いい礼拝所をお作りになられましたね」

「よろしければ、あちらは引き払って、一日も早くこちらにいらしてください。ここを本部として使ってください」

「考えておきましょう」と勿体《もったい》をつけながら、「なかなかいい仏様です」と正彦はうなずいた。

金色の須弥壇の中央に鎮座しているのは、腕を胸元で交差させた持金剛だ。その回りに小さな金色の鋳造仏がいくつも置かれている。釈迦、薬師、無量寿、燃燈《ねんとう》、弥勒《みろく》……。どれも整った顔立ちとプロポーションをした美麗極まる仏たちだ。背後の壁には曼陀羅《まんだら》がかけられている。

どうみても日本の物ではない。

そのとき森田の携帯電話の呼び出し音が、黄金の礼拝堂内に鳴り渡った。

二言、三言、言葉を交わし、すぐに切ると、正彦の方に駆け寄ってきた。

「すみません、うちの社員がまもなく来ますんで、入信式をやっていただけますか」

「けっこうでしょう」と重々しくうなずく。

「彼を助手に使ってやってください」と増谷を指す。

増谷は黙礼してその場を離れ、祭壇の香炉に火を入れ、灯明をつけた。香炉の形も香の香りも、紛れもない仏教のもので、矢口が見つけてきたようなギリシャ正教で使うものではない。しかし乳香の神秘的な香りに慣れてしまった正彦には、この香りは京都あたりの観光寺院の本堂に漂っているものと同じで、むしろ世俗的な印象がある。

二十分ほどして、足音が入り乱れて近づいてきた。扉が開いたとたんに、それまで聞こえていた話し声が止まった。

ワイシャツとネクタイの上に作業着を着た男三人に、ライトブルーの事務服姿の若い女が一人、金色の礼拝堂を前に怖《お》じ気《け》づいたように立っている。

すでに灯りは消され、無数の灯明の光に、金色の祭壇と仏たちが浮かび上がり、呼吸しているかのように揺らめいた。

茫然《ぼうぜん》とした様子で祭壇を見上げている男女に増谷が近づく。

両手を出させ、その掌に粉のようなものを振りかける。塗香《ずこう》といって汚《けが》れを払うための香木の粉だ。

「手をすりあわせ、胸の前で組んで、こうして静かに指を抜いてください」

真言密教の作法だ。以前いた寺で行なっていたのだろう。

「それではこれから入信式を行ないます」

増谷は宣言した。正彦はいつも通りの手順で進めていく。

その隣で、増谷は聖水を入れた瓶を取ったり、信者に授ける布を用意する。その所作といい正彦の唱える経文に唱和する声といい、矢口よりは様になっている。

略式の五体投地までがチベット仏教僧そのもので、気を許したらこの男に教団を乗っ取られるのではないか、と不安になるくらいだった。

儀式は、完璧《かんぺき》な形で終わり、新たに信者となった社員の顔には、以前、何度か正彦がモリミツで行なった入信式で出会ったような、冷ややかで不信感に満ちた表情はない。

増谷に付き添われ社員たちが帰っていったのと入れ替わりに、グレーのスーツ姿の六十がらみの男が入ってきた。いまどきポマードでなでつけたような、不自然に黒光りする髪と、強烈な整髪料の匂《にお》いに覚えがあった。

「ヴィハーラ商会の石坂さんです。内装も含めて、この中は全部、お願いしましてね」

森田が早足で男に近寄り、正彦の方に向き直った。

「どうも、その節は」と男は、浪曲師のような潰《つぶ》れた声で挨拶《あいさつ》した。

以前に商工会議所の催しで、森田に紹介された美術商だった。主にインド、ネパールの工芸品を扱っているという。

聖泉真法会《せいせんしんぽうかい》が、チベット仏教の系統だと正彦が説明したことから、森田は彼に内装を請け負わせ、仏像や曼陀羅《まんだら》を購入したのだろう。

「どうでした、ネパールは？」

森田は、石坂という、その美術商に尋ね、それから正彦に説明する。

「実は石坂さんは、この春、ネパールのパタン市の名誉市民として表彰されましてね」

「いやあ」と石坂は、整髪料の匂いを漂わせて油光りしている頭をかいた。

彼が社長をしているヴィハーラ商会は国内のある密教系大教団とともに、この春、現地に仏教美術の製作者を養成するための専門学校を設立した。ネパール国内の貧民層とチベット難民の子供たちを対象に、彼らの手に職をつけさせ自立させるのが目的だという。

「私なんぞ、大したことはしてませんから、名誉市民とはいってもブリキみたいな勲章をもらっただけですが、回向法儒《えこうほうじゅ》先生は銅像が建ちましたよ」

石坂は喉《のど》の奥から、リード管を思わせる金属的な笑い声を立てた。

「回向……」

正彦は思わず問い返した。信者四十万人とも言われる新興大教団、恵法三倫会《えほうさんりんかい》の教祖だ。本部道場は名古屋に置いているが、最近、急速に首都圏に勢力を広げている。下部組織に多くの気功師を抱えており、彼らによる施術《せじゅつ》が布教に一役買っている。

「たったの三千万ですよ、日本円で。それで向こうじゃ学校が建ってしまうんですよ」

　森田が耳打ちする。

　なるほど、と心の中でうなずいた。つい二、三ヶ月前回向法儒はインドにあるチベット仏教寺院で高僧の称号を授けられた。新聞の片隅に載った小さな記事でそれを知った正彦は、度肝をぬかれたものだった。

　そう簡単には授けられるはずもないゲシェーという称号を得るために、いったい回向がどれだけの金を使い、何をしたのだろうと思いを巡らせたものだったが、おそらくその手の慈善事業をあちらこちらで行っていたのだろう。経済格差を背景にした寄付は、思いの外大きな効果を生む。

「しかし恵法三倫会が、なぜまたネパールやインドに目を向けたのでしょうか？　それにゲシェーといっても恵法三倫会はチベット密教系ではなかったようですが」

　石坂は二重顎《あご》を引いてうなずいた。

「回向先生は宗派などにこだわりませんよ。だから短期間のうちにあれだけ教団を大きくできたんです。器の大きな方で、同じ仏教徒として、チベット仏教を支援し続けているんですよ。何しろ、本家本元のチベットは紅衛兵が入ってめちゃくちゃにしたでしょう。それはひどいものですよ。彼らは教育も何もないただの野蛮人でしたから。ダライ・ラマがインドに亡命しましたが、ネパールという国もあれだけ貧しくても、仏教徒であるチベット難民を受け入れたのですよ。カトマンズの町に行ってみると、臙脂《えんじ》の衣の坊さんが歩いているでしょう？」

「え……ええ。そうでしたね」

正彦は学生時代に旅行したときに見たあの町の喧噪《けんそう》を思い浮かべる。

「連中は、チベットから逃げてきた僧侶《そうりょ》たちですよ。もともとあの町の人々が信仰しているのは、ネワール仏教といってチベット仏教とは別物なので。僧侶だけでなく、華人の迫害を受けて多くのチベット人が、ネパール国内に入っている。しかし受け入れても、経済力がないからネパール政府としても彼らの生活を十分に保障することはできない。国内の人間ですら、あれですから。しかも王子の国王暗殺事件があって以来、内政はガタガタで、国境付近は、凶悪なマオイストが席巻していて治安が乱れている。やはり仏様を信仰する者としては、指をくわえて見ているというわけにはいきません。私もそんな回向先生に大いに共鳴するところがありまして、できるかぎり協力させていただいているというわけです」

流暢《りゅうちょう》すぎる説明に胡散《うさん》臭さを覚えながら、正彦は「それは立派なことです」とうなずく。

「ところで」と森田が、そこが閉まっているのを確認するように、礼拝堂の扉に目をやった。

「施設については、うちの方でご用意させていただいたのですが、仏像や法具については、聖泉真法会の方でお買いになったということにしていただきたいんです。その方がよろしいかと」と森田は声をひそめた。

「ええ、それは、もちろんそうしたいところですが」

いったいどれほどするのか、と値踏みする。一番安い物でも仏像一体あたり七、八十万円。本尊は三百万を下らないだろう。それに法具祭具一切を含めると、二千万は間違いなく越える。

とっさにこの年の収入をはじき出してみた。サヤカを始めとする信者の献金、森田からもらう祈禱料《きとうりょう》、研修講師謝礼だけでも、今年に入って一千万を越えている。さらに経営者たちを対象とした瞑想会《めいそうかい》では一回開催するたびに、七十万円以上の収入になる。

昨年まで、所得税の申告はしていなかったが、今年はそういうわけにはいかない。税務調査が入らぬ前に、手を打っておかなければならない。少し前、そんな話を何かの拍子に森田にした。おそらくそのことを覚えていて、森田は経費で落とさせようとしたのだろう。

「おいくらくらいで」

正彦は無意識に声をひそめ、黄金の仏たちに視線を向ける。

石坂はポケットから手帳を取り出し、その白紙に「14」と書き込み、目を上げて正彦を見る。視線を外さないままそれに0を書き加えていき、三桁《けた》ごとにカンマで切る。最後に大きく¥の字を書いた。

一千四百万。正彦が予想したのより安い。

「これだけ真法会さんからうちにいったん振り込んでいただいて、後から全額、戻す、ということで」

「寄進、ということですか」

正彦は確認する。うっすらと事情が見えてくる。

「しかしうちは宗教法人ではありませんし、かりにそうだとしてもヴィハーラさんからうちに献金した分は、そちらの損金として認められませんが」

「当然ですよ」

石坂は鼻先で笑った。

この男だけは自分の正体をわかっている。この男の前で教祖の仮面を被《かぶ》る必要はない。そう思うと正彦はむしろ安堵《あんど》した。

「実際のところは、これらの仏様は私のところで寄進させていただきます」

森田が口を挟んだ。

聖泉真法会の口座から、ヴィハーラの口座に金が振り込まれた後に、ヴィハーラからはわずかな手数料を引いた後の現金が聖泉真法会に戻される。実質的な代金はモリミツからヴィハーラに支払われる、と森田は説明する。

「一応、この建物は社員の研修福利厚生施設という名目で建てられているんで、仏像を一千何百万も買ってはまずい。そこで教団の方で買ったことにしてもらうのです」

しかし森田の方は、一千万を越える金をどんな名目で支出するのだろうか。施設の備品として、美術商からインテリアの類《たぐい》を買ったことにするには、金額が大きすぎる。しかも二重に領収書を切ったヴィハーラは大損する。

「森田さんに払っていただくのは、本尊と眷属《けんぞく》、法具込み込みで百万少々といったところでしょうかね。玄関ロビーに飾るタピストリーを買っていただいたので、大半はそちらの代金です」

石坂は正彦にぴたりと視線を合わせたまま微笑した。

「百万……」

玄関には、満月がヒマラヤの峰を照らし出す様を織り上げた見事なタピストリーがかかっていた。あれが百万というのはまず妥当な金額であるし、社員のための研修福利厚生施設に置いたとしてもおかしくはない。しかしそれと仏像十二体を合わせて百万少々ということはあり得ない。

森田が気まずそうに、正彦の顔をうかがっている。

「ご心配なく。私は損をしておりませんので」

石坂の声が一段と低くなった。

「すばらしい仏さんでしょう」

「ええ」

「よく見てくださいよ、そこいらの寺に置いてある仏さんとは出来が違います。何しろカトマンズやパタンあたりの仏像製作は伝統がケタ違いですからね。歴史的に見ても、チベットの大寺院の仏像のほとんどは、ヒマラヤを越えてネパールから運ばれたものだということをご存じでしたか？」

「いえ」

「とても学生が作ったようには見えませんでしょう」

「学生？」

問い返した後に思い当たった。ヴィハーラ商会が、恵法三倫会とともにパタン市内に作ったという仏教美術の製作者養成校、そこの生徒の作品だ。

「学生とはいっても、ここまで作るのは研究生レベルです。チベットから逃げてきた難民の子供や、国内のそれこそ最下層カーストの子供たち、耕す土地もないままにカトマンズに下りてきた少数民族の子供たちがですよ、十七、八歳になると、こういうものを作るようになるんです。こうして手に職をつけていけば、山の中に入ってマオイストの手先になって、銃を持って同胞を襲う、なんてことをしないですむわけですよ」

石坂の口調が初めて熱を帯びた。

正彦はあらためて仏像に目をやり、驚きと感動に打たれた。

「すばらしいことです」

この国では、衣食と安全を保障されていながら、精神的な欠落感を振りかざし、働くでもなければ、学校に通うでもなく青春を浪費する若者達がいる。似非《えせ》教祖として彼らを抱え込んだものの、何もできない自分と、他国に学校を作り、現地の若者達の自立を手助けし、商品の販路まで開拓しようとする恵法三倫会やヴィハーラの活動とを引き比べ、情けなさとも歯がゆさともつかぬものを感じる。

「すると原価はどのくらいなんですか」

金色の仏像群に目をやり、正彦は尋ねた。石坂の隈《くま》の浮いた目元に横じわが寄った。

「先生、それだけはご勘弁ください」

確かに業者にそれを尋ねる方が悪い。

「輸送費やら、梱包《こんぽう》の手間賃やら、けっこうかかるんですよ。うちとしては、一般のお客さんには、さっき申し上げたような金額で売っているんです。それでも欲しいというお客さんはたくさんいらっしゃるわけですから。しかし森田さんとは長いつき合いなんで、ここは一つ、損をしてでも、立派な祭壇を作ってさしあげたいと思いまして。かといって、森田さんにだけ、市価の一割以下で売ってはこれは具合が悪い。税務署さんからもどういうことだ、と痛くもない腹を探られる。友達づきあいだから、損は承知で売りました、では世間は通らない。それで桐生《きりゅう》先生に面倒なことをお願いしたという次第です」

「しかしそれでは一千四百万分の売り上げがそちらに計上されて、ヴィハーラさんが一方的に損をする」

「そのあたりは、まあ、こちらとしても今後、先生にはいろいろお世話になることがあると思いますから」

石坂は鷹揚《おうよう》に笑った。

持ちつ持たれつか、と正彦はつぶやく。取引先、同業者、金融機関、いくつもの組織が絡《から》む複雑な関係だ。短期的利害では計れぬこうした繋《つな》がりの上に、この手のビジネスが成り立つ。

ふと思いついた。

「代金は支払いますので、一体、譲ってもらえませんか。中野新橋の方にある本尊が小火《ぼや》に遭ってしまいまして。修理はしたのですが無残な姿になっていますので」

「聖泉真法会の発祥の地に置かれる仏様ですね」

石坂は平板な口調で確認し、祭壇中央の持金剛《じこんごう》を指さした。

「これと同じタイプの物でいいですか」

「部屋が小さいので、もう一回り小さい方がバランスがいいですね」

「すると台座まで入れて、一メートルくらいですね。先生のところに置かせていただくのに三百万というわけにはいきませんから、これで」と片手を見せた。親指を折り、次に開く。四、五十万という意味だ。

ここの本尊と同タイプで、高さ約一メートルの鋳造仏が四、五十万……。

「お願いします」

その程度の出費で済むなら、あのマンションの須弥壇《しゅみだん》にいる本尊を早急に取り替えた方がいい。うっかり落としでもしてひび割れ、中のワインボトルが見えたら、ただの恥さらしでは済まない。

「信者の中にも、こうした仏像なら欲しいという人が出てくるでしょうね」

正彦は、本尊の脇《わき》に立っている観音像を見上げる。額からおとがいにかけ、一続きにくっきりと際立《きわだ》っている鼻筋、切れ長の眼《め》。胸から腰にかけてわずかにくねらせた肢体がえもいわれぬ官能の気配を立ち上らせる。

「美術品としても一級ですよ」

石坂がうなずく。

「心の拠《よ》り所となるような、できれば普通の家の仏壇に納まるような小型のがいいんです」

「台座まで入れて電話の子機くらいのサイズですかね」

わかりやすいたとえだ。

「十五センチくらいの、身代わり観音みたいなものもあったらいいですね」

石坂は、うなずいた。

「それならここにあるような研究科の学生の作ったものでなくてもいいでしょう。もう少し若い学生でも、いいものを作りますよ」

「もちろん。若い人が懸命に作った仏様こそありがたい。向こうの国の青少年の教育と経済的自立のために一肌脱げるなら、聖泉真法会としてもうれしい」

本音だった。

「で、肝心のことですが……」

石坂は声をひそめた。

「原価はともかく輸送費と梱包のためのコストはかかります。とはいえ鋳造物なので数がまとまれば」

石坂は言葉を切って、正彦の表情をうかがった。

「二、三十センチのもので一体、五千円でも卸せないことはないですが……」

「けっこうでしょう」

正彦は石坂の視線から逃れるように、祭壇を見上げたまま答えた。

ロビーには、森田の達筆な筆字で、菩薩行《ぼさつぎょう》の実践のための六つの完全な行い、六波羅蜜《ろくはらみつ》を記したものが、貼《は》り出されていた。

布施《ふせ》、持戒、忍辱《にんにく》、精進、禅定《ぜんじょう》、智慧《ちえ》。

この六つの単語に信者は迎えられる。

真っ先に来るのが「布施」か、と正彦はその文字に見入る。正彦のアイデアでもなければ、森田の希望でもない。大乗の教えの根本にこれがあって、本来の趣旨から外れた形で、多くの大教団の集金システムを思想的にささえている。しかも普通の商売のように、商品なりサービスなりを提供する見返りに、金をもらうのではない。信者が仏の境地に達するための手助けとして、金をもらってやるという理屈だ。

少なくとも自分は、そうは考えない。心身の安定と生きる指針を与えるというサービスを提供して、その対価をもらう商売だと捉《とら》えている点で、世の宗教家よりははるかに良心的である、と正彦は思う。

事務所、ロビー、手洗い……この会館のあらゆるところに六波羅蜜が貼ってある。特に手洗いでは、便座にかけたとき、ちょうど目の高さにくる壁に、これがある。

布施、持戒、忍辱、精進、禅定、智慧。

こちらの行為一つ一つに対して呼び掛けてくる。

施しをせよ、身を正しく保て、辛《つら》いことにも耐え忍べ、努力せよ、瞑想《めいそう》せよ、世の中の一切が空《くう》であることを認識せよ……。

ロビー脇のカウンターでは、バター灯明や健康茶といった、もともと聖泉真法会で取り扱っていた商品に加え、祭壇に捧《ささ》げる五穀や菓子といった供物《くもつ》、梵字《ぼんじ》を印刷した魔よけや御守り、線香、仏画や曼陀羅《まんだら》なども売られている。もっとも少額の布施が、それらを買うことだ。

暮れにかけ、教団に落ちる金は、驚くほどの勢いで増えていった。

物品の売り上げも順調に伸びていく。しかも仕入値は、他の商売に比べ圧倒的に安い。借金、家賃ともにゼロだ。

研修施設という名目上、真法会館では社員やパートタイマーを対象とした研修も行われる。祭壇前に緞帳《どんちょう》が下ろされ、折り畳み式の椅子《いす》が並べられると、礼拝堂はごく普通の大会議室に変わる。そこで衛生管理や安全教育といった、きわめてまともな研修が行われる。その後は隣にある宿泊棟の和室で酒や食事が振る舞われる。

そうした研修に参加した社員が、土産物品の感覚で、健康茶や御守りを買っていく。

石坂に会った二週間後、正彦は信者達をこの黄金の礼拝所に集め、本部を中野新橋の集会所から戸田公園のこの場所に移すことを宣言した。

教団の管理運営のための事務局も、集会所の片隅からこちらに移った。今、玄関ホールを入った右手にある事務室が、事実上の本部となっている。

経理や総務については増谷が、教育、広報、宣伝については矢口が責任者となった。その下で働く事務担当者について、正彦は、学歴はあっても仕事のない教団内の若者や、現在、NPOで働いている雅子を連れてきたかったのだが、森田はモリミツの社員を数人、教団専従として置いた。

社員とはいえ、入信式を行なった信者だ。名簿の作成や金の出入りといった、地味ではあるが、重要な仕事を任せるとなれば、身分的にも能力的にも信頼のおける社員に任せたいと森田が考えるのも無理はない。正彦はあえて異議は唱えなかった。

年が明けると、ネパールから工芸学校の生徒たちの作った観音菩薩像が大中小合わせて百体届き、またたく間に売り切れた。一体、日本円にして五千円から二万円で仕入れたそれらの仏像は、その六倍の価格で、販売された。それでもヴィハーラ商会からギャラリーなどに流れて売られる価格に比べればはるかに安い。

名目上、それらは販売されたのではない。

本部のロビーに置かれた三体の仏像の背後のプレートには、「一口三万円からの喜捨をいただき、身代わり観音をお分けいたしております」と書いた。つまり販売してしまえば、それは収益事業とみなされるが、寄付という扱いである限り供養《くよう》、戒名料同様に、信者が教団に拠出する献金とみなされる。

さらに説明書きには「浄財の一部は、ネパールのパタン市にあるチベット難民と地元青少年のための仏教美術工芸学校の運営資金として活用されます」とつけ加えておいた。ロビーの壁の三面に、仏像の鋳型《いがた》作りのために、真剣な眼差《まなざ》しで粘土像にヘラを当てている少年や、鋳造仏の最後の仕上げをする青年の姿を捉えた写真が貼り出されていた。

もちろん学生の作とはいえ、技術的に稚拙な部分はない。どこかの寺に奉納されている水子地蔵や通販の身代わり地蔵尊のような、大量生産のプラスティック製品でもない。指の一本一本、宝冠の細かな装飾に至るまで丁寧に作られており、工芸学校の生徒たちの細心な仕事ぶりが窺《うかが》われる。そのうえヒンドゥー美術の影響を直接受けたネパールの鋳造仏は、インドの美女を思わせるその顔立ちといい、華やかな衣装といい、中国、朝鮮半島経由で入ってきた日本の物に比べ、造形的に見る限り遥《はる》かに美しい。

最初に仕入れた仏像が売り切れた後に、追加で仕入れた品に関しては、不況下だというのに、一体三万円の小サイズだけでなく、十万の中サイズ、そして三十万の大サイズまでが順調に売れた。

口コミで広がったのか、東京郊外の住宅地に住むニューエイジ系のナチュラリストや、自称アーティスト、あるいはアジアンテイストの美術品に凝っている女性たちが、ベトナム陶器やバリ絵画を手に入れるのと同様の感覚で買っていく。

もちろん「販売ではない」と強弁する以上、宗教行為の体裁は必要なので、正彦か増谷、二人がいないときには矢口が、客を礼拝堂に入れ、その無病息災を祈願する。

信者でない彼らは、金ぴかの須弥壇を目にしたときは、たいてい眉《まゆ》をひそめるが、それがネパールの工芸学校の生徒によって作られたもので、代金は現地の貧民層の子供たちの教育支援と、チベット難民支援に使われているという説明を聞くと、表情が一変する。そして帰るときには、たいてい千円札を一、二枚、余分に置いていく。

ヴィハーラ商会から仕入れた商品による利益の三割は聖泉真法会から再びヴィハーラ商会に戻される。仏教美術工芸学校への寄付だ。もちろんその三割のうち、どれだけが現地に届けられるのかは、定かでない。

まもなくネパールの工芸学校から礼状が届いた。半信半疑ではあったが、寄付金は、間違いなく現地に届けられていた。ネパール語で綴《つづ》られた少年たちからの手紙には、恵法三倫会と交流のある現地の仏教組織の人間の手によって日本語の訳文が添えられている。

送られた金によって、学校に新しいストーブが入った、水道が引けた、道具を新しくすることができた、といった報告と礼に続き、自分たちの作ったものが日本の人々に幸福と豊穣《ほうじょう》をもたらすことができますように、という祈願文が続く。

胸が熱くなり、正彦は思わず手を合わせていた。

増谷が、そのネパール語の手紙を訳文とともに額に収め、仏像やバター灯明、御守りなどの売場に貼り出した。

ヴィハーラから頼まれごとがあったのは、しばらくした頃のことだ。

電話では話せないから、と石坂は夕刻、自ら本部に車で乗り付けると、正彦を後ろのシートに乗せて東京に向かって走り出した。渋滞する道を走りながら、石坂は、「実は、信者さんを二十人ほど、貸してほしいんですよ」と切り出した。

何をしたいのか、瞬時に察した。

「名前だけですね」

経費水増しのために人件費を架空計上するつもりだろう。あまりにも古典的な脱税の手口だ。すぐにばれる。

「いえ、実際に、お借りしたい」

「というと?」

ヴィハーラの客のほとんどは、資産家や美術愛好家といった固定客で、目利《めき》きの社員が営業を行い、高額な商品を取り扱っている。しかしそれとは別に、最近では一般客を相手にホテルやデパートで展示会を開き、雑貨を含めた、比較的安価な製品の販売も始めた。そこで会場設営や運搬、販売補助といった仕事をしてほしいと言う。

「おばさんではなく、できれば若い方がいいのですが」

本当に人手を必要としているようだ。

「しかしうちの若いのは……」

正彦は口ごもった。そんな仕事ができるようなら、そもそも教団になど来ていない。

「いや、実際の仕事はほとんどありませんよ」

バックミラーの中で、石坂は黒ずんだ瞼《まぶた》を上げて、上目遣いにこちらをうかがっている。

「確かにうちの社員がそこで働いているということを見せておきたいんで、なるべくたくさんの人に入れ替わり来てもらいたいんです」

「ああ……」

正彦はうなずいた。名前だけでは足りないので、顔も貸せということだ。

ヴィハーラは彼らに給料を払い、その給料の大半が彼らから献金として聖泉真法会に寄進され、それが聖泉真法会からヴィハーラに戻される。単なる経費の水増しでは、調査が入ればばれる。そこで実際に人を動員し金を動かす。教団を一つ抱えていれば、様々な使いみちがある。そのために教団を設立する会社があるくらいだ。

あまり危ない橋は渡りたくないが、前回の仏像売買に関する架空領収書の件もあり、断るわけにはいかなかった。

正彦の承諾を取り、信者を回してもらう約束を取り付けて、東京までくると、石坂は東銀座にある料亭の駐車場に車を入れようとした。そちらにヴィハーラの社員が待っていると言う。

「話は終わりですか？」

正彦は尋ねた。

「ええ、一応、さっき申し上げたことをご了承いただければ」

これから約束があるから、と宴席は辞退した。物言いたげな石坂を残して車を下りた。

石坂がどこか行くところがあるなら送るというのを断り、暗い路地を表通りへと急ぐ。

自宅のマンションに戻り、集会所にいる矢口に電話をかけ、呼び出した。

テーブルを前に向かい合って座り、「口外無用だ」と念を押し、石坂からの申し出を伝える。

「いい話じゃない」

矢口は膝《ひざ》を打った。

「もし彼らが、そういう形で社会と接することができたら、いいよね」

あまりの無邪気さに、あいた口がふさがらない。石坂の申し出が、仕事のない若者に職場を提供することだと思い込んでいる。

正彦は石坂の目的を懇切丁寧に説明する。

「それは……まずいでしょう」

今度は腕組みし、うめくように言う。

「だが、さっき、あんたが言ったように若い者が外の世界と接触するチャンスにはなる。とりあえず仕事に行き、バイトの真似事《まねごと》をするわけだから、リハビリ代わりにはなるだろう」

「考えておきますよ」

矢口は立ち上がる。

「考えてる暇はない」

正彦は仏像を購入した際の領収書の件について話した。少し驚いたような表情で、矢口は正彦を見つめた。

「だれだって税金なんか払いたくないですよ、しかし」

そこまで言いかけて、矢口は口をつぐんだ。

「しかしなんなんだ」

「もっと別の手だってあるんじゃないですか、脱税でなく、節税の」

「たとえば?」

少し間を置いて矢口はぽつりと言う。

「宗教法人にするとか」

法人化すれば、確かに布施《ふせ》や供養料、献金について課税されないのはもちろん、仏像や健康茶などの物品販売やその他営利事業についても、一般企業よりも遥かに小さな税率が適用される。そのうえ世間に対して信用度が増す。

しかし宗教法人として認証されることは、そう簡単ではない。オウムの事件後、宗教法人法は改正され、その条件は格段に厳しくなっている。

「第一、どこに申請書、出すんだよ」

「東京都」

涼しい顔で矢口は答える。「聖泉真法会を始めて三年経《た》ってるし、教義と礼拝施設があればいいんでしょう」

「三年ったって、中身の問題だし、そう簡単には下りないんだよ。礼拝施設にしても、ボロマンションの一階では」

「戸田公園に立派なのがあるじゃないですか」

「あれはうちのものじゃない。実態はともかくモリミツの研修施設であって礼拝堂なんかじゃない」

「しかし実際に、僕たちはあそこで礼拝をしているわけだし、家賃払って借りたことにすれば」

「あれはモリミツって会社の資産で、ちゃんと減価償却してるんだよ」

なぜこんな自明のことがわからないのだと、いらつく。法人化された場合の大きなメリットを知っているからこそ、余計に矢口の無邪気さに腹が立った。

結局、矢口は、若者たちに声をかけ、交代でヴィハーラの展示即売会場に行かせてくれるようにという正彦の申し出を飲んだ。

一方、鉄筋コンクリート造りのモリミツの施設にヴィハーラが作り上げた黄金の須弥《しゅみ》壇《だん》は、宗教法人の認証など無しでも、それなりの信用力の確保と権威づけに役だっている。森田の知り合いの経営者を始め、つてのある人々が黄金の礼拝堂と美麗な仏たちのパンテオンを見物するために、真法会館を訪れるようになった。

開業医の屋敷にある古武道場で定期的に行っていた瞑想会《めいそうかい》と同様のものも、本部で開かれるようになった。僧の資格もなければ、仏教の正規の修行も積んでいない、単に、ゲームブックを書くために仕入れた知識しか持ち合わせていない正彦の言葉に、それなりの地位も分別もある男たちが、愚かしいほど素直に従い、須弥壇の正面で結跏趺坐《けっかふざ》ないしは、半跏趺坐《はんかふざ》の姿勢を取り、目を閉じる。

聖水を振りかける簡単な清めの儀式の後に、灯りを消し、バター灯明の光に輝く黄金の須弥壇の前で、彼らは禅の真似事をする。

ここでは中野新橋の集会所で使っているようなヒーリングミュージックはかけない。代わりに水のしたたる音を録音しておいたものを聞かせる。

香の煙の漂う中で、彼らは正彦に言われるままに、宇宙だの、自分の内側だのをイメージし、ときには幼い頃の母との思い出などを辿《たど》る。

祭壇を前にしながらも、宗教色をなるべく表に出さず、精神力を鍛え、身体の健康を保ち、落ちついた晴朗な人格を身につけることを提唱する。

それでも正彦の「皆様、たいへんすがすがしいお顔になられました」などという愚にもつかない説法に、なぜか涙を浮かべる者もいる。そのたびに正彦は、組織のトップとして常に決断を迫られ、重い責任を負う人々の、何か超越的な物にすがりつかざるをえない孤独な心を思う。

変則的に行なわれていた瞑想の会は、まもなく、週一回、日曜日の午前中に定期的に行なわれるようになった。それは回を重ねるにつれ盛況になり、会員の中には受験生の息子を連れて参加する者まで現われた。

さらに正彦は、複数の企業から従業員を対象にした瞑想会にも呼ばれる。布教も、オカルトじみた話も一切せず、思想信条的にも色がついておらず、精神の鍛錬と晴朗な人格形成のため、と称して、座禅の真似事をさせる常識的な顔をした教祖は、日本人一般にある宗教アレルギーをほとんど誘発することがない。

正彦一人では手が足りなくなり、瞑想指導や儀礼の進行を増谷に代わってもらうことも多くなった。増谷の祭司ぶりは、堂に入ったもので、評判はすこぶるいい。反対に教宣部長であるはずの矢口は、そうした場ではまったく役に立たない。儀礼を司《つかさど》る所作の一つ一つに軽さが見えるのはしかたないとして、その情緒的で日常的な言い回しには、女子供を相手にした甘さと新興宗教の怪しさが感じられ、組織の上層部にいる人間を相手にした商売は任せられない。彼は中野新橋の集会所で生きづらい若者たちや八方ふさがりの女たちの相手をしていることこそが似合う男だった。

引きこもりの息子が予備校に通い出し大学に受かった、問題が発生したとき積極的に決断を下せるようになった、自分が鍛えられ壮年としての気力が養われて、インポテンツが治った……。その手の礼状が本部に送られてくる。

また正彦は会員に対し、寝る前に十分間の瞑想の習慣をつけるように、と勧めているのだが、そのときに宇宙をイメージするための手助けとする梵字《ぼんじ》の「阿《あ》」を大書した掛け軸や、小さな仏像が飛ぶように売れる。

瞑想会に参加するうちに、ごく自然な形で入信する者もいる。金になる、質のいい信者が、増えていく。

本部を戸田公園に移してから半年もした頃のことだった。

自動ドアが開かないように体をねじ曲げ、不自然な姿勢でガラス戸から内部をのぞき込んでいる中年の女がいた。

「どうぞ、お入りなさい」

たまたま外に出ていた正彦は、背後から声をかけた。

振り返った女の気まずそうな顔に見覚えがあった。

「何を躊躇《ちゅうちょ》されているのですか？　私は、いつでも戻ってきたければ戻っていらっしゃい、と申し上げたはずです」

サヤカの心中未遂事件に抗議して脱会した信者の一人だった。

女はうつむいたまま、何度も頭を下げロビーに入る。

裸足《はだし》でカーペットを踏みしめて、礼拝室に入った女は須弥壇の前で打たれたように立ちすくむと、そのまま崩れるように正座した。

涙を流しながら一心に祈っている。あれから何があったのかわからない。しかし再び、何かにすがりたい心境になったとき、黄金の須弥壇と高い評判が、彼らを教団に呼び戻す。

他者《ひと》も俗物、我も俗物、と心の内でつぶやきながら、正彦は「ラマと三宝に礼拝いたします。一切の事物は清浄なるゆえ、私の本質もまた清浄です」と唱え、女に唱和させた。

女の再入信をきっかけに、脱会した大教団の信者が、つぎつぎに戻ってきた。しかも他の教区の信者まで引き連れてくるところは、彼らが初めてやってきたときと同様だ。仏と須弥壇の黄金の威力は、彼らにもっとも大きく作用した。

さすがに島森麻子だけはやってこなかった。親しくしていた信者の話によれば、あれ以来、すべての宗教とすっぱり縁を切って引っ越していき、今は、東京郊外にある電子部品工場でパートタイマーとして働いているという。

中野新橋の集会所の方はそのままになっている。焼け焦《こ》げた跡は改修されることもなく、処分したくても、特殊な間取りなので一般住宅としては売りにくい。何より築四十年の店舗用物件では、値段もつかない。

矢口に任せて放っておくうちに、一時は真法会館に来るようになった信者たちの一部が、再びそちらに戻っていってしまった。

サヤカや真実《まみ》たち、ほぼ創立時からいるメンバーや、生きづらい系の若者達は、金ぴかの須弥壇と、瞑想会にやってくる人々の、強者の論理に通じるところのある道徳観や、上下関係を内包させた折り目正しさに馴染《なじ》めない。狭く暗く焼けこげた集会所の方が居心地良い者たちは、確かにいる。

とはいえ矢口から聞いたところによれば、意外なことには、とうてい使い物になるとは思えなかった若者達は、ヴィハーラに派遣されたとき、単に「社員が存在する」ということを証明する以上に、現場でそこその仕事をしたようだった。

少し前、用事があって中野新橋の集会所に行ったとき、若い女性信者が正彦に唐突に話しかけてきた。

「横浜会場の仕事、楽しかったです。なんか自分でも、とりあえずやればできるのかな、みたいな」

茶色の髪、だらりと胸元の開いた木綿のトップにジャージの上着。短いジーンズから出た白いふくらはぎが死んだ魚の腹のようで、奇妙な生臭さを感じさせる女だったが、しばらく見ないうちにどことなく様子が変わっている。

「これまで働こうとか、仕事みつけようとか考えたことなかったけど、矢口さんが行ってって、いうから行ったんです。あの人、好きだから。そしたらなんか私でも、できるじゃん、みたいな……」

女は続けた。

「そう。簡単なことなんだ。あなたの心の中に、火が灯《とも》っていなかった、というだけのことなんだから、これからは一本灯った火をあちらこちらに灯して行けばいいんだよ」

正彦は励ますように、女の肩を叩《たた》いた。

中山の子分のように、いつも彼について歩いている青年は、企画交渉能力がない上に、自分で段取りをつけて作業することさえできずに、いったん就職した広告代理店をクビになった。しかし、今回、指示された通りに会場を設営、撤収することについては、何の問題もなくできた。彼はヴィハーラの社員の指示を教祖の指示と受け止め、何も考えずに従うことで混乱を避けられた、と語った。

中学校以来、断続的に十年以上も引きこもった挙げ句、集会所だけには出てこられるようになった青年は、初対面の客との応対や、会場の担当者などの指示を受けるために必要なやりとりはできた。職場や学校のような継続的な人間関係は、彼を怯《おび》えさせるのだが、一時的な関係ならそうしたことはない。それ以上に、教団からの指示ということに、義務感とともに安心感を得たらしい。そこに選択の余地はなく、自分の意思で選んだ結果について、何も悩む必要はないからだ。

こうした信者達の心理を利用すれば、聖泉真法会はもっとも効率的に人材派遣業を営むこともできるだろう。しかし正彦にそんな気はない。

彼らに対してヴィハーラの正社員として支払われた給料のほとんどは聖泉真法会が吸い上げ、ヴィハーラに還流させてはいた。しかし若者たちの手元にはアルバイト料として、高くはないが、作業に見合った日当が残るようにした。内部告発を恐れていたということもあるし、金のない信者からむしり取ることによって成長発展するような教団ではたかが知れている、と考えたからでもある。

初めから二つのグループに別れていた聖泉真法会の信者の間に、居場所の棲《す》み分けまでできたことは、教祖にとっては好都合だった。

企業人やその家族を対象に、倫理的ではあっても宗教色の薄い「錬成会」の側面を打ち出すことは、経営的に好ましい。しかしそちらに焦点を合わせるほどに、山本広江たち普通のおばさんはともかくとして、非常識で非力な若者たちは、教団にとってのお荷物どころかマイナスの広告塔になる。脱会させるわけにはいかないが、常識人である「錬成会」の会員や、鎌倉の寺に座禅を組みに行くセンスで瞑想会に参加する一般人の目に触れさせたくはない。

マンションの一階の貧乏たらしい手作りの祭壇と、座会のためのテーブルを、若者達のために確保し、彼らをそこに隔離するのは教団にとって必要なことでもあった。

小火《ぼや》で半分焦げた祭壇には、今、本部にあるのと同タイプでやや小型の持金剛が一体、鎮座している。ただし祭壇の中央ではなく、向かって右手にだ。

本尊として中央にいるのは、未《いま》だに矢口の作った石膏《せっこう》粘土の仏だ。

それまで拝んできた仏を退《ど》かし、金色の美麗な仏が中央に置かれることを、真実たちが拒んだのだ。尊格も立体曼陀羅《まんだら》としての構図も無視して、集会所の本初仏は粘土の仏でありつづける。

秋に入ると信者の数は二千人を越えた。もちろんちまたの怪しげな新宗教でも、六ケタ、五ケタの信者数を公称しているところは五十を下らないから、数字だけ見れば聖泉真法会は零細な教団の部類に入る。しかし地域組織も持たず、実質的には正彦と矢口という二人の教師しかいない教団がこれだけの信者を獲得したというのは、予想した以上の成功だった。もちろんこの人々がすべて、本部や集会所を訪れ、入信儀礼を済ませたわけではない。

ネット上の教団は相変わらず盛況で、ここにアクセスしてきた者は、正彦や矢口と、対話や問答を行った上で、たいてい会員として登録する。その上で聖泉真法会の会報に当たるものを配信する。登録は無料だが、希望者には白絹や仏像、健康茶、御守りを始め、香や香炉、「阿字」を書いた紙など、瞑想《めいそう》を助ける品々も通信販売する。

教団のホームページには、本部の建物の写真、交通アクセス、瞑想会や行事の報告、会員による随想なども掲載され、その内容は当初よりもさらに一般的なものになっていた。管理と更新に、真実たち若手の信者も携わっていたが、主体は増谷を中心としたモリミツの社員に変わりつつある。

また帳簿付けや物資の仕入れや販売、行事の企画と信者への連絡や情報発信といった教団運営の実務についてもほとんどをモリミツの社員が行っている。

かといって正彦の影響力が落ちているというわけでもなく、社員に教団を乗っ取られる恐れはない。それをしたところで何のメリットもないことを森田も承知している。

行事は、この年、目白押しだった。元旦法会《がんたんほうえ》から始まり、節分祈禱《きとう》会、涅槃会《ねはんえ》、仏生会《ぶっしょうえ》、世界薫香祭《くんこうさい》、萬灯供養会《まんどうくようえ》……。その合間にいくつもの瞑想会があり、正彦は頻繁に出かけていく。

正彦が不在のときには、増谷が十分に教祖の代わりを務めてくれる。

正彦と違って正しい仏教知識を持ち、様々な儀礼にも精通している増谷に本部を任せておけば安心であったし、今のところ正彦に反旗を翻《ひるがえ》す様子はまったくない。

中野新橋の集会所に詰めている矢口は不満をもらすこともない。正彦に不採算部門と揶揄《やゆ》されても、さほどこたえた様子もなく、真実やサヤカなど、多少壊れた若者たちの相手をしている。

少し前に森田の提案でビデオも作ったのだが、これが思いの外売れていた。悠宝《ゆうほう》出版という製作販売会社は、ヴィハーラ商会の石坂が紹介してくれた。

もちろん内容は聖泉真法会《せいせんしんぽうかい》の布教ではない。精神鍛練と心身の健康、晴朗な人格形成を目的とし、聖泉真法会の瞑想方法を紹介するハウツービデオだ。正彦の解説と説法、結跏趺坐《けっかふざ》、半跏趺坐の方法、座布のあて方、観想のためのイメージ映像と音、瞑想の手助けをする香や曼陀羅といった品々の紹介……。懇切丁寧で具体的なビデオは、わずか数日で作られた。

モデルとして画面に登場したのは増谷で、頭を丸めさせ、墨染の衣を着せると、その所作といい、厳粛な表情といい、密教僧というよりは、禅僧のような雰囲気が醸《かも》し出された。

そちらのイメージを打ち出した方が聖泉真法会の上客たちには受けることを、正彦はもちろん、森田や増谷も知っていた。

禅寺は意外なほどの売れ行きを示した。それまで座禅に興味は持っても、禅寺は敷居が高く、一人で座るにしても、作法がわからないという人々が意外に多くいたようだった。

当初は正彦たちが意図した通り、企業の経営者や幹部社員の間で売れたが、次には厳しい環境下で、生き残りをかける一般のサラリーマンが買い始めた。

精神集中、晴朗な人格形成、自己鍛練といったコンセプトを前面に押し出した実践法ビデオは、まさにビジネス書感覚で売れた。

そのビデオのことを聞いて、さる中堅出版社から正彦に執筆依頼が来たのは夏の盛りのことだった。先方が送ってきた企画書に書かれた社名に目をこらし、正彦は未だ捨てられないままに、ファイリングキャビネットの底に重ねてある原稿用紙五千枚分のゲラを思い出した。

ゲームのノベライズ本を書いていた頃、いつかはここからオリジナルの小説を出したいと痛切な憧《あこが》れを抱いて眺めたことのあるいくつかの出版社名の一つだった。

五千枚のファンタジーから、宗教が生まれ、バブルとなって膨らみ、さらにその矮《わい》小化《しょうか》された神髄が、サラリーマンの生き方読本となって、金を紡《つむ》ぎ出そうとしている。

どうにでもなれ、と正彦は思った。後戻りなどできない。ここまでくれば自分の作り出した虚構に実人生を乗せて、突っ走るしかない。

真法会館の事務局にやってきたのは、まだ二十代と見える女性編集者だった。様々胸に去来する思いとともに、相手をみつめていた正彦に向かい、女性編集者は言った。

「ビデオ、拝見しました。とてもわかりやすくて、タメになったんですが、うちから出すのは、本ですので、あそこに紹介されていたハウツーだけじゃなくて、桐生《きりゅう》先生の提唱する心構えや生き方のようなものにも触れてほしいと思いまして」

「いえ、生き方を提唱できるほど、私は偉くはない。ただ仏様の導きに従っているだけですから」と謙遜《けんそん》した正彦の言葉を遮り、女性編集者は忙《せわ》しない口調で続けた。

「それで先生は、たいへんにお忙しくていらっしゃると思いますので、ご執筆のお時間を作るのも難しいでしょうから、ライターをこちらでご用意いたしました。その者が先生のお話をうかがってまとめるということでいかがでしょうか。もちろん先生には、その後で納得されるまでお目を通していただくということで……」

「どうぞ、お帰りください」

反射的に答えていた。思慮の余裕など失っていた。突き上げる不愉快さを吐き出すようにそう言っていた。

編集者は狼狽《ろうばい》し、泣き出しそうな表情になった。

「いえ、もうしわけありません。そういうつもりではなく……」

「私はタレントでもコメディアンでもない。ゴーストライターが書くというなら、私の名も、聖泉真法会の名もいらないはずではないですか」

俺は、かつて物書きだった。物書きとしての夢を追った。夢のために、まっとうな人生を失ない、引き取り手もない五千枚の原稿を残した……。言葉にできない言葉が、頭の中をかけ巡る。

「先生、失礼なことを申し上げたのでしたら、お詫《わ》びいたします、ですから……」

取りすがるように女性編集者は言う。

かまわずに正彦は、事務局にいた社員を呼んだ。

「こちらの方、お帰りなので、タクシーを呼んであげなさい」

そう言い残し、彼女に背を向けた。

事務室にいた増谷が、もの言いたげに正彦の顔をみつめている。この話を受けたのは、増谷だった。悪くない話だと判断したから正彦に取り次いだ。それをなぜ断ったのかと問いたげに、正彦から視線をそらさない。

何も説明しないまま、正彦は本部を後にした。自宅に帰ってふて寝するのも大人げない。

久しぶりに中野新橋の集会所に行った。

集まっていた若者たちが、一瞬、言葉を止めた。居住まいを正し、礼儀正しい笑みを浮かべる。何か空気が変わっている。

中山が「お帰りなさい」と声をかけてきた。確かにお帰りなさい、だ。彼らにしてみれば。屈折した思いを抱いて、本部から逃げてきた教祖の心中などだれにもわからない。

「どうしたんですか、こんな時間に」

正彦の様子から、何か深刻な事態が起きたと判断したのだろう。矢口が強《こわ》ばった表情で尋ね、奥の事務所の方を指さす。向こうで相談した方がいいか、という問いかけだ。

「いや」と首を振った。

話す気にはなれない。矢口に話したところで、薄笑いとともに肩をすくめられて終わりだ。その程度のことだった。

それからまもなくしてビデオを製作した悠宝出版から執筆依頼が来た。内容は、その前に中堅出版社から要求されたものとほぼ同じだ。教祖が機嫌を損ねて断ったという噂《うわさ》が伝わっていたのかどうかは不明だが、こちらからはゴーストライターを立てるという話はない。

「よろしいでしょう、お引き受けしましょう」

正彦は、ことさら重々しくうなずいた。

編集者が帰った後に、彼の持ってきた悠宝出版の刊行物リストにあらためて目を通したとき、そこに恵法三倫会《えほうさんりんかい》の回向法儒《えこうほうじゅ》による著書が数冊含まれているのに気づいた。内一冊は、最近のベストセラーだ。もちろん信者が複数買ったものではあったのだが。「現代人の生きる指針となるような本を幅広く作っております」と、担当者は自社の仕事について語っていたが、「守護霊との対話」「驚異の前世療法」「成功への秘密」と怪しげなタイトルが並ぶ中に、「カイラス巡礼」「ヒマラヤの青い芥子《けし》」といった旅行記風な内容を想像させる本もある。もちろん圧倒的多数は一般書籍だった。

その夜から、正彦は仏教書と首っ引きで、キーボードを叩《たた》き始めた。仏教用語の辞書登録は、増谷が引き受けてくれた。

瞑想のノウハウについては、本部やあちらこちらの企業の研修施設で指導した通りのことなので、迷う部分はない。しかしただのハウツー本を書くつもりはなかった。

ひたすら密教に偏《かたよ》った修行体験重視の姿勢は、由宇太《ゆうた》の陥ったような、狂信による悲劇を生む。そうした神秘的で非合理的な境地に、安易に人の心を陥《おとし》れてはならないというのは、正彦なりの良心でもある。修行と理論を学ぶことは、仏の境地に人を運ぶ車の両輪だ、と正彦は考えていた。

とはいえ顕教《けんぎょう》の理論の難解さは正彦の手にあまる。解説書と辞典を積み上げ、なんとかまとめ上げたものを、「細かな誤りがあるかもしれないのでチェックを入れてくれ」と、二週間後に増谷に手渡した。

本部で、プリントアウトを受け取った増谷は、「急いでいないから、後でいい」という正彦の言葉を無視して、その場で読み始めた。怜悧《れいり》な切れ長の目に何の感情も浮かべず、赤ボールペンを手にすると、いきなり正彦の文章を線で消し、何かを書き込む。「チェックを入れてくれ」と言った手前、失礼な、と怒り出すこともできず、恐る恐る様子をうかがっている正彦の視線を意識する風もなく、増谷は黙々と書き込みを始めた。

二時間後に戻ってきた文章は、躊躇《ちゅうちょ》も遠慮もなく直されていた。特に、空性《くうしょう》に関する理論は、全文に赤線が引かれて消され、増谷の文章に差し替えられている。

正彦はぽかんとして、目の前の男の顔を眺めていた。その青白い額のあたりに漂う、冷ややかな知性に、恐ろしさを感じた。微塵《みじん》の後ろめたさも見えない。そのくせ正彦をないがしろにする様子もない。付け焼刃の仏教の知識を振り回す似非《えせ》教祖を軽蔑《けいべつ》した風もない。しかし彼が正彦の口にする仏教理論の底の浅さ、それがせいぜいゲームブックレベルのものであることを最初から見抜いていたことは確実だった。

「いや、どうもありがとう。さすがに高野山《こうやさん》大学出身だ。きちんと直してくれたことを感謝するよ」

正彦は、動揺を押し隠し、鷹揚《おうよう》な口調で礼を述べる。自分の知識の浅さを自覚しているから、とりあえず悔しさはない。

増谷は「いいえ」と首を振った。

「私の書いたものも、必ずしも正しいとは限りません。もちろん宗派によっても見解は分かれると思いますので」

謙虚であまりにそつのない口調に圧倒されながら、正彦は増谷の指示通りに直し、その几帳面《きちょうめん》な赤字をパソコンで打ち直す。

打ち上がった原稿を今度は、矢口に回した。こちらも元は本作りを商売にしていた人間だ。売り方、見せ方についての参考意見を聞きたかった。

しかし一般の人々を相手に、金を払わせて本を買わせてきた矢口の指摘は、増谷よりもさらに手厳しいものだった。いったん増谷の手によって、真っ赤に訂正の入れられた原稿は、今度は矢口によって鉛筆で真っ黒に疑問点が書き込まれて戻ってきた。

空性理論の部分については特に厳しく、そこの全文を鉛筆で囲い、「不必要なので削除でも？」と書いてきた。

「ふざけるなよ、ここが重要なんだ」

正彦は、修行一辺倒の宗教の危うさを説明し、理論の大切さを力説する。しかし矢口は、ここで「空」だの「実在」だのと、しちめんどうくさい理屈を長々と書き連ねたりしては、読者はその先を読まずに捨ててしまう。それどころか「仏教」という宗教臭さが鼻につき、最初から避けるだろうと言う。

「こんなものを出したら、書店で、宗教、哲学の棚に放り込まれますよ。どうする気ですか? ビジネス書として流通しなかったら、何の意味もないんですよ」

いつもの軽さ、もの柔らかさは、その口調からは微塵も感じられない。プロの意地を見せつけるように矢口のもの言いは強硬だ。

「しかしたとえばだよ、オウム真理教の信者が、なぜあんな教祖のマンガみたいな妄想に乗っていったのか、ちょっと考えてみてよ」

真言崇密教《すうみつきょう》の由宇太の例を引くのは、あまりに心が痛み、正彦はオウムを引き合いに出した。

「修行至上主義になぜ傾いていったのか、彼らは顕教の知識が皆無だったからだ。空性の理論をまったく理解しないまま、すべてを実在論で解釈したんだ。だからあんな醜悪な千年王国を夢想するに至った」

「それならわかりやすい」

矢口は、持っていた鉛筆で原稿をぴしりと叩いた。

「空性だの実在だのはわからないけど、そういう格好でオウム批判をやれば、なんかこの人の言ってることは正しいんじゃないか、とか思う。それからもっとわかりやすく、身近なたとえを入れよう」

「相手はビジネスマンだろう。アニメ世代の若者じゃない。仏教用語は適度に入れた方がいいんだ。多少観念的でもいい。丸暗記して訓示を垂れるのに使ったり、飲み屋でひけらかすには、仏教用語は格好がいい」

矢口は聞いていない。原稿をしばらく睨《にら》みつけていたが、やがて顔を上げて、「図式を入れよう」と言った。「要するにオヤジの参考書を作ればいい、ということですよね」

「図式化……」

これこそ、理論の根本を理解していなければできない作業だ。正彦の手には負えない。言い訳を考えている正彦の目前で、矢口は増谷に電話をかけ始めた。教祖を飛ばして、直接、彼に頼む気だ。今さら、失礼だと腹を立てる筋合いもない。

二言、三言、言葉を交わした後に、矢口は受話器を元に戻し、親指を立て、「お安いご用だそうです」と、白い前歯を見せて笑った。

図式化についてはそれでかたがついたが、矢口はもう一つ注文を出してきた。

「知識云々《うんぬん》よりね、桐生さん、大衆は泣きたいんですよ。いいですか、ビジネス書しか読まないようなオヤジこそ、心の芯《しん》の部分では泣きたいんです。心に染《し》みるような、泣かせる説法を、一発、かませましょう」

こいつのこういう口調で説得されて、俺は道を踏み外したのだったっけ、と正彦は再び五千枚の原稿のことを思った。新宿ルノアールの、煙草《たばこ》の煙にかすんだような店内の情景がまざまざと脳裏によみがえる。

「泣ける話と言えば、モリミツの社長と長男が手打ちして、インドネシアに工場を作ったって、あれか？」

「手打ちしてインドネシアに工場、じゃないでしょう、桐生さん」

矢口は居住まいを正し、顔をぐっと近づけてきた。

「身近な人から和解を進めていくことこそ、平和への道という、あれです。インドネシア人の嫁さんに涙を流して謝って、やがてご長男のおかげで海外進出を果たすとか……」

「わかった、わかった」

それ以上、説明されるまでもない。その場で森田に電話をかけ、実名を出さないことを条件にエピソード掲載について許可を求めると、森田はふたつ返事で承諾した。ただし商品イメージの問題があるので、インドネシア工場については、あまり具体的に書かないで欲しいという。

正彦はそれから二時間足らずで、老社長とその息子との涙の再会を題材に、「親の心、子の心を感じて生きる」を小見出しにした腐臭漂うような「泣ける話」を書き上げた。

「集中力と決断力を高める　チベット高僧の智慧《ちえ》」とタイトルのつけられたソフトカバー本は、発売から二日後に売り切れた。即日増刷が決まり、それと同時に巻末で紹介された瞑想《めいそう》を助けるグッズの注文が来た。

本を読んで本部にやってきて、信者として登録した者もかなりいた。一方で元からの信者や会員は、本を複数買って、知り合いに配る。特に正彦の瞑想会の顧客である経営者などは、百冊単位で注文する者もいる。また本の内容に共感した読者は、より具体的な実践法を求めて、ビデオを買う。

常識的に、プラグマティックにという正彦の戦略と、「大衆は泣きたいんだ」という矢口の読みは見事に当たった。

まもなく月刊ビジネス誌から取材依頼が来た。「ストレス社会を乗りきる」という企画で、瞑想法について話を聞きたいという。

記者は、道場の取材を申し入れてきたが、正彦はそれについては断った。「ちまたの怪しげなカルト教団のイメージで受け取られると困る」という理由をつけた。本当のところ、戸田公園の本部を道場ないしは教団施設として紹介されたら、モリミツの「社員研修施設」という建前が通用しなくなるからだ。また中野新橋の集会所に来られて、昼間からたむろし視線があらぬ方向に飛んでいる若者になど取材されたら、イメージダウンもはなはだしい。

結局、都心のホテルに部屋を取ってもらい、インタビューを受けた。例によって身体と精神が密接に関わっていること、瞑想が心身を錬磨し気力を養い、晴朗な人格を作る上で有効であること、ただし正しい方法で行わなければならないことなどを話し、後は当たり障《さわ》りのない仏の慈悲の話で締めくくる。

次にはテレビの主婦向け情報番組から出演依頼が来た。こちらも施設の取材は断り、スタジオに足を運んだ。宗教団体の教祖自体を揶揄《やゆ》するような口調の司会者に反発することもなく、正彦は日々の健康法としての瞑想の有効性を淡々と説き、「すべての幸せは家庭から」と主婦の役割をそれとなく持ち上げ、最後は「仏様のあまねくこの世を照らす慈悲」という言葉で締めくくる。

ホームページへのアクセスも急増した。また問い合わせや、相談の窓口として著書や雑誌記事に載せた本部の電話番号に、電話が頻繁にかかるようになって、専用回線を引いた。

組織内には教宣部があるので、そちらの責任者である矢口を中野新橋から呼び寄せ対応を任せたが、内容によっては、増谷や正彦に代わる。

簡単な問い合わせに見えても、まがりなりにも宗教団体を標榜《ひょうぼう》するところに電話をしてくるからには、相手にも何か事情がある。一般の信者に応対はまかせられない。

大半は、本のタイトルにうたわれた「集中力」「決断力」といった勝ち組に回るための力を身に着けたいと本気で願う者か、そうでなければ悩みを抱えた者からの相談だった。また、本の性格上、読者を装《よそお》って電話をかけてくるマスコミ関係者もいる。

何よりも良識ある対応が必要だった。ちまたの怪しげな教団のように、「このままではあなたは死ぬ」「地獄に落ちる」といった低次元の受け答えをしたり、露骨な勧誘を行なったりすれば、金と地位があり、しかも長期間にわたって教団に金を落とすであろう良質な信者は逃げていく。そうした脅しにひっかかってくるような鬱系《うつけい》主婦や知性のない若者はいらない。彼らのもたらす利益は一時のものであり、狂信者となって教団のイメージを損なうか、それでなければ醒《さ》めた後に裁判を起こしたりマスコミを動かしたりして、それまで執着していた教祖への攻撃に転じる。

もちろん矢口は、そうした意味では十分すぎるくらいの良識を備えている。しかし彼は、客を見限ることができなかった。

一般社会とのトラブルを起こしそうな危なげな人々、金のなさそうな人々、あっても献金しそうにない人々は、やりとりの中でわかる。そうした人々に対しては「あなたはそのままで大丈夫です。自信をもって生きていってください」と励まし遠ざけるか、あるいは反対に、「ここは、何もしないで神仏に助けてもらおうという会ではないのです。自分自身に向き合い、自らを厳しく律して鍛え上げ、自らが仏となり多くの人々を救っていこうという意志を持つ人々が来るべきところなのです」と答えて突き離す。そうした対応は、教団として必要なことでもある。ところが、矢口は、正彦とともにビジネスとしての宗教を立ち上げた張本人であるにもかかわらず、精神的な脆《もろ》さや、癒《いや》しがたい傷を持った者たちの心に奇妙に共鳴するものを持っている。

なぜかありがたくない客を引き付けてしまうのだ。電話で話を聞いているうちに、身の上相談が始まる。端で聞いている正彦は苛《いら》つきながらも、宗教を標榜する以上、矢口の持つ共感する能力も必要だろうと思い直し、黙認する。

サラ金のブラックリストに載って、どこからも借金をできず、寒空に野宿しているという男性からの電話に懇切丁寧に矢口が答えているのを聞いたときには、さすがに「いいかげんにしろ」と止めた。しかも相手は、乳飲み子と精神に変調をきたした妻をかかえているらしい。深入りした挙げ句に、「人権」だの「ヒューマニズム」だの振りかざし居直られたら、面倒なことになる。

矢口はいったん電話を保留にすると、毅然《きぜん》とした表情で、正彦を見上げた。

「人に対する人間らしい気持ちを持たずに何が宗教ですか」

「まさか、何の目的で聖泉真法会を設立したのか、忘れたんじゃないだろうな」

事務局にいる他の人間に聞こえないように小声で、しかし凄味《すごみ》をこめて正彦は尋ねる。

「それはそうかもしれないけど、現に、こうして乳飲み子を抱えて、寒空に野宿している人間がいるんですよ。我々がごちそうを食べて、黒塗りの車で送られている間に。格差社会の底辺で苦しんでいる人はいるんです。僕も、あの頃、会社が倒産して、途方にくれて新宿を歩いていた頃を思い出すと他人事《ひとごと》とは思えないんです」

「拾ってやったのはだれだ？」

矢口は憮然《ぶぜん》とした表情で、唇だけ動かした。

「いいか、矢口。これは確かに宗教だ。悩める客、道を求め、よりよく生きたいと思う客に、精神的な安定を提供し、場合によっては精神力を鍛練してやる、というサービスを売り、対価を受け取る。その場で対価を受け取ることができない場合はあるが、それはいわば将来への投資としての意味がある。投資する価値もない、しかるべき対価も払わない、そういう人間は客ではない。考えてみろ、医は仁術だが、健保には入ってない、現金も持たない、そういう人間を診る医者がどこにいる?」

「でも、目の前で苦しんでいるのを見たら、手を差し伸べるでしょう」

矢口は立ち上がり、強い口調で言った。

「落ち着けよ」

正彦はその肩に手を置き座らせる。

「個人病院と開業医は、面倒をみない。しかし日本の国は、彼らを切り捨てない。わかるか矢口、彼らの面倒を見るのは、我々じゃない。行政だ。神経症の妻と乳飲み子を抱えた失業男が行くべき所はうちじゃない。自治体の行政窓口だ。うだうだしゃべって、その場しのぎの慰めを言ってる場合じゃない。そいつの居場所を尋ねて、地区の福祉事務所を紹介してやるのが筋だ。もう少し親切にしてやるなら、そういう相談を受けたとこちらから電話をしてやってもいい。そうして現実的な生活再建の道筋をまず建てさせた上でなければ、精神的ケアも意味をもたない」

「もう彼は福祉事務所には行ったんですよ。でも、役人はまったく冷たいそうです。何もしてくれなかった」

「そうか」

うめくように正彦は言った。

「いいか、矢口、今後、そいつには絶対かかわるな」

以前に行政機関に勤めていたからこそわかる。借金まみれの男と精神に異常を来《きた》した妻、そして乳児が寒空に野宿しているということが事実なら、対応した役人の性格にかかわりなく、法律で母子だけは必ず保護される。

福祉行政の窓口には、専門の、しかも海千山千の職員が貼《は》りついている。まったく冷たいという言葉が、何を意味するのかはわからないが、そこで拒否されたとするなら、電話をかけてきたその男に何か問題があるということだ。ただの失業者ではない。福祉ゴロか、あるいは裏の世界で、委託事業等を通じ、役所相手のシノギをしてきた男かもしれない。少なくとも乳児と女房を連れて野宿、というのは嘘《うそ》だろう。

正彦は説明したが、矢口は納得しかねたように怒りを含んだ視線で正彦をみつめただけで、再び受話器に向かい懇切丁寧に言葉を挟みながら、話を聞き始めた。

その手から受話器をもぎ取り、形のいい頭を殴りつけてやりたい気持ちを抑えながら、正彦はその場を離れた。

その夜、矢口を呼び出した正彦は、「いったん本部に呼んでおいて、まことに申し訳ないが」と前置きして頭を下げ、しばらくの間、中野新橋に詰めてくれないか、ともちかけた。

「責任者が向こうにだれもいないというのは問題だし、集まってくる信者に対しても申し訳ない」

体《てい》の良いやっかい払いであることを承知しているのか、いないのか、矢口は「僕もこちらにいる間中、ずっと気になっていたんだよね」とうなずき、翌日から中野新橋に戻ることを承諾した。

戸田公園の本部に、以前にも増して、人が訪れるようになる一方で、ホームページを見て中野新橋を訪れる者も増えていた。そうした意味では、矢口を戻すだけでなく、設備の更新も必要になっている。

正彦は、とりあえず五百万を用意してリフォームを行うように矢口に指示し、管理を山本広江に頼んだ。

しかし集会所のリフォームといった小手先の手段でいつまでも持たせるわけにはいかない。しかるべき礼拝施設と礼拝対象を備えた支部が必要なほど、聖泉真法会の事業はふくれあがっていた。

印税収入だけでも七千万円を越えようとしている。

マスコミで注目を浴びた今、もはや収入について隠すことはできない。かといって手をこまねいていれば、大半が税金で吸い上げられる。

法人化は無理としても、支部を作ることで利益を圧縮することはできる。

このところ正彦は、東京東部や多摩地区などの不動産広告に目を通し、それにふさわしい土地建物を探しているが、なかなか良い物件がみつからない。あったにしても、半端《はんぱ》に知名度の上がった聖泉真法会と桐生慧海《えかい》に建物や部屋を貸す者も、売る者もいない。

どれほど良識的な教団を標榜し、市民権を得たように見えても、宗教は、やはり普通の日本人にとっては違和感がある。近所で住民運動が起きる可能性もあり、大家も売り主も、こちらの正体がわかったとたんに、適当な理由をつけて断ってくる。

6

秋も深まった頃、ヴィハーラ商会の石坂が、森田を伴って教団本部を訪れた。陽当たりの良い応接コーナーには、息が詰まるほどの整髪料のにおいが充満した。

石坂は、ソファにかけるなり、正彦の目を正面から睨《にら》むように見つめて、左手を開いてみせた。

「これで病院を建てませんか？　先生」

「これって……」

「五千万で、建つんですよ、ちょっとした病院が」と彼は開いた左手を正彦の前に突き出した。

何をばかな、と笑いかけ、思い出した。パタンの工芸学校と同じだ。日本では億単位の金がかかるが、ネパールでなら、ちょっとしたマンション一戸分で病院が建てられる。

「その他の経費があるんで、うちの方からも一千万の寄付をさせてもらうつもりです」

と森田が穏やかに微笑した。

その目的が節税だろうとは想像がつく。しかし国内の公益法人ならともかく、直接、海外のそうした事業に寄付したところで、控除の対象にはならない。

「もちろん直接、聖泉真法会なり、株式会社モリミツなりが建てるのではなくてね、こちらの慈善団体に寄付して、そこから現地にある仏教組織に金が行き、そちらが建てるということになります」

石坂は説明した。

「確かに、桐生先生から直接、金が行くわけではありませんが、病院には、真法病院とか、慧海病院とか、そういう名前をつけてもらうとして」

「それは勘弁してください」

正彦は笑って辞退した。

「それはともかく、向こうの仏教会では、先生にゲシェーの称号を与えると言ってます」

博士という意味だ。もちろんしかるべき学問を修め、修行しなければそうした称号は受けられない。しかし恵法三倫会の教祖、回向法儒にも与えられたという話であるから、金でどうにかなる部分もあるのかもしれない。

「日蓮宗《にちれんしゅう》だの禅宗だの言ったところでね、日本の仏教は世界的な認知なんか受けてませんよ。今、欧米では仏教と言えば、チベット仏教のことです。毛沢東の軍隊に迫害されたチベットの坊さんたちが世界に散っていって布教したおかげです。その上、ダライ・ラマはノーベル賞を受けた。だからね、日本の大僧正《だいそうじょう》だの有識《うしき》だのいったって、あっちじゃ通用しません。しかしね、チベット仏教のゲシェーと言えば、大司教並みの扱いですよ」

「それで我々が寄付するのは、国内の何という公益法人ですか」

ゲシェーについては話半分に聞いて、肝心のことを正彦は尋ねる。

「NPOでしてね、『アジアの子供を救え、あすなろ村会議』」

福井県出身のある政治家が、視察で訪れた国々の貧困層の子供たちの姿に心を痛め、地元の有志と立ち上げたものだという。

設立のための第一回総会が、県内の「あすなろ村」と名付けられた施設で行われたために、そういう名前がついているのだ、と石坂は説明した。

寄付金のうち、どの程度までが控除の対象になるのか、計算をしてみないとわからない。それでもネパールに病院を建設するための五千万円の寄付は、教団のイメージアップと社会的信用獲得のための有効な手段となるに違いない。

夜、中野新橋の集会所に顔を出した正彦は、信者たちを帰し、戸締まりした後に、矢口にそのことを話した。

「すごくいい話じゃない」

税金の控除や社会的信用、ゲシェーの称号といったことに関する説明など、まったく耳を貸す様子さえなく、矢口は即座に言った。

「ほら、あっちの方って、赤痢とか結核とか、日本では考えられないような病気で子供が死んでいくわけでしょう。病院さえあれば助かるっていう話は始終、聞いていた。それがたったの五千万とか、六千万で建つんだったら、何も言うことないよね。節税のためだけにどこかにマンション買って支部作ろう、なんていうのよりよほどいいと、僕は思う」

「まあな」

確かにいい話だ。しかし何かうますぎる。

「僕たち、現地で安く仕入れた仏像を高く売ったりして、あこぎな商売とまでは言わないけれど、ちょっと、ズキッとくるところがあったじゃない」と矢口は片手で左胸を押さえた。

「でも病院を建てて、現地の人々に還元できるとすれば、すばらしいことだよね」

矢口はカウンターの中に入ると、流し台の下に隠してあった正彦のアイリッシュウイスキーのボトルを取り出し、中身をシングルグラスに注ぎ、自分の分はミルクティーを入れた。

「乾杯」

矢口は正彦をみつめ、目尻《めじり》に浅い皺《しわ》を刻んで微笑した。

「ああ、乾杯……」

心の内でかすかな警戒信号を点滅させながら、正彦は石坂のてらてらと光るオールバックの髪と、目の前に突き出された五本の指を思い浮かべる。一本一千万、とつぶやいてみる。世界が変わっていく……。

支部を作る、というチャンスは、それから一週間後、予想もしないところから飛び込んできた。神戸に住む資産家が、自宅の敷地の一部を提供したいと言ってきたのだ。

本部で電話を受けた増谷に、「提供というと、寄進するという話ではなくて？」と正彦は確認した。

増谷はうなずいた。

「庭に集会所を作るので支部として使って欲しい、という申し出です。うちと同じです。支部長の肩書きが欲しいか、どこかに名前を残してほしいのでしょう」

無償貸与、ということだ。

電話を替わろうとする正彦に、増谷は「こうした申し出には、いちいち祖師様はお出にならない方がよろしいと思います」と言い、いったん受話器を置いた。

その日の夜までに、増谷は神戸の知り合いに頼んで役所や登記所に行ってもらい、その電話の主の素性を洗い出していた。

祖父江《そふえ》というその人物は、確かに本人が電話で語ったとおりの住所、兵庫県芦屋市に住んでいた。旧居留地近くで宝石店を営んでいる資産家であることも間違いなかった。

相手は、正彦の説法をぜひ聞きたいので、失礼でなければ自宅に招待したい、と持ちかけてきた。

その動機が真に信仰心から来るものか、何か思惑があるのかわからない。しかし断る理由はない。うまくいけば関西進出の足がかりとなる。

本部に矢口も呼んで話し合った結果、何も問題がないようならそちらに支部を開設する方向で、祖父江という人物と会ってみることになった。

信者を五百人獲得してベンツに乗る、という夢は、車種がベンツでないだけで、とうに達成され、今、聖泉真法会《せいせんしんぽうかい》は正彦や矢口の目論見《もくろみ》を大きく越えて、動き出した。

「ありがたい話だね」と矢口は言い、言葉と裏腹に不安げな浮かない表情をした。

このあたりで、もういい。自分たちの手に負える規模で安定した経営をしたい、そんな思いを正彦も抱いている。しかしそんな弱気は、実業の世界では通らない。虚業であればなおさらだ。成長し肥大しつづけるか、食われて潰《つぶ》れるかの、いずれかしかない。

翌週、正彦は増谷とともに神戸に出かけた。

午後も早い時間のことで、道は混んでいない。新神戸駅前から乗ったタクシーに少し大回りしてもらい、海側の国道を東に向かう。

この前来たのは、都庁にいた頃だ。震災からまだ間もない時期の出張のことで、町の至るところに更地や、ひび割れの跡も生々しいビルが残っていたものだが、十年を経た今、一見したところ被害の痕跡《こんせき》はほとんどない。ただ脇《わき》を走る高速道路の橋桁《はしげた》が鉄板で補強されているところが、あの災害直後に繰り返し流された生々しい映像を思い起こさせる。倒壊した高速道路を、火の手の上がる町を、パンケーキ状に潰れたビルを、正彦はマンションの一室で、妻と向かい合って食事しながら、ビールのグラスを片手に見ていた。

「私はこっちに戻って来る前は、二十年も東京でハンドル握ってましたからわかるんですけどね」と運転手が言う。

「東京だったら、あんなもんじゃ済まないでしょう。東側は火の海だし、再開発地区はビルが持ちこたえたところで、土地ごと沈むね」

奇妙に快活な口調で語られる言葉を正彦はぼんやり聞いている。

あの後に、システム管理課長という立場で、立て続けに出席した防災対策会議や都議会の有様が、鮮やかに記憶に蘇《よみがえ》る。

「このあたりかな」

運転手は、芦屋川の川縁《かわべり》で車を止め、地図を見ている。

「いや、もっとずっと上の方でしょう」と正彦は答える。

東京の人間の感覚からすると、芦屋と言えば資産家の邸宅が建ち並ぶ高級住宅地のイメージがあるが、高級住宅地と呼べるのは、阪急線の線路を境にした北側で、そこでさえ小田急線沿線の新興住宅地とさして変わらない町だ。テレビや雑誌で紹介される、石垣を積んだ要塞《ようさい》のような豪邸が建ち並んでいるのは、そこからさらに曲がりくねった坂道を六甲山の麓《ふもと》まで上ったあたりだ。

強い揺れは、その一帯を避けて通っていった。下の地域の家々が倒壊し、焼けたとき、上の町での被害はごく小さいものに留まった。庭に泉水を持つ家があって、水道が止まっている間、近所に水を分けて重宝がられた、という話を、正彦は、非常時こそ、持てる者と持たざる者の格差が露骨な形で表れるのか、と怒りとも諦《あきら》めともつかぬ気持ちで聞いた覚えがある。

運転手の地図を覗《のぞ》き込んだ増谷は、自分の手帳と照合しながらてきぱきと指示していく。

車は坂道を上ってはいかなかった。

人々の所属する社会階層と資産状況がそこで分れる、と信じていた正彦の生半可《なまはんか》な知識をあっさり裏切って、阪急線の線路の南側をさらに下ると、寺を思わせる板塀に突き当たった。その上からよく手入れされた植木が覗いている。塀は、どこまでも続いていて、いっこうに門が見えない。

「まさか、ここ？」と恐る恐る指さすと、増谷が表情も変えずに「そうですね」と答えた。

やがて板塀と一体となったような、門扉《もんぴ》に突き当たった。内部はまったくうかがうことができない。無愛想な門の上部に、監視カメラのレンズが光っていた。

タクシーを下りた増谷がインターホンを押すと、門扉はゆっくりスライドし、築山《つきやま》と池を配した庭園が現れた。

飛び石の上を歩いていくと、板塀や日本庭園には不釣り合いな、タイル張りの洋風建物がある。高さ二メートルはありそうな樫《かし》の扉が開き、中からスーツ姿の六十がらみの男が出てきて二人を迎えた。

「祖父江でございます。わざわざお運びいただきまして」

男は丁重に挨拶《あいさつ》して、正彦たちを玄関の中に案内した。

白大理石の三和土《たたき》に立って、回りをきょろきょろと見回したくなる衝動を正彦は押さえる。

壁にかかっている絵皿だけが目に入る。マジョリカ焼きに似た色彩の、あまり趣味のよくない巨大な皿だった。

三和土と一つづきになったような白大理石の床の上にスリッパを探していると、増谷が物慣れた足取りで、土足のまま入っていく。それでこの家は、室内は土足なのだ、と気づいた。

グランドピアノのある応接間に通され、祖父江が席を外している間に、和服姿の女性が、紅茶をいれてきた。

歳《とし》の頃は、三十代の半ばくらいだろうか。アーチを描いたような額に白い肌、わずかな受け口に慎《つつ》ましやかな官能の気配が漂っている。とはいえ、しっとりした和風の美人というわけでもない。遠来の客をもてなす挨拶の口調にも物腰にも闊達《かったつ》さが感じられ、少し下がり気味の目元になんともいえない愛嬌《あいきょう》がある。

妻にしては年齢が離れすぎているが、ここが間違いなく、祖父江の本宅であることからすれば、愛人ということは考えにくい。娘なのかもしれない。女は特に自己紹介はしないから、祖父江とどんな関係にあるのかわからない。

まもなく分厚いアルバムのようなものを抱えて、祖父江は戻ってきた。

祖父江の経営している宝石店の社史のようなものだった。明治の頃に外国人相手に始めた店は、現在も日本ではかなりのブランドのようだ。

その店が地震で倒壊した。新ビルに建て替えた直後のことだったという。

一階二階が店舗で、三階がオフィス、四階は住居になっていた。不運なことにその住居に、一人娘とその夫を住まわせていた。さらに不運なことには彼らに子供が生まれたばかりで、祖父江の妻が泊まり込んでいた。

建て替えたばかりのビルと、商品と、家族全員を祖父江は失った。ちょうど彼の五十五歳の誕生日の前日のことだった。

言葉を失い、正彦は目の前の資産家と視線を合わせることもできず、そのアスコットタイの水玉模様をみつめていた。それが水玉ではなく細かな象だと初めて気づいた。ジム・トンプソンだ。

「こちらの家も亀裂《きれつ》が入りましてね、修理する気になればできたのですが、取り壊しました。幼い頃の娘や妻の思い出がしみついた家でしたからね。夕暮れなど、一人で座敷に座っていると、庭の水まきを終えた妻がふと入って来るような気がするんですわ」

淡々とした口調で祖父江は語る。正彦は胸が詰まって、相づちを打つのもままならず、視線を伏せる。

再建の意欲を失ったまま、それから八ヵ月後、祖父江はインドのバラナシに行き、二ヵ月間、滞在した。以前から行っていたロータリークラブの援助活動で、そちらの都市とは縁があったからだ。

「人の命はあっけないものです。にもかかわらず人は永遠に変わらないものがあると信じている。この生活が、今の世の中が、このままいつまでも続くのではないかと、漠然とそんなことを考えて五十数年生きてきて、あの地震で、すべては幻想なのだと思い知らされたのですよ。来る日も来る日も、私はガンガーの堤に腰掛けて考えていました。バラナシはすごいところですよ。人が死にに来るんですよ。同時に生きるためにやってくる。そんなところで一人の修行僧と出会いました」

「ガンガーのほとりで？　サドゥーですか」

「いえ、仏教のお坊さんです。募金の受け入れ窓口になっていた事務局に関わりのある方でダラムサラからいらした。その方にお会いして、私は日本語しかわかりませんので、向こうで会った日本人に通訳してもらったのですが、言葉もそうですが、その方の物腰や微笑《ほほえ》みに徳の高さが表れているのです。その方にお会いしたことで人生観が変わったような気がいたしました。それで日本に戻ってきて驚きました。庭に水が湧《わ》いていたんですよ。これは奇蹟《きせき》だと思いました。庭の真ん中の、少し窪《くぼ》んだところから澄んだ水が湧いて、裏門の方に水路ができて流れ出しているんですよ。妻や娘や孫が、あなた、しっかりしなさいよ、生き残ったあなたがすることは、たくさんあるんですよ、そう励ましてくれているような気がしました」

彼は従業員や活力を失った町のために再興を決意した。ビルを建て直し、異人館の中に店を出して、これまでとは違う客層を狙《ねら》った商売も始めた。借金はかなりあるが、収益は順調に上がるようになった。しかしこの二、三年、庭に湧いた泉の意味を再び考えるようになったという。

単に物質的な復興に留《とど》まらない、何か魂の救済のようなことを自分は託されているのではないか。そんな気がして、彼はいくつかの寺や教会を回った。そこで様々な宗教指導者や教祖に会った。しかしバラナシで出会った仏教僧のように、心に響く真実味や超越性を感じさせる人物はいなかった。そのとき知人を通じて、東京にいる教祖のことを知った。古いマンションの小さな布教所で、家族の問題や体の不調で苦しむ人々の相談に乗りながら、慈悲の心を説き、宇宙の真理について語る清貧な教祖……。

意外な思いで正彦は、目の前の老人をみつめた。彼が伝え聞いたのは、食品加工会社の一角に黄金の礼拝所を構え、良識と保守的な道徳観を柱に、「錬成会」を組織する教祖のことではなかった。

「先生の説かれること、先生の行ってこられたことは、まさにあのときバラナシで会ったお坊さんと同じなのです」

ダラムサラから来た僧といえば、チベット密教僧に決まっているのだから、そのフェイクであり、カリカチュアである自分の言葉が似てくるのは、当然のことだ。剃髪《ていはつ》せず丸刈りにした頭も、彼らのフェイクだ。

「日本には本当の意味で信仰するに値する宗教はない、と思っておりました。しかし先生のお話を伝え聞くにつけ、ついに人生の師と仰ぐ人に出会ったと実感いたしました」

祖父江は話し終えて、丁寧に一礼した後、背後のカーテンを開けた。

築山のふもとのじめついた植え込みあたりに小さな水たまりがあった。

「池にして鯉《こい》でも飼ったらどうかと勧めてくれる知人もおりましたが、そのままにしてあります。この泉のほとりに礼拝堂を建てたいと思っております」

「すばらしいお心がけです」

正彦は威厳を込めて言った。傍らの増谷は背筋を伸ばしたまま、ときおり小さくうなずくだけで、微動だにしない。

「ただし、礼拝堂や慰霊塔、あるいは祈念公園というものは、ただの箱です。箱が箱でなくなることが大切なのです。残された者が、どれだけ亡《な》くなった方々に手を合わせ、思いをはせてあげられるか、その思いをどれだけ自分の家族親類縁者から、その外側にいる人々にまで広げて行かれるのかということが肝心ですよ」

「はい」

殊勝な表情で老人は正彦の目をみつめた。正彦は笑みを浮かべて、その視線を受け止める。格別練習したわけではないが、最近では慈悲を絵に描いたような、ゆったりした笑みを無意識に浮かべられるようになった。目から笑う。それは説法を行う折に正彦が常に心がけているところだ。ちまたの僧や司祭たちの表情を注意深く見ていると、しばしば慈愛深い笑みを口元に浮かべつつも、目は笑っていないのに気づき違和感を覚えるからだ。

庭を潰《つぶ》し、泉のほとりに礼拝堂を建てて、聖泉真法会の支部として使ってほしい、という祖父江の申し出を、正彦は正式に受けた。

豪邸の建ち並ぶ山の麓と違い、ここなら足の便がいい。家族と死に別れた祖父江の境遇からしてトラブルも起きにくい。絶好の条件だった。

先ほどの和服の女が、果物の皿を持って現れた。

ガラスの器の中で、オレンジ色の滑らかな果肉が生々しい照りをみせている。

勧められるままに銀のフォークで口に運ぶ。舌の上にぬるりとした感触が広がり、官能的な香りが口中に広がった。

トロピカルフルーツだ。袋を持っていること自体がステータスと言われるこの近辺のスーパーマーケットの品だろう。

「ご紹介が遅れまして」

祖父江は居住まいを正すと、初めて和服の女性を紹介した。

「斎賀《さいが》澄江《すみえ》と申しまして、私の身辺の世話をしてくれている者です」

微妙な物言いだ。あらためて祖父江とその女性の年齢差を目で推し量る。傍らの増谷をうかがうと、自分は下世話なものに興味はないといった風情《ふぜい》で、微塵《みじん》の好奇心も覗かせず、神妙な表情で頭を下げた。

「彼女とはバラナシで出会ったのです」と祖父江は話し始めた。

デリーを経由して、二十時間あまりの旅をしてバラナシについたその日、ガンジス川の岸辺に腰かけて茶色の流れを眺めていると、日本人バックパッカーとおぼしき女性が近づいてきて、紛れもない日本語で言った。

「すみません、少しでいいんです。お金、貸してもらえませんか」

話を聞いてみると、彼女は同じ会社に勤めていた男との恋に破れ、退社してインドにやってきたという。最初は中級のホテルに泊まっていたが、金を使い果たし、今は、ドミトリーにいる。食べ物を買う金もなくなってしまったので金を貸して欲しい。女は意外なほど、礼儀正しい口調で訴えた。

祖父江は断った。

食べ物を買う金は貸さないが、日本へ帰る航空券なら買ってやる。君に多少のプライドがあるなら、物乞《ものご》いのような真似《まね》はやめて、日本に戻ってきちんと生活しなさい。清潔な店に連れていき食事をさせながら、祖父江は亡くなった娘よりもさらに若い女にそんな説教をした。

彼女は帰らなかった。かわりに達者な英語で、現地の人々との通訳をしてくれた。ダラムサラから来た僧の言葉を通訳してくれたのも彼女だった。その彼女が、知りあってから一ヵ月目に突然、姿をくらました。

バラナシの町を隅から隅まで探してようやく見つけたとき、女は安宿の連なるベンガリー小路界隈《かいわい》でも一番不潔なドミトリーの、男女相部屋の二段ベッドで、体中から異臭を発して横たわっていた。金を使い果たし、麻薬に溺《おぼ》れ、汗さえ出ない状態で虫の息になっていた。

これも菩薩行《ぼさつぎょう》の一つと思い、祖父江は彼女を救い出し、インド国内の病院に数日間入院させた後、日本に連れ帰ってきた。

以来、澄江は実家のある東京の葛飾《かつしか》には戻らず、そのまま祖父江の元にいるという。

「そこで」と祖父江は居住まいを正した。

「彼女には長く、身の回りの面倒を見てもらっております。妻も亡くなって十年が過ぎました。このあたりでけじめをつけてやりたいと考えておりまして」

正彦は澄江という女性にもう一度、目をやる。

和服の価値はわからない。しかしそうとうに高価なものを、いかにもなじんだ風に身につけたその様子からは、十年前、バラナシのドミトリーの熱気と湿気とドラッグの臭《にお》いの中に沈みかけたバックパッカーの面影はうかがえない。葛飾出身の元OLの面影さえない。

いったいこの十年、祖父江はこの女とどんな関係を築き上げたのだろう。いや、築き上げるというほどの、たいそうな関係などなく、単に出会ったその日のうちに、寂しさと心細さも手伝い、普通の男女の関係になっていたのかもしれない。だからこそ、彼女が突然姿を消したとき、祖父江はバックパッカーか援助団体のメンバーでもない限り、その奥深くになど決して足を踏み入れないバラナシの町を歩き回り、必死で探したのだろう。

「ぜひ、仏様の前で結婚の誓いを立てたいと思っております。そこで先生に立ち会っていただければ」と祖父江は言った。

「いえ」

とっさに断りの言葉が口をついて出た。

「先ほども申し上げた通り、形ではないのです。形式は、役所に行き入籍するだけで十分です。それ以外に形は必要ありません。誓いを立てるというのは、自分の心の内の仏様にご報告すれば済むことなのですよ。ましてや証人など必要ありません」

夕食をごちそうしたい、という祖父江の申し出を辞退し、正彦たちは豪邸を出た。祖父江の呼んでくれたタクシーに乗り込み、振り返るとテレビカメラ付きの門の前で、老人とその娘ほどの歳《とし》の女が深々と頭を下げていた。

ばかばかしさと羨《うらや》ましさと、言葉に表せない苛《いら》立《だ》ちの入り交じった思いで、正彦は息を吐いた。彫刻のように神妙な表情を崩さなかった増谷がそのとき初めて、口元にいくぶん荒《すさ》んだような笑みを浮かべた。

夕暮れも近かった。翌日、仕事のある増谷は、新神戸の駅で降りて東京に帰っていったが、正彦には海の見えるホテルが用意されている。

東京に戻れば、法話、瞑想《めいそう》の指導、打ち合せなどで息をつく暇もない正彦に、一休みさせてやろうという増谷の配慮によるものだった。

ホテルに着いた正彦はフロント前を素通りし、エレベーターでクラブフロアに上がり、そちらでチェックインの手続きを済ませた。

バトラーと称するスーツ姿の女性が最上階の部屋に案内する。

分厚い木製のドアを開けると、天井の高い部屋一杯に、レースのカーテンを透かしてオレンジ色の光が差し込んでいる。

バトラーは、室内の一通りの設備を説明した後、チェックアウトまで、自分がこの部屋の専任となるので、用事があるときにはいつでも呼んでくれるようにと言い残して戻っていった。

正彦は革張りのソファに腰を下ろしかけ、落ちつかずに立ち上がる。窓際《まどぎわ》の紫檀《したん》の机に近づき、勢いよくレースのカーテンを開けようとした。開かなかった。

机の脇《わき》を見るとボタンの並んだコントロールパネルがあり、そのボタンの一つを押すと、するするとカーテンが中央で割れて開いていく。

まぶしさに目を細めた。天井近くまで届く一枚ガラスを通し、工場や倉庫の浮かぶ海を金色に燃え立たせて、夕陽が沈んでいく。

隣の部屋は、オフホワイトの絨毯《じゅうたん》の上にダブルベッドが置かれている。こちらの窓からは、遠く関西空港が望める。

サイドテーブルに置かれていたミントフレーバーのチョコレートを機械的に口に放り込み、上着を脱ぐ。無意識にズボンまで脱ぎかけている。腰回りがきつい。

教団を始める前から、長年のデスクワークと運動不足がたたって、成人病予備軍となっていた。極端な肥満には見えないのに、体脂肪率は中年女性ほどの値を示し、血中コレステロール値もガンマGTP値も、尿酸値も高く、健康診断の際に産業医から生活を改善するように指導を受けた。

それを矢口の作る質素な食事で救われた。しかし聖泉真法会の発展とともに、食生活は変わった。打ち合せや接待が度重なり、レストランの個室や料亭で食事し、移動には車を使い、ほとんど歩かない日も多くなった。そして気が付いてみると四十をいくつか過ぎたばかりだというのに、自分の爪先《つまさき》が下腹で見えない。

立ち衿《えり》のイスラム風シャツが、これでは麻原彰晃《あさはらしょうこう》のクルタに見えてしまう。

鏡に映った顔は青白くむくみ、両頬が垂れ下がる兆候のように、唇の端が下がり口元に皺《しわ》ができている。

「まずい」とつぶやいていた。

聖泉真法会に限らず、新宗教の大半の信者は、教義教理に共鳴してやってくるわけではない。教祖の存在そのものに引かれてくるのだ。人柄や説法の内容はもちろんだが、まずは第一印象だ。

清廉《せいれん》さを漂わせた風貌《ふうぼう》が必要不可欠だ。脂《あぶら》ぎって肉のだぶついた教祖についてくる信者がいないとは限らないが、まだ実績のない聖泉真法会では、教祖の堕落したイメージは命取りだ。

正彦は着ていたものを脱ぎ捨てると、下腹の出た裸の上にバスローブをまとい、室内履きで廊下に出る。専用エレベーターでフィットネスクラブに行き、水着を借りる。

インドアプールはさほど広くはないが、プールサイドからは遠く六甲山が望める。

格別期待があったというわけでもないが、プールには、六十過ぎくらいの背中にたっぷりと脂肪をたくわえた白人女性がいるほかは、やはり外国人のビジネスマンとおぼしき筋肉質の男が泳いでいるだけで、若い女の姿はなかった。

白地に金糸でホテル名を刺繍《ししゅう》したバスタオルをデッキチェアに敷き、そのまま身を横たえたくなるのを戒め、水の中に入る。

向こう側の壁に向かい、水を掻《か》く。ターンして戻る。黙々と泳ぐ。

息が弾んで、この二、三年のうちに体力が落ちたことを実感した。弾んだ息のまま、泳ぎ続ける。意識がもうろうとし、次に奇妙に冴《さ》え渡ってきた。

自分はなぜこんなところにいるのか、自分は何を目指しているのか……。

浮力を受けて、正彦の意識もまた水中に浮かんでいた。

いつの間にか陽は暮れ、薄暗くなった水中を壁に埋め込まれたライトが照らしている。緩やかにたゆたう水に、サファイア色の光が幻《あや》しく揺らめいている。

ふと自分の目論見《もくろみ》など、この世にあまねく張り巡らされた因果関係の糸の中で、何もかも織り込み済みのことのような気がした。その中で児戯に等しい奮闘努力をして、悦にいっている無意味さを感じた。

壁が見えてきた。

水から上がり再び素肌にバスローブをまといフィットネスクラブを後にする。エレベーターに乗ろうとして、ボーイに声をかけられた。そちらは一般階へ行くエレベーターであり、バスローブ姿では乗れないということだった。

部屋に戻ると軽い空腹感を覚えた。ルームサービスを取ることもできたが、バスローブ姿で夜景を眺めながら一人で取る食事には、優雅さよりは、わびしさを感じる。

着換えてエレベーターに乗ったものの一人でメイングリルに入る気にもなれず、寿司《すし》屋《や》のカウンターにでも座ろうと、一階まで下りる。

ホテルに隣接したショッピングモールには、寿司屋の外《ほか》にチェーンの居酒屋やコンビニエンスストアまである。ドア一つ隔てただけで上層階とはうってかわった日常的な空間が広がっていた。

勤め帰りのサラリーマンや家族連れでにぎわう通路を歩いているうちに心臓が一つ大きく打った。足が止まる。

ガラスの仕切りの向こうに、懐《なつ》かしい顔がある。パンの棚に挟まれたレジで客の買ったものを袋につめている女……。二度と見たくない顔のはずだった。それが不思議と切なく懐かしい。

別れた妻だ。しかし彼女は東京にいるはずだ。実家も東京で、親しい親戚《しんせき》も友人も、関西にはいない。旅行者としてならともかく、パン屋の店員としてここにいるはずはない。

他人の空似だ。そう思って通り過ぎようとした。

ふと目が合った。相手はついと視線を逸《そ》らせて客に笑顔を向け、一瞬後に、ふたたびこちらを見た。驚きの表情が、接客用の笑みの向こうに現われる。

何か言いたげに唇が動いた。正彦は一瞬ためらった後、ガラスで仕切られた店内に足を踏み入れた。買うべきパンもなく、スコーンを二つトレイに乗せて、レジに持っていく。

「いらっしゃいませ、こんにちは」

マニュアル口調で元妻は言った後、付け加えた。

「しばらくね」

屈託のない笑顔に背中を押されるように、尋ねていた。

「何時に終わる？」

「八時」

彼女は答え、続けて尋ねた。

「出張？」

「２１１４の部屋。桐生《きりゅう》の名で泊まってる。気が向いたら電話くれ。いいか、２１１４だ」

「わかってるわ」

何がわかっているのか、わからない。部屋番号のわけはないから、桐生という名か、電話をくれと言ったことか？

スコーンの入った紙袋を抱えて店を出てから、なぜ自分は元妻を誘ったのだろうか、と思った。いきなり胸に込み上げた思慕に似た切ない思いに、正彦は戸惑っていた。別れて四年半、その間に激しく変わり過ぎた境遇に疲れているのかもしれない。その昔、確かにあった普通の暮らしに郷愁めいたものを感じてもいた。

そのまま部屋に帰った。

とにもかくにも、今夜の食事を共にする相手ができた。

レースのカーテン越しに夜景が広がっている。テーブルの上にはトルコ桔梗《ききょう》が生けられ、その脇にウェルカムフルーツの皿がある。寝室のベッドは、フィットネスクラブに行っている間にカバーが外され、官能の時を待つかのように、淡く灯《とも》ったダウンライトに、白い毛布が皺一つなくメイキングされている。

正彦はベッドサイドテーブルの上の電話機をみつめる。八時を回っても、それは沈黙していた。

自分が安定した収入と将来の地位を捨てたときに、自分を捨てた妻。夫の夢になど微《み》塵《じん》の理解も示さなかった妻。

妻が離婚届けをつきつけてきた理由は、収入、すなわち金の問題以外になかったと、正彦は今でも考えていた。

だから「女より金」というのは彼の信条になったし、危ない若い女だらけの教団で、間違いも犯さずに教祖を務めてこられた。

金と地位のために自分を捨てた妻に、宗教者としてそれなりの成功を収め、金と地位を手に入れた今の自分を誇示したいという思いがあった。ガラスの仕切りの向こうで、客の買ったパンを黙々と袋に入れている妻に近付いていくことができたのは、多少とも見返してやったという気持ちがあったからかもしれない。

いきなりドアチャイムが鳴った。チェーンをかけて開けると妻が立っている。

「あれ、来ちゃった」

すっとんきょうな声を出してチェーンを外した正彦の胸元に、元妻は袋を押しつけてきた。

「夕飯、まだでしょ」

店にあった商品だ。売れ残りを分けてもらったのだろう。正彦は苦笑した。

「これはありがたくもらっておくとして、どこかに食事に行こう。六甲のあたりにいいフランス料理店があるらしい。それとも神戸だから、やはりステーキ屋か」

「せっかく私の焼いたパンなのよ、食べて」

妻は、正彦がテーブルに置いた袋を指さし、それからあらためて室内を見回した。

「プレジデンシャルスイートっていうの、この部屋?」

「ああ。まあ、座ったら」

正彦はソファを指差す。

妻はすとんと腰掛け、袋からパンを取り出し、テーブルに並べる。分厚く具を挟んだサンドイッチが透明なパックに入っている。

「パン焼いたって、店員じゃなかったのか？」

正彦は冷蔵庫からビールを取り出す。

「焼いて、作って売ってるのよ」

そういえば妻は一時、菓子やパン作りに凝って、教室に通っていた時期があった。

「好きだったからな、そういうの」

懐かしく、少し感傷的な気分になった。

「ちゃんと修業したのよ。手に職がなくちゃ、食べていけないから」

思いの外厳しい口調で答えが返ってきた。

「へえ」と生返事をしながら、サンドイッチを齧《かじ》る。はっとした。よくあるパン屋の味ではない。サワークリームとサーモンとさらし玉葱《たまねぎ》、ローストターキーとバジル……。パンはしっかりとして歯応《はごた》えと香りがある。

「うまい」とつぶやき、ビールを飲む。妻は輝くような笑顔を見せた。

「わざわざ神戸にパン職人の修業に来たのか？」

「始めは、東京よ。パン屋じゃなくて、石窯《いしがま》ピザの店。朝から夜中まで、丸二年、休みなんてなかったわ」

紙ナプキンを手際《てぎわ》よく手渡す妻の腕を見てぎくりとした。白く光る傷痕《きずあと》がいくつもある。

「これは？」と思わず手首を摑《つか》んだ。

「火傷《やけど》」

妻はこともなげに答えた。

「窯に入れるときにね、最初のうちはうっかり触ってしまうのよ。でもそのときは夢中だから気がつかないの。後になって着換えようとしたときに、痛い、と飛び上がったりして」

「苦労したんだな」

自分と別れた後の妻の境遇を想像すると、相手から言い出したこととはいえ、同情を覚えた。

「あんまり苦労とは感じなかったわ。生きてるって実感があった。ちょっとナチュラルハイ、入ってたかもしれないけど」

それでさらに技術を磨くために、神戸までやってきたというわけか、と正彦は少し驚きながら、妻のグラスにビールを注《つ》ぎ足してやる。

「で、痛風の具合はどうなの？　肝臓の検査、してる？」

唐突に妻は尋ねてきた。胸をつかれた。こんなことをきいてくれる者は、今、回りにはだれもいない。みんな教祖様は病気などしないと思っている。矢口は人の心には敏感だが、相棒の体のことなどまるで気にかけていない。

「今のところ出てないけど、危ない。何しろ、妙に羽振りがよくなってしまって」

「うん」と妻はうなずいたが、それ以上は尋ねない。

「宗教、始めた」

今度も妻はうなずいただけだった。

「半信半疑だったが、けっこう信者が集まってきてしまって。出張のときくらい、のんびりしたいのでこんな部屋に泊まったりしてるわけだ」

あのまま都庁にいたら、副知事まで昇り詰めたって、こんな部屋には泊めてもらえなかった。それがおまえはわかっているのか、と心の内で妻に問いかける。

「で、いつまでこっちでパン職人の修業をしてるんだ?」

早朝から深夜まで、ドウをこね、腕に火傷を作って焼き、立ちっぱなしで製品を売るなどということをしなくても、元の鞘《さや》に収まってやってもいい、という寛大な気持ちになっていた。

「ずっとこっちにいるわよ」

妻は答えた。ぽかんとしていると、妻は屈託ない口調で続けた。

「こっちの人と結婚して、店を持ったのよ。今のところ貸店舗だけど」

殴られたような気がした。夫と別れ、世間の荒波に揉《も》まれ、苦労して手に職をつけ、健気《けなげ》に女一人、生きてきた。そう信じていた。まさか再婚していたとは……。

「だれかが紹介したのか……その今の相手は」

妻は笑い出した。

「学生時代のゼミ友達よ」

ということは俺とより、付き合いが古いのか？　という言葉を正彦は飲み込んだ。何をしている男だと尋ねたいのを堪《こら》えた。代わりに「最近、本を出したんだ。もっとも桐生慧海《えかい》って名前だから、わからないだろうが。ペンネームじゃないんだ」と、できる限り醒《さ》めた口調で言った。

「知ってる」と、遮るように元妻は言った。

「けっこう話題になってたし、テレビに出たのも見たわ」

彼女は、身じろぎすると、正彦を正面から見つめた。

「でも、まっとうな仕事をしてね。夢を追うのはいいけど、ちゃんとした夢を追って」

正彦は言葉を失った。自分のしていることも、今の経済力も、知名度も、妻にとってはまっとうなものではないのか。確かにそうだ。自覚していることを、妻はずばりと言ってのけた。

「日本人の多くは、宗教に対しては偏見を持っているが、事業としては、十分まっとうだよ、俺のやっていることは」

正彦は冷静な調子で反論した。妻は「そうね」と気のない返事をする。

「体には気をつけてね、成人病検診、自由業だとないから、自分でちゃんと病院、行くのよ」

元妻からすれば、二千人の信者をかかえる教団の教祖も、ただの「自由業」だった。

空になったビールの缶をことりとテーブルに置き、妻は帰っていった。

だだっ広い部屋で、正彦は教団の信者に取り巻かれて暮らしていることの不自然さをあらためて知った。いつの間にか、一般のセンスから遊離している。妻の視線が世間の視線だ。いくら収入があっても、世間はこんな仕事をしている人間をまともな人間としては見ない。支部のために土地建物を借りたくても、だれも貸してはくれなかった。

認知されたければ、政界に人を送り込めるところまでいかなければならないのだろうか。正彦は閣僚の一人の顔を思い浮かべた。

教団が、神戸支部開設の準備に向けて本格的に動き始めた頃、今度は国立《くにたち》に住む信者から、自分の土地、建物を支部として使ってほしい、という申し出があった。こちらは無償貸与ではない。画廊主であった夫を亡《な》くした七十過ぎの女が、遺《のこ》されたギャラリーと自宅の土地建物を教団に寄進したいと言うのだ。

しかし聖泉真法会は宗教法人ではない。寄進は、単なる個人への贈与ということになるので、半分は税金に持っていかれ、教団側にも莫大《ばくだい》な不動産取得税がかかってくる。

正彦は、御園新子《みそのしんこ》という画廊主の妻に、そうした事情を説明した。しかし御園は聞き入れない。税制自体がなかなか理解できないようでもあり、もともと金の苦労などしたことがないらしく、そうしたことに無頓着《むとんじゃく》な様子が感じられた。子供もおらず、夫と二人で海外を旅し、ともに絵を選び、著名な芸術家と交流し、国立市内の自宅に家政婦を置いて暮らしてきた。生活上の苦労も知らずに生きてきて、夫の病気と死が人生最大の試練になったようだった。残された妻の心を占めているのは、すでにこの世のことではない。亡き夫の魂の平安と自身の死後の救済だけだ。

正彦が、人間としての良心から、寄進などという行為がいかに不利なことか、具体的な金額を積み上げて説明していると、御園新子はそれ以上は聞きたくない、というふうに首を振った。

「教祖様でありながら、なぜ先生はそれほどお金のことを心配されるのですか。私が何か見返りを求めて、布施《ふせ》を行おうとしているとお考えなのですか」

御園は失望と軽蔑《けいべつ》さえ込めた視線で正彦を見た。信仰以前の話だった。金の苦労をしたことの無い者は、金をさげすむということを正彦はまざまざと見せつけられた。

くれるというものを拒む必要など、どこにもない。

ギャラリーと以前夫婦の住んでいた住居までも含めて聖泉真法会のものにすることに同意した。もちろん正彦はその家から御園を追い出すようなことはしない。彼女は元通りそこに住み、少し離れたところにあるギャラリーについてのみ、教団の国立支部として使うことにしたのだ。

大理石をふんだんに使った和洋折衷様式の重厚な雰囲気のギャラリーは、大正期に建てられたもので、観音開きの戸や格子《こうし》天井には、寺の伽藍《がらん》の雰囲気もある。

税金を払う都合があるので、所有権移転登記は年が明けてから行うことにして、正彦は、亡くなった画廊主に、名誉管長の称号を与えた。管長とはチベット仏教の指導者であり、宗教行事一般の責任者でもあるラマ・ウマゼーの日本語訳である。そして夫の名を、正面の壁に作った須弥壇《しゅみだん》の脇《わき》に刻むことにした。

もちろん今回も内装はヴィハーラ商会が行うことになっていた。須弥壇は黄金色で飾られることになるだろう。それがエコール・ド・パリに心酔していたという、亡くなった画廊主の趣味に合うかどうかはわからない。画廊主は信者ではない。しかし妻の御園新子はきわめて素朴に、夫はそこに飾られた仏たちによって構成される金剛の大宇宙で、永遠の安らぎを得たと信じるだろう。

少し遅れて、正彦はモリミツの森田社長にも、管長の称号を与えた。その対価として二百万円の寄付金を得た。

数日間で国立支部の内装は終わり、ヴィハーラは八体の仏像をそこに収めた。そのうち一体は、工芸学校の生徒の作ではなかった。

額や冠に宝石をはめ込んだ鋳造仏には古色がついている。買おうとしても値段のつかないものだ、と石坂が説明した。訳あって手放したコレクターがいたのだが、出所は言えない、という。

「先生は何もご存じないほうがよろしいでしょう」

石坂は唇を横に引き延ばし、うっすらと笑った。

「盗難や横領に遭ってはつまらないですから、資産台帳には他の仏像と同様の物と記載されることとです。当然ですが、領収書はお出しできません」

請求金額は九百万円だ。地下市場でコレクターに売るとすれば、この四倍の値段が付くという石坂の言葉が、どこまで本当なのかわからない。カトマンズの路上で、二束三文で売られている土産物だという可能性もある。むしろそちらの可能性が高い。

しかしそんなことはどうでもいい。ヴィハーラと聖泉真法会の間では、様々なことがらを互いに融通しあってきた。重要なのは、正彦の手元には所得として計上していない、献金などによって集まった多額の現金があり、ヴィハーラは帳簿に載らない金が欲しいということだけだ。その金をヴィハーラがどこに使うのかといったことは、仏像の出所以上に正彦が知ってはならないことだった。

十二月初めに、正彦は国立《くにたち》支部の内装と仏像、仏画などの代金、計一千四百万をヴィハーラに支払った。うち五百二十四万円分だけが、銀行振り込みで、残りは現金で支払う。領収書に記載された金額は五百二十四万円だった。

時計は深夜の十一時を指している。以前は本部事務所として使っていた中野新橋の集会所のパソコンに、矢口が一千四百万の数字を打ち込んだ後に、プログラムを落とす。二重三重にパスワードをかけた聖泉真法会《せいせんしんぽうかい》の帳簿だ。正彦はチェイサーとしてコップに水を汲《く》んできて、シングルグラスのウイスキーを口に含み、一部始終を見守る。

入り口のシャッターが激しい勢いで叩《たた》かれたのはそのときだった。

息を呑《の》み、矢口と顔を見合わせる。無意識にパソコンに目をやった。すでにウィンドウズは閉じられ、暗くなった画面には天井の蛍光灯が映っているだけだ。

深夜、こんな調子でシャッターが叩かれるのは、トラブルが舞い込んで来るときだけだ。

矢口がティーカップを置き出ていく。サヤカか、それとも真実《まみ》か、ただし決して由宇太ではない。

シャッターを開けた。

暗闇《くらやみ》に立っている男を一目見て、正彦はあとずさった。

死神がやってきた。そんな気がした。本人が死の匂《にお》いをまといつけているだけではない。辺りの空気が、一瞬のうちに冷え、墓地の湿った土の臭《にお》いが漂ってくる。そんな不吉なものを体から立ち上らせている男だった。

「どうも、夜分、すみません」

卑屈なほど慇懃《いんぎん》な口調で男は言い、丁寧にお辞儀をした。頭を起こしながら正彦の顔を覗《のぞ》き込む。汚れているのか、それとも肝臓でも病んでいるのか、顔色は異様に黒い。窪《くぼ》んだ目の下には隈《くま》が浮いている。

「井坂でございます」

男は名乗った。

「ああ、君があの……」

矢口が言った。

「知り合い？」

正彦は小声で尋ねる。

「この前、電話で相談を受けた、あの人」

思わず自分の眉間《みけん》に皺《しわ》が寄るのがわかった。

乳飲み子と精神に変調をきたした妻を抱え、経済破綻《はたん》して寒空に野宿しているというあの男だ。本当のところ、どんな事情があるのかわからない、行政でさえ見離したケースで、おそらく単なる失業者や福祉ゴロではない、何か問題のある男……。

矢口が招き入れるのを正彦は腕組みして眺める。

そのとき、死神のような男の背後の暗がりに、女がひっそりと立っているのに気づいた。相変わらず卑屈な動作で頭を下げながら室内に侵入してきた男に隠れるように、子供を抱いた女が地蔵のように立っている。

「どうぞ、こちらに」

矢口が笑いかける。女は上目遣いに矢口を見詰め、つぎに怯《おび》えたようにあたりを見回す。

正彦は息を飲んだ。どうみても四十過ぎの男に対して、女は若い。まだ二十代だろうか。大きな二重の目、肉感的な唇、細い顎《あご》。乳児を抱いているというのに、真っすぐな長い髪を垂らし、腰と尻《しり》のラインも顕《あら》わなマイクロミニのスカートを身につけ、足元は、と見れば、この寒空に素足で、高さ八センチはあろうかというピンヒールのミュールをつっかけている。

女のアイドル風の風貌《ふうぼう》に子供は似合わず、それ以上に、怯えたような内気そうな表情が、その派手な容姿にまったく不釣り合いだ。

「妻の美穂子《みほこ》です」と井坂は紹介した。

女は顎をしゃくるようにして会釈《えしゃく》したが、まったく声を出さない。視線も合わせない。やはり精神に変調をきたしているようだ。

「なんとか救っていただきたいと思いまして、参りました。ここまで落ちたのは、まさしくおのれの愚昧《ぐまい》さによるものではあるのです」

井坂と名乗る男は、いきなり自分の事を話し始めた。身の上話というよりは、告白だ。自分の両親はすでに他界し、頼りになる親戚《しんせき》もいないこと、ひどく女運が悪く、出会う女は金目当てであったり、利己的な性格であったり、病的な浮気症であったり、実家と癒着していたりといった具合で、結婚と離婚を繰り返し、今の妻が五人目であること……。

「あ、そう」

さすがの矢口の顔からも、このときばかりは同情の色が消えた。

男は、実は自分には輝かしい過去がある、と言って、言葉を切り、正彦たちを正面からみつめた。その過去に引きずられ、何の仕事をしても長続きしない。つまり今の極貧は、そうした自分の性格と過去のためで、すなわち自ら招いたことなのだ、と男は芝居がかった口調で語る。

女は終始無言で、視線が宙をさ迷っている。

「福祉事務所には行ったんだよね。住民票どこ、あんた？」

いらついた正彦は、ぞんざいな口調で尋ねた。こんな信者はいらない。ただの教団のお荷物どころかトラブルメーカーになるのは必至だ。

「それがですね。ひどいところですよ。妻と別れろというのです。妻と子を保護するから、おまえは働けと」

「当然でしょうな」

「妻と子には、会わせないというんです。家族を、ですよ。私たちは家族だし、私は今度こそは、妻と添い遂げるつもりですし、子供も愛している」

傍らの妻の顔には、何の変化も現われない。ぽっかりと目を見開き、あらぬ方向をぼんやりと見ている。そのとき不意に、女に抱かれた子供が激しい勢いで泣きだした。

女の顔に初めて表情らしきものが現れた。必死の様子で眉《まゆ》を寄せ、子供をあやす。そちらの子供に目をやって、矢口と正彦は同時に呻《うめ》き声を上げた。さきほどは気づかなかったが、頰のあたりや腕が傷だらけで、赤紫色をしている。しかもその赤紫色の皮膚は粉をふいたように白く皮がむけているのだ。

「アトピーですか」

正彦は尋ねる。

「ええ」

悲痛な顔で井坂がうなずいた。

「アトピーが良くなると、そのとたんに喘息《ぜんそく》が始まります。酸素テントに入っているのを見ると、代わってやりたくなります。父がふがいないために、この子も苦しんでいる……それがわかりますだけに」

矢口が泣きだしそうな表情で唇を嚙《か》んだ。

「早急に、奥さんと子供だけでも、区の施設で保護してもらいなさい」

正彦は言った。

「だから、僕たちは家族なんですよ」

井坂の顔に、怒りの表情が見えた。

「君がきちんと働いて、一家を支えられるということを証明すれば、保護を受けながらでも一緒に暮らせる」

教祖の仮面など脱ぎ捨て、一人の常識人に戻り、冷静な口調で助言していた。

「私だって働きたいが、仕事がない」

「やりたい仕事がない、ないしは、自分にふさわしいと思える仕事がない、だけのことだろう」

「確かに自らが招いたことではあります。しかし自分には人間としての最低限のプライドがあります。ただこんな時代なので、我々を使う側は、虫けらのように扱う」

おまえが実際に虫けらなんじゃないか、と正彦は心の内で悪態をつきながら、男のどす黒い顔と鼻の下に伸びかけた髭《ひげ》を眺めやる。男の風体も雰囲気も、触角をうごめかすゴキブリにそっくりだった。

「少し前までは、ライターの仕事をしておりました。『黒い事件簿』ってご存じですか？」

一年ほど前に廃刊になった週刊誌で、創刊以来連載の続いていたシリーズだ。毎週、新聞の三面記事を取り上げ、それのヒーロー、ヒロインの一人称で書かれた、どこまでが事実なのかわからない、うんざりするほど惨《みじ》めったらしく、湿ったタッチのセミ・ドキュメンタリーだった。数人の無名のライターが交替で書いていると言われていたが、彼もその一人だったらしい。

「最後は、あんな屈辱的な仕事をして、糊口《ここう》をしのいできたのです」

「屈辱的って、あんたね」

俺が過去にどんな仕事をして、どんなひどい目にあったと思っているのだと、この甘えた男に、思わず自分の過去を洗いざらいぶちまけ、説教のひとつもしたくなったときだった。

「萩尾《はぎお》敬《けい》って、知ってますか」

男は遮るように尋ねた。

知っている。まだ都庁の職員であった頃、初回の管理職試験に受かり、エリートコースを約束された二十代の頃に、やはり自分と同い年の男が、文壇のエリートの地位を得た。

日本でもっとも著名な純文学の賞の受賞者だ。高校を卒業した後、まったく無職のまま文学の道に邁進《まいしん》したという男は、不精髭に薄汚れたネルのシャツ、作業ズボンという姿で、文壇に登場した。その作品の斬新《ざんしん》な感覚に正彦は体が震えた覚えがある。

しかしそれきり二冊目の本が書店に並ぶことはなかった。

「いいときには、だれもがちやほやしますよ。しかし気紛《きまぐ》れな大衆の関心が他に移ったとき、親戚も友人も、女も、金も何もかもが離れていく。そんなのはいいんです。いざとなれば、何もいらない。猿は木から落ちても猿ですが、代議士は選挙に落ちたら、ただの人。しかし作家は書けなくなったら、人間でさえないんです。人間にも戻れないんですよ」

男の口調から芝居がかったものは消えていた。心底からの悔恨とも、絶望ともつかぬ悲痛な叫びが伝わってきた。

まさか、こいつがあの萩尾敬だと言うのか？

「あの……萩尾敬って？」

矢口がささやいた。

「『夏至祭』の作者だ」

「知らない」

ゲームブックの編集者というのは、この程度のものなのか、と正彦は軽い軽蔑《けいべつ》を感じながら答えた。

「すごい短編集だ。感覚の一つ一つがとぎすまされた……」

井坂の口元に自嘲《じちょう》的な笑みが一瞬浮かび、消えた。

あれだけの物を次に書けと言われたら、さぞ苦しいだろうと思う。若くして得た栄光の重さが、他人事《ひとごと》ながらも痛ましい。

子供が傍らで、苦しげな弱々しい泣き声を上げた。

「何ヵ月?」

正彦は尋ねた。

「半年です」

えっ、と矢口が声を上げた。

「小さくない?」

悲しげな顔で井坂がうなずいた。

「とにかく今夜泊まるところ、あるの?」

子供をあやしている妻の方に視線をやり、矢口が尋ねた。

「いえ」

「どうするの?」

「野宿しかないでしょう。地下道あたりで」

かすれた声で井坂が答える。

矢口が振り返り、正彦の顔を見る。

ひょっとすると寸借詐欺《さぎ》かもしれない。萩尾敬などというのは、当然のことながら騙《かた》りで、こうしてあちらこちらで金を借り、生活している男なのだろう。

「桐生《きりゅう》さん、向こうの部屋」と奥の事務所を矢口が指差した。そこに泊めてやったらどうか、という意味らしい。

「いや」

とっさに正彦は首を振った。今夜一晩のつもりが居座られたりしたらたまらない。

カウンターの上の献金箱から、一万円札を二枚取り出した。

「矢口、大谷に電話してくれ」

駅前の大谷ホテルの和室なら、親子三人泊まれる。

井坂ははっとしたように、正彦の手の中の札を見た。それから両手を合わせ「ありがとうございます」とその場に膝《ひざ》をついた。吐き気をもよおすほど卑屈な動作だった。

「やめなさい」

威厳をこめて正彦は呼びかける。

「私を拝んではいけません。感謝の言葉は仏様に捧《ささ》げなさい」

井坂はうなずき、祭壇《さいだん》の方に向き直る。

「こちらへ」

正彦は祭壇の正面に井坂を座らせる。

「奥様もどうぞ」

子供を抱いて妻は井坂の後ろに座る。正座するとミニスカートの下から太股《ふともも》が剝出《むきだ》しになり、片手でさかんに裾《すそ》を引っ張っている。傍らで矢口が唾《つば》を呑《の》む音がした。

正彦は型通りの祈りを捧げる。その瞬間、井坂のどす黒い頰にいく筋もの涙がこぼれ落ちた。悔悛《かいしゅん》の涙なのか、感謝の涙なのか、それとも一芝居打っているだけなのか、泥水のように汚い涙だった。

一通りの儀式を終えた後、金を受け取って、大谷ホテルに向かおうとした井坂を正彦は呼び止め、引き出しの中からボールペンとレポート用紙を取り出した。

「あなたが本当に萩尾敬なら書いてください。短いエッセイでかまいません」

正彦はカウンターの内側に置いてある聖泉真法会の機関誌とともにそれを手渡した。本部を戸田公園に移したころから、森田社長の勧めで発行しているA4判、八ページのそれには、教団の催しや錬成会の日程、ビデオテープや香といったグッズの紹介、教祖たちの近況などとともに信者の随筆も載っている。

随筆の内容は、聖泉真法会で信心を始めてから引きこもりの息子が就職した、家族の心がわかるようになって家庭が円満になった、つまらぬ悩みがなくなり業績が上がった、などという体験談の類《たぐい》で、どこにでもある教団機関誌と変わらない。

「四百字詰めで、三枚半くらいですね」

井坂は一目でその分量を当てた。彼が萩尾敬か否《いな》かは別として、文筆業に携わった人間であることは間違いない。

彼は手にした汚れた布袋から、何かを取り出した。黄ばんだ二百字詰めの原稿用紙だ。ます目の脇《わき》に「萩尾敬」と淡い色のインクでペンネームが印刷してあった。

「ワープロかパソコンは？」

正彦は尋ねた。

「『黒い事件簿』の仕事はパソコンでしたが、子供のミルクを買うために売ってしまいました。妻の食べ物もなくなり、乳が出なくなってしまい、持っていた本はすべて売り、国語辞典まで、古本屋に持っていきましたが、二百円にしかなりませんでした。それでうどんを二玉買って、どうにか飢えをしのいだのは、四日前です」

「そう」

ことさら冷ややかに正彦はうなずき、続けた。

「本なんか売ってないで、警備員かビル清掃の仕事を見つけなさい。額に汗して働くのが人の道ですよ」

一瞬、どす黒い顔が歪《ゆが》んだが、すぐに卑屈な表情に戻って、「努力するつもりです」とお辞儀する。

正彦から渡された二万円を手に、井坂たちは立ち去った。妻は最後まで一言も口をきかず、井坂は慇懃《いんぎん》な調子で頭を下げ続けた。

「これからどうするんだろう、彼ら。彼はともかく、あの奥さんと赤ん坊がさ……」

遠ざかる後ろ姿をみつめ、矢口が苦しげな声でつぶやいた。

「やつが本物の萩尾敬なら、原稿を持ってくる。もしそうでなくても、多少の思慮があるなら、今夜は大谷の七千円の和室に泊り、残りの一万三千円で食いつなぎながら仕事を探すだろう。ただのダニなら、明日、また金を借りにくるだろうが、そのときは門前払いだ」

集会所を出て、自宅に戻る直前に、正彦は大谷に電話をかけた。万一、トラブルがあったときのために、今夜、紹介した親子連れについて、話を通しておくつもりだった。

「親子連れ？」

電話に出た女将《おかみ》は、無愛想な口調で問い返した。

「ええ。井坂さんという。もしかすると萩尾と名乗っているかもしれない」

「そんなお客さんは泊まっていませんよ」

こともなげに答える。男の一人客もいないし、乳飲み子を抱えた女性客もいないと言う。

正彦は時計を見た。彼らがここを出てから、四十分が経過している。たとえ途中のコンビニで食料を仕入れたにしても、とうに着いている時間だ。

さほどの驚きもないままに正彦は受話器を戻した。

「自分のお人好《ひとよ》しがわかったか、矢口」

矢口は口をぱっくり開いたまま、正彦の顔を見ている。

「思ったとおり、ただの寸借詐欺だ。野郎、大谷になんか泊まっていない。家がない、なんていうのも、口から出任せだ」

「金、渡したりするんじゃなかったですね」

矢口は肩を落とす。

「ここに居座られたら、もっと面倒だ。わかったら、二度とああいう手合いに関わりあうな」

矢口は恨めしげな視線を上げると、うなずいた。

翌日の昼下がり、正彦は本部にいた。ちょうど土曜日で、午後からは信者たちの座会が開かれることになっていた。同じ座会でも、こちらで開かれる一ヵ月に一度の定例会は、マンション一階の集会所とは顔触れが異なり、年配の人々や家庭の主婦たちが中心だ。最近では地方から泊まりがけでやってくる人々も増えていた。

バター灯明《とうみょう》や仏像、香やハーブティーといった商品はきれいに揃《そろ》えられ、客が来るのを待っている。

事務所に入って、増谷と打ち合せなどしていると、来客のあることを知らされた。

出ていくと、昨日の男がロビーに立っている。

どうやらまたなにがしかの金銭を引き出そうという魂胆らしい。

どうやって追い払おうかと考えをめぐらせながら、正彦はそんな思いはおくびにも出さず、穏やかな笑みを浮かべて近づいていく。

「どうでした、昨夜は、ゆっくり眠れましたか」

「おかげさまで」と井坂は深々と一礼し、カバンから白い封筒を取り出し、正彦に渡した。

まさか金を返すつもりで来たのか、と意外な思いでその顔をみれば、どす黒かった肌は昨夜と打って変わってこざっぱりとしている。

封筒に視線を落とすと、「頼まれた原稿です」と、いくぶん尊大な口調で言った。

「それは早くに」と言ったきり、正彦は礼を述べるのはやめた。

「ホテルのテーブルで、妻子を寝かせた後、書きました」

「そう、ホテルですか。実はあれから大谷に電話をしましてね」

正彦は井坂の正面に、逃がさぬと言わんばかりに、足を開いて立った。

「はい」

井坂は殊勝な様子でうなずいた。

「実は、大谷ホテルの前まで行ったのですが、商人宿のようで、とても物を書けるところではないと判断しました。それで地下鉄でちょっと行って、海洋にしました」

悪びれた様子もない。

「海洋？」

場所こそ大久保などというところに建っているが、レストランやラウンジなども備えた、れっきとしたシティホテルだ。

「後先のことを考えなかったのか」

心外という表情が、その顔に浮かんだ。

「それまで野宿でしたから、ひさしぶりにベッドに寝られると思えば、妻と子に少しでもいい思いをさせてやりたくなりまして」

真面目《まじめ》に働き、頭金を貯《た》めてマンションを買ったはいいが、ローンを払えず路頭に迷った、などという、リストラ悲劇の主人公とこの男を一緒にしてはならない。

ちょっとした仕事をして金が入ったとき、気のいい友人を騙《だま》して金を借りた後、郊外の木造アパートを探すのではなく、アピシウスで食事をし、帝国ホテルに一家で泊り、翌日は地下道の段ボールの上で震える。彼はそういう人種だ。

「で、今日は？ 奥さんとお子さんは？」

「まだホテルにいます。後で迎えにいきますが」

時計を見る。すでに二時を回っている。これから戻ったとしても、延長料金だけでかなりの額になるはずだ。昨日渡した二万円では収まらないだろう。どんなに拝み倒されようが、絶対金など出すまいと思いながら、井坂の顔を睨《にら》みつける。

「ところで私も座会には、参加させてもらえるのですよね」

井坂は臆面《おくめん》もなく言った。昨日渡した機関誌の記事を見たのだろう。

「どうぞ」

ふざけるな、即刻出て行け、という言葉を呑みこみ、中に入れる。どんな魂胆なのかわからないが、他の信者の目もあり、この場で排除するわけにはいかなかった。

座会の前の礼拝まで、まだ十分ほどある。事務室に引き上げた正彦は、女性信者にお茶をいれてもらい、封筒の中に入っている井坂の原稿を読む。

最初の文章を読んだとたんに、ぞくりと体中の毛が逆立った。

自分は過《あやま》ちによって、今、妻と子を抱えながら野宿しなければならない境遇まで身を落とした。それはだれのせいでもなく、すべて己の生き方、行動から発したことだ。

聖泉真法会と出会った今、自らの醜悪さ、矮小《わいしょう》さと向き合うことによって、人間の本質をみつめ、これを一つの通過儀礼として、魂の死と再生を試みたいと思う。

語られた内容は、それだけのことで、一人の生活破綻者《はたんしゃ》の告白録にすぎない。しかしそこで使われている言葉の一つ一つに、美しい狂気が宿っている。たとえ十数年前の大きな文学賞の受賞者、という予断を与えられなくても、明らかに普通の人間の文章力とは格段の差があった。ほとんど天才的と言っていいような、きらめきにあふれていた。

彼は、病気の子供と精神に変調をきたした妻、そして赤貧という、絶望の淵《ふち》で聖泉真法会に出会う。その感動が、素人《しろうと》臭い泣かせではなく、煩悩《ぼんのう》から逃れられぬ人間の弱さと悲しさを通して主知的に描かれ、仏教説話をからませて、単なる告白録を越えた一編の物語として仕上がっている。しかも枚数はわずか三枚半だ。

正彦は啞然《あぜん》としたまま何度も読み直していた。自分の書いた五千枚など、この三枚半と比べたら、子供の作文だ。類い稀《まれ》な文才と破綻した人間性のすさまじい落差。とうに古びてしまった文壇の天才神話がこんなところに生きている。敗北感とともに、正彦は、この井坂という男が紛れもない萩尾敬であることを確信した。

正彦は奥の机で、ヴィハーラ商会の商品カタログをチェックしている増谷を呼んだ。

無言で原稿を手渡す。一通り目を通した増谷は、平静な表情のまま「うまい文章ですね」と感想を述べた。

「萩尾敬だ、芥川賞《あくたがわしょう》作家の。昨夜、中野新橋の集会所に来た」

「入信したいということですか?」

少しの驚きも見せずに、増谷は尋ねる。

「君、萩尾敬は、知っているのか?」

「ずいぶん前に脚光を浴びた作家ですよね」

「彼の生活は破綻しているが、文章力は落ちていない」

「確かにプロの書いたものですね」

増谷は、無造作に原稿を返すと、忙しそうに午後の座会の準備にかかる。

礼拝が終わった後、百名近く集まった信者は五つのグループに別れ、座会が始まった。各自、最近、感動したことや悲しいと思ったことなどを通し、自分の生活の中でどのように仏の教えが生かされているのかを、語り合う。

ときおり感きわまって号泣しているグループなどもあるが、たいていは落ちついた、明るい雰囲気の中で、「ちょっといい話」が語られる。正彦はグループの間を歩き回り、信者たちにほほ笑みかけながら、その言葉に耳を傾ける。最後に再び堂の中で各自瞑想《めいそう》し、さわやかな気分で帰宅してもらうことになっていた。

座会が始まり二十分もした頃だ。ぼそぼそと沈んだトーンの声が聞こえてきた。井坂だ。彼が告白していた。あのエッセイの内容とほぼ同じだ。

しかし今度は三枚半という制限はない。彼の話は、青春時代に遡《さかのぼ》っていた。家庭的な事情から心に大きな傷を追い、高校を中退するところから語り起こしている。流麗な語り口ではない。しかし気がつくと他のグループの人々までが、話を止《や》め、彼の語りに聞き入っている。

就職も進学もせず、部屋に籠《こ》もって文学を志す日々、両親の病死、女性たちとの出会いと同棲《どうせい》、結婚、裏切り、別れの繰り返し。そして暴力、薬。その挙げ句に摑《つか》んだ文学賞受賞という栄光。

金と名声と人に翻弄《ほんろう》された絶頂期から、一年後には、文学的な迷いから一行も文章が書けないという奈落《ならく》の底へ。そしてライターという売文業への屈辱の転身と、絶望の日々、現在の妻との出会いと、赤貧。あらゆる人生の不幸を身に引き受けた男が初めて出会った仏の慈悲。

井坂の話は、そこで終わらなかった。仏の教え、聖泉真法会の教えへと、テーマが移っていく。彼が正彦と話したのは、昨夜が初めてだ。それも宗教的な話などなかった。ホームページを見たか、正彦の書いた本を読んだか、そんなところなのだろうが、正彦の主張するところと、聖泉真法会の教えの骨子を見事に摑んでいる。

注意深く耳を傾ければ、その内容は特別のものではないとわかる。しかしその語り口は、人の心を摑んで離さない。名文家は話し言葉もまた名文だった。ごく低い声で、ぼそぼそとごく当たり前のことを話しながら、その言葉は聞く者の心の深部に到達し、揺さぶる。

やがて井坂が話し終えたとき、会場の片隅からすすり泣きが聞こえてきた。

長い沈黙があった。その沈黙をやぶるように声が上がった。

「もしかして、萩尾敬さんじゃありませんか。文学賞と言ったんでわかりました」

「ええ、十六年がたちました」

井坂が答えた。

「『夏至祭』のファンだったんです、握手してください」

中年の女が駆け寄ってきた。同じ年ごろの女が数人、それに続いた。

正彦の判断はこの瞬間、揺れていた。驚くべき文才と語りのうまさ、スター性、それらとセットになった破綻した人格。警戒しなければならない人物だが、うまく使えば、聖泉真法会の広告塔になる。

正彦の説法を最後に座会は終わった。正彦は中年の女性信者に囲まれている井坂に近づくと、すぐに事務所に来るようにと指示した。

彼を増谷に紹介し、さきほど渡された随筆を機関誌とホームページに載せることについて確認をとるのが目的だったが、それよりもここにいる女性信者に寸借詐欺《さぎ》を働くことを危惧《きぐ》し、すぐにその場から彼を引き離さなければ、と考えたのだ。

増谷は、いささか冷ややかな視線で井坂の姿を上から下まで眺め、「事務局長の増谷でございます」と丁重な口調で挨拶《あいさつ》した。しかし来客に対してはまず自分の名刺を差し出す増谷が、井坂に対してはまったくそんなそぶりを見せない。

機関誌とホームページへの掲載について、増谷から了承を求められると、井坂は「そのつもりでしたから」と即座に同意し、次に「実は手元不如意《ふにょい》なもので」と付け加えた。

「ほう、手元不如意、ですか」

こういう借金の申し込み方もあったのか、と正彦は腹を立てるよりも呆《あき》れた。

「原則として、機関誌への投稿については信者の方のお気持ちですので、謝礼を支払ってはおりません」

切れ長の目に何の感情もたたえず、増谷は毅然《きぜん》とした口調で答えた。

「あ、ですから、私も原稿料をいただこうと考えているわけではなく、実は昨日、娘が熱を出しまして」

「原稿料です」

正彦は遮った。

「他の信者と違い、この原稿は自主的な投稿ではなく、私が依頼して書いてもらったものです。相場は一枚、五千円。三枚半なので、一万七千五百円。ホームページへの転載料が、六千円。合計で二万三千五百円。昨日、お渡ししましたのが、二万円ですから、残金をお支払いします」

正彦は増谷に命じて、手提げ金庫を開けさせた。現金で三千五百円を手渡す。

井坂は不満げに口元を歪《ゆが》めながら、「ありがとうございます」と頭を下げる。

「それで今夜、妻と子だけでもなんとか」と言いかけた井坂の口を封じるように、増谷が「こちらにお名前とご印鑑を」と領収書を差し出す。

「私はいいんです、今夜は地下道のコンクリートの上で寝ます。しかし妻と子には何の罪もないんです。せめて妻と子だけでも」

井坂は頭を下げ続ける。

妻と子供だけなら、行政で面倒をみてくれるぞ、という言葉を正彦は飲み込んだ。井坂の話を聞きたいという信者が、事務所の前で待っている。こちらをうかがっているいくつもの顔がガラス越しに見える。増谷の形の良い眉《まゆ》がぴくりと動く。放り出したとして、井坂は、間違いなくここの信者たちにたかるだろう。

「わかりました」

正彦はうなずいた。

「今夜の寝場所もないというなら、なんとかしましょう。しかし高級ホテルへ宿泊する料金まで出せませんせん」

「はあ」

一万円を自分の財布から取り出し、手渡しながら正彦は低い声でささやいた。

「さっさと妻子を迎えに行ってホテルの支払いを済ませろ。ここの信者から、もし金を借りたりしたら、今後、君の出入りを禁止にする。いいな」

卑屈な動作と対照的な切り立ったようなプライドが、そのどす黒い顔に見えた。

頭を下げ、井坂は正彦から引き出した一万三千五百円を手に出ていく。回りに女性信者が群がる。正彦は井坂のそばに行き、信者に向かって言った。

「彼は今日は、お嬢さんの具合が悪いそうなので、帰してやってください。それでは井坂さん」と車寄せに導く。停まっていたタクシーに有無を言わさず押し込み、ドライバーに千円札を数枚握らせて、「大久保のホテル海洋まで」と行き先を告げた。

その日のうちに井坂の書いた随筆は、機関誌の発行とホームページの作成を行なっている広報班の信者たちの手に渡され、「萩尾敬」の名で昨日が締切となっていた次号に載せられることになった。

最初の反響は、広報班から入った。原稿をワープロ打ちに出すために目を通した女から、「心にずしんと響き、涙が止まりませんでした」というファックスが事務所に入り、増谷へは、機関誌のデスクを務めているモリミツの従業員から、「さすがは萩尾敬の文章だけにインパクトが違う」と、電話がかかってきた。

矢口もまた、井坂の原稿に言葉を失うほど感動した一人だった。

「彼もまた、二世代くらい前に生まれてしまった生きづらい系の若者だったんだね。こうしてみると、『役に立たない』なんて言い方で排除していい人間など、どこにもいないってことがわかるよ」

原稿を前にして、独り言のようにつぶやいた矢口を、正彦は複雑な思いでみつめていた。

矢口は、井坂の子供が病気であること、合計一万三千五百円もらって、追い払われたことを正彦から聞くと、急に心配顔になり、山本広江のところに電話をかけ始めた。

「おい、彼女のアパートに、サヤカたちと一緒に住まわせようなんて考えるんじゃない」

慌《あわ》てて正彦は止めた。

「そんなことじゃないですよ」と笑いながら、矢口は電話に出た広江に、赤ん坊のいる親子三人が、野宿するほど食い詰めているのだが、どこかに安いアパートはないだろうか、と尋ねる。交通の便は悪くてもかまわない、と付け加えた。

「自分が、寝るところもなくてさ迷ったことがあるから、他人事《ひとごと》とは思えないんです」

電話をかけ終えると矢口は、深刻な口調で正彦に訴えた。

「山本さんに迷惑をかけることになるかもしれんぞ」

「僕が責任を取ります」

眉間《みけん》に皺《しわ》を寄せると、矢口は少し怒ったように正彦を見上げた。

正彦の危惧は無用だった。その翌日、広江から、そうした親子に貸せるようなアパートは東京中探しても一軒もない、という返事が矢口宛《あ》てに来た。都内の不動産屋や近隣のアパートの大家の間では、井坂の名はかなり知られていた。不動産業者の間で密《ひそ》かに回されているブラックリストの中にも載っている。

一年分の家賃を踏み倒して追い出される。ほとんど掃除をせず、部屋の中をゴミためのようにして、物件を著しく汚す。不動産屋が仲介しているアパートには入らず、年老いた大家の経営するアパートに居座り、大家が家賃を取り立てにいくと、泣き落としにかかる。あるいは一家心中するしかない、と言って脅す。何をいっても一言も答えぬ若い妻が出てきて、赤ん坊を抱き、無言のまま震えて見せる。

「あまり品行は良くないけど、サヤカたちは、取りあえず、ちゃんと部屋を使ってくれるからまだいいの。でも、あの一家を入れるのだけは勘弁してよ」と広江は最後に付け加えた。

電話を切った後も、矢口はしばらく頭を抱えていた。

幸い、その後井坂からは何の連絡もなかった。他の信者のところにたかりに行ったという話もきかない。土曜の午後の座会で、鮮烈な印象を残したまま井坂は消えた。

それから二週間後、刷り上がった機関誌が信者宅に郵送され、ホームページに井坂の文章がアップされたとたんに、あちらこちらの信者から反響が寄せられた。

経営者や勝ち組を目指すビジネスマンを中心とした錬成会の会員たちからは、さすがに大きな文学賞を取った作家だけあり、いいエッセイだった、という、賞の権威に依《よ》って称賛する内容の手紙やファックスが寄せられたが、年配の女性信者や生きづらい系の若者たちからは、高ぶった感情をもてあましたかのような電話やメールが入った。

何のまえぶれもなく井坂が聖泉真法会の本部に現われたのは、年末の座会の折だった。たまたまその日、正彦は石坂から曼陀羅《まんだら》の購入について話を持ちかけられ、座会の開始時間ぎりぎりになって、銀座にあるヴィハーラの店を出た。しかし本部のある戸田公園へ向かう途中、首都高で事故があり、車の流れはぴたりと止まってしまった。携帯電話で増谷に連絡を入れ、座会を始める前の礼拝を教祖の代わりに行なってくれるようにと頼む。

戸惑いも躊躇《ちゅうちょ》もない様子で、増谷は「わかりました」と答えた。

歩く方が早いほどのスピードで事故現場にさしかかると、追い越し車線にはバイクの残骸《ざんがい》らしきものが転がっており、半ば乾きかけた大量の血液が路面に付着していた。

「あーあ、たぶん即死だね、ありゃ」とドライバーが、舌打ちした。現場を過ぎるとようやく車が流れ始めたものの、結局本部に辿《たど》り着いたときには、会の終了時刻になっていた。

玄関を入ると、増谷が唇を引き結んで立っている。

「すまん、すまん」と小声でささやき、座会の開かれている部屋の扉を開けると、ぼそぼそとした声が内部に響いている。

「夢に弥勒《みろく》が現われることは二度となく、すっかり落胆した無着《むじゃく》は十二年間修行した洞窟《どうくつ》を出ました。そのとき無着の前に、犬が……ひどく傷ついた雌犬が現われたのです」

井坂だった。座会が終わり、本来なら正彦の説法でしめくくるところを、彼が代わりを務めている。

「信者の方が、彼にいろいろ質問し始めたのですよ。そうしたら、あれです」と増谷が顎《あご》をしゃくった。

「その犬は、前脚しかありません。後ろ脚の傷口は腐って、蛆《うじ》がわいておりました。にもかかわらず、犬は前脚だけで前に進もうとする。このとき無着の心にわきおこったのは、今まで経験もしなかったような、激しい慈悲の心だったのです」

仏教説話だ。信者が投げかけたのがどんな質問だったのかはわからない。しかし井坂は、その答えにインドの仏教説話を引いてきた。

インドの大乗仏教の教えが、人々から忘れられようとしていた時代、無着という男が何度となく挫折《ざせつ》しかけながら、ついに弥勒に出会うという話だ。

「無着は犬を抱き抱え、自分の太腿《ふともも》の肉を切り取って、犬に与えたのです。それから犬の傷口にわいた蛆を手で払い除けようとすると、犬は痛がって鳴いた。無着はそこで気がついたのですね。そんなことをしては傷口を痛めるし、蛆も殺してしまうかもしれない。そこで無着は舌で蛆を取り、自分の腿《もも》の傷口に蛆を乗せてやろうとしました。蛆もまた生きなければならないからです」

そのとたんに犬の姿は光り輝く弥勒に変わる。そして慈悲の心を抱くことによって、無着は仏の境地を得る。

光明皇后の物語、キリスト教における聖ジュリアンの伝説と同種の話で、ずいぶん前に、正彦がホームページで披露したものだ。そのときインドの説話そのままに、無着はアサンガ、弥勒はマイトレーヤと表記していたのだが、井坂はそれを今日の客に親しみやすいように、漢語に直して話している。しかもその解釈も正確だ。

それなりに頭のいいやつだったのだ、と正彦はあらためて思う。しかも観光客の受け入れに慣れている京都の名刹《めいさつ》の坊主《ぼうず》をも凌《しの》ぐような説法のうまさだ。

こいつは使える、と正彦はつぶやいていた。常識の欠如した人格破綻者《はたんしゃ》ではあるが、高い能力を持っている。こういう男を飼い慣らせないようでは、教祖としての自分の力量もたいしたことはない。

傍らの増谷は称賛も非難もまったく交えない冷えさびた眼差《まなざ》しを井坂に向けて、端然として立っている。

井坂が語り終えるのを待ち、正彦は信者の前に出ていった。井坂は教祖の姿を見ると、はっとしたように合掌し、いつもの通りの卑屈さで土下座せんばかりに、頭を下げた。

正彦は信者に向かい、高速道路上での人身事故のために、遅れたことを詫《わ》びた。

「道にはバイクの破片が散らばり、血が流れておりました。まだ歳《とし》若い青年かもしれません。日々、苛酷《かこく》な勤務に追われるバイク便のライダーかもしれません。親御さんはどんな気持ちでおられるでしょう。たいへんな怪我《けが》であることは間違いありません。たまたま通りかかったのも、何かの縁です。彼の命が助かるように私は祈りたいと思います。みなさんもご一緒に、お願いします」

遅刻の言い訳が、一転して説法と祈りの儀式に変わっていった。

座会が終了し、信者が帰った後、正彦は井坂を事務所に呼んだ。

「すみません、私のような者が出すぎた真似《まね》をいたしまして」

井坂は深々と頭を下げた。

「いや」と正彦は言った。増谷はこちらには一瞥《いちべつ》もくれず支部からの報告書を読んでいる。

「奥さんと子供は？」

井坂の表情が強《こわ》ばった。

「拉致《らち》されたのです」

頬を震わせ言葉をしぼり出すようにして井坂は答えた。

「医療機関と行政が結託して、私を陥《おとしい》れたのです」

「ほお」

ホテルを出た翌日から二日間、一家は野宿したという。夜中に娘が呼吸困難を起こしたために、病院に連れていった。発作がどうにか治まったかに見えたとき、いきなり警察官が二人、診療室に入ってきた。そのまま井坂は警察に連れていかれ、事情聴取された。夜明けにはどうにか解放されたが、娘と母親の姿は消えていた。警察官の話によれば、地域の福祉事務所の職員が来て、保護したということだった。

娘を診察した医師が、物言わぬ母親と異常に発育の悪い娘と、うさん臭い父親を見て、即座に虐待《ぎゃくたい》だと判断し、警察を呼んだらしい。そのまま母子はどこかの施設に緊急保護されたらしいが、こうした場合の常として、父親にはその居場所を教えない。

子供だけではなく、あの母親の様子から察すれば、たとえ身体的な傷はないにせよ、夫から恒常的な虐待を受けていたと判断されても不思議はない。本人にその自覚がないだけで、虐待が起きていたことにかわりはない。正彦は福祉事務所の職員の賢明な判断に胸を撫《な》で下ろしていた。

「それは仏様が君に、一人になって、自分の人生をもう一度、やりなおす機会を与えてくれたのですよ」

正彦は重々しい口調で言った。

「君の書く物はすばらしい。説法もうまい。君の精神が清浄だという証拠だ。しかし君の生活と行動はすさみ、腐臭を放っている。生活は精神の衣だ。衣が病み、腐っていては、その内側にどれほど清浄な心を秘めていようと人の信頼を得ることは難しい。慈悲の心を持っていても、人々は逃げていく」

井坂の顔に怯《おび》えのような表情が走った。ひょっとすると、この怯えの表情もまた、演技かもしれない、と正彦は警戒しながら、井坂に住まいと職を与えることを約束した。

今は彼に原稿を依頼する出版社など皆無とはいえ、芥川賞作家、萩尾敬の知名度はまだまだある。そのことを、二回の座会や機関誌への反響の大きさから正彦は知らされた。支部に説法に行かせ、機関誌を始めとする宣伝媒体に文章を書かせる。当面は本部の事務所の机を与え、戸田市内にアパートを借りてやることを約束した。

増谷は、一言も発することなく一部始終を見守っていたが、井坂が帰ったのを見届けると正彦に近付いてきて、「ここに彼の机を置くことについては、慎重に考えてください」と忠告するともなく言った。

「私だけではなく、女性の事務員もいるのですから」

そう付け加えた。

「彼が、女性に何かするとでも思っているのか？」

正彦が尋ねると増谷は、「不快に感じるでしょう」と言う。

そんなことはない、女性信者たちの反応を見ただろう、と正彦が反論すると、増谷は「演技してる間だけですよ」と首を振った。

井坂は二日後に、体一つで本部近くにある古い木造の借家に入った。正彦の名前で借りた家で、家賃も正彦が払うことになった。

そこから本部に出勤し、支部や信者の会に説法しに行ったり、文章を書いたりする。信者の間での人気は絶大で、特に芥川賞受賞という輝かしい実績とそこからの転落、堕落の日々、五人の妻との結婚と離婚、仏との出会いといった一連の出来事を告白する講演は、毎回、盛況だった。

7

年明け早々に、神戸支部が開設された。

芦屋川沿いの、地の利も土地柄も申し分ない場所に、晴れて聖泉真法会《せいせんしんぽうかい》の関西進出の足がかりとなるべき施設が建てられた。

庭にクレーンを入れ、パネルを組むことで、ごく短い工期で竣工《しゅんこう》した礼拝堂は、宗教施設らしい風格には欠けている。しかし地震には強い。

建物の脇《わき》には、震災後に湧《わ》きだした泉が石積みの中に澄んだ水を湛《たた》え、訪れた信者はそちらで両手と心を清めてから礼拝堂に入る。

開設当日、正彦は矢口の他に、井坂を伴ってそちらに行った。たまたま本部で小さな催しがあり増谷がかかりきりになっていたため、代わりにそれなりの知名度を持つ井坂を連れてきたのだった。

開設を祝う法要は、ごく簡素に執り行われた。祭壇《さいだん》に花と五穀、水を満たした七つの杯といったものを供え、正彦が祈禱文《きとうぶん》を唱える。器から器へと、米や雑穀を移し積み上げていく。その後に、ターメリックの入った聖水を集まった信者に振りかけ、祝福を与える。

少なくとも二、三百人の信者が、この日、祖父江《そふえ》の邸宅の一隅に作られた礼拝堂に集まってきたのだが、格別の混乱は起きなかった。一人当たりの滞留時間がごく短かったにもかかわらず、やってきた人々が満足げな面持ちで帰っていったのは、矢口の段取りのうまさによるところが大きい。彼は神戸に着くと、まず祖父江の近所の家をあらかじめ回って挨拶《あいさつ》した。車や人の出入りが頻繁になることで苦情が出るのを防ぐためだった。柔らかな物腰と誠実そのものの笑顔で、矢口は宗教施設に対する近隣の人々の警戒感を解いたようだった。

次に神戸支部の立ち上げを手伝った地元の信者たちに手際《てぎわ》よく指示を出し、ポールとロープを使って順路を造った。

訪れた人々は、その順路を歩いて、泉水で手を洗い、教祖から祝福を受けて、速やかに出口へ導かれる。

儀礼に使う品々の準備や、布施《ふせ》の受け取り、白絹の授与など、金と物品と人の管理についても矢口は驚くほどの手際よさを見せた。

一方、井坂の方は助祭としての仕事をとどこおりなく遂行した。正彦の背後に控え、祭具を整え、水盆を手渡し、祭文に唱和する。芥川賞作家の肩書きに加え、機関誌に掲載した文章によって彼は多くの人々を魅了していた。

それだけではない。手を組み無言で立っているだけで、重く激しく揺れ動いてきた彼の内面と、静かに澄み切った今の心境が対照的にその姿に映し出され、何か厳《おごそ》かな気持ちにさせられる。事務室で金を無心していた傲慢《ごうまん》さと卑屈さの同居する鼠《ねずみ》のような男とは別人に見えた。

その夜、七時過ぎに支部の扉を閉めた後、三人は、祖父江の家のダイニングで食事をした。バラナシで知りあった若い妻がかいがいしく接待し、料理は近くのレストランのシェフが出張して作った。

矢口が、シェフの腕前を讃《たた》え、祖父江の言葉の一つ一つに大きくうなずいて相づちを打ち、その妻に軽く楽しい話題を提供して笑わせている傍らで、井坂は神妙とも不機嫌ともつかぬ表情で、黙々と食物を口に運ぶ。握り箸《ばし》のような手つきでフォークを摑《つか》み、不快な咀嚼音《そしゃくおん》を立てながら、ときおり視線を上げてシェフや若妻に無遠慮な視線を送る。

それが彼の現世的楽しみに対する拒絶の姿勢と受けとれないことはないが、シェフや祖父江の妻の心中を想像すると、正彦は身のちぢむ思いだ。

その夜、正彦と矢口の二人は、祖父江に新神戸駅まで送られて新幹線に乗った。

井坂だけは、翌日、神戸支部での初めての集会で話をすることになったので、ホテルに泊まる。自宅に泊まってくれるようにという祖父江の申し出を丁重に断ったのは正彦だった。祖父江はともかくとして、彼の妻が内心、井坂の存在を不快に感じているだろうと思った。女性は彼に対して不快感を抱くだろうという増谷の言葉を、正彦は先ほどの食事風景を見て理解したのだった。

日常的な動作や生活態度はどうあれ、その後井坂は聖泉真法会の広告塔としての役割を確実に果たしていった。宗教とは無関係の、難病患者を抱える家族の会や、フリースクールなどからも講演依頼が来るようになった。不思議なことに井坂は、フリーの立場でそうした講演を引き受けることはない。必ず聖泉真法会の萩尾、として出かけていく。

その理由をきいてみても「私はこちらで救われましたから」と答えるばかりだった。

「経歴の面白さから、講演を頼まれたところで、そうしてプライベートを切り売りしていれば、一巡した後は、終わる。彼はそのことを自覚しているんですよ」と増谷は、冷めた口調で言う。

井坂の教団内での影響力が増すにつれ、増谷の反応は冷ややかなものになっていく。その原因の一つが井坂の態度にもあると正彦が知ったのは、しばらくしてからのことだった。

たまたま事務室に立ち寄った際、これから支部に出かけようとしていた井坂は、増谷に向かい無造作に命じた。

「車、呼んどいて」

増谷は返事をせずに、女性会員に向かい電話機を顎《あご》で指した。

振り返って正彦に気づいた井坂は、慌《あわ》てた風もなく「あ、これは先生、これから行ってまいります」と深々と頭を下げた。

車で去っていく井坂を見送り、正彦は増谷に尋ねた。

「いつもあの調子か？」

増谷はそれには答えず、唇の片方に笑みを浮かべた。

「増長しているようだな、少し」

「そんなことはいいんですが、金を無心するんですよ」

増谷は声をひそめる。

「無心？」

講演や原稿については、しかるべき対価を払っている。にもかかわらず、井坂は増谷のところに来ては安すぎると不平を述べ、車代がない、食事がまずいと言っては、金を要求するのだという。

その夜、正彦は井坂を日本料理店の個室に呼び出した。

座卓の前に背中を丸めて座った井坂のグラスにビールを注ぎ、「このごろ、どうよ？」と教祖の仮面をかなぐり捨てた口調で尋ねた。

「え、おかげさまで」とますます井坂の背筋が丸まった。

「本部の居心地は？」

「は……」と井坂は不審そうな視線を上げた。

「言いたいことがあれば、俺に言ったらどうだ。増谷なんかにつまらない文句を言っていないで」

井坂は小さく眉《まゆ》を寄せて首を傾《かし》げる。

「まだ金に困っているのか？　君が受賞当時にいくらで講演をしていたのか知らないが、うちにはうちの基準がある」

最後まで言い終えぬうちに、井坂は体を震わせるようにして大きくかぶりを振った。

「私はそんなことは一言も申しておりません。だれがそんなことを。私は先生に救っていただき、今、こうして人間らしい生活をさせていただいています。それだけで十分感謝しておりまして、この上、不平を申し上げる必要などまったくございません。ひょっとして増谷さんですか。あの方は、私が来たことで教団内の自分の地位が脅《おびや》かされると感じているのかもしれません」

実はこの日も、説法のために国立《くにたち》支部に行ってみると、日程が変更になっていて信者はおらず、しかもそちらを管理している画廊主の妻も留守だった、と井坂は言う。

「国立だからまだよかったようなものの、先週は富山の会場ですよ。着いたら、やはりだれもいなくて、こちらは会場が変更になっているのを知らされていなかったのです。本部に電話を入れたら増谷さんが出られて『少し前に文書でお知らせしたはずですが』と平然として言われました。こっちはそんな文書は受け取っていませんし、それで慌《あわ》てて変更先の会場に行ったんですが、もう一時間近く遅れていました。こんなことは日常茶飯事です」

半信半疑で聞きながら、正彦が「で、増谷から金は借りているのか？」と尋ねると、井坂は憤然として視線を上げ、うなじを反らせた。

「そんなことはありません」

「千円でも、借金には変りないぞ」と詰め寄ると、「たまたまなかったので一度だけです」と口を尖《とが》らせた。

「手元不如意《ふにょい》か」

「それも増谷さんのせいです」

ある会場で講演を終えて、帰ろうとすると裏口に四人の男が待ち構えていた。ホームレスとなって妻子を抱えてさまよっていた頃に、金を借りた知り合いだった。彼らは、「講演料が入ったそうだな」と返済を迫ってきたのだと言う。

彼らによれば、少し前に井坂が聖泉真法会にいることを知り、事務局に電話をかけると男が出たので、井坂の行方《ゆくえ》を尋ねた。

電話に出た男は、いったいどういう理由で井坂の消息を知りたいのか、と尋ねた。彼らは借金のことを話した。すると男は、それなら講演先に行け、と言って場所と時間を教えてくれた。

「電話に出た男というのは、増谷さん以外に考えられません」

正彦はうなずいた。増谷の受け答えは極めて的確なものだ。

井坂の行動パターンからすれば、講演料が現金で渡されたら最後、家に帰り着くまでの間に大半を消費してしまうだろう。

講演料全額と財布の中身までも彼らに奪われた井坂は、小銭しか持たずに待っていたタクシーに乗って本部に帰ってきた。

「増谷さんに借りたのは、そのときのタクシー代だけですよ。それと家に帰るタクシー代」

本部から家まではバスで帰れる。その金も無ければ、歩いて帰ればよい、というのが正彦の感覚だ。

「それで彼らへの借金は返し終えたのか？」

「私を脅して封筒ごと持ち去ったんですから完済どころか、それ以上です」

完済、のわけはない。おそらく井坂は、そうした知り合いから、二、三万ずつ、何度も借り、積もり積もった金額はかなりのものだろう。

井坂は腕をまくり上げ、正彦に見せた。手首が腫《は》れている。

「腕をひねり上げられたんです。それで膝《ひざ》で腹を蹴《け》られて。ヤクザみたいなのを連れてきたんですよ。いや、彼らもヤクザみたいなものです。私は友達だと信じて、いろいろしてやったというのに」

「ヤクザから金を借りればどうなるかわかってるだろう」

「だからヤクザではなくて、そんなような人間と申し上げただけで。ただ、彼らが来れば、私がどういう目に遭わされるか、増谷さんだってわかっているはずじゃないですか。そういう者をわざわざ講演会場に寄越すような、同じ信者を売るような、そんな人間が事務局にいるということが、私には信じられません」

井坂の話は事実だろう。どこまでが増谷の意図したことかは、わからないが。増谷は井坂と違い信用のおける男だ。しかし見えすいた嘘《うそ》をつく井坂に対して、増谷にはある種の底知れなさがある。

この二人を放っておいたら、やっかいなことが持ち上がりそうな気がする。

一週間後、本部にいた正彦のところに井坂がやってきた。増谷の方を一瞥《いちべつ》し、「どうも」と小さく会釈《えしやく》する。増谷は格別、気まずそうな顔もせず、かといって愛想もなく、挨拶を返す。

「今日は、先生にご報告申し上げることがあってまいりました」

井坂はそう言うと、袋に入った菓子を手渡した。

「おかげさまで、四日前に妻と子が戻ってまいりました」

「どうやって？」

彼と暮らしていたあの母子の姿を思い出すと、即座に祝福する気にはなれない。

「とてもいられない、と言って、夜中に、施設を逃げ出してきたのです。私が何度も福祉事務所に足を運んで、今、こういうところに住んで、こんな仕事をしているから返してくれ、と頼んでおりましたのに、役人は耳を貸してくれない。しかし他人がいくらだめだと言っても、妻と子にとってはやはり私は家族ですから。その施設というのがひどいところで、役人は妻のことを頭がおかしいと思ってて人間として扱わなかったらしいんです。しかも寮母は何かといやがらせをする。それで耐えきれなくなって、仕事先からそのまま、子供を連れて、身一つで逃げてきたんです。しかも役所のケースワーカーがやってきて、嫌がる妻に紹介した仕事が何だと思いますか。スポーツジムの掃除婦ですよ。男の更衣室の掃除をさせられて、さんざんセクハラされたのです。手がつけられないくらい病気が悪化していました。今は、戻ってきて私のそばにいるので、少し落ち着いているんですが」

「ま、とにかく良かった」

この先、また面倒を引き起こすのではないか、と危惧《きぐ》しながら、正彦は言う。

そのとき増谷が正彦宛《あ》てに外線電話がかかってきていることを知らせた。

祖父江からだった。

「先生、あの件はご検討いただけましたでしょうか……」

挨拶《あいさつ》の後に、祖父江は尋ねた。何の件なのかわからない。

「この前、こちらに井坂先生を寄越していただきたいと、お手紙をさしあげたのですが」

そんな手紙を受け取った覚えはない。

正彦は電話を保留にして増谷を呼んだ。祖父江から手紙が来ているのではないか、と尋ねると、増谷は平然とした顔で「はい」と答え、漆塗りの文書箱を持ってくる。

「こちらですが」と、差し出した。正彦宛ての手紙類は、増谷が内容を確認した上で、

「至急」や「要返信」、「部外秘」といった付箋《ふせん》をつけて、文書箱に入れて置く。

役所を辞めてしばらくたつので、そうしたシステマティックな文書処理についていけなくなって、中を見るのを忘れていた。井坂に講演場所や時間の変更が伝わらなかったというのも、こうした増谷の仕事の仕方に、サラリーマン経験のない井坂が慣れていなかったせいだろう。

正彦はいったん祖父江からの電話を切り、手紙を読む。

機関誌にあった井坂のエッセイに感動したこと、彼を支部に招いたときの説法がすばらしかったことなどが、率直な言葉で綴《つづ》られている。そして神戸の支部では、現在、自分が教師のようなことをしているのだが、自分には仏教の知識もなければ、人を導くにふさわしい人格も備わっていない。須弥壇《しゅみだん》の整え方も、供養《くよう》の作法もわからない。こちらで住まいを提供するので、ぜひ井坂に神戸支部に来てもらえないか、というものだった。

だれを派遣するかなどというのは教祖が決めることだ、と、正彦は、この資産家の申し出に、いささか気分を害してつぶやく。

その一方で、祖父江の気持ちがわからないでもない。十分過ぎるほどの経済力を備えた男が、地震によっていったんすべてを失ったにもかかわらず、事業の立て直しに成功し、新たな家庭まで築いた。そんな彼が晩年に至って求めたものは経済力ではなく精神であり、そこに聖泉真法会が関わった。

精神の次に欲するものは、文化や芸術だ。ただしそれはあくまで権威と直結していなければならない。いや、純粋に権威がほしいのかもしれない。たとえその後、一作も世間に作品を送り出せなかったとはいえ、井坂、すなわち萩尾敬は、日本でいちばん知名度の高い、なおかつ大衆小説ではなく純文学の賞を受賞した作家だ。その萩尾敬を自分の開設した施設に祭司として置きたいと考えても不思議はない。

正彦は手紙を封筒に戻すと、増谷に渡した。増谷は中を見ることもなく、封筒と便箋《びんせん》をホッチキス止めし、「保留」と書かれたファイルに収める。

井坂は仕付けのいい犬のように、ソファの向かいでかしこまっていた。

「君のことだ、神戸の支部から」

「祖父江さんですね、何か?」

鼠《ねずみ》のような目が左右に動く。何か苦情の手紙でも来たのか、と不安になったらしい。怯《おび》えと傲慢《ごうまん》さが常に同居しているところが、この男の育ちの悪さを示していた。正彦は手紙の内容を手短に伝える。

「どうだ、行かれるか?」

「先生が行け、とおっしゃるなら、どこへでもまいります」

井坂は即座に答えた。

いずれにしてもこのまま本部に出入りさせておいたら、増谷との軋轢《あつれき》は増すばかりだ。

人柄はともかく、頭が悪い男ではないので、何度か支部に呼ばれて説法しているうちに、儀礼の作法は覚えてしまっている。神戸支部の仏教司祭は十分に務まる、と正彦は踏んだ。

「東京を離れることに躊躇《ちゅうちょ》はないのか？」

「私は無一物で生きておりますので、今いる土地への執着は、まったくありません」

「妻子は？」

「連れていっていい、とおっしゃるならぜひ」

はたして神戸に行くことについて、彼自身、喜んでいるのか、困惑しているのか、よくわからない。

井坂を帰した後に正彦は、祖父江に電話をかけた。

まず妻が出て本人に代わった。

「これはこれは、お電話をいただいてしまいまして、申し訳ありません」と祖父江は恐縮する。正彦は井坂の了解が取れた旨《むね》を伝えた後に、彼については聖職者として派遣するのであって、事務担当ではないので、支部の経営管理や信者との連絡などの雑用はさせないように、もしそうした人材が必要なら、こちらから派遣する、といったことを話した。

「それはもちろん、そんな雑用はこちらでいたします」

今のところ本部への報告や、入信希望者リストの記入、また灯明《とうみょう》や仏像といったものの売り上げ代金の記帳や入金といったことは妻が行っており、今後もそのつもりだ、と祖父江は説明した。

最後に正彦は、井坂には、妻と病気の子供がおり、家族とともに神戸に行くことになるが、そのつもりでいてほしい、と付け加えた。

「そのことなら存じております」と祖父江は答えた。

井坂の住まいについては、近くの一軒家を教師館として借りるので、一家でそこに住んでもらえばいいと言う。

「ちょっと、申し上げにくいんですが」と前置きし、正彦は、井坂の妻について、精神を病んでいるために、家事がほとんどできず、貸した家を汚されたという苦情が大家から出たことがあると、なるべく簡潔に話した。

「ええ、そうした事情も聞いております。たいへんに困難な人生を歩んでいらっしゃるということですね。萩尾先生がその後、何も書けなくなったのも、奥さんの病気のためだったそうで」

「ええ、まあ」

書けない理由など、物を書く人間ならたちどころに百でも千でもひねり出せる。しかし書いた物を出版できなかった理由は、売れる見込みがないというたった一つの理由だ、と、正彦はまたもやあの、世に出る機会を失った五千枚を思い出す。

電話を終えた後に、増谷を呼び、一部始終を話す。

増谷はうなずき、知性的な視線をまっすぐに正彦に向けると低い声で言った。

「支部の人事について問題が起きたのは初めてですが、一応事務局の方に事前に話を通していただいた方がよかったですね」

正論だ。しかし聖泉真法会は俺が興《おこ》したものだ、という言葉を飲込み、正彦は「人事について、問題など起きてはいない。単に祖父江さんが、井坂を寄越してほしいと言ってきただけだ」と穏やかな口調で反論する。

「献金や売り上げ金の管理については、こちらからだれか派遣した方がいいでしょうか」

畳み掛けるように増谷が尋ねる。

「君に言われるまでもない」

そう言い残して、正彦は本部を後にした。

矢口の方は、井坂が神戸に行くことに関しては、増谷に比べると楽観的だった。

「浮き世離れしているけど、悪気はなかったんだよね、彼も」とうなずき、「人間だれしも欠点があるんだし、増谷さんとは合わないなという感じはしていたから、離した方が良いんじゃない。家族で心機一転やりなおす機会にもなるし」と微笑した。

翌週の半ばに、まず井坂が単身、神戸に行った。それから一週間遅れて妻子が、東京を離れた。祖父江が自宅近くに借りてくれた一軒家には、祖父江宅に以前からいた家政婦が、週に二日、来てくれることになっていた。

一家が出た後の戸田市内の家は、さほど汚れてはいなかった。家財道具がほとんどないのと、一家揃《そろ》って住んでいた期間が短かったので、まだ十分にゴミが溜《た》まってはいなかったのかもしれない。あるいは家賃を踏み倒された家主たちの悪意に満ちた情報が、たまたま山本広江の耳に入っただけで、実際はさほどのことでもなかったのかもしれない。

四月を過ぎると、聖泉真法会の本部はにわかに慌《あわ》ただしくなった。

半年後の十一月五日に、灯明祭が行われることに決まったからだ。

灯明祭は、釈迦降臨祭とネワール仏教のティハールの祭りにヒントを得て、正彦が考案したものだった。

ホームページを通じての信仰表明も含めて、信者と錬成会の会員数が合わせて七千人を越えたこの春、正彦たちは日本中の信者を現実に動員できるような祭りをと、考えた。

増谷や矢口は、教祖誕生祭という案を出したが、正彦には抵抗がある。それにそうした個人崇拝は、信者はともかく錬成会の会員からは胡散《うさん》臭い目で見られるだけだ。誕生祭とするなら四月の釈迦誕生祭を盛大に祝うこともできるが、それでは既成仏教との差別化が図れない。釈迦涅槃《ねはんさい》祭では、やや華やかさに欠ける。

そのとき思いついたのが灯明祭だった。降臨祭は釈迦が忉利天《とうりてん》においてマヤ夫人に説法した後に、下界に降りてきたことを記念する祭りで、上座部仏教を信仰するビルマでは、釈迦の降りてくる道を照らすために家々に灯明が灯《とも》される。

日の短くなった晩秋の頃、本部とその敷地内に、無数のバター灯明や灯籠《とうろう》の光が揺らめく。およそ信仰心のない者にとっても、どこかしら懐《なつ》かしく、神秘的で、陶然とした気分にさせられる光景に違いない。

法要の中身については、正彦が増谷に相談しながら考えることにするが、基本的には宗教色を薄め、厳粛さよりは祭礼の色合いを濃くしていく。会場は本部の他に、国立と神戸の三ヵ所で、灯籠を捧《ささ》げる祭壇も屋外に設置することで、信者以外の人間も参加できる形にする。

幸い十一月上旬というのは、晴天である可能性が一年のうちでも、高い。

祭礼である以上、芸能や露店が欲しい。このあたりの手配は本部の事務局が担当する。

一方、中野新橋の方でも簡単な法要を行う。ただしこちらはマンションなので、消防法上の規制もあり、それほどたくさんの火を使うことができない。そこで電球を入れた灯籠を用意することにした。

灯籠のサイズやデザインは矢口が考えたが、高野山の奥の院のような角張ったものではなく、丸みを帯びたガラス製のランプにした。それをヴィハーラ商会に発注し、希望者に一灯あたり一万円の寄付で分ける。また献灯用のバター灯明についても、ヴィハーラに追加発注する。

石坂は頻繁に本部にやってきて、祭礼用の品々を整えていく。

準備を進めている最中、石坂は大きな手土産を持ってきた。

チベット文字で書かれた、二十センチ四方くらいの紙切れを差し出され、正彦は首をひねった。お札《ふだ》のように見える。

「ゲシェーの称号ですよ、先生」

「これが……そうなんですか」

正彦は啞然《あぜん》として、その和紙のような質感の紙をみつめる。傍らで日程表の確認をしていた増谷が興味深げに正彦の手元を覗《のぞ》き込む。

「あっちの国の大僧正《だいそうじょう》みたいなものですよ」

石坂は、すこぶる軽い口調で増谷に説明する。

「ほう」と肩をすくめたきり、増谷は視線を日程表に戻した。

「話半分に聞いていたのだが」

正彦はつぶやいた。ゲシェーは大僧正などとはまったく違う。大寺院の中での権力闘争に勝ち残ることで得る地位ではない。ましてや出自やコネで手にするものでもない。長い修行期間を経て、難解な理論を理解し、膨大な経典を暗記して儀礼を間違いなく遂行できるように作法をマスターし、それでようやく授与される博士号だ。

それを節税目的で国内のNPO法人に寄付した五千万で買った……。

「ところで肝心の病院の建設は進んでいるのですか」

称号授与ではしゃいでいては、教祖としての威厳が害《そこ》なわれる。正彦は平静さを装《よそお》い、尋ねた。

「一週間前に竣工《しゅんこう》して、一部の病棟はもう開業しました。何しろ、あの国に病人はごまんといるのに、病院は足りないですからね」

寄付の話があったのは、昨年の秋だから、工期はずいぶん短い。

「何しろ、日本みたいに土地の買収から始める必要がないですから。許認可だって、日本と違って簡単だ。まあ、ちょっとは袖《そで》の下が必要ですが。ただし中に据え付ける医療機器については、日本のメーカーの売込み合戦がすごかったらしいね。本体こそ先生の五千万で済んでしまうが、機械は現地調達とはいかないから、ODAだ、NGOだ、友好協会だと巻き込んで、億の金が動いたらしい」

正彦が息を呑《の》むと、石坂はにやりと笑ってささやいた。

「ま、先生は、そんなことはお知りにならない方がいい。お耳が汚《けが》れますから」

言葉を挟もうとした正彦にその間を与えず、石坂は続けた。

「というわけで、残念ながら、病院に先生のお名前はつけられなかった。何しろこちら側の窓口は、あすなろ財団ということになってますので」

あの福井県出身の政治家が立ち上げた組織だ。

「もちろん、そんなことは期待していません」

むっとして言うと石坂はうなずく。

「わかってますよ、桐生《きりゅう》記念病院なんて名前がついたところで、先生から直接、あっちに金を回したら、一銭も控除になりませんからね」

そういう意味ではないと反論しかけたが、いちいちむきになるのも大人げないので、

「ところで神戸の方は？」と話題を変える。

灯明や祭具の販売や、会場レイアウトの相談のために、先日からヴィハーラの社員がそちらに出向いていた。

「祖父江さんは、盛大に華やかに、ぱっとやりたいわけなんですが、萩尾先生の方が、なかなかストイックというか、精神重視のお考えのようで」と石坂は皮肉っぽい笑いを浮かべた。井坂はヴィハーラにとって、あまり良い取引先担当者ではないのだろう。

「神戸の震災被災者の慰霊ということで、祖父江さんは、灯籠流しをしたいとおっしゃるのですが、萩尾先生はどうしても目が信者の方向というか、ご自分の信仰に向いてしまわれるようでしてね、そうした形で世間に対してアピールしていこうという意欲はお持ちではなさそうだ」

「信仰の本質とはそうしたものですからね」と正彦が答えた。

夏を迎え、聖泉真法会の事務局は灯明祭の準備に慌ただしさを増していった。

本部では、信者を対象にした法要の後に、一般の人々を動員できるような催しがないものかと探していたところに、錬成会の会員である地元企業の社長から連絡があった。

彼が所属しているロータリークラブに、著名な雅楽の演奏家がおり、その演奏家が主宰する楽団が、中国の古典音楽の楽士たちとコラボレートすることになったという。演目は仏教説話に題材を取った大規模な仮面劇で、築地《つきじ》本願寺が上演会場になっている。

しかし初めての海外の団体との共演である上に、慣れない野外公演でもあり、主宰者はリハーサルの機会を望んでいる。そこで灯明祭に、戸田の敷地を提供して上演してもらってはどうかと社長はいう。願ってもない話だった。

灯明祭のメイン会場は、建前上モリミツという企業の福利厚生施設だ。そこにそうした団体を呼び、一般の人々に公開すれば、この祭りがモリミツの地域社会への貢献であり、メセナであるという言い訳が成り立つ。もちろん聖泉真法会の権威づけという点からしても望ましい。

公演に向け、できる限り協力すると正彦は約束した。

その日の深夜、正彦が自宅のマンションに戻ってみると、留守番電話のランプが忙《せわ》しなく点滅している。再生ボタンを押すと無言のまま受話器の置かれる音がした。次も同様だ。無言のメッセージは七本、約三十分置きに入っていた。受話器を置く音が次第に荒っぽくなっていくような気がする。

教団の用事なら本部か中野新橋の集会所に、かかるはずだ。矢口や増谷なら、正彦の携帯電話にかけてくるし、メッセージも残す。

着信記録を見るとどれも同じ番号で、市外局番からすると神戸だ。無言の電話を祖父江が何度もかけてくるわけはないから、大方、井坂だろうと判断し、そのまま通話ボタンを押す。

ずいぶん長い呼び出し音の後に「もしもし」という声が聞こえてきた。慇懃《いんぎん》な井坂の声ではない。年配者とおぼしき聞き覚えのある野太い声だ。

祖父江だった。

「ああ桐生先生ですか、すみません、電話をいただいてしまいまして」

前回と同じ言葉だが、ひどく不機嫌で沈んだ様子だ。

「実は、こんなことを電話で申し上げるのは先生に対して大変失礼とは存じておりますが、お手紙を出しても先生の手元に届くまで時間がかかるようですので、無礼を承知でお電話を差し上げまして……」

回りくどい前置きをした後、祖父江は低い声で宣言した。

「今日をもって、うちの布教所は閉鎖させていただきます」

「は……」

何かの聞き違いかと思い、黙って次の言葉を待つ。

「パンフレット類と、委託販売している聖泉真法会さんの仏像類は、ただちにそちらに返送します」

「どういうことでしょうか」

教団名に「さん」をつけ、表向きは、信者に寄付金をもらって分けている仏像のことを「委託販売している」と、まさに事実そのものの言い方をする。

脱洗脳でも受けてマインドコントロールが解けたのか、あるいは別の師か、神仏に出会って脱会を決意したのか……。

「急なお話ですが、どうなさいました?」

内心の動揺を悟られないように、正彦は穏やかな口調で尋ねる。

「とにかく閉鎖させてもらいます。祀《まつ》ってある仏像や仏具については、私が買ったものですからこちらから、ヴィハーラ商会さんに連絡して引き取ってもらいます」

自分に対する口調も言葉遣いも、以前と一変したことから、正彦は祖父江の信仰心が完全に醒《さ》めていることを感じ取った。

「失礼でなければ、少し事情を話してもらえませんか、電話ではまずいことですか」

その様子からして説得は難しそうだ。しかしすぐに閉鎖すると言われても、関西方面に住む信者は現在、二千人を越えている。祖父江の家の敷地内にある支部の建物から、仏具、仏像など祭壇にある一切合切を即座に運び出し、別のところへ移すというのも難しい。

「いえ。私は、今日をもって閉鎖すると申しているのです」

祖父江の口調は強硬さを増した。

「祖父江さん、支部を閉鎖するか否《いな》かというのは、こちらが判断することですよ」

「あれはうちの敷地に建っている、私の家だ。なんなら出るところに出てもいい」

凄味《すごみ》をこめた声で祖父江は言った。

正彦は一瞬言葉を失った。

勝手に感激して、勝手に入信し、勝手に自宅に礼拝堂を作って支部とした挙げ句に、醒めたから出ていってくれ、はないだろうと、内心憤慨しながら、「とにかくどういうことなのか説明してください」と繰り返す。

「萩尾敬が、あの男が……」

震える声で祖父江は言葉を吐き出した。

その名前を聞いたとたん、正彦は納得していた。あの人格破綻者《はたんしゃ》が、決定的なトラブルを起こしたのだ。

「金ですか」

彼を、と指名してきたのは、あんたじゃないか、と、絶望感とともに胸の内で呟《つぶや》く。

「金なんかじゃない」

吠《ほ》えるように、祖父江は言った。

「妻をそそのかして、逃げた」

「は？」と問い返しながら、正彦は祖父江より三十あまりも若い妻の顔と、和服姿の下に闊達《かったつ》な精神を隠したかのような切れの良い物腰を思い出した。

「なぜ……」と言ったきり、言葉が続かない。

「やつの口のうまさに、すっかりだまされたのだ。この結婚には、心も、愛も、ありませんと、そう電話にメッセージを残して、出ていった」

一言一言絞り出されるような言葉に、祖父江の苦渋の思いが込められていた。

「心と愛ですか……」

祖父江の財産に惚《ほ》れた後は、井坂の愚にもつかない口説きにあっさりひっかかる。女という生きものの浮薄さ、浅ましさをしみじみ思い知らされる。

「それで金や仏像など、持ち去られていませんか」

「小金はせびりとられてきたが、持ち去られていかなかった。そんなものはどうでもいい。いまさらあの男を訴える気もない。もちろんこの件については、先生にも責任はない。私が愚かだった」

声に涙の調子が交じる。

「人を見る目がなかった。それ以上に、神仏にすがって楽に生きていこうなどと考えたことが愚かだった。震災は大きな試練だった。それから立ち直ろうとして、自分の信条とは違うものに手を出した。私は震災で何もかも失った。そんな私が再び築き上げた大切なものを、今度は自分の浅はかさのために失った。高い授業料だった。はっきり言わせてもらう。二度と聖泉真法会とは関わりあいにはならない。おたくとはこれっきりだ」

電話は切られた。

呆然《ぼうぜん》として立ちすくむ正彦の手の中で、受話器はいつまでも小さな呼吸音のようなものを発していた。

翌朝、本部に行くと、神戸支部にあった教団の物が、業者によって梱包《こんぽう》され、すでに届けられていた。その中には、灯明祭に使う三百を越える灯明やランプ、供物《くもつ》を盛る銀の皿などもあった。

灯明祭を三ヵ月後に控え、神戸支部は開設から七ヵ月で一方的に閉鎖された。

会場がなくなっては、灯明祭もできない。祖父江に、せめてその日一日だけでも貸してもらえないだろうか、と事務局を手伝っている信者の一人が言う。

増谷は首を振った。

「信仰心をいったん失った者に、何を頼んでも無駄です。それよりも灯明祭のために、離れたところに住んでいる人々が、ここまでやってくるかどうか、その信心の深さを見極めるチャンスだと思いますよ」

神戸支部の閉鎖については、電子メールと機関誌を通じて報《しら》せればいいという。

「しかし関西に住む信者に、どういうふうに説明すればいいんだ」と正彦は頭を抱える。

「説明はいりません」と増谷は即座に答えた。

「閉鎖する、と教祖が宣言すれば、それだけでいいのです。黙って従うのが信仰です」

正彦はその簡潔さに驚き、納得した。

午後、事務局のメンバーとともに、送られてきた段ボール箱の中身を調べていると、矢口が駆けつけてきた。

「たいへんなことをやってくれましたね」

青ざめた顔でそう言った後に、「それで奥さんと子供はどうしているんだろう」と眉《まゆ》を寄せる。

「そんなことまで面倒みられるか」

正彦は吐き捨てるように答える。

「でも井坂さんが祖父江さんの奥さんと駆け落ちしたっていうのは、昨夜、祖父江さんから聞いた話なんだよね」

「ああ」

「井坂さん本人とは何も話してないんでしょう」

「聞くも何も、ここ一ヵ月、やつは何一つ、報告を上げてきていない」

「一応、どういうことなのか、井坂さんにも連絡を入れてみましょう」と矢口は、井坂の自宅として祖父江が提供した家の電話番号を押す。

「そんな必要はない」と正彦は止めたが、矢口はかまわず続けた。

呼び出し音が、受話器から漏れてくる。六回、七回と鳴るが出ない。

「いるわけないだろうが。他人の後妻と逃げたんだから」と正彦は言う。

「しかし家族がいるはずだ」と、受話器を耳に押し当てているが、やはり出ない。いったん切って、再びかけなおす。やはりだれも出ない。と、不意に「あ、どうも、井坂さんのお宅ですか」と、矢口が優しげな口調で尋ねた。

「矢口と申します。聖泉真法会の。ご主人は？」

井坂の妻が、鳴り続ける電話にいやいやながら出たらしい。

「……ああ、それは困るね、赤ん坊もいるのに。で、どうしてるの？　だれかそちらの近くには、相談できるような人はいないの？」

妻が、何かを訴えているらしい。関わりあいになるな、と正彦はささやく。しかし矢口はするどい一瞥《いちべつ》を正彦にくれながら、「で、井坂さんは、何と言って、出ていったの？　いつごろ帰ってくるとかいう話は？」などと、すこぶる親身な口調で尋ねている。

電話を切ると同時に、矢口は正彦の方を振り向き、「ちょっと、僕、神戸に行ってくるわ」と言う。

「何をする気だ」と尋ねると、井坂の妻が夫に出ていかれたまま、金もない上に病気の子供を抱え、身動きが取れないのだと言う。

「君が行くことはないだろう」と正彦が止めたが、矢口は電話で聞いた感じからして、井坂の妻は普通の人間が対処できる精神状態にはない、と言う。

「いつカウンセラーの資格を取ったんだ」

矢口は、鋭い眼差《まなざ》しで正彦をにらみつけただけで、唇を引き結んで事務所を出た。

その日の夜も遅くなってから、矢口は中野新橋の集会所に戻ってきた。

母子は、今夜は駅前の大谷ホテルに泊り、手続きが整い次第、以前住んでいた戸田の一軒家を借り直すことにしたと言う。

「ひどい話だ」

矢口は頭を抱えた。

彼が神戸の井坂宅を訪ねたときには、教団のパンフレット類や、雑誌などが散らばり、埃《ほこり》が降り積もった部屋の布団《ふとん》の上に、母子がぼんやり座っていたと言う。金はどこにもなく、冷蔵庫には干涸《ひから》びたハムが半パック、黒くなりかけた人参《にんじん》、それにうどんが一玉、入っているだけだった。

家政婦は一週間前から来なくなり、金は井坂が管理しているので預金残高もわからない。

井坂が出ていく前の晩、一家はファミリーレストランで仲良く食事した。それから出会った当時のようにカラオケボックスに行き、夫婦でデュエットした。

その翌朝、夫はいつものように聖泉真法会の神戸支部に出掛け、そのまま夜になっても帰ってこなかった。

妻は待ったが、翌日も、その翌日も彼は戻ってこない。関西には知り合いもおらず、どうやって夫を探したらいいかわからなかったと言う。

まず祖父江の家に行き夫の消息を尋ね、次に警察に届ける、という普通の手続きが、井坂の妻にはとれない。

「何しろ、これがちょっと、なんだからな」

正彦は、自分の頭を人差し指でつつく。

「いや、そういうことじゃない」

矢口は即座に否定した。

「あの人は普通だ。決して、井坂さんや桐生さんが思っているようなことはない。少なくとも、あの家と帰りの新幹線の中で、あの人はちゃんと僕に話をした。こちらの言うことも理解してもらった」

確かに、今、矢口が話した内容は、本人からでも聞き出さなければわからない事だ。しかし井坂の背後にぴたりと寄り添ったまま、挨拶《あいさつ》の言葉さえ口にしない、服装だけがいまどきの若い娘風にセクシーな女房が、何か意味のある言葉を話すということ自体が信じられない。彼女の口を開かせることができたとすれば、やはり矢口だからこそなのだろうか。

「井坂さんは、さかんに妻の精神の病気のせいで、自分の人生がめちゃくちゃになったようなことを言っていたけど、反対だと思ったよ、彼女の話を聞いたら。結婚したけど、毎日毎日、金がない。子供が生まれたって、産院に払う金がないから、夜中に逃げ帰ってくる。家に戻れば食べる物もない。借金取りが朝から晩まで押し掛けてきて脅す。アパートは追い出されるわ、野宿はするわ。それでちょっと金が入れば、一家でレストランへ行って、ホテル泊り。翌日からまた地下道で野宿。そんな中で子供が病気なんだ。それで頭が変にならなかったら、おかしいと思わないか。特に彼女は乳飲み子を抱えて、ずっと外に出られなかったんだ。相談する人もいなくて、そういう状況で、頼れるのがあの井坂さん一人だったとしたら……」

「まあ、確かにな」

それにしてもなぜ、そんな男といつまでもくっついているのか、なぜ井坂など捨てて別の人間に救いを求めないのか。行政でも、最後は警察でも、かけこむところはありそうなものだ。

「とにかく、少しこちらで面倒みてやるしかないかもしれないが、深入りするな」

正彦は釘《くぎ》を刺す。

翌日、正彦は増谷に電話をかけ、事務局を手伝っている年配の女性信者に、井坂の妻の相談相手になってくれるように頼んでもらった。

増谷も、その女性信者は道理も世間の常識もわきまえた信頼のおける人物なので、そうしたことにはうってつけだろう、と言う。

神戸支部の閉鎖は信者の間でさまざまな憶測を呼び、やがて井坂の信仰上の苦悩を理由にした失踪《しっそう》のためらしい、というところに落ち着いた。

信者はそれで納得したにせよ、関西の拠点となる新たな施設を他に探すのは困難だ。借りるのが難しいなら、いっそ土地を買って礼拝所を建ててしまおうかという話も矢口との間で出た。

しかし資金は一億を下らないだろう。その金を銀行が貸してくれるはずはない。分散して入れている郵貯や、貸し金庫と自宅の金庫などに入れている現金などを掻《か》き集めれば、全資産はそのくらいにはなる。しかし現金と郵貯は、信者からの献金や布施《ふせ》の類《たぐい》で、収入として申告していないために、そうした形で表には出せない。

正彦はため息をついた。

やはり井坂のような男を、教団の中枢《ちゅうすう》に引き入れたのは失敗だった。カリスマ性と破綻《はたん》した人格を備えた井坂の行動を的確に読み、制御して、教団のために動かせることができるほど、自分の管理能力は高くはなかったのだ、と痛感した。


線路を越えたとたんに、景色が一変した。高層住宅が天に向かって何本も伸びていたニュータウンは消え去り、稲穂が初秋の陽射《ひざ》しの下にそよぎ、溜《た》め池が雲一つない青空を映し出す田園風景が広がっている。石坂が運転するローレルは、緩いカーブを描く県道をゆっくり北に向かっていく。

「駅から向こうは、住宅地として開発が進んでいるんですがね、こっちは昔のまんまですわ」

右手を窓枠に乗せ、左手でハンドルを操作しながら、いつになくのんびりした口調で石坂は言う。

関西の方に、支部としてちょうどいい土地建物があるのだが、という電話を石坂から受けたのは、つい昨日のことだった。

売り物か、それとも賃貸か、という正彦の問いに、石坂は、電話で話すことでもないから、と声をひそめた。その様子からどんな物件なのか、なんとはなしに想像がついた。

そしてこの日の昼前に、正彦は石坂から話を聞くために、矢口と連れだって東京駅の八重洲《やえす》口に隣接したホテルに行った。しかし待ち合わせしたラウンジに石坂の姿はない。代わりにヴィハーラの社員がいて、封筒と弁当を手渡された。封筒の中には新神戸までの新幹線のグリーン券が入っている。石坂は一足先に現地に行っているということだった。

戸惑いながらも、正彦たちは改札口を通り、指定された列車に乗った。

新神戸駅のホームに下りると石坂が一人で待っていた。

「いろいろ説明するよりは、まずは見ていただいた方が早いかと思いましてね」

いきなり人を六百キロも離れたところに呼びつけたことを弁解するでもなく、石坂は二人を駅前から彼の運転するローレルに乗せたのだった。

閉鎖することになった神戸支部の代わりの場所ということなら、神戸市内だろうとあたりをつけていると、車は有料道路に乗った。トンネルを抜け六甲山の北側に出て一般道に下りた後も、さらに丹波《たんば》篠山《ささやま》方面へと北上している。

「京都の方ですか？」

不安げに尋ねた矢口の問いに答えることもなく、数秒後に石坂はスピードを緩めて右折した。土地勘がなければ見逃してしまうような、山の中の細道だ。

藪《やぶ》にフロントガラスをこすられるようにして進むと、すぐに集落に出た。

簡易舗装された農道を、石坂は脱輪しないように注意深くハンドルを操って進んでいく。

向こうから軽トラックがやってきて、石坂は車を止めた。いったん下がり、民家の庭先に乗り入れて、すれ違う。

曲がりくねった道の両脇《わき》は、ごく狭く区切られた田圃《たんぼ》だ。県道沿いにあるような豪壮な構えの農家はない。小さな雑貨屋の軒先に、朽ちかけたブリキの看板がかかっている。

「ここをね、丸岡《まるおか》さんもね、通ったんですよ。お忍びですから、黒塗りじゃありませんがね」と石坂は、ささやいた。

「丸岡って、あの丸岡のこと？」

正彦は尋ねた。

「ええ。丸岡定次郎《さだじろう》ですよ」

保守党の大物代議士だ。その後党内の一派閥を政党に格上げして発足させた黒幕でもある。

「なんでまた、丸岡定次郎がこんなところに？」

彼の地元は、福井県のはずだ。

「ええ。小浜《おばま》ですからね」

確かに舞鶴若狭《わかさ》自動車道を通れば、そう遠くはない。

「それですよ」

石坂は車を止め、脇にある目の高さほどの塀を顎《あご》で指した。

正彦は半信半疑で車を下りる。

トタンの塀を巡らせた内部に木造の民家があった。

元は農家なのだろう。茅葺《かやぶ》きの上からトタンをかぶせた傾斜のきつい屋根、南側にある広い縁側。どこか懐《なつ》かしいたたずまいの家だ。しかし庭には雑草が丈高く生い茂り、玄関の引き戸の桟には土埃が分厚く積もっている。廃屋ではなさそうだがひどく荒れている。

表札らしきものはない。代わりに玄関の引き戸の脇に木製の看板が掛けられている。華道、茶道教授の家に掲げられている縦長の札に似ている。雨風にさらされて黒ずんだ表面の文字に、正彦は目を凝らす。

「法華の泉」とある。どこかの教団支部として使われていた建物らしい。

「これですか」

拍子抜けしたように矢口が言う。

土地はどれほどあるのかわからないが、建物は古びた民家で、教団支部として使うにはいささか素朴すぎる印象だ。それに交通の便が悪い。車があればいいが、そうでなければ神戸や大阪からは、電車を乗り継ぎ三田《さんだ》に出て、そこからさらにタクシーを使い、ゆうに一時間以上かかる。とてもではないが、関西の拠点にはならない。

辺鄙《へんぴ》な土地の田舎家を眺めながら、正彦はあの祖父江《そふえ》の邸宅の一隅に建てられた真新しいツーバイフォー建築を恨めしさとともにあらためて思い出す。

早く乗れ、と急《せ》かすように、石坂は運転席から首を出した。

「特に見るほどのこともないですし、あまりこんなところをうろうろしていては具合が悪いですから」

ここに連れてきたわけではないのかと、首を傾《かし》げながら正彦と矢口は車に戻る。

「具合が悪いというと？」

正彦が尋ねると、石坂は「ええ、ちょっと」と言葉を濁す。

「つまりあそこを買わないかという話、ではないんですか」

理由も告げられず、いきなり神戸まで呼びつけられ、説明もないまま、さらにこんなところまで連れて来られたことに、腹立たしさと不信感を顕《あら》わにして矢口が詰問《きつもん》した。

「ええ、まあ買うということなんですけどね、まあ、それは後程、ゆっくり」

この田舎の廃屋じみた教団施設では、安いことは間違いない。しかしわざわざこんなところに関西支部を構える必要はない。

「看板、見たでしょう。ここの教祖は、今治《いまばり》ユキさんといってね、霊感のあるばあさんだったらしいですよ」

「霊感ですか」

女性教祖の典型的なパターンか、と正彦はうなずく。

少女時代に神懸かりになり、以来、霊界と交信ができるようになった、と石坂は説明した。最盛期でも七十人足らずの信者しか登録されていなかった教団だが、一応、宗教法人として認可されている。宗教団体をめぐる凶悪事件が頻発する以前、三十数年前に申請したので、簡単に通ったのだろうという。

「それにたぶん日本政界のドン、丸岡の力もあったのでしょうね」

つまりさきほど丸岡がこの道を通ってきていた、というのはそういう話らしい。

「大物がついていたにしては、貧乏臭い教団じゃないですか」

矢口が言葉を挟むと、石坂はうっすらと笑った。

「そりゃ、丸岡定次郎ともあろうものが、おばちゃん教祖に入れあげていたなんて話になったら、まずいですからね。いつもひっそりこの道をやってきたのですよ」と石坂は答えた。

丸岡が派閥を解散し、新政党を立ち上げる直前、写真週刊誌のカメラマンが、丸岡がこの家に入っていくところを撮影したが、結局、圧力がかかって記事にできなかったという。

「で、なんですか、人目を忍んでここにやってきて、ひっそり神様を拝んでいたというわけですか？」

「神様というよりは、その今治ユキってばあさんは、死んだ人間を霊界から呼び出して話ができたそうですわ。丸岡には、本来いないことになっている長男がいましてね。障害があって、奈良の方の施設に預けているんだけど、何でも最初は、その息子のことで、先祖の声を聞くためにここにやってきたって話ですよ」

「気持ちはわかるような気がしますよ。大物政治家といっても人の親でしょうから」

正彦はうなずいた。

「ところが、そこが人間、愚かなものでしてね、派閥の長となってしばらくした頃から、政治的に重要な案件についてまで、相談に来るようになった」

「そのばあさんにですか？」

「いや、そのばあさんというか」

石坂は唇の端に薄笑いを浮かべて続けた。

「岸信介《きしのぶすけ》の霊を呼び出しては、その判断を仰いでいたらしいですね」

「岸」

矢口がすっとんきょうな声を上げた。

「昭和の妖怪《ようかい》かよ」

正彦は腕組みをした。

「ちょっと、待ってよ」

矢口が憤慨したように、何か言いかけた石坂の言葉を遮った。

「それって国を動かすのに、占いやオカルトに頼っていたわけじゃないですか。それじゃ国民はどうなるわけよ」

「孤独なんだよ、頂点に君臨して時間が経《た》つと、自分の胸に納めておかなきゃならないことが多くなりすぎる。相談できる人間がこの世にいなくなっちまうんだ。そりゃ、岸だろうが、石原莞爾《かんじ》だろうが何でも呼び出すだろう」

正彦はつぶやくように答えながら、長老、丸岡のしみだらけの顔を思い出す。

石坂は言葉を続ける。

「ところが、その今治ユキってばあさんは、十年前にぽっくり死んでしまって、丸岡さんが新党を結成させたのは、そのすぐ後でね。教祖に子供はいなかったから、養子をもらったんだが、その息子には残念ながら霊能力がないらしい。本人もやる気がなかったようで、自然に信者が離れていって、今ではあの通りだ。二代目は金に困っている」

「金に困ってると言われても」と矢口は同意を求めるように正彦の顔をのぞきこむ。

「ああ」

窓の外に視線を漂わせ、正彦はうなずく。

ように農道を抜け、県道をまっすぐ南下している。照葉樹の緑が夕陽にきらめき、少し風が出てきたらしく、溜め池の水面にさざ波が立ち始めた。

ゆったりと美しいたたずまいは、一線を引退した後に、趣味の田舎暮らしを始めるにはうってつけだが、教団の西の拠点を築くには、のどかすぎる。

車は再びニュータウンに戻り、神戸三田インターから有料道路に乗った。

新神戸に出るのだろうと思っていると、車はあっという間に一般道に下りた。

「どこへ連れていくんですか」

慌《あわ》てた様子で矢口が尋ねる。

石坂は「ええ、ちょっと」と言葉を濁すだけで答えない。

曲がりくねった山道だ。

夕闇《ゆうやみ》の中に「裏六甲ドライブウェイ」という標示板の白い文字があった。

視界の開けた峠道から、街の灯《ひ》がうっすらと見える。やがて道は再び下り坂になり、うっそうとした檜《ひのき》林の間を通り抜けていく。

矢口が押し黙ったまま、落ち着かない視線を車窓に向けている。

おそらくどこかで接待されるのだろうと正彦は思った。六甲山上にはオリエンタルホテルを始めとして、いくつものオーベルジュや夜景を売り物にしたレストランがある。

想像はついていても、胸をしめつけられるような不安を感じる。

暗がりで車を止められ、檜林の中に連れ込まれ、待っていた石坂の手下数人に殴られ埋められる。何の根拠もなくそんな光景が脳裏に浮かんだ。

何事もなく車は山上に着き、周遊道路に入る。土産物屋やコンビニエンスストアの看板の見える一帯を通り過ぎると、あたりは再び暗くなる。百年以上もの歴史を持つ別荘地とは聞いているが、道の両脇を見る限り会社の保養所や大学の寮はあるが、個人の別荘は見あたらない。

数分間走った後、車は止まった。回りはうっそうとした林だ。隣で矢口が唾《つば》を飲み込んだ。

素早く石坂が車を下りる。続けて正彦が下りようとドアを開けると、そのまま乗っていろというように手で制した。目を凝らすと、道路際《ぎわ》の闇の中に、鎖が張ってあり、その向こうに未舗装の山道が延びている。

石坂はポケットから鍵《かぎ》を取り出し、鎖を外した。再び車に戻り山道を登っていく。どうやら行き先は、ホテルでもオーベルジュでも夜景の美しいレストランでもなさそうだ。

急坂を登りつめたとき、タイヤが玉砂利を嚙《か》む音とともに、ヘッドライトの中に古い洋館が浮かび上がった。灰色の壁面は、石を貼《は》り付けたもののようだ。テラスも出窓もない。無愛想で威圧感を漂わせた建物だ。

「どうぞ」

石坂に促され、車を下りて玄関ホールへの階段を上がる。球形の玄関灯が、すり減った石段に赤っぽい光を投げかけている。

「プチホテル？　一日、一組しか客をとらない」と矢口が耳元でささやいた。

「の、わけないだろ」

ドアが開いた。四十過ぎぐらいのスーツ姿の男が現れ、三人を中に招き入れる。

古い洋館に特有の油じみた木床の匂《にお》いが鼻をつき、ひんやりと淀《よど》んだ空気が体を包む。

すり切れてむしろ風格の出た絨毯《じゅうたん》を踏みしめ、広間に入る。

中央に楕円形《だえんけい》のテーブルが置かれ、白いクロスの上に、天井のシャンデリアの光が砕けている。

矢口の足が竦《すく》んだように止まる。

真鍮《しんちゅう》の腕に薄青く錆《さ》びの浮いたシャンデリアを見上げ、正彦はこれから何が起こるのか思いを巡らせる。無意識に視線を動かし、退路を探している。

そのとき反対側のドアが開いた。山吹色の衣を身につけ、剃髪《ていはつ》した男が入ってくる。

矢口が小さく声を上げた。幅広く突き出た額と深い眼窩《がんか》、がっしり張った顎《あご》。

教祖だ。恵法三倫会《えほうさんりんかい》の回向法儒《えこうほうじゅ》だった。

今度の話は、この男が一枚嚙んでいたのだ。

入り口に頭がつかえるかと思うほどの長身で、衣から出た肩は分厚くたくましい。巨漢で、どこかの週刊誌で報道されたとおり、裸足《はだし》だった。裸足で絨毯を踏みながら近づいてくる。

「どうも遠いところを」

穏やかな威圧感の籠《こ》もった声が聞こえた。

「どうも、初めまして。聖泉真法会《せいせんしんぽうかい》の桐生慧海《きりゅうえかい》でございます」

システム管理課の鈴木でございます、と名刺を差し出していたときとまったく同じ口調で正彦は名乗る。

ミャンマーあたりの修行僧そっくりの衣装と厳粛な口調がむしろ滑稽《こっけい》に感じられるほど、この男の本質が宗教家とかけ離れていることは、その立ち上る体臭に感じられた。抹香《まっこう》の匂いをまといつけたところで、全身の毛穴からにじみ出す獣臭さを消すことはできない。同じ穴のむじなだと思った。しかしむじなの度合いは、相手の方が数段上だ。

「どうぞ」

回向法儒は椅子《いす》を指さす。隣の席で矢口が強《こわ》ばった体で座ろうとして、不作法な音を立てる。

食器の擦れ合う音がして、さきほどのスーツ姿の男と、半袖《はんそで》のブラウスを着た女性達が食器をセットし始める。どの女も薄化粧で浅黒い肌をしているというのに、はっと目を引くほどの美貌《びぼう》だ。銀座のホステスにもこれほどの美人はいないだろう。

ハーレムということか、と正彦は目の前の巨漢を見つめる。

「ご心配なく、我々の会話は彼女たちにはわかりません。まだ、日本語はほとんどできないので」

回向はうっすら笑う。歯が見えると四角い顎が際《きわ》だつ。

「ネパールか、ミャンマーあたりの方々ですか」

聞こえないかのように、回向は答えない。沈黙がのしかかってくる。正彦の背筋がすっと冷えた。

「ところでいかがでした、猪名川《いながわ》町の方は？」

あの場所はそういう地名だったのか、と納得した。

「自然環境という点では恵まれていますが、あの地を支部として買うのは、あまり」

そのとたん、回向は低い笑い声をもらした。

「何もあそこを買わなくてもよろしい。支部にふさわしい土地はこちらでご用意してあります」

「それでは？」

「法人にならなければ、宗教やるうまみはありませんよ」

回向の低い声が響き渡った。さもしさなど微塵《みじん》も感じさせない、堂々とした口調だ。

自分の思い違いに初めて気づき、正彦は赤面した。ビジネスとして宗教を興《おこ》すなどと大口を叩《たた》いたわりには、この素朴さはなんなのだ、と自分自身に呆《あき》れてもいた。

「最盛期でも七十人足らずの信者しか登録されていなかった教団だが、一応、宗教法人として認可されています」

「二代目は金に困っている」という話は、そういう意味だったのだ。

宗教法人としての認可がなかなか下りないのなら、買えばいい。もちろん普通の人間がそんなルートを持っているわけはない。しかし回向にはある。

「たしかに、おっしゃる通りです」

正彦は答えた。

矢口が驚いたように目を見開いている。彼にはこのやりとりが読めていないようだ。

「支部を作るとしましょう。しかし土地を買うにしても、信者に寄進させるにしても、それは法人登録した後の話だ。それはおたくもわかっているでしょう」

「ええ」

反射的に、国立《くにたち》支部として寄進された土地について、来年かかってくるであろう税金の額を積算していた。

「ところで、桐生さん、日本にいったいいくつの宗教団体があるか知ってるかね?」

回向法儒の口調は、くだけたものになった。

前菜が運ばれてきて、ワインが注がれる。

「いえ、僕は酒、ダメなんで」

うろたえた矢口がグラスを倒しそうになった。

正彦は回向の問いに「わかりません」と答える。

「法人登録されたものだけで、十八万五千。教祖は百四十万人。信者は、トータルすると日本の人口の五十倍を超える」

矢口が小さくしゃっくりをした。回向はそちらを一瞥《いちべつ》するとうっすらと笑い、すぐに真顔に戻った。

「水ぶくれした組織は、淘汰《とうた》されていく。しかし統計上は、抹消されないのでこういうことになる。採算が取れなくなれば会社は解散するが、宗教法人はそのまま残る。一方で、小規模とはいえ優れた教祖のいるところは実績を上げていく。おたくがいい例だ」

「恐縮です」

「良い教えであればあるほど、有利な条件で広めていかなければならない。ところでおたくの本部は、まだ間借りでしたな」

「ええ、支部の一つは、寄進されてこちらの物になっておりますが」

「どこぞの未亡人が、寄付されたそうですが、ごっそり贈与税で持っていかれたそうで」

「よくご存じで。もっとも課税されるのは来年の話なんでまだ払ってはおりません。不動産取得税の方は暦年なので、まもなく払えと言ってくるでしょう」

事情は石坂から筒抜けになっているようだ。

「いちいち申告されるとは、律儀《りちぎ》な話だ。私が言っているのはそんな小さな支部のことではない。いつまでも間借りしているつもりはないでしょう。総本山を作ることは、当然、考えておられるでしょうな。で、たとえばおたくがこれから、仮に長野でも、静岡でもいい。しかるべき場所に土地を買って、二千人の信者を収容できる礼拝堂を建設するとする。もちろんそのとなりに、教祖にふさわしい邸宅も作る。土地建物、合わせて六億くらいですか。それを宗教法人として買うか、桐生教祖個人が買うか、それによって大きな差がある。小学生でもわかる理屈だ。たとえば、うちが持っている土地建物がある。実際に、神戸の郊外にあるから、おたくを呼んだのだが、おたくに売るとしよう。宗教法人から宗教法人への売却であれば、あらゆる点で有利だ」

そういうことか、と納得した。うまい話だが、警戒信号の黄ランプが頭の中で点滅した。こいつは信用できるのか、できないのか。もちろん新興宗教の教祖など、自分を振り返ればわかるが、人間として信用できるはずはない。問題はビジネスの相手として信頼できるのかできないのか、ということだ。

「理想的なのは、やはり本拠地である東京で設立許可申請を出して、認可されることですね。今はそのための実績を作っているところです」

まずは、うまい話には飛びつかない、という姿勢を見せておく。

「二十年前なら可能だ」

視線を正彦に据えたままワイングラスを傾けた回向の唇が、ぬらりと光る。その顔をみつめたまま、正彦は自分のワインを口に含む。黄金色のシャブリだ。前菜の魚卵の匂いが生臭く口中に広がり、飲めたものではない。

「そうやって、私の顔から視線を外さない男を初めてみた」

回向は低い声で言った。

あたりまえじゃないか、俺にとってあんたは教祖ではない。

そう心の内で呟《つぶや》きながら、「大切な話をするときに、視線を外すのは、失礼かと存じます」と答える。

「で、不動産を買うのは簡単だが、宗教法人を買うのはなかなか簡単ではない」と回向は話を先に進める。

「権利関係がややこしい上に、少数ながら信者も残っているので、そのあたりの処理もある。しかしあそこの二代目は、乗り気だ。事情があって金を欲しがっている。信者も残ってはいるが、二代目にとっては負担なだけだ。昨年あたり、千葉の方から一本半で売れという男がきたらしい。よくよく話を聞いてみると、どうも法人を売り買いするだけの話じゃない」

「一本」とは、一千万のことか、と正彦は首をひねる。回向は続けて言った。

「素性を洗ってみたら、その男は、以前、山梨の方の、さるでかい寺で、執事長に鼻薬を嗅《か》がせて二億引っ張ったことがあるとわかった。今度はどんな魂胆があって関西にやってきたのか、ちょっと捕まえてきて締め上げてみたのだが、吐かなかった」

食器とフォークの触れ合う音が止まった。傍らの矢口を見ると、大きく目を開いた横顔をゆっくりと汗が伝い下りている。

「まあ、それで二代目にはそんな男とは関わりにならず、私に任せろと説得しましてね、そんなわけであまり欲をかかずに、一本で売りなさいよ、という話になったわけです」

どうやら一本とは、一千万ではないらしい。

「あの、その詐欺師《さぎし》というか、その教団を最初に買おうとした男は……どうなったんですか」

矢口が強ばった顔で尋ねた。

「さあ」

回向は、少しの間、沈黙したまま矢口をみつめていたが、まもなく低い声で答えた。

「私はそこまでは把握していません」

「それで肝心の買い取り金額はどのくらいと見積もっておられるのですか」

遮るように正彦は尋ねる。

「ですからうちが中に入るということで、一本」

「一千万ですか」

軽い口調で言ってみた。冗談は通じた。回向は初めて腹の底から笑ったように見えた。

それから表情を引き締め、凄味《すごみ》を利《き》かせて言った。

「一億です」

「うちに支払い能力はありません」

即座に正彦は答えた。

回向はうなずいた。

「わかっていると思うが、宗教法人の買収は休眠会社ほど簡単にはいかない。しかしそれのもたらす利益は計り知れない。と、いうことは相手は少額の金では譲らない」

「ないものはないのでしかたありません。残念ながらみずほさんもりそなさんも、うちに金は貸してくれない。ましてやモノがモノなので表の金が使えない」

回向はうなずいた。

「石坂さんから話は聞いていたが、あんたとは気が合うようだな」

「光栄です」

「そうした慎重さを持っている者は、この世界では少ない。しかしあんたはもっと大きな仕事ができる。だから私なりに多少の手助けをしたい」

「大変にありがたいお話なのですが」と正彦は遮った。

「少し時間をいただきたい。私が興した教団ではあるのですが、いったん教団として発足した以上、基本的に私一人のものではありません。私の元にやってきた七千人の信者のものなのです」

心にもない建前を語った。

回向の手助けが手助けで済むはずのないことは承知している。信者の名簿、帳簿、あらゆるものが聖泉真法会と恵法三倫会の間を行き来し、巧妙に裏の金をプールし、活用されていく。回向の目的はそれだ。その協力体制は、しかし平等ではない。周到な準備をした上でなければ呑《の》み込まれるだけだ。

「残念ながら、時間はそうはない。こんなことができるのは、公明党が政権党に入っている間だけだ。今なら多少のことがあっても宗教団体を締め上げられない。しかしあそこが野党に転落したら、政策も法律も変わってくるだろう」

いいかげんな情報を提示し、決断を急がせる。詐欺の常套《じょうとう》手段だ。

「心配ありませんよ」

正彦は初めて反論した。

「あちこちの宗教団体からどれだけの金が自民党に流れ込んでいると思っているんですか」

回向は少し驚いたように、眉根《まゆね》をぴくりと動かした。自分に敬意を表さぬ口の利き方をする人間には、このところしばらく会っていないのだろう。しかしすぐに平静な表情に戻り、続けた。

「旧約聖書に限らず、宗教の本質は苛烈《かれつ》なものだ。我々の世界に民主主義はない。根回しも多数決もない。中途半端《はんぱ》な教祖は、信者に食われる。半端なのはいけない。信者に食われる前に、こちらが食ってしまうことだ。食われる信者はそれで幸せなのだ。満足して食われていく。そのことは心に留めておいた方がいい」

背筋がぞくりと鳥肌立った。食われるのは信者だけではない。たかが一億、と思った。金額自体は、企業買収の数十分の一だ。そんなものでこちらが食われたのではたまらない。

「考えさせてもらいます。返事はのちほど」

「繰り返そう。もう二度とは言わないから、心に留めておきなさい。差し上げられる時間は、そうはない」

「承知しております」

正彦は答える。

沈黙していた石坂が、ほっと息を吐《つ》いた。正彦に対してはまったくそんなそぶりも見せないが、回向にはそれなりの緊張感を持っているようだ。

前菜が下げられ、メインディッシュが運ばれてきた。異様に赤い肉だ。ジビエらしい。

「鹿《しか》ですか?」と正彦が尋ねると「さあ」と回向は首を傾《かし》げた。

「私は、食べ物に興味がない」

興味の対象は金だけか、と正彦は心の中でつぶやく。

肉は鹿ではなく馬のヒレのようだった。フランベしたブランデーの香りがグリコーゲンを多量に含んだ甘い肉にからみつき、すばらしい風味だ。

矢口はためらいながら一切れ口に入れたものの、食欲は全く戻らないらしい。そのまかちゃりと音を立てて、フォークを置く。

回向が食べ物に興味がないと言ったのは、本当らしい。薬でも飲むように全く味わう様子もなく、無表情のまま咀嚼《そしゃく》する。

デザート代わりにアルマニャックが出され、晩餐《ばんさん》は終わった。

話題が、再び買収に触れることはなかった。ただ話の流れから、聖泉真法会でビデオと本を出した悠宝出版が、恵法三倫会の収益部門らしいことがわかってきて、正彦は以前、中堅出版社から来た女性編集者を怒りに任せて追い返したことを後悔した。

玄関先まで送ってきたのは、さきほど正彦たちを出迎えたスーツ姿の男だけだった。回向は、食堂で挨拶《あいさつ》をした後、さっさと別室に引き上げた。客人を玄関先まで見送らぬ不作法を示威行為の一つと心得ているようだ。

玄関ポーチの階段を下りかけ、ふと振り返り、奇妙な感じに捉《とら》えられた。

どこかで見たことがある。

さほどの高さはないのに、そそり立つような印象を与える玄関。ヴェランダや出窓といった凹凸のない、箱のような外観。そして建物を取り巻く鬱蒼《うっそう》とした林。似たような建物を外国映画か何かで見ているのかもしれない。

車に近づいたとき、藪《やぶ》の中で物音がした。小枝を踏みしだき、小走りに遠ざかる音が聞こえる。

石坂は、そちらの方を鋭い視線で凝視したが、闇《やみ》と鬱蒼と繁《しげ》った木々を透かして見えるものは何も無かった。

「猪《いのしし》か何かですか」

矢口が間の抜けた声で尋ねた。

帰りは、ほとんど口をきかなかった。矢口が回向や別荘について、運転している石坂に配慮しながら控え目に印象を語ったが、正彦は返事さえせずにやりすごす。

緩やかにカーブしながら続いていく高速道路の水銀灯の光列を目で追いながら、正彦はあの六甲山中の別荘のたたずまいを思い返していた。大方、信者から巻き上げたものだろうが、あの古さと重厚な作りからして、かなりの人物が持っていたものだろう。

恵法三倫会の本殿は、名古屋市内にある。老舗《しにせ》旅館跡地に建ったビルで、そこの経営者が引退するときに、寄進したと言われる。

外から見ると、しゃれた美術館のようだが、中には宝石をちりばめた禊《みそ》ぎ場だの、壁面が大スクリーンになっている瞑想室《めいそうしつ》だのがあるという噂《うわさ》だった。そこに呼ばず、六甲山中の別荘などで会った理由は、聖泉真法会の教祖と接触したことを人に見られたくない、ということだろう。もちろん宗教法人の買収自体が、表沙汰《おもてざた》にできないことなのだから、当然ではある。

新神戸九時発の最終ののぞみにはかろうじて間に合った。

石坂に別れを告げて車内に入り列車が動き出すと、矢口が何か言いかけたのを止め、無言で人気のないデッキまで連れていく。

貼《は》りつくようにドアを背にして立つと、汗が噴き出してきた。

「嫌な感じの男でしたね、生臭いというかなんというか。それに怖い」

矢口が口を開いた。

「生臭いのは、坊主《ぼうず》にしても、他の教祖にしてもみんな同じだ。問題はそんなことじゃない」

傍らの自動販売機でウーロン茶を買って矢口に渡し、自分は缶コーヒーのプルトップを引き上げる。

「人を殺《や》ってるぞ。もちろん直接刺したりはしてないだろうが、他人の人生も命も、へとも思っちゃいない。あれは本物の悪党だ」

矢口は小さく身震いした。

「石坂社長も、とんでもないのと知り合いなんですね」

「知り合いじゃなくて、取引先だよ」と正彦は呆《あき》れて言った。

「しかし悪党の回向は我々に対しては、手の内を晒《さら》してきた。だからよけいに怖い。やつの言うとおりにすべて事を運べば、間違いなくうちは乗っ取られる。イトマンにやられたつぼ八みたいなものだ」

「冗談じゃない」と矢口はかぶりを振った。

「僕たちは僕たちなりの発展の仕方がありますよ。恵法三倫会も、ネパールに学校を作ったことについては良いことをしていると思ったけど、裏ではかなり汚いことをやっていそうですね。ああまでして大教団にしたいとは思わないな」

ああまでするから、大教団に発展するのだろう、と正彦は思う。

「あの田圃《たんぼ》の中の、おばあさん教祖の家って、僕、ちょっと思ったんだけれど、案外、本当の宗教家というのはああいうものじゃないかな。ああいうところに住んで、村の人たちの相談に乗ったりして、結局、跡継ぎも残せずに死んでいく」

「相談に来たのが、村の衆だけじゃないってところが、ミソだな」と正彦は言いかけ、あっと声を上げた。

あの別荘を見たときの既視感が何であったのか、思い当たった。

丸岡の別荘だ。丸岡の選挙区は福井の小浜だ。そこからお忍びで神戸市の郊外にある霊感師に通った。

そこからほど近い、六甲山中の別荘は、一度だけ、マスコミの注目を浴びた。二十年近く前に大規模な汚職事件が起きたときに、丸岡が黒幕とされ、その動向を探るために、そちらの別荘前に報道陣が詰めかけたのだった。

沈黙を守って丸岡は、その間、マスコミに姿を現すことはなかったし、実際にそこにいたのかどうかもわからない。しかしテレビのニュースやワイドショーでは、窓にカーテンの下ろされたあの別荘の近景が幾度となく映し出された。

丸岡が恵法三倫会にあの別荘を寄進したとは思えない。その反対だ。

回向が信者から巻き上げた金が、丸岡の懐《ふところ》に流れ込んでいるのだろう。とすると、回向は、自分の背後にいるものの存在をほのめかし、教団の力の大きさを正彦に見せつけるために、あの場所を選んだのだろう。

それから思い出した。正彦がネパールに病院を建てるために寄付した五千万、そのときの認定NPO法人を設立した議員の地元もまた福井だった。

自分がどこに立たされているのか、おぼろげに見えてくる。

第四次産業としての宗教を興《おこ》すのだ、などと粋《いき》がってはみたものの、実のところそんなことを目論《もくろ》む雑魚《ざこ》を掬《すく》い上げる網は、世間に隈《くま》無く張り巡らされていた。

翌日、本部に行ってみると、いくつもの案件が山積みになっていた。机の前に腰掛けるやいなや、お茶を飲む間もなく、増谷から報告を受けながら書類に目を通していく。

祭りの準備の上に、関西支部の閉鎖に伴う様々な処理が加わり、本部の事務局も目の回るような忙しさだ。

山本広江が仲間を組織して応援にかけつけ、普段は中野新橋の集会所に行っている中山たち若者数人も、アルバイトや学校が終わると本部にかけつけ、名簿の突き合わせや封筒の宛名《あてな》を入力する作業を手伝う。

石坂が携帯に電話してきたのは、そんな慌《あわ》ただしさも頂点に達した灯明祭《とうみょうさい》の三日前のことだった。正彦は増谷から式次第について説明を受けていた。

「どうですか。何度かお家《うち》の方に電話したんですが、おいでにならないようですので」

こちらからの連絡を待っていたのだろう。少し苛《いら》ついた口調で石坂は尋ねる。

「考えさせてもらいます」

正彦は席を立ち、建物の外に出る。

「あまり時間はない、と回向さんも言っておられたでしょう」

「一億の話は、我々にとっては大きい。リスクもある」

あたりを見回し、声をひそめる。

「桐生さんに出せとは言っていませんよ」

石坂の声に切迫したものが感じられる。

「内容が内容ですから、慎重に検討した上で結論を出したいと思っています」

「慎重に検討というのは、お役人言葉ですか。つまりその線はない、と受け取っていいんですか」

石坂の口調が、恫喝《どうかつ》の響きを帯びる。

「とにかく、今の段階では、そういうことになりますね。では、ちょっと取り込んでいますので」

怒りを滲《にじ》ませた声色で石坂は「わかりました」と言うと、電話を切った。

ひょっとすると自分は、怖《お》じ気《け》づいてチャンスを逃したのかもしれないという思いが、頭の片隅をよぎったが、これでいい、自分の判断は誤ってはいない、とつぶやく。

事務所に戻ると、増谷が書類から目を上げずに尋ねた。

「石坂さんですか」

「ああ」

それ以上は、何も尋ねず、さきほどとは別のファイルを手渡した。

当日行うことになっている儀礼の手順と作法をマニュアル化したものだ。礼拝と供養《くよう》の仕方について、正彦がチベット仏教書や経典をひもとき、内容を簡略化したものを増谷がまとめた。

このマニュアルにそって、正彦と矢口、増谷が、それぞれ本部と中野新橋の集会所、国立支部で法要を行う。もともと真言密教について詳しい増谷は、この正彦の作ったたかなり怪しい文言や作法に格別疑問を呈することもなく、手順を再度確認しながらチェックしていく。

しかし慣れてきたとはいえ、密教以前に仏教の知識さえほとんどない矢口にとっては、こうした手続きと祈禱文《きとうぶん》を覚えるのは、かなり骨の折れる作業だ。

昨夜、正彦は信者を帰した後の中野新橋の集会所で、矢口に五体投地や半跏趺坐《はんかふざ》の正しい姿勢を示し、覚えた真言を唱えさせた。立ち歩く姿は、なかなか敏捷《びんしょう》でもあり、軽やかでもあったが、座禅を組ませたり、礼をさせてみると、矢口の立ち振る舞いには、どうしても厳粛さと荘重さが欠ける。経文の覚えも悪く、声色には日常会話のような軽さが出てしまう。

深夜の特訓の終わった午前二時過ぎ、精根尽き果てて帰りかけた正彦は矢口に呼び止められた。

「あの井坂さんの奥さんのことだけど、あれからどうなったの」

今は、それどころじゃないだろう、と怒鳴りたくなるのを抑え、「山本さんと、今野さんの奥さんが何度か行ってくれた」と正彦は、女性信者の一人の名前を上げる。

「で、どんな様子だった?」

忙しい仕事の合間を縫って、井坂の妻の元を訪れた年配の女性信者も、わざわざ東京から駆けつけた山本広江も、実のところ井坂の妻、美穂子には何もできなかった。

美穂子は、彼女たちに対しては、警戒しているのか、それとも怯《おび》えているのか、視線を逸《そ》らせたきり、一言も口を開かなかったという。

広江はアトピーで全身が粉をふいたような状態の赤ん坊に心を痛め、とにかく力になるからと励まし、もう一人の女性信者は心尽くしの惣菜《そうざい》などを運んでやったが、美穂子の態度は少しも変化せず、不信感も顕《あら》わに眉《まゆ》を寄せたまま、顔を背けるのだという。

事務局内でもモリミツの社内でも、「できた人」と評判の今野という女性信者も、さすがに気を悪くしたらしく、増谷に「あれは、まだ結婚して子供なんか作っちゃいけない人が子供を産んじゃったというだけのことなのよ」と憤慨したという。

とはいえ、正彦には失踪《しっそう》した一信者の妻に関わっている暇はない。矢口に問われるまで美穂子のことはすっかり忘れていた。

矢口は「やっぱりな、そうだよな」とため息をついた。

「いっそ、サヤカや雅子の方を行かせた方がよかったかもしれない」と正彦が言うと、矢口はかぶりを振った。

「彼女たちともテイストが違うんだ」

どう違うのか、と正彦が尋ねたが、矢口にもわからないらしい。わからないが、同じ生きづらい系に見えても、違うのだと言う。

「どうでもいいが、気になるのか？　あの女房が」

正彦は、幼い子供がいるにもかかわらず長い髪とミニスカートで過ごしている井坂の妻の、タレント風の派手な顔立ちに似合わぬ暗い視線と青ざめた顔色を思い出す。

「普通なら、気になるでしょう。病気の子供を抱えて、亭主に捨てられたんだから」と矢口は口をとがらす。

「まあな」と正彦はうなずいたが、「関わりあいになるな」とは、さすがに言えなかった。


外線電話がかかっていることを知らされ、正彦は我に返った。

受話器を手にした増谷は、無言で衝立《ついたて》の向こうを指さす。

そちらで受けろ、という意味だ。

ぴん、と来た。

他のスタッフから隔たった応接コーナーに行き、内線電話の受話器を取る。

忘れられない声だった。マイクを通しているわけでもないのにエコーのかかる、凄味《すごみ》と生臭い匂《にお》いまでが伝わってくるような声。

「石坂さんから聞いたのですが、あまりお気が進まないようで」

回向《えこう》法儒《ほうじゅ》は言った。

正彦はソファにかけたまま、無意識に両足を踏ん張った。

「気が進む、進まないということではありません。まだそうしたことを検討する時期ではないということです」

「検討する時期ではないとは、難しい言い回しだ」

皮肉の調子を滲ませ回向は遮る。

「私は率直な人間なので、役人の言葉は理解できない。だが一つだけ忠告しておこう。小さいところが、一人で生き残れる時代は終わった。銀行の話をしているのではない、というのは、わかっているな。人の親切は素直に受けるものだ」

「お言葉、ありがたく拝聴させていただきました」

つまらない脅しに動揺して、これ以上この男に接触してはならない。石坂と森田にも、はっきりさせておかなければならないだろう。

都庁というのは、ヤクザも右翼も活動家も似非《えせ》同和も押しかけてくるところだ。俺はそんなところで十数年仕事をしてきた。元役人をなめるんじゃない、とつぶやきながら受話器を置く。

その二時間後に、森田から増谷に電話がかかってきた。

灯明祭当日に借りることになっていた駐車場が使えなくなったという連絡だった。

当日、会場となる工場の敷地内には祭壇《さいだん》や舞台などが設置され、車両が入れなくなる。そこで必要な物資を搬入するためのトラックや、信者の送迎用に手配したマイクロバス、舞楽団のメンバーを乗せたワゴン車などは、普段は使われないモリミツ工場の裏門近くにあるパチンコ屋の駐車場を借りることになっていた。

ほんの少し前までこの近辺の地主が経営していたホームセンターが倒産した後、その場所に進出してきたのは、関西のパチンコ店チェーンだった。夜空を照らすサーチライトとカジノを思わせる派手な施設で客を集め、たちまちのうちに戸田周辺のいくつかのパチンコ屋が潰《つぶ》れた。その大型パチンコ店が、最近、県道沿いの敷地に巨大な立体駐車場を作り、ホームセンター時代から使われていた、裏手の駐車場を閉鎖してしまった。近いうちにカラオケボックスやゲームセンターなどの入ったレジャー施設が建つことになっているが、今年中には着工しないので、一日だけ株式会社モリミツが借りるということで話がついている。

ところが相手はいきなり約束を反古《ほご》にしてきた。理由を聞いてみても、勝手に施設の貸し出しをしてはならないと本社から指示されたと答えるだけだ。

「契約書は交わしてないのか？　向こうには違約金の支払い義務が生じるはずだぞ」

正彦が言うと、増谷は首を振った。

「契約書自体はありますが、一日だけのことなので細かなことは記載されていません」

答えながら増谷は、近隣の住宅地図を調べ始めた。代わりの駐車場を探すつもりらしい。

ごく近いところに幼稚園が所有している駐車スペースがあった。

休日のしかも夕方から夜の時間帯のことで園児はいない。「ルンビニー幼稚園」というそこはモリミツの従業員の子供や孫たちも通っており、ときおりパーティー会場やコンサート会場として近隣住民に施設を貸し出したりもしている。

もともと顔見知りだった園長に、森田が直接電話をすると、相手はモリミツ側が提示した市営駐車場並の料金で、当日の午後から翌日の早朝まで貸してくれることを約束した。

しかしその翌日、園長は断りの電話をしてきた。

著名な舞楽団を呼んでの地域貢献の祭りというふれこみだが、実体は特定の新興宗教団体が主催する行事であると通報してきた人物がいる。調べてみるとその通りで、教育施設をそうした行事に貸し出すことは好ましくないと判断したと言う。

森田が、主催はモリミツという一企業で、感謝の心をお釈迦様に捧《ささ》げながら、それにちなんだ文化的催しを地域の人々に楽しんでもらうのが目的だ、といくら説明しても無駄だった。

通報者がだれかというのは知る由《よし》もない。しかし「ルンビニー幼稚園」という名が示す通り、そこは桃源院という曹洞宗《そうとうしゅう》系の地元の寺が経営している施設で、そうした正統的な仏教組織から見れば、聖泉真法会《せいせんしんぽうかい》はまさに仏の名を騙《かた》る怪しげな集団に過ぎず、森田は洗脳され、騙《だま》された哀れな経営者だった。

灯明祭は翌々日に迫っている。

駐車場が見つからず、会場内に車を入れることになれば、混乱は必至だ。事故が起きる可能性もある。また業者や信者の車の路上駐車が目に余れば、主催者が警察に呼ばれ注意を受ける。催しを中止せざるをえなくなる可能性もある。

増谷は錬成会の会員名簿から地元の店や工場の経営者を拾い出した。そちらの駐車場を借りられるかどうか調べている。工場や倉庫などの敷地内に広い駐車場を持っている会員が数名いるが、地図上で確認すると、どこも会場に遠い。

一軒だけ、モリミツから三百メートルほど離れたところにディスカウント酒店の第二駐車場があることがわかった。そちらの社長宅に電話をすると、酒店はその日、夜の十時まで開店しているのだが、第二駐車場だけは空けてくれるという返事だ。

駐車スペースはせいぜい十五、六台分だ。信者には以前から駐車スペースが少ないことを理由に、公共交通機関を使って来てくれるように呼びかけているが、ホームページやメールマガジンでさらに周知徹底させればどうにかなる。搬入用のトラックや、舞楽団のワゴン車、マイクロバスの待機場所などがとりあえず確保できたことに、正彦やスタッフたちはようやく胸をなで下ろした。

ところが翌日、こちらも突然、使えなくなった。

駐車場に入る私道で、水道管が破裂し緊急の工事が行われることになったのだ。袋小路の駐車場のことで迂回路《うかいろ》もない。翌日の灯明祭開始までに工事が終わっている可能性は少ない。

回向法儒から電話がかかってきたのは、その直後のことだった。

「何かお困りのことは、ありませんか」

丁重な言葉に似合わぬ恫喝の口調だった。

「お気遣いいただき、ありがとうございます。おかげさまで、なんとかやっております」

冷ややかに答える。

「それはけっこうなことで」という言葉を残して電話は切れ、正彦は受話器をたたき付けるように置く。

数分後、再び外線電話が鳴った。

森田からだった。

「マルゲンさんの駐車場、貸してもらえることになりました」

マルゲンとは、あのパチンコ屋チェーンのことだ。

石坂からついさきほど、口利《くちき》きをしてくれる人間がいるとの連絡があり、しばらくしてから、イベント会社の社長と称する人物から、マルゲンからその日に駐車場を借りたので、又貸しするという形で、モリミツに使わせてくれるという電話があった。料金については二割の上乗せで済んだ。

「口利きをしてくれた人間と、又貸しを申し出たイベント会社の名前は？」

「だれが口利きをしてくれたのかは、石坂さんは教えてくれなかったのですが、その筋の人間じゃないですかね。イベント会社は内山企画というところです」

回向法儒が手を回したのだ。

ヤクザの恩は十倍返し、とつぶやいていた。先ほどの電話は、回向がそれをほのめかしてきたものだ。しかし恩なんてものではない、とすぐに気づいた。

最初から妨害するつもりで、パチンコ屋に貸し出しを拒否させたのだ。そしてこちらを十分に追い込んだと確認したときに、手を緩める。

こんなささいなことでも、十分に苦しんだだろう。その気になればおまえの息の根を止めることなど造作もない。そんなメッセージを送ってきた。

当日は、右翼を送り込んでくるか、それとも似非市民運動家を雇い上げてデモを組織させるか、あるいはもっと直截《ちょくせつ》的に祭りの輪の中に車でも突っ込ませるか。

しかし向こうにとって聖泉真法会の利用価値がある限り、脅しをかけることはあっても、実際の危害は加えてこないだろう。正彦はそう自分自身に言い聞かせる。

翌日は、朝からよく晴れ上がった。

午前中の人出はさほど多くはない。しかし本部は入れ代わり訪れる信者でいっぱいになっている。

黄金の祭壇が無数の灯明に照らし出される中を、真新しい立衿《たちえり》シャツに身を包んだ正彦は、祭壇に向かい五体投地礼を三回繰り返す。

「我ら衆生《しゅじょう》、虚空《こくう》のごとき無数の一切有情《うじょう》、仏法僧の三宝に菩提《ぼだい》を得るまで帰依《きえ》すべし」

自分の声が、この黄金の空間に吸い込まれて消えた瞬間、正彦の心に宇宙の彼方《かなた》に浮かぶ光に満たされた国の茫漠《ぼうばく》たるイメージが静かに立ち現われた。

昨日までの混乱と不安な思いが、霧散していく。

救済を求めた挙げ句に罪を犯し、凍えた魂を抱えて凍死した由宇太《ゆうた》が、過大な自我を抱えて腐乱していく井坂が、そして業績という実体の無い物に追い詰められ修羅の世界に生きる経営者とビジネスマンたちが、不安感に煽《あお》られ自らの心と体に爪《つめ》を立てては血を流す若者たちが救いを求めて、さまよっている。自分は彼らと仏の世界を結ぶ橋になるべく生まれてきた。苦海《くがい》に生きる一切衆生を救済するために、私は仏の境地を求める。

これは自分の作り出した虚構世界ではないか、と次の瞬間、我に返る。一人歩きした虚構世界が、まがい物の真言を唱えるうちに、自分の心を取り込んでいく。

「一切衆生に楽があり、楽の因もあれよかし
衆生らの苦が除かれて、苦の因もまた除かれよ
衆生らと苦の無き楽が、日々ともにあり離れざれ
一切差別を捨て、執着、怒りも離れたる平等心に安んじよ」

人々が唱和し礼拝が終わると、花と灯明、塗香《ずこう》を捧げ、さらに増谷が用意した五穀を

受け取り、大壇に置かれた器に真言を唱えながら注ぎ込む。

さらに指を組合せて須弥山《しゅみせん》をかたどり、てのひらに米を置く。目を閉じ、須弥山をイメージした後、米を額の前に捧げ、大きく腕を伸ばし宙に高く播《ま》く。

不穏なことは何一つ起きてはいない。

昼前に正彦は本部を出て、教団のワゴン車で中野新橋に向かった。

こちらでは矢口が早朝礼拝をすでに終えていた。真実《まみ》やサヤカたちが見守る中、正彦はやはり祭壇前に座り真言を唱え、本部と同様に法要を営む。

一時間半ほどそちらにいて、待たせていた車で国立《くにたち》に向かおうとしたときだった。

真実が、背後から声をかけてきた。

「米を播くっていうのは、私たちに幸せをくださるということなんですか」

この前、真実と会ったのはいつ頃のことだったのか、記憶に定かでない。何かの折に顔を合わせているのかもしれないが、ゆっくり話をする機会はなかった。久しぶりに向き合ってみると、その顔は少し大人びているような気がしたが、まっすぐに見つめてくる視線には、素朴な言葉と裏腹に、何か追いつめられたような悲壮な表情がある。

正彦は、少しばかりの息苦しさを感じながら穏やかに答えた。

「米も含めて、すべての供物《くもつ》を、物だけではなくて、私たちの心と行いも仏様に捧げますという、そういう意味なのです」

格別、感心したふうでも納得したふうでもなく、真実はうなずいた。

国立支部に顔を出したが、こちらも増谷によって滞りなく事が運んでいる。食事をする間もなく四時過ぎに本部に戻ってくると、すでに人々は敷地にあふれていた。

工場前で行なわれているフリーマーケットやモリミツの商品の販売、飲食物を売る屋台などを目的に、信者以外の近所の人々も訪れている。

本部に詰めている増谷たちスタッフとここを訪れる信者の良識ある行動、積極的な勧誘や布教を行わず、会館外ではできるだけ宗教色を抑えている正彦の言動が、一般の人々の新興宗教団体に対する抵抗感を薄め、こうした催しに足を運ばせたのだろう。スタッフに尋ねてみても、今までのところ格別のトラブルも起きていないし、怪しげな人物が出入りしている様子もない、と言う。

短い秋の日が暮れかける頃、屋外にしつらえられた簡素な舞台の前に置かれた薪に、松明《たいまつ》の火が点火された。

仮面劇が始まる。

金糸銀糸の縫い取りも艶《あで》やかな衣装を着た踊り手が跳ね回り、鈴や太鼓が重いリズムを刻む中、敷地内にある灯籠《とうろう》には、次々に火が灯《とも》され始めた。

三百の灯籠すべてに火が入ったときには、あたりはすっかり暗くなっていた。

仏教説話に題材を取った日中合同の仮面劇は、信者だけでなく集まったすべての人々の心を魅了した。途中に短い休憩を挟み、一時間半ほどで終了した後、日中両国のアーティストたちは、モリミツの社員に送られて、駐車場にあるワゴン車まで戻っていった。

空いた舞台では、中野新橋の集会所に出入りしている若者が所属しているバリ舞踊のサークルによって、ガムランの演奏が始まる。

打楽器による不可思議に洗練された不協和音の流れる中を、人々は手に手にバター灯明を持ち屋外の祭壇に向かう。

闇《やみ》の中を行き来する人々を灯籠の淡い光が照らし出し、それぞれが手にした小さな炎が、無数の光の点となって浮かび上がる。一帯には甘く焦《こ》げ臭い、バターの香りが流れている。

灯明を供え手を合わせた信者の頭上に、山本たち女性信者が、稲穂の小さな切れ端を乗せ祝福する。

参拝を終えると、数種類の駄菓子の入った紙袋が手渡される。

仏が降りてくる道筋を照らす祭りにふさわしく、華やかでありながら、どこか郷愁を誘うイベントだ。

千個用意したバター灯明は、底をつき始め、事務局の職員が慌《あわ》ててヴィハーラ商会に電話をして届けてもらう。当初、信者しか行なわないと思っていた献灯に、その光と匂《にお》いと、ご利益《りやく》に誘われたように、一般の人々が参加していることに正彦が気付いたのは、そのときだった。

灯籠とバター灯明を合わせた献灯の代金だけで、すでに収入は四百万円を越えている。

午後の十時を過ぎても人々はまだかなり残っている。午前零時過ぎの最終電車が行ってしまうとようやく敷地内は閑散とした。

願かけをしている信者が千を越えるバター灯明の光が揺れる祭壇前で蓮華合掌《れんげ》をして、真言を唱えているばかりだ。今夜は一晩、灯明の火を絶やさないということになっているので、スタッフが交替で祭壇を見守る。

屋外がかなり冷えてきたせいもあり、信者の大半は会館内に引き上げてきた。

給湯室では、女性スタッフがひっきりなしにお茶をいれロビーや会議室に運ぶ。

深夜の一時過ぎに、夜明しをしている百人ほどの信者のために、スタッフがモリミツの工場で用意したおにぎりとお茶を配る。

これで翌朝、昇る朝日を拝み、釈迦が再び聖衆《しょうじゅ》の国に戻っていくのを確認し、灯明を消して祭りは終わる。

あと四、五時間か、と正彦は事務室の衝立《ついたて》の陰で、おにぎりを食べながら時計を見る。

早朝から、祭壇前で結跏趺坐《けっかふざ》する以外はほとんど座る暇もなかったが、不思議と疲労感はない。達成感とすがすがしい充実感が体を満たしている。

国立にいる増谷や中野新橋の矢口の携帯電話に連絡を入れ、様子を尋ねる。

増谷の携帯は電源が切られていたが、矢口には通じた。

「こっちは普段とそんなに変わらないよ。いつものメンツが集まってしゃべってるだけ」と矢口は、すこぶる気楽な様子で答えた。

そのとき事務室のドアが、ノックもなく開かれた。

十一時過ぎに自宅に戻ったはずの森田が、忙《せわ》しない足音を立てて入ってきた。

スタッフに、増谷はいないかと尋ねて回っている。

うろたえ、切羽詰まった口調だ。

スタッフの一人が、増谷はまだ国立から戻ってこないと答える。

正彦は衝立の向こうに出て行き、森田の背後から声をかけた。

「どうされました？」

振り返った森田の頰が、蒼白《そうはく》だ。

「焼き討ちにあった……」

にじみ、くしゃくしゃになったハンカチで額の脂汗《あぶらあせ》をぬぐいながら、森田はぼそりと答えた。

殴られたような気がした。

油断した。

回向法儒は甘い男ではなかった。

「自宅ですか、本社ですか」

森田は充血した目を上げた。

「スマランの……」

インドネシア工場だ。回向の仕業ではない。もっと危険なところを忘れていた。

全身から血の気が引いていく。昨年バリ島で爆弾テロがあったばかりだった。

「斉藤さんやご子息は無事ですか？」

「二人とも大丈夫です。息子はジャカルタにいて現地にはいない。斉藤が借りていた家はめちゃくちゃにされた。コンピュータも壊されて、電話も通じなかったらしい。今、ようやく、スマランの町中に出てきて電話をしてきました。彼も何が起きているのかわからないと言っています。とにかく、暴動で焼かれた」

「暴動？」

イスラム過激派によるテロではないのだろうか。

「華僑《かきょう》と間違えられたんですかね」

「たぶんそうでしょう。向こうの連中から見れば、中国人も日本人も見分けがつかないから」

沈鬱《ちんうつ》な表情で森田はため息をついた。

「とにかく朝一番の飛行機で、息子が現地に飛んで状況を確認すると言っていたが、治安が悪化していたらあそこまでは行き着けない」

「とりあえず斉藤さんだけでも無事でよかった」

ことさら楽観的な言葉を森田にかけて、正彦は事務室にあるケーブルテレビのスイッチを入れる。

政変や大規模な事件が起きたとき、現地にいる人間ほど情報からとり残される。こちらでニュースを確認して、何かわかり次第、斉藤に連絡を入れなければならない。

二十四時間ニュース番組をかけたがそれらしき報道はない。次にCNNに切り替えるが、こちらもインドネシア関連のニュースはやっていない。

「操業が再開できるかどうかもわからない。当面の鶏肉《とりにく》の仕入先を探さないと」

森田は唇を引き結んで腕組みをする。

祭りが成功のうちに終わるかに見えた深夜に飛び込んできたインドネシア工場焼き討ちの報《しら》せに、正彦の高揚していた気分は一瞬にして萎《な》えていく。

大統領の失脚と、各地で起こる分離独立運動、国内で暗躍する中東起源のテロリスト。いくら実の息子が向こうに行っており、彼が安全であると主張したとはいえ、インドネシア進出を決定する時点で、こんなリスクは計算に入れておかなければならなかった。


（下巻へつづく）

仮《か》想《そう》儀《ぎ》礼《れい》 上巻

新潮文庫 し-38-5

平成二十三年六月一日発行

著者 篠《しの》田《だ》節《せつ》子《こ》

発行者 佐藤隆信

発行所 株式会社 新潮社

郵便番号 一六二—八七一一
東京都新宿区矢来町七一
電話 編集部(〇三)三二六六—五四四〇
読者係(〇三)三二六六—五一一一
http://www.shinchosha.co.jp

価格はカバーに表示してあります。

乱丁・落丁本は、ご面倒ですが小社読者係宛ご送付ください。送料小社負担にてお取替えいたします。

印刷・二光印刷株式会社 製本・憲専堂製本株式会社

ISBN978-4-10-148416-7 C0193